Catherine Doyle

Valentine Vendetta

Triff mich um Mitternacht

Catherine Doyle

Valentine Vendetta

Triff mich um Mitternacht

Aus dem Englischen
von Doris Hummel

cbt

cbt
Kinder- und Jugendbuchverlag
in der Verlagsgruppe Random House

MIX
Papier aus verantwortungsvollen Quellen
FSC® C014496
FSC
www.fsc.org

Verlagsgruppe Random House FSC® N001967
Das für dieses Buch verwendete FSC®-zertifizierte
Papier *Super Snowbright* liefert
Hellefoss AS, Hokksund, Norwegen.

1. Auflage 2015
Deutsche Erstausgabe Mai 2015

Die Originalausgabe erschien unter dem
Titel »Vendetta« bei Chicken House UK, London

Aus dem Englischen von Doris Hummel
Lektorat: Catherine Beck
Umschlaggestaltung: Nele Schütz Design, München,
unter Verwendung eines Motivs von Shutterstock/conrado
MG · Herstellung: kw
Satz: KompetenzCenter, Mönchengladbach
Druck: GGP Media GmbH, Pößneck
ISBN: 978-3-570-16360-3
Printed in Germany

www.cbt-buecher.de

Für meinen Dad

Teil 1

»Von allen Formen der Vorsicht ist die Vorsicht in der Liebe vielleicht die verhängnisvollste für das wahre Glück.«

Bertrand Russell, *Die Eroberung des Glücks*

1

Der Honigtopf

Zuerst konnte ich es gar nicht sehen, weil es zwischen der Kasse und einem Stapel Notizblöcke stand. Gut möglich, dass es schon seit Stunden einfach dort wartete – oder sogar noch länger –, während ich im Gracewell's Diner wieder einmal beinahe einging vor Langeweile. Wie so oft in diesem Sommer.

Wir waren an diesem Abend nur noch zu zweit, um den Laden abzuschließen. Ich hockte neben der Kasse und trommelte mit den Fingernägeln auf die Theke, während Millie, meine beste Freundin und kellnernde Leidensgenossin, durch das Diner schlitterte und in den Besenstiel sang, als wäre er ein Mikrofon. Alle anderen waren schon gegangen, während mein Onkel Jack – Manager der unteren Spitzenklasse – direkt mit einem Kater zu Hause geblieben war.

Die Tische standen in exakten Reihen, flankiert von weinroten Stühlen mit geraden Rückenlehnen und dem einen oder anderen Gummibaum. Die Tür war abgeschlossen, das Licht gedimmt und die Sitznischen an den Fenstern sauber.

Ich versuchte gerade, Millie nicht dabei zuzuhören, wie sie Adele massakrierte, als ich es bemerkte: das Honigglas. Ich hob es hoch und betrachtete es.

»Ich glaube, ich werde langsam besser«, rief Millie mitten in ihrem Song-Mord von der anderen Seite des Diners. Das Einzige, was sie wirklich richtig draufhatte, war der leichte britische Akzent, allerdings auch nur, weil sie selbst Britin war. »Ich treff jetzt sogar diese eine hohe Note!«

»Schon *viel* besser, Mil«, log ich, ohne aufzublicken.

Das Glas war klein und rundlich. Der Honig darin war von goldenen Kristallen durchzogen und floss träge hin und her, als ich das Glas vor- und wieder zurückkippte. Ein ausgefranstes quadratisches Stück Stoff war über den Deckel gespannt, und statt eines Etiketts schlang sich ein dünnes Samtband um die Mitte, das mit einer aufwendigen Schleife zusammengebunden war. Es war schwarz.

Selbst gemacht? Eigenartig. Ich kannte niemanden in Cedar Hill, der seinen eigenen Honig herstellte, und ich kannte hier fast jeden. So war unser Städtchen nun mal: ein kleiner Vorort von Chicago, in dem jeder alles über jeden weiß, in dem niemand vergibt und niemand vergisst. Ich konnte ein Lied davon singen. Nach dem, was mit meinem Dad passiert war, war ich zu einem Kind der Schande geworden, und Schande hat die Tendenz, an einem zu kleben wie ein großes rotes Warnzeichen auf der Stirn.

Millie schmetterte die letzte Note ihres Songs mit ohrenbetäubender Hingabe, hüpfte dann hinter die Theke und verstaute den Besen an seinem Platz. »Können wir gehen?«

»Wo kommt das her?« Ich balancierte das Honigglas auf meiner offenen Handfläche und hielt es ihr hin.

Sie zuckte mit den Schultern. »Keine Ahnung. Es war schon hier, als meine Schicht angefangen hat.«

Ich sah sie durch die goldene Flüssigkeit an, die ihr Gesicht verzerrte wie ein Prisma. »Ist doch eigenartig, oder?«

Millie verzog ihre Miene zu einem klassischen Das-Thema-dieser-Unterhaltung-interessiert-mich-nicht-die-Bohne-Ausdruck. »Der Honig? Nicht wirklich.«

»Er ist selbst gemacht«, sagte ich.

»Ja, das sehe ich.« Sie kniff die Augenbrauen zusammen und streckte eine Hand aus, um das Glas zu berühren. »Das Band ist irgendwie seltsam. Vielleicht hat es ein Gast statt Trinkgeld hiergelassen?«

»Welcher Gast gibt denn Honig statt Trinkgeld?«

Millie schnappte nach Luft und ihr Gesicht hellte sich auf. »Hast du heute …«, sie atmete dramatisch ein, »möglicherweise …«, sie atmete wieder aus, »einen …«

Ich lehnte mich erwartungsvoll nach vorne.

»… kleinen gelben Bären bedient …«

Ich konnte nicht fassen, dass ich darauf hereingefallen war.

»… der Winnie Puuh hieß?«

Ihr Lachen riss mich mit, das tat es immer. Es war genau dieses Lachen gewesen – als würde jemand eine Ente strangulieren –, das ich schon so gewinnend an ihr fand, als sie vor fünf Jahren nach Cedar Hill gezogen war. In der Schule ertappten wir uns ständig dabei, wie wir über dieselben Dinge lachten. Es waren diese Albernheiten, die uns zusammengebracht hatten – dämliche Grimassen schneiden oder ein unangebrachtes Kichern, wenn jemand stolperte und hinfiel. Lange, unsinnige Unterhaltungen und Diskussionen über lächerliche, hypothetische Situationen. Damals wusste ich noch nicht, dass diese Freundschaft als Einzige das überleben würde, was meiner Familie vor achtzehn Monaten passiert ist. Aber das spielte jetzt auch keine Rolle mehr, weil Millie sowieso die beste Freundin war, die ich jemals haben konnte, und die einzige, die ich wirklich brauchte.

Wir konnten gar nicht mehr aufhören zu lachen, während wir den Laden absperrten, bis wir draußen in der milden Nachtluft standen. Das Diner befand sich an der Ecke Foster und Oak in einem bescheidenen, flachen Gebäude aus verblassten Ziegelsteinen. Es war vollkommen symmetrisch, und seine quadratische Form spiegelte sich auch in den ebenso quadratischen Fenstern, die die Fassade dominierten, und dem kleinen Parkplatz wider, der es von allen Seiten umschloss. Am überhängenden Dach des Diners war ein Schild angebracht, auf dem in geschwungenen Buchstaben »Gracewell's« stand und das nur halb von den Straßenlaternen erleuchtet wurde, die das Grundstück säumten. Gleich auf der anderen Straßenseite erhob sich die alte Bibliothek in den Nachthimmel, halb versteckt hinter einer Reihe ordentlich geschnittener Bäume, die sich in Richtung Westen entlang des Gehwegs am Postamt vorbei fortsetzte.

Als wir den leeren Parkplatz überquerten, hielt ich noch immer den hübsch verzierten Honigtopf in der Hand. *Es ist ja nicht so, als würde das irgendjemandem etwas ausmachen,* redete ich mir selbst ein – mein Onkel Jack lag mit selbst verschuldeten Kopfschmerzen zu Hause, und es war niemand da, der offizielle Ansprüche hätte anmelden können. Ich hatte nur getan, was jeder andere erschöpfte und unterbezahlte Angestellte auch getan hätte: Ich hatte diese Gratisüberraschung, für die ich keine sofortige Verwendung hatte, an mich genommen und das Diner mit einem Gefühl des Triumphs verlassen.

»Also, ich hatte da so einen Gedanken.« Millie verlangsamte auf mein Tempo.

»Sei vorsichtig«, neckte ich sie.

»Vielleicht sollte *ich* den Honig nehmen.«

»Wer's findet, darf's behalten«, trällerte ich.

»Sophie, Sophie, Sophie.« Sie legte einen Arm um meine Schulter und zog mich zu sich heran. Wir waren beinahe gleich groß, aber Millie hatte genau an den richtigen Stellen die richtigen Kurven, während ich jungenhaft flach und dünn war und die gleichen Hamsterbacken hatte wie mein Vater, obwohl ich immerhin auch seine Grübchen geerbt hatte – ein Silberstreif am Horizont. Millie drückte ihre Wange an meiner platt, als wollte sie mich genau daran erinnern. Ich spürte, wie sie lächelte. »Meine allerbeste Freundin auf der ganzen Welt. Oh, wie öde mein Leben doch ohne dich wäre! Die Sterne würden nicht halb so hell leuchten, der Mond wäre nur ein Schatten seines früheren Selbst. Alle Blumen wären welk, und …«

»Auf keinen Fall!« Ich schlüpfte aus ihrer Umarmung. »Du kannst mir nicht mit Komplimenten meinen neuen Honigvorrat abluchsen. Ich bin immun gegen deinen Charme.«

Millie kniff die Augen ganz fest zusammen und stieß ein herzzerreißendes Wimmern aus. »Du bekommst doch schon das ganze verdammte Diner. Kann ich nicht wenigstens den Honig haben?«

Obwohl sie recht hatte, entsprach es nicht unbedingt meinem größten Lebensziel, das Diner zu erben, sobald ich achtzehn war. Mein Vater hatte das so festgelegt, bevor er gegangen war, und mein allzeit mürrischer Onkel Jack, der eine besonders überzeugende Ich-akzeptiere-kein-Nein-als-Antwort-Aura ausstrahlte, würde seine Anweisungen auch garantiert befolgen. Es spielte ohnehin keine Rolle. Millie und ich wussten beide, dass das Diner die Aufregung nicht wert war. Es war nichts weiter als eine einzige große Sackgasse, auf die mein Leben unaufhaltsam zusteuerte und die mir schreckliche Kopfschmerzen bereiten würde. Aber der Honigtopf mit der schwarzen Schleife? Der war hübsch – eine nette Überraschung, die die Monotonie dieses Tages durchbrochen hatte.

Millie schlurfte hinter mir her. »Sophie, hier spricht dein Gewissen«, flüsterte sie mir über meine Schulter zu. »Ich weiß, es ist schon eine Weile her, seit wir zum letzten Mal miteinander gesprochen haben, aber es ist an der Zeit, das Richtige zu tun. Millie ist so nett und hübsch. Möchtest du ihr den Honig denn nicht geben? Denk doch nur mal daran, wie glücklich sie das machen würde.«

»Ich wusste gar nicht, dass mein Gewissen einen britischen Akzent hat.«

»Ja, na ja, da solltest du nicht zu viel hineininterpretieren. Gib ihr einfach den Honig.«

Ich blieb am Ende des Parkplatzes stehen, wo wir uns trennen und in verschiedene Richtungen gehen würden. Bevor sich das Einkommen meiner Eltern halbiert hat, sind Millie und ich immer in dieselbe Richtung gegangen: in die Shrewsbury Avenue, in der es Haushälterinnen und Gärtner und gigantische Swimmingpools gibt und in der tatsächlich Kristallkronleuchter in ausladenden Dielen hängen. Nun war mein Nachhauseweg viel länger als früher.

»Millie mag Honig ja noch nicht mal«, zischte ich. »*Und* sie hat keinerlei Respekt vor Bienen. Letzte Woche hab ich gesehen, wie sie dreimal auf eine draufgetrampelt ist, um sicherzugehen, dass sie auch wirklich tot ist.«

»Es ist nicht meine Schuld, dass dieses Land von widerwärtigen Insekten überrollt wird.«

»Was erwartest du denn? Es ist Mitte Juli!«

»Es ist eine Schande.«

»*Und* du hattest dieses Parfum aufgelegt, Flowerbomb.«

»Sie hat sich unangemessen verhalten.«

»Also hast du sie umgebracht.«

Millies Hand schoss nach vorne. »Gib mir einfach den verdammten Honig, Gracewell. Ich brauche ihn als Bestechungsmittel, damit sie meinen Hausarrest aufheben.«

Ich hob die Augenbrauen. Wir hatten gerade gemeinsam eine Acht-Stunden-Schicht hinter uns gebracht und sie hatte diese Sache mit keinem Wort erwähnt. »Hausarrest?«

»Total ungerecht. Ein einziges großes Missverständnis.«

»Ich bin ganz Ohr …«

»Alex hat mich *Spangengesicht* genannt.« Millie machte eine dramatische Pause. »Ist das zu glauben?«

Nun, sie trug tatsächlich eine Zahnspange. Und technisch gesehen befand sie sich in ihrem Gesicht. Aber das sagte ich ihr natürlich nicht. Stattdessen tat ich, was jede beste Freundin getan hätte: Ich setzte einen Ausdruck blanker Wut auf und tat, als könnte ich nicht fassen, was für ein ungehobelter Tyrann ihr nicht besonders reifer, aber definitiv sehr attraktiver Bruder war.

»Er ist so ein Arsch«, bot ich an.

»Er ist zweifelsfrei der schlimmste Mensch auf diesem Planeten. Wie auch immer, eins führte zum anderen, und sein iPhone ist aus dem Fenster gefallen … na ja, eigentlich ist es mir eher aus der Hand gefallen … die zu diesem Zeitpunkt zufällig aus seinem Zimmerfenster hing … Er ist total durchgedreht.«

»Hach, Geschwisterliebe …«

»Ja, du kannst von Glück sagen, dass du dein Zuhause nicht mit dem König aller Vollidioten teilen musst«, wütete sie weiter. »Welcher Neunzehnjährige verpetzt bitte seine kleine Schwester? Ich meine, wo bleibt denn da sein Ehrgefühl? Er ist eine absolute Schande für den Namen Parker. Und woher hätte ich auch wissen sollen, dass sein Telefon kaputtgeht?«

»Eigenartig.« Den Honig noch immer in der Hand, lehnte ich mich an die nächste Straßenlaterne und beobachtete, wie sich mein Schatten in ihrem Lichtkegel verformte. »Ich hätte schwören können, dass die neuen iPhones einen eingebauten Fallschirm haben.«

Millie fing an, in der Luft herumzufuchteln, als könne sie so das Problem vertreiben, weil es vor ihrer Nase schwebte. »Wenn ich meiner Mom als kleine Aufmerksamkeit dieses Glas mit Honig schenke, den sie für eines ihrer Backrezepte verwenden kann, dann wird sie mich als die liebevolle, fürsorgliche Tochter betrachten, die ich ja auch *bin,* und diesen unfairen Hausarrest wieder zurücknehmen, den sie ungerechtfertigterweise und nur wegen meines ignoranten Bruders verhängt hat, diesem Schwein.«

Ich richtete mich auf. »Das wird nie und nimmer funktionieren. Ich behalte den Honig.«

»Von mir aus«, sagte sie und warf gekonnt ihr glattes braunes Haar zurück. »Der ist wahrscheinlich sowieso vergiftet.«

Sie streckte mir die Zunge raus, rauschte in die Dunkelheit davon und ließ mich mit meiner hart erkämpften Beute allein zurück. Ich ließ das Glas in meine Tasche gleiten und sah zu, wie sich die schwarze Schleife von mir entfernte.

Ich überquerte die Straße, blieb dann jedoch stehen und versuchte, mich zu entscheiden, welche Richtung ich von hier aus einschlagen sollte. Nach sechs Schichten in Folge pochten meine Fußballen wie verrückt, und da Millie und ich so lange getrödelt hatten, war es bereits später, als es hätte sein sollen. Normalerweise zog ich den längeren Weg nach Hause vor – er war gut beleuchtet und frequentiert –, aber die Abkürzung war entschieden schneller. Sie umging das Stadtzentrum und schlängelte sich stattdessen den Hügel hinauf, bevor sie schließlich um das Spukhaus am Ende der Lockwood Avenue führte.

2

Der Junge mit den unheimlichen Augen

Der Vollmond stand hoch am Himmel, aber der Abend wirkte trotzdem dunkler als gewöhnlich. Nachdem mich fünfzehn Minuten lang nur das Geräusch meiner Schritte begleitet hatte, ragten vor mir nun die Türmchen des alten Priestly-Hauses in die Höhe. Sie schienen wie Wachtürme über ihre Nachbarhäuser zu blicken.

So schön sie auch sein mochte, die Villa hatte mich schon immer an ein Puppenhaus für Kinder erinnert und war ziemlich verfallen. Ihre weiß getünchte Holzfassade wölbte sich an mehreren Stellen seltsam nach innen, während die Ecken wie Messerklingen hervorstachen und sich durch den dichten Efeu bohrten, der das Gebäude überwucherte. Eine von Blättern bedeckte Steinmauer schlängelte sich rund um das Haus – es war das einzige in ganz Cedar Hill, das sich einer solchen Privatsphäre erfreute, auch wenn sich potenzielle Eindringlinge eher durch seine gotische Aura abschrecken ließen als durch diese Begrenzung.

Alle, die das Haus kannten, sprachen mit ebenso großer Furcht wie Faszination darüber und dachten sich oft ihre eigenen Geschichten dazu aus. Als ich sieben Jahre alt war, hat meine Mutter mir von einer wunderschönen Prinzessin erzählt, die all ihre Tage hoch oben in den Türmen des alten

Hauses verbrachte, wo sie sich vor der arrangierten Hochzeit mit einem jämmerlichen, langweiligen Prinzen versteckte. Als ich zehn war, hatten die Kinder in der Umgebung beschlossen, es sei das Haus einer hinterlistigen alten Hexe, die die riesigen Zimmer mit Katzen und Fröschen, Kupferkesseln und Besen füllte und mitten in der Nacht in den Himmel hinausflog, um die Nachbarschaft nach umherstreunenden Kindern abzusuchen, die längst tief schlafend in ihren Betten hätten liegen sollen. Als ich Millie kennenlernte, hat sie mir von Vampiren erzählt, die direkt hinter den rissigen Fensterscheiben standen und mit glänzenden, dunkelroten Augen in die Nacht hinausblickten.

Dann, mit vierzehn, als ich an einem Schulprojekt über die Geschichte von Cedar Hill arbeitete, stieß ich auf die grausige Wahrheit über die Villa. Es gab dort weder Hexen noch Prinzessinnen oder Vampire – nur die Geschichte einer jungen Frau namens Violet Priestly, die im Zweiten Weltkrieg als Krankenschwester an der Front gearbeitet hatte und durch diese einschneidenden Erlebnisse nach Kriegsende ein völlig anderer Mensch geworden war. Traumatische Erinnerungen suchten sie heim wie böse Geister, bis ihre Halluzinationen schließlich so drastisch wurden, dass sie sich nicht länger ignorieren ließen. Kurz nachdem sie ihren Mann und ihren kleinen Sohn vergiftet hatte, erhängte sie sich in der Eingangshalle des alten Herrenhauses.

Natürlich fand es danach keinen Käufer mehr.

Nichts konnte die Finsternis vertreiben, die das Priestly-Anwesen umgab. Selbst in der Hitze der heißesten Sommertage, wenn Luftspiegelungen auf den Straßen flirrten, war die Villa von einer unleugbaren eisigen Kälte umhüllt. Und so überdauerte sie die Jahrzehnte wie ein Mahnmal aus einer anderen Zeit und von einem anderen Ort: resolut, leer und vollkommen uneinnehmbar.

Jedenfalls bis heute Nacht.

Während ich mich der Villa näherte, Wärme in meine mit einem Mal eiskalten Arme rubbelte und beinahe bereute, dass ich mich für diesen Nachhauseweg entschieden hatte, bemerkte ich erstaunt, dass sich das Haus vollkommen verändert hatte, seit ich das letzte Mal daran vorbeigegangen war. Endlich hatte es doch jemand getan – es *wirklich* getan. Die verlassene Priestly-Villa war ins einundzwanzigste Jahrhundert gezerrt und wieder zum Leben erweckt worden.

Ich blieb stehen.

Die Flügel des verrosteten Eisentors standen weit offen und drückten sich gegen die Hecken, die sich nun nicht mehr schlaff über die Gartenmauer ergossen. Die Trauerweiden waren so weit zurückgestutzt worden, dass sie beinahe unnatürlich gepflegt wirkten und Fenster im ersten Stock enthüllten, von denen ich gar nicht gewusst hatte, dass sie existierten. Auch der Efeu war zurückgeschnitten worden, wodurch die robusten Holzbretter darunter zu erkennen waren, während die frisch in Rot gestrichene Haustür von zwei tropfenförmigen Laternen flankiert und erleuchtet wurde.

Im Lichtschein der Laternen parkten außerdem zwei schwarze Geländewagen Seite an Seite auf dem frisch gestreuten Kies.

Mein Telefon vibrierte an meiner Hüfte – eine SMS von Millie, die mir mitteilte, dass sie sicher zu Hause angekommen war und mich gleichzeitig unbeabsichtigt daran erinnerte, dass ich das von mir noch nicht behaupten konnte. Zögernd setzte ich mich wieder in Bewegung, aber irgendetwas im Inneren des Hauses ließ mich erneut innehalten. Die

Priestly-Villa, das erfrorene Herz von Cedar Hill, schlug wieder, und auch wenn es schon spät war – ich wollte verdammt sein, wenn ich nicht mehr darüber herausfand.

Dann spürte ich plötzlich etwas. Ich ließ den Blick an den Bäumen hinaufwandern und erkannte eine flackernde Gestalt in einem der oberen Fenster. Es war ein Junge. Ich konnte mir zwar nicht sicher sein, was sein Alter betraf, aber selbst auf diese Entfernung waren seine leuchtenden Augen nicht zu übersehen. Sie schienen viel zu groß für sein zartes Gesicht zu sein und wirkten, als würden sie mich aus einer anderen Welt anstarren. Dabei wurden sie so groß und rund, dass sie ganz unnatürlich aussahen. Er lehnte sich nach vorne und presste seine Handflächen gegen das Glas, so als wollte er die Scheibe aus dem Rahmen drücken. Winkte er mir zu? Oder wollte er mir sagen, dass ich verschwinden sollte?

Ich hob eine Hand, um zu ihm hinaufzuwinken, aber sie erstarrte auf halber Strecke, schweißbedeckt und zitterig. Dann, genauso schnell, wie er aufgetaucht war, verschwand der seltsame Junge wieder in der Dunkelheit hinter dem Fenster, bis das Haus mit seiner brandneuen Fassade wieder vollkommen still vor mir lag.

Stirnrunzelnd ließ ich den Blick von der leeren Fensterscheibe über die Einfahrt schweifen, als die Dunkelheit vor mir zum Leben erwachte. Ein schwaches Rascheln schwebte durch die Luft, und ich kniff die Augen zusammen, bis ich hinter einem der Geländewagen eine weitere Gestalt erkennen konnte. Er stand vornübergebeugt und schien im Inneren des Autos nach etwas zu suchen.

Ich versuchte, gegen den Drang anzukämpfen, noch weiter nachzuforschen, aber meine Handflächen kribbelten richtig an meinen Seiten, als meine Neugier die Oberhand gewann und mich förmlich in Richtung des Hauses schob. Ich machte einen vorsichtigen Schritt vom Gehweg herunter und schlüpfte durch das offene Tor. Das Rascheln verstummte. Eine Autotür knallte zu, und ich hörte, wie der lose Kies in der Dunkelheit knirschte. Als sich die Gestalt aufrichtete, tauchte der Kopf des Mannes hinter dem Fahrzeug auf. Er bewegte sich über den Kies, bis er zwischen dem Haus und dem Tor stand und beobachtete, wie ich ihn beobachtete.

Selbst unter den Laternen konnte ich nur seine Umrisse ausmachen: ein großer Schatten mit breiten Schultern und sicheren Bewegungen. Er hielt inne, senkte die Arme und ließ mit absichtlicher Langsamkeit einen Seesack in Richtung Boden sinken, bis er neben seinen Füßen liegen blieb. Dann machte er einen Schritt zur Seite und trat mit voller Kraft mit seinem Stiefel dagegen, und der Sack entwischte meinen neugierigen Blicken und landete hinter dem am nächsten stehenden Geländewagen. Aber was auch immer sich in dem Sack befand, ich hatte ihn bereits gesehen, und das wussten wir beide.

Der Mann neigte den Kopf zur Seite und kam näher, einen entschlossenen Schritt nach dem anderen. Die Distanz zwischen uns wurde immer geringer. Mit jedem seiner Schritte schlug mein Herz noch heftiger in meiner Brust. Meine Neugier löste sich in Luft auf, und die krasse Realität holte mich ein: Ich hatte das Gelände unbefugt betreten und war dabei erwischt worden, und jetzt kam diese schattenhafte Gestalt mit großen Schritten auf mich zu.

Ich drehte mich um und stolperte wieder auf die verlassene Straße hinaus. Als das Geräusch der schweren Schritte die Stille hinter mir zerriss, rannte ich los. Die Katze, die mit einem schrillen Miauen vor mich sprang, erwischte mich auf dem völlig falschen Fuß. Als ich gerade schlitternd zum Stehen kam und wie wild mit den Armen fuchtelte, knallte der Typ gegen meinen Rücken. Mitten im Schrei verstummte ich, weil mir der Aufprall den Atem aus den Lungen quetschte und ich durch die Luft flog. Ich ließ meine Tasche fallen und landete mit einem dumpfen Schlag auf dem Gehweg, meine Hände und Knie schürften über den Asphalt. Schwindel überkam mich und mein Abendessen schwappte munter in meinem Magen hin und her.

Bevor ich begriff, was da eigentlich gerade passiert war, oder ich mir ausmalen konnte, wie genau ich wohl umgebracht werden würde, wurde ich aus meinen Schmerzen und vom Asphalt auf die Beine gerissen. Ich stand wieder genau an derselben Stelle wie vor wenigen Sekunden, so als hätte jemand auf ZURÜCKSPULEN gedrückt.

Nur dass diesmal etwas anders war: Diesmal spürte ich starke Hände um meine Taille. Sie hielten mich aufrecht, während ich vor- und zurückschwankte und versuchte, das Gleichgewicht wiederzufinden.

»*Stai tranquillo, sei al sicuro.*« Die Worte waren so fremd und unerwartet, dass ich dachte, ich hätte sie mir nur eingebildet.

Ich senkte den Blick auf die Hände, die mich umfassten, und im nächsten Augenblick sah ich mir selbst von oben zu, wie ich mich in die Arme eines völlig Fremden sinken ließ, auf einer verlassenen Straße, mitten in der Nacht und direkt vor dem berüchtigtsten Haus in ganz Cedar Hill.

Eines Fremden, der mich gerade dabei erwischt hatte, wie ich unbefugt auf sein Grundstück eingedrungen war, und der mich anschließend zu Boden geworfen hatte.

Ich hatte genügend Liebesfilme gesehen, um einen romantischen Moment zum Dahinschmelzen zu erkennen – aber ich kannte auch jede Menge Folgen *CSI*. Erschrocken stieß ich die fremden Hände von meinem Körper und machte einen Satz nach vorne. Ich beugte mich nach unten, schnappte mir meine Tasche vom Boden und erhaschte einen Blick auf die dicke Silberschnalle an seinem Lederstiefel, bevor ich mich wieder aufrichtete und die Tasche hastig über die Schulter warf. Ich schaute zu ihm hinauf und wünschte, ich hätte irgendetwas in meiner Tasche, das sich als Waffe verwenden ließ … nur für den Fall. Aber er stand vollkommen still da, während in der Dunkelheit Schatten über sein Gesicht tanzten. Er unternahm keinen weiteren Versuch, mich anzugreifen, und ich würde auch ganz sicher nicht hier stehen bleiben und abwarten, ob er sich nicht doch noch dazu entschloss.

»Komm mir nicht hinterher.« Meine Stimme klang kräftiger, als ich mich fühlte. Ich drehte mich um und rannte los.

Ich hörte, wie er mir nachrief, aber ich war schon zu weit weg.

Ich drehte mich nicht noch mal um, aber ich war mir sicher, dass ich die Augen des Schattens – *seine Augen* – im Nacken spüren konnte, während ich rannte. Das Geräusch seines Lachens verfolgte mich durch die Dunkelheit.

* * *

Ich kam in Rekordzeit zu Hause an. In der Küche stellte ich zuerst den Honigtopf auf dem Fensterbrett ab, bevor ich nach oben trottete, ein wenig Salbe auf mein brennendes Knie schmierte und ins Bett kroch. Nachdem ich gefühlt mehrere Stunden lang mit aufgerissenen Augen an die Decke gestarrt und dem drängenden Trommeln in meiner Brust gelauscht hatte, fiel ich in einen unruhigen Schlaf voller Träume von Jungen in Fenstern, die sich schließlich in Albträume über schattenhafte Gestalten und Honigtöpfe mit schwarzen Schleifen verwandelten.

3

Das Klatschmaul

Es gab wirklich nicht viel, was mich so richtig nervte. Eine dieser seltenen Ärgernis-Quellen hatte es allerdings mal wieder geschafft, in mein Haus einzufallen und diesen sonnigen Morgen bereits zu ruinieren, bevor er richtig begonnen hatte.

»…und das ist kein gutes Omen, Celine. Ich habe einen sechsten Sinn für solche Dinge …«

Rita Baileys Stimme, schriller als eine Polizeisirene, drang trotz der Tatsache, dass sie sich eine Etage unter mir befand, mühelos bis in mein Zimmer. Ich blickte finster an die Decke hinauf. Ich wollte nichts über Lana Greens Affäre hören. Oder über Jenny Orins immer schlimmer werdende Schuppenflechte. Oder über den Läuseskandal der Tyler-Kinder. Die schiere Lautstärke des Organs dieser alten Dame ließ mir jedoch keine andere Wahl. Irgendwann musste ich schließlich sowieso da durch, und angesichts des deprimierenden Durcheinanders in meinem Zimmer, gepaart mit dem Wunsch, in Ruhe zu frühstücken, beschloss ich daher, mich ihr sofort zu stellen und den unangenehmsten Teil meines Tages hinter mich zu bringen.

Ich rollte aus dem Bett, krabbelte wühlend durch zerknitterte Jeans und auf links gedrehte T-Shirts und angelte schließlich einen halb vergrabenen BH heraus. Ich sprang auf die Füße und drehte mich um, ohne dabei etwas berühren zu dürfen – manchmal verwandelte ich das Ganze gern in ein Spiel –, schnappte mir eine Jeansshorts vom Boden und zog sie an, bevor ich mich für ein weißes Tanktop und mein Lieblingspaar Converse entschied. Nachdem ich etwas Feuchtigkeitscreme aufgetragen und mein Haar zu einem fransigen Zopf geflochten hatte, trottete ich nach unten und wappnete mich gegen das Unausweichliche, in das ich mich gleich stürzen würde. Noch dazu ohne Kaffee und völlig übermüdet.

Rita Bailey, eine alte, beleibte Dame mit kurzem weißen Haar und verhärmtem, eingefallenem Gesicht saß in einem schreiend pinkfarbenen Hosenanzug über den Küchentisch gebeugt und nippte an ihrem Kaffee. Neben ihr ertrug meine Mutter höflich ihre Gesellschaft und rang sich in den passenden Momenten zu einem angestrengten Lächeln oder roboterhaften Kopfnicken durch. Sie hatte sogar einen Teil des Tischs frei geräumt, der für gewöhnlich unter verstreuten Nähutensilien und Stapeln von Stoffproben begraben lag. Die waren nun auf nur einen halben Quadratmeter Fläche beschränkt, lehnten in bedenklicher Schieflage an der Wand und drohten, jeden Moment auf sie zu kippen.

Als wir noch in dem großzügigen Haus mit vier Zimmern in der Shrewsbury Avenue wohnten, konnte meine Mutter zwei komplette Zimmer für die Unmengen von Stoffen und anderen Materialien beanspruchen, die sie für das Schneidern ihrer Kleider benötigte, aber hier schienen ihre unfertigen Werke ständig von einem Zimmer ins nächste zu schwappen und uns in allen erdenklichen Farbtönen und Mustern durch das vollgepackte Haus zu folgen. Meterweise elfenbeinfarbene und Chantilly-Spitze ergossen sich über Sessel und kämpften unter Schaufensterpuppen in kurzen Sommerkleidchen und üppigen Abendkleidern um ihren Platz. Seit wir vor eineinhalb Jahren hierhergezogen waren, hatten die gelegentlichen Male, bei denen ich schreiend aufgewacht war, weil in der Ecke meines Zimmers plötzlich eine halb fertige Schaufenster-Braut stand oder ein Jeanskleid hing, das niemals das Licht der Welt erblicken sollte, durchaus ihre Spuren bei mir hinterlassen.

Es war nicht so, dass meine Mutter kein System gehabt hätte. Vielmehr durchschaute es niemand außer ihr. Sie war wahrscheinlich die organisierteste unorganisierte Schneiderin in ganz Chicago, und ich glaube, das gefiel ihr auch. Mrs. Bailey, die mit zusammengekniffenen Augen auf den schwankenden Stoffstapel auf der anderen Seite des Tischs blickte, gefiel es jedoch offensichtlich ganz und gar nicht.

Ich rauschte in die Küche und zog ihre Aufmerksamkeit auf mich, bevor sich ihr Lächeln so sehr anspannte, dass ihr Gesicht fast explodierte. »Guten Morgen, Mrs. Bailey.« *Das war doch gar nicht so schwer.*

Sie richtete ihren starren Blick auf mich. »Guten Morgen, Persephone.«

Ich zuckte zusammen. Es war schon eine ganze Weile her, seit ich meinen Namen in all seiner Scheußlichkeit gehört hatte, und, wenig überraschend, hatte sich nichts daran geändert – er war immer noch das Letzte. Die Art, wie die alte Dame ihn aussprach, schien ihn allerdings nur noch schlimmer zu machen. Sie dehnte die Vokale in die Länge, so als spreche sie mit einem fünfjährigen Kind: *Pörseff-on-iiiii.*

»Ich ziehe Sophie vor«, erwiderte ich mit einer gewissen

Verbitterung, die dieses Thema für gewöhnlich mit sich brachte.

»Aber Persephone ist doch viel schöner.«

»Na ja, so nennt mich aber niemand.«

Das war nicht mein Name und das wusste sie auch. Er war nur ein Symbol für die flüchtige Obsession meiner Mutter für griechische Mythologie, die unglücklicherweise mit dem Zeitpunkt meiner Geburt zusammengefallen war. Zum Glück hatte mein Vater schon in meinem ersten Lebensjahr vor diesem Zungenbrecher kapituliert. Es hatte nicht lange gedauert, bis ihm »Sophie« als angemessene Alternative eingefallen war – der Name, den er mir, wie ich vermutete, von Anfang an hatte geben wollen und für den ich ihm aus zwei Gründen bis in alle Ewigkeit dankbar sein würde: Zum einen, weil ich so nicht mit diesem Relikt von einem Namen durchs Leben gehen musste, das praktisch niemand richtig schreiben konnte. Und zum anderen, weil er mir stattdessen nicht den Spitznamen »Persy« verpasst hatte. Als meine Mutter ihre Niederlage eingestand, wurde ich endgültig zu »Sophie«. Schlicht, einfach und leicht auszusprechen.

»Woher wissen Sie überhaupt, dass ich eigentlich so heiße?«, fügte ich hinzu, als ich kurz darüber nachgedacht hatte. All die Male, in denen Mrs. Bailey mich nun schon absichtlich mit meinem falschen Namen angesprochen hatte, war ich nie auf den Gedanken gekommen, sie zu fragen, wie sie eines meiner bestgehüteten Geheimnisse entdeckt hatte. Andererseits war sie auch die Erste gewesen, die unser neues Haus gefunden hatte, nachdem wir umgezogen waren – und das obwohl wir alles darangesetzt hatten, es vor ihr zu verstecken, *und* obschon es beinahe eine Stunde Fußweg von der Shrewsbury Avenue entfernt lag. Vielleicht war sie ja doch hellsichtig.

»Ich hab ihn mal in einem Brief gesehen.«

»Wo?«

»Ich kann mich nicht mehr erinnern.« Sie klang, als fühle sie sich durch meine Frage beleidigt. »Vielleicht war er aus eurem Briefkasten gefallen.«

»Mmhmm.« *Schnüfflerin*, notierte ich im Geiste.

Neben mir fuhr meine Mutter mit einem Finger über den Rand ihrer Tasse. »Sophie«, rügte sie mich sanft, »warum sprechen wir nicht über was anderes?«

»Warum? Versuchst du immer noch, nicht offen zugeben zu müssen, dass du mir den scheußlichsten und peinlichsten Namen verpasst hast, der dir eingefallen ist?« Obwohl meine Stimme fröhlich klang, scherzte ich nur teilweise. Nicht dass meine Mutter das gestört hätte – sie fand meine Entrüstung über meinen Namen unerklärlicherweise höchst amüsant. Ich schätze, das war nun mal der Lauf der Dinge. Sie hatte mit diesem Scherz angefangen, und nun verfolgte er mich dank gewisser Leute wie Mrs. Bailey und Onkel Jack, der ihn wie eine Waffe einsetzte, wenn er sauer auf mich war, weil ich im Diner spontan ein Nickerchen machte.

»Ich finde, der Name Sophie ist genauso hübsch. Er passt zu dir«, lenkte meine Mutter ein und grinste in ihre Tasse, bis ich nur noch die Spitzen ihrer sanft geschwungenen Augenbrauen sehen konnte.

Ich spürte ein winziges, neidvolles Stechen, weil sie so symmetrisch waren. Alles an ihr war zart und feingliedrig, wie bei einer Elfe. Durch das Wunder der Genetik hatte sie zwar nur ihr sonnenblondes Haar und ihr herzförmiges Gesicht an mich weitergegeben, aber durch die wundersame Kunst der Mimikry hatte ich mir auch ihre Tendenz zu extremer Unordnung und ihre Unfähigkeit, etwas Anständiges zu kochen, angeeignet. Bis auf Weiteres hielt ich mich mit einem Urteil über meine geringe Körpergröße jedoch zurück, da ich nach wie vor hoffte, vor meinem siebzehnten Geburtstag, der mit großen Schritten näher rückte, wie durch ein Wunder doch noch acht Zentimeter zu wachsen.

Beim Wort »Sophie« stieß Mrs. Bailey einen lang gezogenen, rauen Laut der Missbilligung aus. Es klang, als würde sie ersticken – und für einen flüchtigen Moment hoffte ein kleiner, unmoralischer Teil von mir, dass sie es auch wirklich tat.

Als ich den Raum zur Küchentheke durchquerte, um mir eine Tasse Kaffee einzuschenken, fiel mein Blick auf das Honigglas auf dem Fensterbrett. Sonnenstrahlen zwinkerten mir durch das Glas zu, als wollten sie mir »guten Morgen!« wünschen. *Es wäre eine Schande, ihn nicht zu probieren,* entschied ich. Ich schnappte mir einen Löffel, hebelte den Deckel vom Glas, legte das ausgefranste Stück Stoff beiseite, mit dem er bedeckt war, und passte auf, dass ich das schwarze Samtband nicht beschädigte.

Hinter mir ging Mrs. Bailey ihrem Lieblingshobby nach – der Kunst des Nörgelns. »Aber Persephone ist viel eleganter. Jetzt mag der Name vielleicht nicht zu ihr passen, aber sie könnte doch versuchen, hineinzuwachsen.«

»Danke, aber ich glaube, ich bleibe lieber bei Sophie und lebe weiter in der modernen Welt.« Ich tauchte meinen Löffel in das Honigglas und drehte ihn herum.

»Du siehst heute Morgen *so* müde aus, Sophie«, informierte Mrs. Bailey meinen Hinterkopf und betonte meinen Namen dabei so gezwungen, als sei er furchtbar schwierig auszusprechen.

Ich ignorierte ihren Spott ebenso wie die zivilisiertere

Alternative, den Honig auf Müsli oder eine Scheibe Toast zu träufeln, und steckte mir den Löffel stattdessen direkt in den Mund.

»Sie wird wieder hellwach und gesprächig sein, sobald sie ihre Koffeindosis intus hat«, erklärte meine Mutter hinter meinen Schultern.

Die Anspannung in ihrer normalerweise sehr ruhigen Stimme verriet mir, dass sich ihre Geduld allmählich dem Ende zuneigte. Selbst nach allem, was mein Vater getan hatte, war es meiner Mutter gelungen, ihre beinahe unmenschliche Freundlichkeit zu bewahren – was wiederum bedeutete, dass sie immer noch zu höflich war, um eine einsame, *nervtötende* Dame in den Sechzigern wegzuschicken, obwohl sich fast alles, was sie von sich gab, auf Missbilligungen und zweifelhafte Komplimente beschränkte.

»Bist du sicher, Celine? Sie kommt mir völlig erschöpft vor. Sie wirkt nur noch wie der Schatten eines normalen sechzehnjährigen Mädchens. Sie sollte raus in die Sonne und sich ein bisschen bräunen lassen. Sie war immer so ein hübsches kleines Ding.«

Im Ernst?, hätte ich am liebsten mit derselben Gehässigkeit erwidert, aber der Honig klebte mir die Zähne zusammen.

Meine Mutter stieß ein leises Seufzen aus – eine ihrer Spezialitäten. Es war so mehrdeutig, dass jeder alles daraus lesen konnte – »ich bin müde/glücklich/enttäuscht« –, aber in diesem Fall hatte ich das Gefühl, dass es vor allem dieses Gesprächsthema beenden sollte.

Ich widerstand dem Drang, mir meinen Kaffee zu schnappen und zu fliehen. Stattdessen drehte ich mich um, setzte mich an den Küchentisch, zog die Stuhlbeine so geräuschvoll ich konnte über den Boden und weidete mich genüsslich an dem Ausdruck des Unbehagens in Mrs. Baileys Gesicht.

Okay, meine Liebe, dann wollen wir mal. »Ich hoffe, ich habe euch nicht bei irgendwas Wichtigem gestört.« Die mühevollen, mit Honig verklebten Worte verhüllten den Sarkasmus in meiner Stimme. Ich trank den ersten herrlichen Schluck von meinem Kaffee und spürte, wie der Dampf aufstieg und meine Nase wärmte.

»Na ja, um ehrlich zu sein, hast du das.«

Welche Überraschung. Ich schien es immer wieder zu schaffen, Mrs. Bailey bei der Verkündung ihrer skandalträchtigen Neuigkeiten zu stören.

»Ich habe deiner Mutter nur gerade erzählt, dass erst kürzlich eine Familie in das Priestly-Haus in der Lockwood Avenue eingezogen ist.«

Dass mich tatsächlich etwas interessierte, das Mrs. Bailey zu sagen hatte, erschreckte mich unsagbar. Aber ja – jetzt klebte ich förmlich an den Lippen des größten Klatschmauls in ganz Cedar Hill, so als würde sie jeden Moment die finale Wendung meiner Lieblingsserie verkünden. Ein ganzes Bataillon Fragen formierte sich in meinem Kopf. *Woher kommen sie? Wie sind sie mit den Priestlys verwandt? Warum tragen Sie diesen irrsinnigen pinkfarbenen Hosenanzug?*

»Na, ich bin mir sicher, es ist ganz gut, ein paar neue Gesichter in der Nachbarschaft zu haben«, warf meine Mutter ein, bevor ich überhaupt loslegen konnte.

Die alte Dame schüttelte so heftig den Kopf, dass es aussah, als hätte sie einen Anfall. Sie lehnte sich über den Tisch und sah uns eine nach der anderen eindringlich an, so als wollte sie sichergehen, dass sie unsere uneingeschränkte Aufmerksamkeit hatte, obwohl sie sehr gut wusste, dass dies bereits der Fall war. Sie senkte die Stimme. »Du weißt ja, dass ich eine hellseherische Gabe habe, Celine. Ich habe schon Dinge gesehen, als ich noch ein Kind war …«

Ich musste in meinen Kaffee pusten, um mein hämisches Grinsen zu verbergen.

»Vor ein paar Wochen bin ich an dem alten Priestly-Anwesen vorbeigekommen und hatte ein wirklich beunruhigendes Gefühl. Als ich dann die Renovierungsarbeiten und die Umzugswagen gesehen habe, ergab plötzlich alles einen Sinn. Das Haus ist wieder bewohnt, und ich *weiß* einfach, dass das nichts Gutes bedeutet.«

»Vielleicht sollten wir keine voreiligen Schlüsse ziehen«, entgegnete meine Mutter. An der Leichtigkeit in ihrer Stimme erkannte ich, dass ihre Aufmerksamkeit allmählich schwand. Sie zupfte an einem losen Faden ihrer Caprihose herum und runzelte die Stirn.

Ich spielte mit dem Gedanken, Mrs. Bailey ebenfalls zu sagen, sie solle sich ein bisschen entspannen, aber ihr Blick war bereits in Richtung unseres Gartens hinter dem Haus gewandert, so als blicke sie in eine andere, verborgene Dimension. Tatsächlich starrte sie jedoch nur auf die Topfpflanze, die auf unserem Fensterbrett stand. Sie kniff die Augen zusammen und seufzte, vermutlich, weil sie bemerkt hatte, dass die Pflanze tot war.

»Es kann nichts Gutes dabei herauskommen, wenn fünf junge Männer in der Nachbarschaft Unruhe stiften, denn *genau* das werden sie tun, Celine. Denk an meine Worte.«

Sie schüttelte erneut den Kopf, aber jede der kurz geschnittenen Strähnen ihres weißen Haars blieb völlig regungslos, so als seien sie erstarrt.

»Moment mal, haben Sie gerade gesagt *fünf* Männer?«

Zwei von ihnen hatte ich bereits gesehen. Na ja, oder vielmehr einen von ihnen, irgendwie. Der zweite hatte mich umgeworfen. Bei der Erinnerung daran legte ich die Stirn in Falten. Auch nachdem ich eine Nacht darüber geschlafen hatte, wusste ich nicht, was ich von der ganzen Sache halten sollte.

Mrs. Bailey war natürlich vollkommen empört über mein Interesse. Ihr Mund klappte immer wieder auf und zu, so als versuchte sie, exakt die richtigen Worte zu finden, um zu beschreiben, was für eine Schande ich war. »Fünf junge Männer, die nur Ärger machen werden«, seufzte sie schließlich und drückte in einer theatralischen Geste eine Hand auf ihre Brust, um die Dramatik noch zu unterstreichen. »Ich habe gesehen, wie sie eingezogen sind, und ich kann euch sagen, dass sie ganz und gar nicht nach ehrenwerten Leuten aussahen.«

Haben Sie das nicht auch über meinen Vater gesagt?, hätte ich am liebsten gefragt, hielt mich jedoch zurück. Es war die Sache nicht wert, sich deswegen zu streiten. Das war es nie. Und außerdem hatte ich längst alle Informationen, die ich brauchte: Es gab eine neue Familie mit lauter Jungs in der Nachbarschaft. Millie würde vor Begeisterung umkippen, wenn ich ihr das erzählte.

Gedankenverloren stand ich auf, um meine noch immer halb volle Tasse ins Spülbecken zu stellen. »Ich finde es ziemlich cool, dass wir jetzt neue Nachbarn haben.«

»Was ist daran denn *cool?*« Mrs. Bailey warf mir die Frage wie einen Dolch in den Rücken.

Ich drehte mich um. »Was ist daran *nicht* cool? Niemand kommt jemals freiwillig nach Cedar Hill. Diese Stadt ist so langweilig, dass man das Gefühl hat, wir würden alle jeden Moment zu Fossilien erstarren.« *Vielleicht sind das einige von uns ja auch längst …* Wieder biss ich mir auf die Zunge.

»Kein Grund, gleich so dramatisch zu werden«, gab sie zurück.

Ich blinzelte heftig, um nicht unfreiwillig mit den Augen zu rollen.

»Ich bin mir sicher, dass diese Jungs völlig in Ordnung sind«, warf meine Mutter ein, während sie in ihrem Nähkästchen wühlte. Ich konnte sehen, dass sie viel mehr daran interessiert war, eine Nadel zu finden, um den losen Faden in ihrer Hose wieder zu vernähen, der sie im Stich gelassen hatte.

Von der Anstrengung, ihr Lächeln aufrechterhalten zu müssen, begann Mrs. Baileys Gesicht allmählich zu zucken. »Nein, Celine, irgendwas stimmt da nicht. Dieses Haus stand so lange Zeit leer. Und wir kennen alle den Grund dafür.«

»Geister«, flüsterte ich dramatisch. Ich hätte am liebsten ein *»Oooooo«* hinzugefügt, kam jedoch zu dem Schluss, dass das doch etwas zu weit führen würde.

Mrs. Bailey erhob sich abrupt von ihrem Stuhl und warf sich in einer ungeschickten Geste der Empörung ihren Schal um den Hals. Als sie weitersprach, tat sie es mit leiser Stimme. »Du kannst so viele Witze machen, wie du willst, Persephone, aber du solltest besser vorsichtig sein.«

Ich blickte zu meiner Mutter hinüber und war überrascht, dass sie ihre Aufmerksamkeit wieder unserer Unterhaltung zugewandt hatte.

»Anrüchiges zieht Anrüchiges an«, murmelte Mrs. Bailey, ohne uns anzusehen. »Und nach allem, was dein Vater getan hat, solltest du dir darüber im Klaren sein, dass …«

»Ich glaube, das reicht jetzt, Rita.« Meine Mutter stand von ihrem Stuhl auf und fixierte die alte Dame mit finsterem Blick. »Sophie kann auf sich selbst aufpassen. Sie weiß, wann sie vorsichtig sein muss.«

»Ja«, stimmte ich ihr zu, hatte aber längst das Gefühl, kilometerweit weg zu sein. Ich musste daran denken, wie ich mich vergangene Nacht selbst in Schwierigkeiten manövriert hatte. Bei der Erinnerung daran kehrte das Brennen in meinen Knien zurück.

4

Der Brief

Mrs. Baileys Worte hatten etwas in mir entfacht, an das ich mich in den letzten eineinhalb Jahren meines Lebens nur allzu sehr gewöhnt hatte: Dad-bezogene Schuldgefühle.

Zurück in der willkommenen Privatsphäre meines Zimmers, setzte ich mich im Schneidersitz auf mein wie immer ungemachtes Bett. Ich hielt den letzten aus dem Gefängnis eingetroffenen Umschlag in der einen Hand, zog mit der anderen vorsichtig den Brief heraus und tauchte wieder in das Leben meines Vaters ein, was sich, zumindest für den Moment, auf die Seiten beschränkte, die er mir alle zwei Wochen zuschickte.

Liebe Sophie,

es tut mir leid, dass ich Dir eine Weile nicht geschrieben habe. Ich warte gern, bis ich wirklich etwas zu erzählen habe, auch wenn es nicht so interessant ist wie das Leben bei euch in Cedar Hill. Ich fände es furchtbar, wenn Du denken würdest, ich sei jetzt noch langweiliger als früher, bevor ich euch verlassen habe. Um die Wahrheit zu sagen, versuche ich, das Beste aus meiner Zeit hier zu machen. Ich möchte Dir wieder etwas geben, worauf Du stolz sein kannst.

Du wirst Dich freuen zu hören, dass ich Catch-22 in nur zwei Tagen ausgelesen habe, was auch bedeutet, dass ich beim Lesen endlich schneller werde. Wenn ich wieder zurückkomme, werde ich bestimmt über das Wissen eines Englisch-Professors verfügen, und vielleicht schreibe ich ja sogar selbst ein Buch.
Ich hoffe, Du hattest bisher einen schönen Sommer. Versuche, Dir nicht allzu viele Gedanken darüber zu machen, dass Du zu wenig raus in die Sonne kommst – Du wirst zuletzt lachen, wenn all Deine Freunde vorzeitig altern, während Du immer noch die Haut eines jungen Mädchens hast.
Wie läuft's denn so im Diner? Ich hoffe, Onkel Jack kümmert sich gut um Dich. Ich weiß, dass er wirklich sein Bestes gibt, also sei nicht so streng mit ihm. Wenn Du ihn darum bittest, bin ich mir sicher, dass er Dir eine Weile freigibt, damit Du mit Millie verschwinden kannst – ein Abenteuer erleben.
Wo wir gerade bei Deinem Onkel sind: Ich hab mir gedacht, Du solltest ihm vielleicht auch ein bisschen Lesestoff vorschlagen. Das wäre eine gute Möglichkeit für ihn, ein wenig Stress abzubauen. Vielleicht irgendwas mit bunten Bildern und großer Blockschrift? War nur Spaß. Erzähl ihm ja nicht, dass ich das gesagt hab! Trotzdem: Ich mache mir wirklich Sorgen um ihn, auch wenn das vielleicht ironisch klingt, wenn man die Umstände bedenkt. Aber ich verlasse mich darauf, dass Du ihn und seinen Blutdruck im Auge behältst. Wir werden schließlich beide nicht jünger, leider.
Wie geht's Deiner Mom? Hat sie daran gedacht, die Spülmaschine reparieren zu lassen, oder musstest Du Deinen Plan in die Tat umsetzen und die Spüle komplett mit Geschirr vollstapeln? Ich hoffe, sie hat aufgehört, so viel zu arbeiten, auch wenn ich weiß, wie unwahrscheinlich das ist. Bitte sag ihr, dass ich an sie denke, falls sie Dich fragt, und ich hoffe, das tut sie.

Ich habe seit einer Weile nichts mehr von ihr gehört, aber ich weiß natürlich, dass sie die ganze Sache immer noch verarbeiten muss. Es ist schwer für sie, genau wie für dich, nehme ich an. Es ist schon so lange her, dass ich Dich gesehen habe. Ich würde mich wirklich sehr freuen, wenn Du mich besuchen kommen würdest, wenn Du mal freihast. Wie wär's nach Deinem Geburtstag, wenn sich alles wieder ein bisschen beruhigt hat? Jack fährt Dich bestimmt, wenn Du ihn fragst. Ich vermisse Deinen jugendlichen Sarkasmus, ganz egal, was Du vielleicht denkst. Das wär's erst mal. Ich freue mich schon auf Deinen nächsten Brief. Ich denke wie immer an Dich und zähle die Tage.

In Liebe,
Dad

Ich steckte den Brief in den Umschlag zurück und legte ihn auf den Nachttisch, dabei versuchte ich, die Melancholie aus meinem Kopf zu vertreiben. Selbst nach all den Briefen, die mein Vater mir geschickt hatte, war ich immer noch traurig, wenn ich sie las, auch wenn ich wusste, dass es noch tausendmal schmerzhafter wäre, sie nicht zu bekommen.

Mit schwerem Herzen lehnte ich meinen Schreibblock gegen meine Knie und begann mit meiner Antwort, wobei ich die negativen Seiten meines Lebens zensierte und die positiven besonders hervorhob. Selbst wenn die Welt um mich herum zusammenbrechen sollte, würde ich meinem Vater nichts davon schreiben, weil er mehr als alle anderen Menschen in meinem Leben gute Nachrichten gebrauchen konnte, ganz egal, in welcher Form sie ihn erreichten. Und ganz egal, wie wütend und frustriert ich auch war, ich würde ihm immer geben, was er brauchte, um zu überleben.

Hi Dad,

ich sitze hier, balanciere meinen Block auf zwei aufgeschürften Knien und schreibe dir mit verstauchter Hand. Falls du dich fragst, warum: Ich bin gestern Abend nach der Arbeit auf dem Nachhauseweg mit dem Gesicht voraus auf den Asphalt geknallt.

Ein unheimlicher Schatten ist mir nachgejagt und hat mich zu Boden gerissen. Aber es ist alles okay, weil ich nämlich nicht zugelassen habe, dass er mich umbringt – gern geschehen –, obwohl ich mir inzwischen ziemlich sicher bin, dass das sowieso nicht seine Absicht war. Er hat mich wahrscheinlich nur wie ein Irrer verfolgt, um mich zu fragen, warum ich mitten in der Nacht ganz allein in seiner Einfahrt herumschnüffele. Teenager eben, stimmt's?

Zum Glück habe ich überlebt und kann jetzt davon berichten, auch wenn ich nicht behaupten kann, dass das auch für meinen Stolz gilt. Trotzdem finde ich, dass sich die Geschichte ganz gut als Eröffnung für diesen Brief macht, und ich wette, sie hat dich wenigstens ein bisschen zum Lächeln gebracht.

Ich hoffe, das Ganze hatte letzten Endes auch etwas Gutes, weil ich mit schrecklichen Schmerzen und total paranoid nach Hause gerannt bin.

Es ist schön zu wissen, dass du liest. Ich finde, ein Buch zu schreiben, ist eine tolle Idee. Sie sagen ja immer, das sei eine gute Therapie.

Ich weiß allerdings nicht, wer »sie« sind oder ob das tatsächlich stimmt. Und ich hoffe sehr, dass du mit »Buch« keine Autobiografie meinst, weil ich wirklich nicht scharf darauf bin, die Geschichte deines Mordprozesses noch mal im Taschenbuchformat zu durchleben, ganz gleich, wie beruhigend sich das auf deine Psyche auswirkt. Und ich finde auch die Vorstellung nicht besonders verlockend, demnächst noch mal mit anzusehen, wie Mom eine Panikattacke durchmacht.

Ich hatte diesen Sommer noch nicht wirklich Gelegenheit, etwas anderes zu tun als zu arbeiten, aber ich gewöhne mich langsam daran.

Ich habe mich mit der Monotonie meines momentanen Lebens abgefunden.

Onkel Jack ist toll. Er versucht immer noch sein Bestes, um Deinen Platz einzunehmen, auch wenn er ein bisschen grummeliger ist als du. Vielleicht ist das ja schon die Midlife-Crisis? ;-) Er fährt ziemlich oft in die Stadt. Millie und ich haben die Theorie entwickelt, dass er da eine Frau kennengelernt hat, denn was könnte er sonst schon so oft »Geschäftliches in der Stadt« zu erledigen haben? Was glaubst du: unser Jack, ein Casanova? Hmm … Da hast du was, worüber du nachdenken kannst. Falls es wirklich so ist, dann müssen wir uns um seine Gesundheit keine Sorgen machen, glaube ich. Zumindest nicht, solange sein Herz mitmacht.

Aber so, wie ich Onkel Jack kenne, wette ich, dass es eher eine schmutzige Affäre ist als eine märchenhafte Romanze. Bisher konnte nichts auch nur annähernd die Leere füllen, die du in seinem Leben hinterlassen hast.

Danke, dass du gesagt hast, ich würde irgendwann später zuletzt lachen, wenn alle meine Freunde wie Dörrpflaumen schrumpeln, weil sie jetzt ihre ganze Freizeit in der Sonne verbringen.

Ich fühle mich geschmeichelt, dass du damit andeutest, ich hätte immer noch mehr als eine echte Freundin, und ich hoffe, dass du das auch wirklich denkst. Wenn du wüsstest, wie viele Leute sich von mir abgewandt haben, würde es dir das Herz brechen, glaube ich.

Und, ganz ehrlich, ich bin froh, dass ich nicht draußen in der Sonne bin, weil ich weiß, dass mich all die Zeit, die ich drinnen verbringe, meinem Endziel näher bringt: meinem eigenen Auto. Ich weiß noch nicht, wie ich meinen 17. Geburtstag feiern will, aber wahrscheinlich wird es eher was Kleineres.

Millies Eltern fahren weg, deshalb feiern sie und Alex eine riesige Party bei sich zu Hause, zu der auch alle seine College-Freunde kommen. Ganz sicher wärst du nicht damit einverstanden, wenn du hier wärst. Aber das bist du ja nicht.

Ich glaube, Mom will mir ein Kleid für die Party nähen. Jedes Mal, wenn sie mich in einer Jogginghose sieht, sehe ich, wie das Leuchten in ihren Augen ein kleines bisschen verblasst. Wenn ich nicht bald mal was Damenhaftes trage, stirbt wahrscheinlich ein Teil von ihr. Letzten Samstagmorgen hab ich sie dabei erwischt, wie sie an mir Maß genommen hat, als ich noch geschlafen hab.

Wenn ich auch nur eine Rüsche oder einen Hauch von Glitzerkram sehe, wird das ein unschönes Ende nehmen.

Sie arbeitet mehr denn je, aber es scheint ihr wirklich Freude zu machen.

Auch die meisten *ihrer* Freunde haben sie im Stich gelassen, nach allem, was passiert ist. Aber auch die, die das nicht getan haben, kommen nicht mehr so oft vorbei. Ich glaube, Mom hat ihren sozialen Glanz verloren.

Ich weiß, dass das vergangene Jahr für uns alle sehr schwer war, aber sie wirkt jetzt glücklicher. Und ich bin mir sicher, dass sie dich genauso sehr vermisst wie ich.

Manchmal habe ich das Gefühl, dass sie dich hasst, genau wie alles andere, was deine Gefängnisstrafe mit sich gebracht hat. Und manchmal ist es bei mir genauso.

Mrs. Bailey kommt jetzt wieder sonntags vorbei. Ich bin erst vorhin zu dem Schluss gekommen, dass sie wahrscheinlich die nervtötendste Person ist, die je auf diesem Planeten gelebt hat. Glaubst du, es ist möglich, dass sie von Luzifer abstammt? Nur so ein Gedanke.

Nervtötend ist noch gelinde ausgedrückt. Du hast ja keine Ahnung, was für einen Mist sie über dich verbreitet. Und Millie hat mir wahrscheinlich sowieso nur die Hälfte davon erzählt.

Sie war heute Morgen hier und hat uns von der neuen Familie erzählt, die in das alte Priestly-Haus eingezogen ist. Ich schätze, sie müssen entfernte Verwandte sein. Seltsam, was? Ich hab immer gedacht, das Haus würde bis in alle Ewigkeit leer stehen.

Es ist voller Jungs, Jungs, Jungs.

Ich komme dich in ein paar Wochen besuchen, nach meinem Geburtstag, wenn ich im Diner mal ein bisschen freihabe. Ich kann es wirklich kaum erwarten.

Ich fürchte mich davor zu sehen, wie hager und unglücklich du aussiehst. Jedes Mal, wenn ich daran denke, könnte ich in Tränen ausbrechen.

Das wäre im Moment alles. Ich vermisse dich so sehr.

So sehr, dass es manchmal sogar körperlich wehtut.

Ich denke immer an dich.

Ich wünschte, ich könnte einfach einen Schalter umlegen und es abstellen.

Und zähle die Tage.

Zähle die Jahre.

Ich hab dich lieb und drücke dich ganz fest,

Sophie

5

Die Priestly-Brüder

Ich stand vornübergebeugt, presste meine Nase gegen die Thekenplatte und wünschte mir sehnlichst, die Zeit würde schneller vergehen. Selbst in den geschäftigsten Stunden des Tages wurde das Diner zwar nicht unbedingt von Gästen überrollt, aber heute Abend war es ungewöhnlich ruhig. Nur noch eine Stunde, bis ich nach Hause gehen konnte, aber die Minuten schienen unendlich langsam zu verstreichen. Und was das Ganze noch schlimmer machte: Die Klimaanlage war kaputt, durch die erdrückende Schwüle kräuselten sich meine Haarspitzen, und der Lieferant war schon den dritten Tag in Folge nicht aufgetaucht, was wiederum bedeutete, dass uns allmählich einige Sachen auf der Speisekarte ausgingen.

Millie stand hinter mir und tippte mir ohne Unterbrechung auf die Schulter. Sie war nun mal halb Frau, halb Frage. »Wenn diese neuen Priestly-Verwandten *gerade* erst eingezogen sind, dann war der Schattenmann wahrscheinlich auch einer von den fünf Jungs, oder?«

»Ja«, antwortete ich gähnend. »Wahrscheinlich.«

Sie lachte, als sei es das Lustigste, was sie jemals gehört hatte. »Wie peinlich für dich.«

Ich hob den Kopf. »Lieber peinlich als tot.«

Sie grinste. »Oh, komm schon, Soph, *wo* bleibt dein Sinn für Abenteuer?«

Ich tat, als würde ich über ihre Frage nachdenken. »Ich glaube, der liegt ganz tief unter meinem natürlichen Überlebensinstinkt begraben.«

»Du hättest mit einem Schatten rummachen können!« Ihr Gesicht glühte förmlich.

»*Oder* brutal von einem ermordet werden«, konterte ich.

»Ach, du bist *so* eine Spaßbremse.«

»Wie klingt das?«, schlug ich vor. »Wenn ich das nächste Mal in einer prekären Lage mit einem völlig Fremden stecke, verspreche ich, dass ich versuchen werde, mit ihm rumzumachen.«

»Bah! Mach keine Versprechen, die du sowieso nicht halten wirst. Ich will meine Hoffnungen nicht zu hoch schrauben.«

Die Glocke über der Tür klingelte und drei Mädchen schlenderten ins Diner. Zwei von ihnen kannte ich aus der Schule. Erin Reyes und Jane Leder bestanden nur aus zickiger Gehässigkeit und langen Beinen und hätten sicher sofort einen Vollzeitjob angenommen, wenn man dabei nur über Leute lästern und urteilen dürfte. Ich war überrascht, sie im Gracewell's zu sehen – es war meilenweit von den teuren Läden entfernt, in denen sie sonst so abhingen. Andererseits bot das Diner ihre Lieblingsattraktion – mich. Es mochte vielleicht schon knapp anderthalb Jahre her sein, seit mein Vater ins Gefängnis gegangen war, aber es war *immer noch* Erins Lieblingsthema.

Sie erhaschte meinen Blick und grinste hämisch, und ich versuchte, nicht zusammenzuzucken, als sie dem dritten Mädchen, das mich bereits mit gespannter Aufmerksamkeit betrachtete, bühnenreif zuflüsterte: »Das ist sie. Sie arbeitet *tatsächlich* hier. In dem Laden, in dem es *passiert* ist. Ist das zu fassen?«

Die beiden anderen kicherten, und ich spürte, wie meine Wangen zu glühen begannen.

»Würg«, sagte Millie, die genauso viel Geduld für professionelle Zicken hatte wie ich. »Ich mach das schon. Und wenn sie nicht aufpassen, serviere ich ihnen zur Speisekarte als Beilage meinen Schuh in ihrem …« Den Rest konnte ich nicht mehr hören, weil sie bereits um die Theke herumging, um die Bestellung der drei aufzunehmen.

Ich lächelte ihrem Hinterkopf dankbar nach. Ins Gracewell's Diner kamen hauptsächlich Leute, die in der Stadt arbeiteten, oder Familien aus der Nachbarschaft, die schon seit Jahren zu den Stammgästen zählten. Hin und wieder schauten jedoch auch neugierige Giftschlangen aus der Schule im berühmtberüchtigten Restaurant von Michael Gracewell vorbei, und Millie steckte diesen Schlag jedes Mal ein und bediente sie, damit ich es nicht tun musste.

Geistesabwesend band ich die herunterhängenden Bänder meiner Schürze zu einer ungleichmäßigen Schleife zusammen.

»Willst du auch mal *irgendwann* was arbeiten, Sophie?«

Ursula, die stellvertretende Restaurantleiterin, war aus der Küche zurückgekehrt. Sie war zwar beinahe so alt wie Mrs. Bailey, aber unendlich viel cooler: Ihr lila Haar sah absolut lässig an ihr aus, und sie konnte sich mit mir unterhalten, ohne dabei meinen Lebenswillen negativ zu beeinflussen. Sie nickte in Richtung Millie, die den drei Mädchen gerade die Speisekarten reichte.

»Oh, komm schon. Hier ist doch sonst niemand und ich kann ja schlecht die leeren Tische bedienen«, protestierte ich.

Ursulas Lachen klang heiser und verriet sofort, dass sie seit Jahren starke Raucherin war. »Ich will damit ja nur sagen, dass du heute Abend ein wenig abgelenkt wirkst.« Sie schob ihre runde Brille auf der Nase nach oben, bis sie wieder richtig saß und ihre Augen auf das Doppelte vergrößerte. »Oder sollte ich sagen, noch abgelenkter als gewöhnlich?«

»Das liegt daran, dass sie abgelenkt ist, Ursula.« Millie war zurück und zog ihre Schürze aus. Sie machte eine Stunde vor mir Feierabend und in diesem Moment nahm ich ihr das ein kleines bisschen übel. »Wir sollten es Ursula sagen.«

»Ja, sollten wir«, wiederholte Ursula, schob sich seitlich näher und lehnte sich neben mir gegen die Wand. Wir waren beide genau gleich groß und sie konnte mir ohne große Mühe und sehr eindringlich direkt in die Augen schauen.

»Aber ich *habe* gar keinen Klatsch und Tratsch«, schwor ich.

»Lügnerin!« Millie baute sich vor der Theke auf, ihre Kapuzenjacke in der Hand. Sie schlüpfte hinein und grinste so breit, dass ihre komplette durchsichtige Zahnspange ganz zu sehen war. Sie machte den Reißverschluss zu, und ihr Namensschild, MILLIE DIE WUNDERVOLLE – ich weiß wirklich nicht, wie sie das an Onkel Jack vorbeigeschummelt hat –, verschwand. Dann lehnte sie sich nach vorne, bis ihr Haar über die Thekenplatte streifte, und sprach mit leiser Stimme weiter. Ursula reagierte wie ein Magnet, schob sich näher an sie heran und richtete ihre ganze Aufmerksamkeit auf Millie.

»Na ja, du wirst das wahrscheinlich nicht glauben«, begann Millie und deutete ganz subtil mit ihrem Daumen auf mich, »aber Sophie hat sich in einen Schatten verknallt. Man könnte sozusagen von einem richtig echten Schattenschwarm sprechen. Die sind zwar so selten wie eine Sonnenfinsternis, aber es gibt sie. Unsere Sophie ist eine Schattenschwärmerin.«

Ursula kniff ihre Augenbrauen so fest zusammen, dass sie sich beinahe berührten. »Was?«

»Sie macht nur Spaß«, versicherte ich und warf Millie einen tödlichen Blick zu.

»Tu ich das, Sophie? Tu ich das?« Sie grinste so vielsagend, wie nur Millie es konnte. »Ursula, ich möchte dich bitten, den Tisch mit diesen *wunderbaren Exemplaren* da drüben zu übernehmen, jetzt, da ich gehe«, sagte sie und winkte in Richtung Erin und ihrer Freundinnen in der Ecke, bevor sie das Diner durchquerte und rief: »Wir sehen uns morgen, Leute!«

Als Millie verschwunden war, richtete Ursula ihren durchdringenden Blick wieder auf mich. »Also, was hat's mit dieser ganzen Schattensache auf sich?«

»Das ist gar nichts, wirklich. In das Priestly-Haus ist eine neue Familie eingezogen, und ich glaube, ich hab neulich Nacht einen von ihnen gesehen, aber dann bin ich vor ihm weggerannt, und jetzt findet Millie, das sei das Lustigste und gleichzeitig das Tragischste, was sie je gehört hat.« Ich schnappte mir einen Lappen und begann, die Theke zu wischen, die ohnehin bereits glänzte.

Ursulas Augen verengten sich, so als versuchte sie herauszufinden, ob noch mehr hinter meiner Geschichte steckte, aber bevor sie mich ins Kreuzverhör nehmen konnte, klingelte die Glocke über der Tür.

In der Kulisse unserer abrupten Stille schoben sich zwei Gestalten durch die Tür.

Ich versuchte, nicht nach Luft zu schnappen. Ein großer, dunkelhaariger, gut aussehender Junge allein ist schon schwierig zu ignorieren, aber bei zweien ist es nahezu unmöglich.

Sie hielten in der Tür inne, und ihre breiten Schultern berührten sich, als sie Seite an Seite stehen blieben. Sie ließen ihre Blicke mit militärischer Präzision durch das Diner schweifen, so als suchten sie nach etwas, das durchaus unter einem der Tische hätte liegen oder von einem der Deckenventilatoren hätte hängen können.

Ohne es zu wollen, machten Ursula und ich einen Schritt nach vorne.

Die beiden hatten etwas ungezwungen Elegantes an sich – ihre dunklen Jeans mit den geraden Beinen waren perfekt geschnitten und auf die teuren Lederstiefel abgestimmt, die höchstwahrscheinlich mehr gekostet hatten als meine komplette Garderobe, und dazu trugen sie Designer-T-Shirts, die nur von den schlichten Silberketten um ihren Hals begleitet wurden.

Ich betrachtete den rechten Jungen näher und spürte, wie sich in meinem Inneren etwas rührte. Ich kannte seine Figur, seine Größe. Ich senkte den Blick und erkannte auch die silbernen Schnallen an seinen Stiefeln.

Ursula und ich waren jedoch nicht die Einzigen, die hilflos fasziniert waren. Aus dem Augenwinkel erkannte ich, dass auch die drei Mädchen in der Ecke ihre Unterhaltung unterbrochen hatten und mit einem Mal viel hungriger aussahen als noch vor einem Moment. Ich konnte ihnen deswegen keinen Vorwurf machen. Die Jungs wirkten wie aus einem Hollywood-Streifen.

Ohne uns anzusehen, schwebten – ja, schwebten – sie zu einer der Sitznischen am Fenster, rutschten hinein und konzentrierten sich weiter ausschließlich auf ihre geflüsterte Unterhaltung.

»Kannst du das übernehmen, Schätzchen?«, seufzte Ursula. »Ich glaube nicht, dass ich mich neben die beiden stellen kann. Das ist zu deprimierend.« Sie durchquerte das Diner, um sich stattdessen um die Mädchen in der Ecke zu kümmern.

Meine mitternächtliche Begegnung war mir fast wie ein böser Traum vorgekommen, aber nun war dieser Schattenjunge hier, und mir wurde bewusst, dass ich mich der Realität dieser Sache stellen musste – er war der mächtige Olymp, ich das kleine Gracewell's Diner, und ich hatte noch immer keine Ahnung, warum er mich eigentlich zu Boden geworfen hatte. Mit ein wenig Glück bestand allerdings die Chance, dass er mich gar nicht wiedererkannte.

Aufgrund ihres besonderen Aussehens und ihrer offensichtlichen Ähnlichkeiten war ich ohnehin bereits davon ausgegangen, dass die beiden Brüder waren, aber die Tatsache, dass sie sich auf Italienisch unterhielten, als ich mich ihrem Tisch näherte, bestätigte diese Annahme – es war derselbe Singsang, in dem der Schattenjunge auch mit mir gesprochen hatte.

»Hi, ich bin Sophie und heute Abend Ihre Kellnerin«, ratterte ich herunter und reichte jedem von ihnen eine Speisekarte.

Der Schattenjunge wurde aus seiner Unterhaltung gerissen. Er drehte sich um, und aus der Nähe war er jünger, als ich erwartet hatte – immer noch älter als ich wahrscheinlich, mit kastanienbraunem Haar, das sich unter seinen Ohren hervorlockte, und dunklen, mandelförmigen Augen mit goldenen Sprenkeln. In dem Moment fühlte ich mich wie vom Blitz getroffen – nicht wegen seines guten Aussehens, sondern davon, dass er so vertraut wirkte. Ich wurde das Gefühl nicht los, dass ich sein Gesicht schon mal irgendwo gesehen hatte – vor langer Zeit –, und auch wenn es unbestreitbar hübsch war, verspürte ich den unangenehmen Drang, den Blick von ihm abzuwenden. Ich versuchte, mich aus meiner Trance zu blinzeln. Er hatte mich einfach nur aus der Fassung gebracht. Wenn ich ihn schon mal gesehen hätte, hätte ich ihn ganz bestimmt nicht vergessen.

»Sophie«, sagte er leise und fing meinen Blick ein. »Ich glaube, wir haben uns neulich Nacht schon mal getroffen.«

Meine Gesichtszüge entgleisten. Ich faltete die Hände vor meinem Körper, während sein Blick mit einer Intensität über mein Gesicht wanderte, an die ich absolut nicht gewöhnt war. Sein Bruder, der sich für unsere Unterhaltung nicht im Geringsten zu interessieren schien, studierte schweigend die Speisekarte.

Der Schattenjunge lächelte. »Ich hab nur versucht, dir aufzuhelfen, weißt du?«

»Ah«, sagte ich und erwiderte seinen Blick mit demselben, wie ich hoffte, gleichgültigen Ausdruck. »Du meinst, von dort, wo du mich hinbefördert hattest? Wie nett von dir.«

Wenn er sich angegriffen fühlte, zeigte er es jedenfalls nicht. »Du hast so abrupt aufgehört zu rennen, dass ich gar keine Zeit hatte, abzubremsen … Und ich *hab* versucht, mich zu entschuldigen, aber wenn ich mich recht erinnere, bist du weggerannt.«

Ich lächelte verlegen. »Ich hab vielleicht ein bisschen überreagiert …«

»Ist ja nichts weiter passiert«, lenkte er ein und hob die Hände in die Luft. »Aber bist du immer so defensiv?«

»Das kommt drauf an – bist du immer so … fordernd?«

»*Non lo so*«, erwiderte er leise, und ihm gegenüber stieß sein Bruder, der sich die ganze Zeit auf die Speisekarte konzentriert hatte, ein leises Lachen aus.

Es erstaunte mich, wie mühelos er zwischen den beiden

Sprachen hin und her wechselte – und außerdem war ich ein wenig neugierig, was die beiden so amüsant fanden.

»Das ist eine komplizierte Frage«, fuhr der Schattenjunge nach einem Augenblick fort, so als spüre er meine Verärgerung. Er legte die Stirn in Falten und lehnte sich über den Tisch. »Die ganze Sache tut mir ehrlich leid, Sophie. Ich wollte dich nur was fragen. Aber dann bist du so plötzlich stehen geblieben und …« Er verstummte und tat sein Bestes, beschämt auszusehen.

»Da war eine Katze und ich wollte sie nicht über den Haufen rennen.«

»Ah, ich verstehe.«

»Aber dann hast *du* mich stattdessen über den Haufen gerannt, und jetzt bin ich mir nicht mehr sicher, ob es das wert war.«

»Ich hab dir doch schon gesagt«, erwiderte er verschwörerisch, »dass ich dich was fragen wollte.«

»Stellst du deine Fragen immer so aggressiv? Ich bin mir nicht sicher, ob du damit in Verhören sehr erfolgreich wärst.«

»Vielleicht hast du recht«, gab er mit einem Lächeln zu. »Aber für dieses Berufsfeld bin ich sowieso viel zu ungeduldig.«

Wie gebannt starrte ich auf die goldenen Sprenkel in seinen dunklen Augen und versuchte gleichzeitig, mich nicht aus dem Konzept bringen zu lassen. Sie hatten irgendetwas an sich …

»Also, was wolltest du mich fragen?«

»Na ja«, sagte er, »zuerst wollte ich wissen, warum du mein Haus ausspionierst. Und dann hab ich angefangen, mich zu fragen, warum du plötzlich beschlossen hast, nicht zu bleiben, als ich dich bemerkt habe?«

Er lächelte nicht mehr. Stattdessen betrachtete er mich eindringlich, und ich verstand, was er meinte – er wusste, dass ich weggerannt war, und er wusste, dass ich vor ihm Angst gehabt hatte. Aber jetzt, als ich ihn anschaute, konnte ich mich beim besten Willen nicht mehr erinnern, warum.

»Bist du vor mir weggerannt?«

Ich schüttelte so energisch den Kopf, dass meine Wangen zitterten. »Nein, auf keinen Fall.«

»Ach wirklich?«, presste er hervor, aber diesmal setzte er ein breites Lächeln auf. Es veränderte sein Gesicht auf wunderschöne Art, hob seine Augenbrauen an und ließ den Kiefer weicher wirken.

»Ich betrachte es lieber als zufälliges Hüpfen.«

Er wich ein Stück vor mir zurück und ganz langsam nahm ich auch den Rest der Welt wieder wahr. »Ich würde es eher wildes Rasen nennen.«

»Wortklauberei.«

»Tut mir leid, wenn ich dir wehgetan habe«, sagte er. »Ich bin übrigens Nic, und das ist mein Bruder, Luca.«

Obwohl ich zwischen den Brüdern stand, hatte ich Luca kaum bemerkt. Er hatte aufgehört, die Speisekarte zu studieren, und seine gefalteten Hände darauf abgelegt. Ich lächelte ihn an. »Willkommen im Gracewell's.«

»Das war echt langweilig für mich«, antwortete Luca. Seine Stimme klang vor Ungeduld ganz bissig und kratzte leicht, so als sei er ein wenig heiser. »Aber es ist schön zu hören, dass du trotzdem vorhast, dich heute Abend auch ein wenig professionell zu verhalten, Sophie.«

Ich wurde blass. *Wie unhöflich ist der Typ denn bitte?*

Er gestikulierte mit seinem Zeigefinger hin und her, zuerst in Nics Richtung, dann in meine, so als gehe unsere Unterhaltung ihn auch etwas an. »Bist du bereit, dich zu konzentrieren, Nicoli?«

Nicoli. Sein voller Name passte zu ihm. Er war wunderschön.

Nic rutschte auf seinem Stuhl ein Stück näher zu mir heran, bis wir beide Seite an Seite waren, gegenüber von seinem Bruder. »Entspann dich, Luca.«

Lucas Augenbrauen wanderten nach oben. »Mein Bruder, *l'ipocrita.*«

Nic hob eine Hand in Lucas Richtung. *»Stai zitto!«*

»Arbeitest du hier schon lange, Sophie?«, wandte sich Luca erneut an mich. Er fuhr sich mit einer Hand durchs Haar, schob sich die widerspenstigen schwarzen Strähnen aus dem Gesicht und steckte sie hinter die Ohren.

Ich war völlig hingerissen von seinen strahlend blauen Augen, jetzt, da ich sie richtig sehen konnte. Sie brannten förmlich und schienen unnatürlich grell aus seinem gebräunten Gesicht zu leuchten. Ich fragte mich, ob er der Junge vom Fenster war. Nein, er war zu hart, zu unnachgiebig. Er war es nicht. Da war ich mir beinahe sicher.

»Also?«, drängte er.

»Luca«, polterte Nic, »könntest du das bitte lassen …«

»Lass sie antworten.«

»Nein, ich arbeite hier noch nicht lange«, antwortete ich schnell und hoffte, dass es die Spannung, die sich aus irgendeinem Grund zwischen ihnen aufgebaut hatte, ein wenig lösen würde. Vielleicht hatten sie sich ja gerade gestritten, bevor ich gekommen war. Oder vielleicht kam Luca nicht viel unter Leute und das hier war seine Vorstellung von geselligem Smalltalk. »Es ist nur ein blöder Ferienjob.«

Ich fühlte mich schuldig, weil ich gelogen hatte, was die

Rolle betraf, die das Diner in meinem Leben und für meine Zukunft spielte, aber mit einem Mal ertrug ich die Vorstellung nicht, sie könnten mich für so gewöhnlich halten, wie ich tatsächlich war. Oder denken, mein Leben sei mit einem Laden verbunden, der seit fast zwanzig Jahren nicht mehr renoviert worden war, der einem inhaftierten Mann gehörte und in dem niemals irgendetwas Aufregendes passierte.

Nic zog seine Arme unter dem Tisch hervor und verschränkte sie. Er hielt seinen verengten Blick auf Luca gerichtet, so als würde er ihn zu irgendetwas herausfordern.

»Gefällt es dir?« Luca schien sich von dem tödlichen Blick nicht beirren zu lassen.

Ich zuckte mit den Schultern. »Genauso sehr wie allen anderen auch, schätze ich.«

»Und was ist mit deinen Kollegen? Magst du die?«

»*Smettila!*«, zischte Nic und rutschte wieder mühelos in die andere Sprache.

»Spielt es eine Rolle, ob ich sie mag?«

»Sag du es mir«, erwiderte Luca.

»Ja, sie sind nett, größtenteils«, gab ich gelassen zurück. »Warum? Führst du eine Umfrage für die Polizei durch oder so?«

Zum allerersten Mal seit unserer etwas holprigen Vorstellung lächelte Luca mich an und enthüllte seine scharfen Zähne und die ausgeprägten Wangenknochen.

»Sophie«, murmelte Nic. »Mach dir keine Gedanken wegen meines Bruders. Wie du siehst, ist er in sozialen Belangen *vollkommen* unqualifiziert.«

Die Weichheit in seiner Stimme beruhigte mich wieder, und ich ließ mich von seinem Charme verführen, wenn auch nur für einen Moment, bevor ich sie mit den Speisekarten allein ließ.

»Jetzt schau dir mal diese beiden Prachtexemplare an!«, johlte Ursula, als ich wieder zur Theke zurückkehrte. »Dann sind *diese* Jungs also die neuen Priestlys?«

Ich nickte kaum merklich. Auf der anderen Seite des Raums waren Nic und Luca bereits in die nächste Unterhaltung vertieft. Sie waren wieder in ihrer eigenen wunderschönen kleinen Welt, und Ursula und ich befanden uns auf einem Planeten nebenan und beobachteten sie völlig ungeniert.

»Ist dein Schattenschwarm der mit den schwarzen Haaren?«, neckte sie mich.

»Nein, der andere.«

Plötzlich drehte er den Kopf ein wenig, so als hätte er uns gehört. Ich hielt den Atem an – ohne zu wissen, warum – und drückte Ursulas Arm, aber sie bemerkte es gar nicht, weil sie viel zu sehr damit beschäftigt war, nicht zu sabbern. Und dann war er wieder völlig vertieft. Es war, als hätte er eine Pause von seiner intensiven Diskussion gebraucht, um durchzuatmen, und jetzt, da er das getan hatte, konnte er sich ihr wieder voll und ganz widmen. Genau wie Luca. Ihre Münder bewegten sich schneller und ihre Gesten wurden ausdrucksstärker.

»Es ist schwer, nicht hinzuschauen«, neckte Ursula mich und ließ sich von der offensichtlich wachsenden Wut ihrer Unterhaltung nicht abschrecken. »Und schau dir bloß mal diese Augen an. Woher kommen sie eigentlich?«

»Aus dem Himmel?«, vermutete ich, und wir lachten beide. Sie waren so exotisch, so anders als alle anderen, die ich je in Cedar Hill gesehen hatte.

»Müssen Engel denn auch essen?«

Im selben Moment fiel mir ein, dass ich völlig vergessen hatte, ihre Bestellung aufzunehmen. Ich schob mich hinter der Theke hervor und huschte wieder zu ihnen zurück. »Was kann ich euch bringen?« Ich holte den Notizblock aus meiner Schürze, klappte ihn auf und riss dabei den unteren Teil des Blattes ein.

Luca wirkte, als hätte ich ihn mit meiner Unterbrechung erschreckt, so als hätte er vergessen, wo er war. Er klappte die Speisekarte wieder auf, überflog sie fünf Sekunden lang und richtete sich dann mit einem Stirnrunzeln wieder auf. »Einen Kaffee. Schwarz. Stark.«

Er gestikulierte in Nics Richtung.

»Ich nehme das Steak-Sandwich, blutig, mit Pommes Frites. Und ein Glas Milch«, sagte Nic schließlich, bevor er seine Speisekarte zuklappte und den Blick wieder auf mich richtete. »Bitte.«

»Ist das alles?« Ich hielt Augenkontakt mit ihm und spürte, wie sich meine Lippen zuckend in ein schüchternes Lächeln verwandelten.

»*Cazzo*, das *ist* alles!«, fauchte Luca in den Raum zwischen uns.

Inzwischen war ich daran gewöhnt, mit schwierigen Kunden umzugehen, aber Lucas Benehmen war bislang einmalig, und ich ertappte mich dabei, dass ich schneller die Geduld verlor, als es normalerweise der Fall gewesen wäre. »Es tut mir leid, aber beleidigt dich meine Anwesenheit in dem Laden, in dem ich arbeite? Weil du nämlich nicht hierbleiben musst.«

Er warf mir einen verächtlichen Blick zu, aber ich hielt ihm stand.

»Spuck einfach nicht in meinen Kaffee.«

Ich biss mir auf die Zunge und entfernte mich wieder von ihnen.

Nachdem ich Kenny in der Küche die Bestellung durchgegeben hatte, gesellte ich mich wieder zu Ursula, die hinter

Erin und Co abräumte. Wir beschäftigten uns damit, die übrigen Tische abzuwischen und den Boden zu fegen, während die Minuten langsam verstrichen. Als ich Nic sein Steak servierte, erhaschte ich einen Blick auf den oberen Teil eines Tattoos, das aus dem Nackenausschnitt seines T-Shirts hervorlugte, und verbrachte die folgenden zehn Minuten hinter der Theke damit, darüber nachzudenken, ob es sich dabei tatsächlich um die Spitze eines großen, aufwendigen Kreuzes handelte.

Fünf Minuten vor der Sperrstunde, als ich gerade die Bücher für den heutigen Abend abschloss, klingelte Lucas Telefon, und er stand urplötzlich auf und verschwand.

Nic näherte sich ganz vorsichtig der Theke, so als steuere er direkt auf Gewehrfeuer zu. Dasselbe unangenehme Gefühl des Wiedererkennens flackerte in mir auf, aber ich unterdrückte es entschlossen. *Reiß dich zusammen.*

»Tut mir leid wegen meines Bruders.« Er gestikulierte mit einer Hand zu irgendetwas hinter seinem Rücken. »Wir vermuten, dass er als Baby auf den Kopf gefallen ist … ein paar hundert Mal.«

»Ich glaube nicht, dass ich schon jemals jemanden getroffen habe, der so wissbegierig war«, bemerkte ich. Es war das Einzige nicht Negative, das mir zu Luca einfiel.

Nics Kopf zuckte hin und her, so als summe eine Biene in seinem Ohr. Vielleicht dachte er ja genauso über seinen Bruder. »Ich schätze, ich bin inzwischen einfach daran gewöhnt. Lass dich von ihm nicht aus der Ruhe bringen.«

»Das hat er nicht.«

»Du findest Luca nicht einschüchternd?«

Ich schüttelte den Kopf. »Mir macht man so schnell keine Angst.«

Nics Blick wirkte mit einem Mal viel schärfer und intensiver, und ich nahm sofort überdeutlich wahr, wie laut mein Herz schlug.

»Gut«, murmelte er.

»Aber er ist definitiv eigenartig«, fügte ich hinzu, nachdem ich kurz überlegt hatte. »Und unglaublich unhöflich.«

»Wir sollten ihn öfter herbringen, damit du ihn in seine Schranken verweisen kannst.« Nic zauberte eine schwarze Kreditkarte hervor, die vor sichtbarem Wohlstand, von dem ich nur träumen konnte, strahlend glänzte, und reichte sie mir.

Plötzlich ging jede Faser meines Körpers in Habachtstellung, und ich fragte mich, ob er es bemerkte. Wahrscheinlich war er aber daran gewöhnt, dass er diese Wirkung auf Mädchen hatte.

»Und, wann seid ihr eingezogen?«, fragte ich und versuchte, mich weiter zu konzentrieren.

»Letzte Woche.«

Dann konnte ich ihn unmöglich kennen. Mein Verstand spielte mir nur einen Streich. Nic zeigte beiläufig hinter sich in die grobe Richtung des Hauses und deutete damit an, dass dies nur eines von zahlreichen weitläufigen Anwesen war, in denen seine Familie verkehrte. Nicht dass mich das überraschte: Er hatte diesen gewissen Blick, den Blick eines Kinds reicher Eltern, die sich Urlaube in Europa und in Skiresorts in Aspen leisten konnten. Er stammte von einer Blutlinie ab, die sich viel weiter zurückverfolgen ließ als nur bis ins gewöhnliche Cedar Hill. »Aber wahrscheinlich weißt du das schon, da du ja unser Haus ausspioniert hast.«

Ich spürte, wie meine Wangen wieder zu glühen begannen. »Ich hab euer Haus nicht ausspioniert!«

Sein Lächeln wurde breiter. »Sah aber ganz danach aus.«

Ich schob das Kartenlesegerät zu ihm hinüber und wartete, während er seine PIN eingab. Mein Blick fiel auf die Knöchel seiner rechten Hand, die mit großflächigen, tiefblauen Flecken und dunkelroten Schnitten übersät waren.

»Was ist denn mit deiner Hand passiert?«, fragte ich, selbst erschrocken über das Entsetzen in meiner Stimme. Es war schon unangenehm, sie anzuschauen, und ich verstand nicht, wie er es schaffte, nicht vor Schmerzen zusammenzuzucken.

Nic zog seine Hand von dem Gerät zurück und blickte überrascht darauf. »Oh«, sagte er langsam, drehte sein Handgelenk und betrachtete die Verletzungen.

Das mechanische Drucken der Quittung füllte die Stille.

»Alles okay?«

»Mir geht's gut.«

Ich hatte das Gefühl, ich hätte ihn verärgert. Ich riss die Quittung ab und reichte sie ihm, und diesmal nahm er sie mit seiner anderen Hand.

»Ich wollte nicht neugierig sein …«

»Nein, natürlich nicht.« Nic räusperte sich. »Ich hatte es nur ganz vergessen, das ist alles. Ich hab mich neulich ausgesperrt und musste ein mit Brettern zugenageltes Fenster einschlagen, um in unser Haus zu kommen. So viel zu den Vorteilen eines Umzugs …«

»Sieht aus, als würde es echt wehtun«, sagte ich in meiner Paraderolle als Käpt'n Offensichtlich.

Nic schüttelte den Kopf. »War alles schon mal schlimmer.«

Ich konnte nicht sagen, ob er Witze machte oder nicht, und bevor ich mir überlegen konnte, was ich darauf erwidern sollte, wandte er sich von mir ab.

»Ich sollte jetzt wahrscheinlich lieber gehen, Sophie.«

»Wiedersehen«, sagte ich.

»Vielleicht sehen wir uns ja sogar schon bald wieder?«, rief er mir über die Schulter hinweg zu.

»Solange du nicht wieder versuchst, mich umzubringen.«

»Ich werd's versuchen, aber du bist auf jeden Fall immer willkommen, wenn du mal wieder mein Haus ausspionieren willst.« Er zwinkerte mir zu und die Leichtigkeit war wieder in seine Stimme zurückgekehrt.

»Ich hab es nicht ausspioniert!«

»*Buona Notte,* Sophie!«

6

Der Ertrunkene

Als ich nach Hause kam, parkte ein silberner Mercedes auf der Straße vor unserem Haus. Ich ging um den Wagen herum, der den bemitleidenswerten Zustand des zerbeulten Fords meiner Mutter allein dadurch verdeutlichte, dass er neben ihm stand. Der Mercedes war ebenso schick wie leer und unvertraut. Außerdem lag meine Mutter um diese Zeit längst im Bett und empfing keine reichen Besucher mehr. Ich mochte vielleicht das Kind der Schande sein, aber sie war die Ehefrau der Schande, was bedeutete, dass ihr gesellschaftlicher Kalender sehr viel größere Lücken aufwies als früher. Jetzt hatte sie Projekte statt Freunden.

Ich geriet in Panik, weil sie ganz offensichtlich doch einen Besucher hatte – die Art von Besucher, die versuchen würde, meinen Vater zu ersetzen. Vielleicht hatte meine Mutter das Warten ja doch schon satt. Vielleicht wollte sie die nächsten vier Jahre nicht allein verbringen, ständig Fragen von neugierigen Nachbarn und Schönwetterfreunden abwehren müssen und jeden Valentinstag in Tränen aufgelöst sein, weil man ihr meinen Vater genommen hatte. Vielleicht war das hier das Auto eines Mannes, der versuchen würde, alles wieder in Ordnung zu bringen.

Ich riss mich zusammen. Jetzt konnte ich nur noch eines

tun, und das war nicht, hier draußen herumzustehen und in Panik zu verfallen. Nein. Ich würde da hineinmarschieren, jedes letzte bisschen Teenager-Sarkasmus und -Launenhaftigkeit zusammenkratzen, das ich in mir hatte, und sie dafür einsetzen, diesen geheimnisvollen Verehrer schleunigst wieder zu vertreiben.

Ich trat durch die Haustür und schloss sie leise hinter mir. Aus der Küche drang ein tiefes Vibrieren – die Stimme eines Mannes! Ich trippelte den Flur hinunter und blieb direkt hinter der Küchentür stehen. Sie war angelehnt.

»Ich weiß wirklich nicht, warum du so nervös bist. Du wirst ihr furchtbare Angst machen«, sagte meine Mutter.

»Wird jemals der Zeitpunkt kommen, an dem du einen Rat von mir annimmst, Celine?«

Die angespannte Stimme meines Onkels Jack überraschte mich mehr, als wenn es die eines völlig fremden Mannes gewesen wäre. Früher hatten sich meine Mutter und der Bruder meines Vaters nie gut verstanden, denn meine Mutter war der Meinung, dass Jack sich ständig dazwischendrängte. Und auch wenn er sich mit Konzerttickets oder mitgebrachter Pizza dazwischendrängte, nervte er sie trotzdem. Er war so ungefähr der einzige Mensch auf der Welt, bei dem sie sich weigerte, ihn zu tolerieren. Auf der Ich-will-dich-nicht-in-meinem-Haus-haben-Skala rangierte er sogar noch unter Mrs. Bailey und das wollte schon was heißen.

Als sie noch Kinder gewesen waren, hatten mein Vater und mein Onkel immer nur einander gehabt – das Ergebnis ihrer stets abwesenden, alkoholkranken Eltern –, und da Jack der Jüngere war und sich immer geweigert hatte, sesshaft zu werden, hatte er sich bei vielem einfach auf meinen Vater verlassen, ihn zu einer durchzechten Nacht in seine Stammkneipe entführt oder war in privaten Momenten in sein Leben geplatzt, die meine Mutter nur für uns drei reserviert hatte. Kurz und gut: Jack war immer da und – nach Ansicht meiner Mutter – ein schlechter Einfluss.

Aber ich kannte auch seine anderen Seiten: den Mann, der mit mir in die Stadt gefahren war und sich im Oriental Theatre *Wicked* mit mir angeschaut hatte, nur weil ich einmal im Vorbeigehen erwähnt hatte, dass ich Musicals mochte. Den Mann, der sich während der Arbeit immer in unserer Nähe tummelte, wenn ich mich mit Millie unterhielt, um uns mit seinen – seiner Ansicht nach – weisen Ratschlägen zu beglücken, wenn wir mal wieder Probleme mit Jungs hatten. Den Mann, der mir das Haar verwuschelte, wenn ich gerade versuchte, mich über etwas ganz Ernsthaftes zu beschweren. Der mir ohne mit der Wimper zu zucken das neue iPhone kaufte, »einfach nur so«, und darauf bestand, mich zur Schule zu fahren, wenn es schneite, damit ich nicht durch den Schneematsch zum Bus gehen musste. Ich sah den Mann, der sein Bestes gab, um einzuspringen und mich zu beschützen, seit mein Vater ins Gefängnis gegangen war, und auch wenn er es nicht immer schaffte, mich vor den grausamen Spötteleien und zurückgezogenen Partyeinladungen zu beschützen, versuchte er es zumindest.

Ich schob mich noch näher an die Tür heran.

»Ich will nicht, dass du Sophie in deine Verschwörungsgeschichten mit hineinziehst«, blaffte meine Mutter ihn an. »Hast du denn gar nichts gelernt?«

»Es ist mein gutes Recht, auf sie aufzupassen, Celine. Ich habe Mickey ein Versprechen gegeben.«

»Ich glaube, du hast schon genug getan«, erwiderte meine Mutter mit gefährlich leiser Stimme, die ausschließlich für ihre schlimmsten Launen reserviert war. Ich zuckte aus Mitgefühl mit meinem Onkel zusammen.

»Wann wirst du diesen ganzen Scheiß endlich mal gut sein lassen?«, spuckte Jack aus.

»Wenn du akzeptierst, dass du auch deinen Teil dazu beigetragen hast!«

Ich linste um die Tür herum. Meine Mutter stand an einem Ende der Küche, in ihrem Bademantel und Pantoffeln. Ihr kurzes goldenes Haar lag zerzaust über ihrem Gesicht, das vor Abscheu völlig verzerrt war. Sie hatte die Arme verschränkt und stand ein wenig zur Seite gelehnt, wodurch ihre Hüfte herausfordernd nach oben zeigte. So klein sie auch war, niemand wollte es sich gern mit Celine Gracewell verscherzen. Ich konnte das besser bestätigen als jeder andere.

»Ich will doch nur, dass Sophie in Sicherheit ist«, erwiderte Jack und ließ resigniert die Schultern sinken. »Warum lässt du mich denn nicht dafür sorgen?«

»Weil ich dir nicht vertraue. Nicht nach all dem.«

Mit einem frustrierten Seufzen machte mein Onkel einen Schritt zurück und schüttelte den Kopf. »Du hast mir noch nie vertraut.«

»Oh, halt die Klappe, Jack.«

Da ich der Ansicht war, genug gehört zu haben, um für den Rest des Jahres peinlich berührt zu sein, stieß ich die Tür schwungvoll auf.

»Was zur Hölle ist hier los?«

Auf Jacks Gesicht machte sich Erleichterung breit und die Farbe kehrte wieder in seine Wangen zurück. »Da bist du ja!«

»Ja.« Ich zeigte auf mich selbst, um die Dramatik noch zu erhöhen. »Hier bin ich. Aber was schreit ihr hier so rum?«

»Nichts, gar nichts.« Er fuhr sich mit der Hand durch seine angegrauten Stoppelhaare und kratzte sich am Hinterkopf. »Ich bin nur gestresst.«

Jack war immer wegen irgendetwas gestresst.

»Was machst du hier?«

»Überdramatisieren«, zischte meine Mutter, bevor er antworten konnte.

Auweia.

»Ist das dein neues Auto in der Einfahrt?«, fragte ich, bewegte mich zwischen meinen Onkel und meine Mutter und versuchte, die Spannung ein wenig zu lösen. »Wenn du so viel Geld mit dem Diner verdienst, solltest du mir wahrscheinlich eine Gehaltserhöhung geben.«

Er fand meinen Scherz kein bisschen amüsant. »Ich hab's mir von einem Freund geborgt. Ich fahre gerade nicht mit meinem Auto.«

»Ist dir das in letzter Zeit ein bisschen zu auffällig?«, versuchte ich erneut, die Stimmung aufzulockern.

Es gab wirklich nichts Unangenehmeres, als peinlich berührt zu sein. Aber immerhin fuhr Onkel Jack ein rotes Oldtimer-Cabrio – ein Zugeständnis an seine Midlife-Crisis. Es war nur fair, wenn ich mich deswegen über ihn lustig machte.

Er seufzte. »So was in der Art.«

Meine Mutter ging um mich herum und schenkte sich ein Glas Wasser ein. »Sag einfach, was du ihr sagen wolltest, damit wir endlich unser Leben weiterleben können.«

»Was machst du so spät noch hier?«, fragte ich noch einmal. »Und warum warst du nicht bei der Arbeit? Der Lieferantentyp ist immer noch nicht aufgetaucht.«

Mein Onkel schwankte wie ein verlorenes Kind von einem Fuß auf den anderen und wusste nicht, wo er mit sich hinsollte. »Ich weiß«, erwiderte er, und seine Stimme klang vor Müdigkeit ganz schwer. »Luis ist Freitagnacht gestorben.«

»Oh«, sagte ich und verspürte plötzlich ein Brennen der Schuld. Der Lieferantentyp hatte einen Namen – Luis. Ja, jetzt erinnerte ich mich wieder. Und jetzt war Luis mit knapp vierzig schon tot. »Was ist denn mit ihm passiert?«

»Er ist ertrunken.«

»Ertrunken«, wiederholte ich. »Nachts? Wo denn?«

»In seiner Badewanne«, antwortete Jack schlicht, so als wäre an dieser Aussage überhaupt nichts Bizarres.

»O Gott«, sagte meine Mutter und legte eine Hand auf den Mund.

Mein Mund hingegen stand sperrangelweit offen. Es erschien mir einfach so unlogisch. »War es Selbstmord?« Als ich das letzte Mal für eine Lieferung unterschrieben hatte, hatte Luis fröhlich über das herrliche Wetter geplaudert.

»Luis hatte zu viel, wofür es sich zu leben lohnte«, antwortete Jack nüchtern. »Er hat sich das nicht selbst angetan.«

Was sollte *das* nun wieder bedeuten? Ein eiskalter Schauer kroch plötzlich meine Arme hinauf. Mein Onkel ließ sich von der unterschwelligen Bedeutung jedoch nicht aus der Ruhe bringen und fuhr fort, während ich schweigend weiter darüber nachgrübelte.

»Eric Cain und ich wollen morgen Luis' Familie besuchen. Ich will sicher sein, dass für sie gesorgt ist, während sie diese Sache durchstehen. Seine Frau ist untröstlich.«

Allmählich kam ich mir wie eine richtig blöde Kuh vor. Ich hatte Luis vielleicht zwanzigmal gesehen und mich kaum an seinen Namen erinnert, aber mein Onkel kannte seine ganze Geschichte und seine Familie, und jetzt wollte er auch noch alles dafür tun, dass es ihnen gut ging.

»Das ist wirklich nett von dir«, sagte ich, sah meine Mutter an und erwartete ein Zeichen der Zustimmung – sicher würde sie Onkel Jack wenigstens *das* zugutehalten –, aber sie schenkte mir keinerlei Aufmerksamkeit.

»Diese arme Frau«, sagte sie stattdessen leise.

»Es ist das Richtige«, sagte Jack, an mich gewandt.

»Geht's dir gut?« Mein Onkel gehörte nicht zu den Menschen, die ihre Gefühle offen zur Schau stellten, aber ich konnte aus seinem Gesicht ablesen, dass er sehr mitgenommen war.

»Ja«, versicherte er mir und wischte meine Besorgnis mit einer Handbewegung weg. »Ich wollte nur herkommen und mit dir reden, bevor ich fahre.«

»Du hättest mich doch auch anrufen können«, entgegnete ich und war dabei nicht unfreundlich, aber es war immer irgendwie beunruhigend, wenn einen jemand besuchte, ohne vorher anzurufen. »Ich bin ständig erreichbar.«

»Ich hab mein Telefon verloren. Ich muss mir ein neues besorgen.«

Meine Mutter ging um den Tisch herum und setzte sich so weit von Onkel Jack weg, wie sie konnte. Sie begann mit ihren Fingernägeln auf dem Tisch zu trommeln – ein nicht besonders subtiler Hinweis –, während sie weiterhin ein wachsames Auge auf unsere Unterhaltung hatte. Wenn ich geglaubt hatte, Luis' Tod hätte ihre offensichtliche Verachtung für meinen Onkel ein wenig gemildert, hatte ich mich geirrt.

Jack ignorierte ihre Verärgerung, und ich hatte das Gefühl, ich sei inzwischen die Einzige, die die Unbehaglichkeit dieser Situation in vollem Ausmaß spürte.

»Also … was ist los?«, fragte ich.

Er zog sich einen Stuhl heran, setzte sich darauf und stützte sich mit den Ellbogen auf den Knien ab. Er ließ die Schultern sinken. »Nach dem Besuch bei Luis' Familie morgen bleibe ich in der Stadt. Ich werde eine Zeit lang nicht nach Cedar Hill zurückkommen. Aber ich möchte noch etwas mit dir besprechen, bevor ich weggehe.«

Er sah mich sehr ernst mit seinen graublauen Augen an – es waren meine Augen und die Augen meines Vaters, und plötzlich wurde ich mit einem stechenden Schmerz daran erinnert, wie ähnlich sich die beiden tatsächlich waren. Früher hätte man sie für Zwillinge halten können, aber jetzt nicht mehr. Das Leben im Gefängnis hatte es nicht gut mit dem Aussehen meines Vaters gemeint, während das Gesicht meines Onkels noch immer größtenteils faltenfrei, sein Haar ordentlich und seine Haut leicht gebräunt war, weil er viel Zeit draußen in der Sonne verbrachte.

»Worüber willst du mit mir sprechen?« Ich lehnte mich nach hinten gegen die Theke und krallte mich viel stärker daran fest, als ich es beabsichtigt hatte, weil ich spürte, dass irgendetwas nicht stimmte. Das war es, worüber sie gestritten hatten. Meine Mutter trommelte weiter mit ihren Fingernägeln auf die Tischplatte.

»Eine neue Familie ist in die Nachbarschaft gezogen, und ich will, dass du vorsichtig bist, was sie betrifft.«

Ich spürte sofort, wie sich die Besorgnis auf meinem Gesicht ausbreitete. »Was?«

Er betrachtete mich misstrauisch. »Weißt du, wovon ich spreche?«

Ich nickte langsam und versuchte herauszufinden, was es mit der ganzen Sache auf sich hatte und warum ich deswegen schon wieder in Panik verfiel. »Was stimmt denn nicht mit den Priestlys?«

Ich beobachtete die Reaktion meiner Mutter, in der Hoffnung, weitere Hinweise zu erhalten.

»Reine Theatralik«, murmelte sie und machte eine herablassende Geste. Trotzdem blieb sie, wo sie war, und beobachtete unsere Unterhaltung weiter.

»Persephone.«

Instinktiv verzog ich das Gesicht. Ich hasste es, wenn Jack mich mit meinem vollen Namen ansprach.

»Ich werde darauf jetzt nicht näher eingehen«, sagte er.

Die strenge Stimme meines Onkels klang genau wie die meines Vaters und jagte mir einen Schauer über den Rücken. Eine Sekunde lang hätte ich am liebsten die Augen geschlossen und so getan, als wäre er wieder da, als wäre alles wieder so, wie es hätte sein sollen – als hätten wir nicht gerade darüber gesprochen, dass ein Mann in seiner eigenen Badewanne ertrunken war. Als wären wir nicht gerade dabei, ein dickes, fettes Warnschild an die heißesten Jungs in der ganzen Nachbarschaft zu kleben.

»Tu einfach, was ich dir sage.«

Ich war allerdings skeptisch. Trotz seiner verletzten Hand hatte Nics Anwesenheit etwas so Beruhigendes gehabt.

»Wann kommst du wieder zurück?«

»Ich weiß noch nicht.«

Verschlossen wie immer. Ich wünschte mir, Millie, die Großinquisitorin, wäre hier. Sie konnte selbst einem Stummen Antworten entlocken … und hätte es auch noch genossen.

»Dann ist das alles, was du mir sagen wolltest?«

»Das ist alles, was es zu sagen gibt.« Jack wandte seinen Blick von mir ab und sah aus dem Fenster in die Dunkelheit hinter unserem Haus. »Hast du mich verstanden?«

Ich wollte gerade antworten, dass ich eigentlich *gar nichts* verstanden hatte, aber dann passierte etwas wirklich Bizarres. Er sprang so plötzlich auf, als hätte ihn etwas gebissen. Der Stuhl kippte nach hinten und Jack rannte durch die Küche.

»Was zur Hölle?« Der Stuhl meiner Mutter quietschte über den Fußboden.

Jack warf sich auf die Spüle und seine Hand schoss nach vorne. Ich dachte schon, er würde sich durchs Fenster stürzen, aber stattdessen schnappte er sich das Honigglas, das auf dem Fensterbrett stand. Als er seinen Blick wieder mir zuwandte, waren seine Augen rot und weit aufgerissen.

»Woher kommt der?«

»Der H-Honig?«, stotterte ich. Ich hatte noch nie erlebt, dass jemand wegen etwas so Harmlosem so dermaßen ausflippte. »Ich hab ihn gefunden.«

Er kratzte mit den Fingern an dem schwarzen Band herum und zog daran. »Wo?«

Ich zuckte mit den Schultern. »Jemand hat ihn im Diner vergessen. Ich hab ihn gefunden, als ich abgesperrt hab.«

Sämtliche Farbe wich aus seinem Gesicht und seine für gewöhnlich eher rötlichen Wangen wurden unheimlich weiß. »Wenn du noch mal so eins findest, will ich, dass du es genau dort stehen lässt, wo es ist, und mich sofort anrufst.«

»Jack, es ist doch nur Honig«, entgegnete ich.

Warum benahmen sich in letzter Zeit nur alle so eigenartig? Ich hatte den Honig schließlich schon probiert und trotzdem überlebt – er war also nicht vergiftet.

»Tu es einfach«, sagte er ruhig. »Okay?«

»Ich dachte, du hättest gerade kein Telefon«, bemerkte ich.

»Ich ruf dich an, wenn ich ein neues hab.«

»Jack?« Bei all den Eigenartigkeiten hatte ich ganz vergessen, dass auch meine Mutter immer noch da war. »Ich glaube, du solltest jetzt gehen. Du führst dich hier total unberechenbar auf und ich fühle mich dabei sehr unbehaglich. Und Sophie würde wahrscheinlich auch gern ins Bett gehen.«

Ich machte den Mund auf, um zu protestieren – ich war nicht müde –, aber dann hielt ich mich zurück. Meine Mutter hatte recht.

»Okay.« Jack blickte zu Boden und schüttelte den Kopf. »Es tut mir leid, Sophie. Ich hatte einen sehr langen Tag.«

»Schon gut.« Ich schenkte ihm ein aufmunterndes Lächeln. Jack managte das Diner, kümmerte sich nebenbei um seine Investitionen in der Stadt und richtete sich mit all der Arbeit beinahe zugrunde, aber in letzter Zeit war er noch weniger er selbst gewesen als normalerweise. Er war völlig erschöpft und überspannt, und jetzt, da Luis gestorben war, war sein Verhalten noch seltsamer als sonst.

»Gute Nacht, Sophie.«

»Nacht«, gab ich zurück.

Den Honig noch immer in der Hand, trottete Jack zur Hintertür hinaus.

Eine halbe Sekunde später schaltete der Bewegungsmelder in unserem Garten flackernd die Lampe an, die daraufhin die schattenhafte Gestalt meines Onkels erhellte, der uns den Rücken zuwandte und auf die zerbrochenen Steinplatten auf der von Gras überwucherten Terrasse starrte.

»Was zum Teufel macht er denn …?«

Der Rest der Frage meiner Mutter wurde von einem ohrenbetäubenden Knall übertönt. Ich presste die Nase ans Fenster, aber Jack verschwand bereits aus meinem Blickfeld. Ich sah nach unten, wo das Licht auf Hunderten Scherben aus zerbrochenem Glas blitzte.

»Dieser Mann!«, kreischte meine Mutter und stellte sich neben mich ans Fenster. »Das ist genau der Grund, warum ich ihn nicht in meiner Nähe haben will. Das Verhalten deines Onkels ist völlig irrational. Er hat wieder angefangen zu trinken, und wenn er nicht bald wieder damit aufhört, wird er am Ende etwas tun, das er bitter bereuen wird …« Sie verstummte und rieb sich den Arm. »Alles okay mit dir?«

»Mir geht's gut«, log ich und legte meine Hand ans Fenster, damit sie aufhörte zu zittern.

»Ich wünschte, dein Vater wäre hier, um ihn unter Kontrolle zu halten.«

»Ich glaube, wenn Dad hier wäre, wäre Onkel Jack gar nicht außer Kontrolle«, erwiderte ich leise.

Meine Mutter seufzte. »Ich muss bis morgen warten, um diese Sauerei wegzuputzen.«

»Ich werde dir helfen.«

Wir blieben zusammen am Fenster stehen und sahen zu, wie der Honig in die Risse des Steinbodens floss wie dunkles goldenes Blut.

7

Die Roten Falken

Millie hatte für jede Gelegenheit das passende Outfit, und als sie am Samstag bei den Basketballplätzen am Fluss auftauchte, war ich nicht überrascht, dass sie knappe Shorts und das engste Basketballtrikot trug, das ich je gesehen hatte. Sie bahnte sich ihren Weg durch Trauben von anderen Teenagern und walzte in einer Explosion aus Schwarz und Rot auf mich zu.

»Ich wusste ja gar nicht, dass du ein Bulls-Fan bist.«

»Ach, wusstest du nicht?« Sie grinste süffisant und ließ sich neben mich auf die unterste Bank der Tribüne direkt neben dem Feld fallen.

»Lass es mich anders formulieren«, sagte ich, als sie begann, ihr Haar zu einem Pferdeschwanz einzudrehen. »Ich wusste noch nicht mal, dass du ein Basketballfan bist.«

»Ich schätze, man könnte sagen, ich bin eher ein Jungs-Fan.« Sie ließ das Haargummi an seinen Platz schnalzen. »Das T-Shirt gehört Alex. Es ist beim Waschen eingelaufen.« Sie grinste schamlos.

Ich schaute an mir hinunter und damit auf die dreiviertellange Jogginghose meiner Mutter, ein langweilig graues Tanktop und ein altes Paar Asics mit leuchtend grellgrünen Streifen. Mein Haar war hoch oben an meinem Hinterkopf zusammengebunden und fiel zwischen meinen Schulterblättern in einem glatten Pferdeschwanz herab. Schon jetzt konnte ich erkennen, dass die Sonne die ungebändigten, frisch gewachsenen Härchen bleichte, die zu dünn waren, um sie mit dem Rest zusammenzubinden.

Millie ließ den Blick über mein Outfit schweifen und rümpfte die Nase.

»Du siehst …«, begann sie unsicher.

»… Normcore aus?«, beendete ich den Satz für sie.

Sport war nicht unbedingt meine Berufung, aber ich war dankbar, etwas zu haben, das mich von dem seltsamen Verhalten meines Onkels ablenkte. Er war seit einigen Tagen weg, seit seinem merkwürdigen Honigglas-Ausraster, und hatte immer noch nicht versucht, mich anzurufen. Ursula hatte in seiner Abwesenheit das Sagen im Diner. Sie hatte sich Luis' Tod am meisten zu Herzen genommen und beschlossen, nie wieder ein Bad zu nehmen, nur um auszuschließen, dass sie selbst in der Wanne ertrank. Millie und ich betrachteten die ganze Sache etwas weniger dramatisch, aber wir waren trotzdem froh, ihren morbiden Ausführungen entkommen zu sein. Wenigstens für einen Tag.

Normalerweise spielten wir nie beim Sommer-Basketballturnier von Cedar Hill mit. Nicht dass das Wort »Turnier« es tatsächlich traf. Es war eher ein mit Basketball garniertes Treffen, das jeden Juli von der »Cedar-Hill-Bürgervereinigung« veranstaltet wurde. Es war Teil eines stetig wachsenden Programms, das auch die Instandhaltung von Parks, eine Nachbarschaftswache und Open-Air-Kinoabende einschloss und in dessen Rahmen die CHB stetig versuchte, uns Teenager von der Straße zu holen, damit wir nicht auf dumme Gedanken kamen, sondern den Sommer stattdessen in einer

»gesellschaftlich wünschenswerten und positiven Weise« verbrachten. Das Basketballturnier war einer der wenigen Programmpunkte, der sich tatsächlich gehalten hatte, und im Laufe der Jahre hatte es sich zu einer Tradition entwickelt, dass sich zwar alle darüber lustig machten, es aber auch niemand verpassen wollte. Tatsächlich war es das Einzige, was die Jugendlichen der Gegend gemeinsam unternahmen. Für den Rest des Sommers waren wir nichts weiter als faule Vorstadtkinder, die sich in Zweier- und Dreiergruppen durch die Stadt treiben ließen.

Für Millie und mich war das Ganze schon immer eher ein Spektakel gewesen, das wir uns vom Spielfeldrand aus anschauten, während wir Eis schleckten und uns die heißesten Jungs ausguckten. Aber um »wieder auf das gesellschaftliche Pferd aufzusteigen«, wie Millie es ausgedrückt hatte, hatten wir beschlossen, in diesem Sommer selbst daran teilzunehmen. Ich war, milde ausgedrückt, etwas zögerlich. Wenn schon niemand mit der Tochter eines Mörders abhängen wollte, wer würde dann schon mit ihr Basketball spielen wollen? Zum Glück hatte Millies Bruder Alex uns eingeladen, in seinem Team mitzuspielen. Ich nahm an, es war eine Möglichkeit für ihn, die Sache in eine etwas größere Herausforderung zu verwandeln – die Trophäen der vergangenen drei Jahre waren auf dem Regal in seinem Zimmer inzwischen wahrscheinlich völlig verstaubt.

»Du weißt schon, dass wir dieses Ding vermutlich sogar gewinnen, oder?« Millie lehnte sich auf der Bank zurück und stützte sich auf ihren nach hinten ausgestreckten Armen ab, während sie unsere Umgebung ausführlich betrachtete.

Wie immer quetschten sich doppelt so viele Zuschauer auf die Bänke der Tribüne, wie eigentlich darauf Platz hatten, und ergossen sich bis auf den Rasen, der die Basketballfelder umgab. Erin Reyes und der Rest ihrer Gang hatten sich bereits einen erstklassigen Aussichtspunkt in der obersten Bankreihe gesichert. Statt selbst bei dem Turnier mitzuspielen, würden sie sich höchstwahrscheinlich darin üben, ihr Eis am Stiel möglichst verführerisch zu verspeisen. Sie stellten ihr Können auf diesem Gebiet bereits jetzt auf äußerst unangenehme Art zur Schau. Direkt hinter den Spielfeldern strömte langsam der Fluss vorbei. In seinem Wasser spiegelte sich der klare Himmel, während sich entlang des Ufers eine lange Reihe junger Bäume darüberbeugte, so als wollten sie hineinschauen, weil sie nach etwas suchten.

»Ich weiß noch, wann ich das letzte Mal Basketball gespielt hab«, sagte Millie sehnsüchtig. Sie starrte in den Himmel hinauf, und ich konnte sehen, dass die Sonne bereits Sommersprossen auf ihren blassen Wangen sprießen ließ. »Ich hab versucht, Alex den Ball zuzupassen, aber er hat ihn verfehlt, und der Ball hat das Küchenfenster zertrümmert.«

»Gute alte Zeiten«, erinnerte ich mich mit einem warmen Gefühl.

»Was ist mit dir?« Sie kippte den Kopf nach unten.

»Wie wär's mit nie?«

Kleine Falten bildeten sich auf Millies Stirn. »Ich bin mir sicher, dass du sehr gut darin sein wirst.«

»Das solltest du auch besser sein«, unterbrach sie jemand.

Millies Bruder Alex trottete auf uns zu und sein Grinsen enthüllte fast alle seiner perfekt geraden Zähne. Zwei seiner Freunde waren bei ihm – den ersten erkannte ich als Robbie Stenson, eine etwas stämmigere, *viel* unattraktivere Version einer Ken-Puppe mit schlaffem braunen Haar und viel zu gepflegten Augenbrauen. Er trampelte eher, als normal zu gehen, wie eine Art Troll mit etwas mehr Stil. Den anderen Jungen hatte ich ein oder zwei Mal Videospiele bei Millie zu Hause spielen sehen, aber er schien nie viel zu sagen. Er hatte leuchtend rotes Haar, schlaksige Gliedmaßen und eine Stirn, die viel mehr glänzte als der Rest von ihm.

Millie sprang auf. »Wird auch allmählich Zeit, dass du auftauchst. Wir haben ein Turnier zu gewinnen.«

»Soph, du kennst ja Stenny und Foxy, oder?« Alex deutete hinter sich.

Ah, Jungs und ihre albernen Spitznamen. »Ja, hi.« Ich winkte ihnen zu.

Robbie Stenson bedachte mich mit einem so subtilen Zu-cool-für-diese-Vorstellung-Kopfnicken, dass es kaum zu erkennen war, während »Foxy« mir ein neongelbes Shirt zuwarf. Ich versuchte ungeschickt, es zu fangen, musste mich dann aber doch bücken, um es vom Boden aufzuheben. Die beiden waren ganz offensichtlich wenig begeistert davon, mich in ihrem Team zu haben.

Millie fing ihr Shirt reflexartig, ließ es dann aber fallen, als stünde es in Flammen. »Nie und nimmer. Das zieh ich nicht an. Das stinkt nach Schweiß.«

»Ist das dein Ernst?« Alex' Stimme klang vor geschwisterlicher Ungeduld bereits völlig ermattet.

Millie verzog angewidert die Lippen. »Lieber fall ich auf der Stelle tot um.«

Ich unterdrückte ein Grinsen. Durch ihren britischen Akzent klangen selbst die banalsten Unterhaltungen zwischen den beiden viel mehr nach klassischem Theater, als es ihnen eigentlich zustand.

Robbie, Foxy und ich streiften ohne zu protestieren unsere Shirts über. Bei mir reichte es bis zu den Knien, bedeckte halb meine Arme und verhüllte so alles außer meinen leuchtenden Turnschuhen. Nachdem ich höchstpersönlich und nicht besonders subtil ein wenig Gruppendruck ausgeübt hatte, schlüpfte Millie schließlich auch zappelnd in ihres.

»Du bist so eine Tyrannin«, murmelte sie leise.

»Wenigstens sehen deine Beine noch gut aus«, versuchte ich, sie zu beschwichtigen. Aber wir konnten uns nicht vor der hässlichen Wahrheit verstecken: Wir schwammen beide in übergroßem Neon.

»Wir spielen zuerst auf Feld Nummer eins«, verkündete Alex, klatschte in die Hände und rieb sie. »Unser Mannschaftsname ist Sharpshooters.«

Millie und ich schnitten Grimassen. »Das ist der mieseste Name aller Zeiten«, erwiderten wir wie aus einem Mund.

»Oh, oh, oh!« Millie begann, auf und ab zu hüpfen. »Wie wär's mit Victorious Secret?«

Alex' Gesichtszüge entgleisten und Foxy stieß ein Stöhnen aus.

»Das ergibt ja noch nicht mal Sinn«, mischte sich Robbie ein.

»Wie wär's mit Die Menschlichen Textmarker?«, schlug ich vor und zeigte auf unsere grauenvoll leuchtenden Shirts.

»Na schön.« Alex warf als Zeichen seiner Kapitulation die Hände in die Luft, und Robbie und Foxy nickten, wenn auch zögerlich. »Wir ändern ihn.«

Millie legte die Hände wie einen Trichter an den Mund und verkündete mit knisternder Stimme: »Ein kleiner Schritt für Sophie, aber ein gigantischer Sprung für Alex' Sinn für Humor.«

Robbie spurtete davon, um unseren neuen Namen eintragen zu lassen, und ließ uns mit Foxy und Alex zurück, der die ganze Situation schon jetzt eine Million Mal ernster nahm als wir.

»Ich hab die anderen ein bisschen ausgekundschaftet«, informierte er uns im Tonfall eines Topspions. »Dieses Jahr sind viele der anderen Spieler jünger als wir, was uns einen Vorteil verschafft ...«

Millie schlug mir auf den Arm und meine Aufmerksamkeit wandte sich von ihrem Bruder ab. »Was?«

»Jetzt fällst *du* gleich tot um, ernsthaft.« Ihre Augen hatten sich auf die Größe von Untertassen geweitet, und ich drehte mich schwankend um und folgte ihrem Blick. »Das sind sie doch, stimmt's? Die Priestly-Brüder?«

Mit dem Tot-Umfallen hatte sie nicht ganz unrecht. Mein Pulsschlag setzte definitiv für mindestens zwei Herzschläge aus. Von der anderen Seite des Basketballfelds kamen die Priestly-Brüder auf uns zu. Diesmal waren sie zu viert, und ihre olivfarbene Haut und ihr dunkles Haar ließen ihre Verwandtschaft sofort erkennen.

»Ich hätte nie gedacht, dass ich Basketballshorts mal an einem Typen attraktiv finden könnte«, war alles, was ich rausbrachte.

»Ich hab gerade genau dasselbe gedacht«, sagte Millie.

Was zur Hölle machen die überhaupt hier?, wunderte ich mich. Die meisten von uns waren der Tradition zuliebe gekommen – es war ein ganz netter Zeitvertreib und die letzte Wahl für einen Haufen Jugendlicher, die sonst nichts Besseres zu tun hatten. Aber diese Jungs waren nicht wie der Rest von Cedar Hill. Ich hätte angenommen, dass sie sich für etwas Besseres hielten und noch nicht einmal einen Gedanken an irgendein lahmes Basketballturnier verschwendeten.

Luca ging mit ernster Miene neben Nic und sie wurden auf

beiden Seiten von je einem neuen Bruder flankiert. Wahrscheinlich hätten sie sogar einen Fünfbeinlauf elegant über die Bühne gebracht, wenn sie gewollt hätten.

Angesichts der Art, wie sich die anderen Brüder um Luca scharten, als er zu sprechen begann, nahm ich an, dass er der Älteste war. Auch wenn die anderen beiden, die ich noch nicht kennengelernt hatte und die sich unglaublich ähnlich sahen, altersmäßig nicht sehr weit entfernt sein konnten – sie mussten etwa achtzehn oder neunzehn sein. Sie waren kleiner und etwas fülliger, obwohl sie denselben eckigen Kiefer und dieselben ausgeprägten Wangenknochen hatten. Ich nahm an, dass Nic der Jüngste der vier war, wenn auch nicht mit großem Abstand.

»Heilige Schönheit!« Millie geiferte praktisch. »Vier italienische Hengste, die direkt aus meinen Träumen stammen. Welcher ist Nic?«

Ich hatte meine Augen noch keine Sekunde von ihm abgewandt. »Der mit den dunklen Haaren.«

»Haha, sehr witzig.«

»Der Zweite von rechts.«

»Wow. Und Luca?«

»Der Zweite von links.«

Millie stieß einen Pfiff aus. »*Hallo*, Blue Eyes.«

Alex tippte unsanft auf ihre Schulter. »Bist du fertig? Wir versuchen hier, unsere Taktik zu besprechen.«

»Halt die Klappe«, fauchte sie und schüttelte ihn ab. »Ich bin beschäftigt.« Sie kniff die Augen zusammen und rückte noch näher zu mir heran. »Okay, wer ist das ganz rechts? Der mit den zurückgegelten Haaren? Und ist das eine Narbe?«

»Ich weiß es nicht. Vielleicht sollten wir ihn Haargel nennen.«

Je näher sie kamen, desto offensichtlicher wurde, dass sie die Aufmerksamkeit jedes Mädchens in ihrer Umgebung auf sich zogen, und sie sahen aus, als wüssten sie das auch. Ich fragte mich, wo der fünfte Bruder steckte – der Junge mit den leuchtenden Augen, der am Fenster gestanden und ohne zu lächeln die Hand gehoben hatte –, aber der Gedanke löste sich in Luft auf, als Nics Augen meine fanden und ich vor lauter Schmetterlingen im Bauch beinahe platzte.

»Hi«, formte er stumm mit den Lippen.

Ich erwiderte sein Lächeln und widerstand dem Drang, meinen blöden Bauch festzuhalten, der wild Purzelbäume schlug.

»Heilige Scheiße, das war echt verführerisch.« Millie hüpfte von einem Fuß auf den anderen. »Sie kommen rüber. Bleib cool.«

Wie hilflose Magnete drifteten wir auf die Brüder zu und ließen Alex und seine Kumpel mit ihrer Strategiebesprechung allein zurück. Die drei waren – wie alle anderen Jungs auf dem Basketballplatz – wild entschlossen, die Neuankömmlinge zu ignorieren. Die Warnung meines Onkels, die damals so dringlich und wichtig geklungen hatte, verwehte im Wind. Wenn diese Jungs wirklich Ärger bedeuteten, wie Jack zu glauben schien, dann war ich plötzlich sehr glücklich mit der Rolle des Ikarus und bereit, völlig dahinzuschmelzen, weil ich zu nahe an diese Sonnen heranflog.

»Hey!«, rief ich Nic zu. »Ich wusste gar nicht, dass ihr hier mitspielt.«

Nic blieb einen Meter vor mir stehen und seine Brüder umringten uns. »Es war ein Entschluss in letzter Minute. Aber jetzt bin ich froh, dass wir ihn getroffen haben.«

Millie zwickte mich. Das war ihre stumme Version eines aufgeregten Kreischens.

»Nettes Shirt, Sophie«, neckte mich Luca sofort. »Ich kann dich ja kaum sehen.«

»Luca.« Ich wandte meine Aufmerksamkeit nur so lange von Nic ab, wie ich brauchte, um seinem Bruder einen verächtlichen Blick zuzuwerfen. »Ist mir wie immer ein Vergnügen.«

Der Bruder neben ihm lachte. Er hatte eine wirklich dämliche Frisur: Der obere Teil seiner Haare war zu einem kurzen schwarzen Pferdeschwanz zusammengebunden, während er sie seitlich am Kopf abrasiert hatte, wodurch ein kleiner goldener Ring in seinem linken Ohr zu sehen war. Trotz dieses lächerlichen Auswuchses einer Frisur war er attraktiv, aber wenn er lachte, weiteten sich seine Augen auf unnatürliche Weise, und sein offener Mund enthüllte zwei abgebrochene Vorderzähne, die ihm etwas leicht Manisches verliehen. Er erinnerte mich an die verrückte Hyäne in *Der König der Löwen*.

»Ignorier Luca einfach. Das ist nur sein mieser Versuch, dich vor dem Spiel runterzumachen«, ging Nic dazwischen und warf seinem Bruder an meiner Stelle einen stechenden Blick zu.

»Und es ist meine Art, darauf hinzuweisen, wie klein sie ist«, fügte Luca hinzu.

»Danke, Sherlock. Ich weiß, dass ich klein bin.«

»Ich wollte nur sichergehen.«

»Hast du überhaupt einen Filter zwischen deinem Hirn und deinem Mund?«, fragte ich.

»Ich versuche, ihn nicht zu sehr abzunutzen«, erwiderte er vergnügt.

»Ganz offensichtlich.«

»Du musst deswegen nicht weinen, Neonröhre.«

»Halt die Klappe, Luca.« Nic steckte den Kopf durch sein rotes T-Shirt und streifte es über. »Ich finde, an dir sieht es gut aus, Sophie.«

»*Cazzo*, geht das wieder los«, brummelte Luca. Er verdrehte die Augen, lehnte sich zu Pferdeschwanz und fügte in wohlkalkuliertem Flüsterton hinzu: »*Genauso* war er auch im Diner. Es war so nervtötend.«

»Weißt du, Luca, du bist wirklich gut darin, etwas gerade so laut zu flüstern, dass es beleidigend ist.«

»Danke, Sophie.« Seine Stimme wurde wieder lauter und seine falsche Aufrichtigkeit klang beinahe glaubwürdig. »Das weiß ich zu schätzen.«

»Ich sollte dir eine Medaille verleihen.«

»Mach dir nicht die Mühe«, sagte er mit einem betont gelangweilten, höhnischen Grinsen. »Nach dem heutigen Tag hab ich sowieso eine Trophäe.«

Ich verzog meine Unterlippe. »Ich weiß auch schon, was du mit dieser Trophäe machen kannst …«

Millies Lachen übertönte den Rest meines Satzes. Sie legte einen Arm um meine Hüfte und zwickte mich durch das T-Shirt. *Kreisch, kreisch, kreisch.*

»Also, wie heißt euer Team?«, ging Nic erneut dazwischen und führte die Unterhaltung mit einem strategischen Manöver wieder aus den Niederungen.

Ich streckte die Brust raus und strich mir die inzwischen weißen Haare aus dem Gesicht. »Die Menschlichen Textmarker.«

Luca schnaubte.

»Und eures?«, wollte Millie wissen, aber sie richtete ihre Frage nicht an Nic. Sie schaute Haargel an und biss sich sanft mit den Zähnen auf die Unterlippe.

Ich betrachtete sein Gesicht näher – Millie hatte recht, da war eine Narbe. Ganz offensichtlich handelte es sich um eine alte Verletzung, die seine linke Augenbraue durchtrennte und silbern auf seiner gebräunten Haut leuchtete. Instinktiv blickte ich auf Nics verletzte Hand und spürte ein unbehagliches Grummeln in der Magengegend. Ich versuchte, es zu unterdrücken.

»Die Roten Falken«, antwortete Haargel auf Millies Frage, tappte direkt in ihre Falle und starrte hungrig auf ihre Lippen.

»Cool«, erwiderte Millie mit kokettem Blick.

»Es war entweder das, oder Engelmacher«, fügte Luca hinzu. Sein Humor war so trocken, dass ich manchmal nicht wusste, ober er lustig war oder einfach nur geisteskrank.

»Hör auf.« Nic verpasste Luca einen hörbaren Schlag auf den Arm, aber sein Bruder zuckte noch nicht mal mit der Wimper. Wenn ich diesen Schlag hätte einstecken müssen, hätte ich mich heulend auf dem Boden geworfen und nach meiner Mutter geschrien.

»*Calmati!* Ich glaube, ich sollte die Situation hier lieber mal entschärfen«, ging Haargel dazwischen und wechselte mit Leichtigkeit von einer Sprache in die andere, genau wie Nic und Luca es konnten. Es war schwierig zu sagen, welche tatsächlich ihre Muttersprache war – Amerikanisch oder Italienisch. Haargel beugte sich nach vorn, um uns die Hand zu schütteln, wobei er Millies ein wenig länger festhielt und, wie ich bemerkte, mit dem Daumen darüberstreichelte. Vielleicht hatte Millie endlich einen ebenbürtigen Flirt-Gegner gefunden. »Ich bin Dominico. Aber ihr könnt mich Dom nennen.«

Millie brach in das unheimlichste Gekicher aus, das ich je gehört hatte. »Ich bin Millie. Das ist Sophie. Willkommen in der Nachbarschaft.«

Willkommen in der Nachbarschaft? Damit würde ich sie später noch aufziehen müssen. Vielleicht konnte sie ihm ja ein Körbchen mit Muffins zu Hause vorbeibringen?

»Vielen Dank. Arbeitest du auch im Diner, Millie?« Dom blieb an ihrem Namen hängen, als sei er eine wunderschöne Blume. Seine Charmeoffensive war beinahe so durchschlagend wie Nics, aber seine Augen waren dunkler, der Ausdruck intensiver. Ich betrachtete seine Narbe, während er sich von mir wegbewegte und eine beinahe geflüsterte Unterhaltung mit Millie begann.

Ich spürte, wie Nic seine Aufmerksamkeit wieder mir zuwandte. »Viel Glück heute«, wünschte er mir aufrichtig.

»Danke, euch auch.« Ich wollte noch ganz andere Sachen zu ihm sagen, aber da Luca und Pferdeschwanz uns immer noch beobachteten, bekam ich fast kein Wort heraus, ohne mich dabei verlegen zu fühlen.

»Wir brauchen kein Glück«, unterbrach uns Luca, was ihm einen weiteren verärgerten Schlag von Nic einbrachte.

»Luca«, jammerte Pferdeschwanz. Seine Stimme war ungewöhnlich hoch und Marge Simpsons nicht unähnlich, und einen entsetzlichen Augenblick lang war ich mir sicher, dass ich ihm jede Sekunde direkt ins Gesicht lachen würde. Er runzelte die Stirn und seine Augenbrauen verschmolzen zu einer haarigen Raupe über seinen kaffeebraunen Augen. »Können wir uns bitte einfach anmelden?«

»Ja, lass uns gehen, Gino. Wir sollten uns sowieso nicht mit unseren Gegnern verbrüdern.« Luca versetzte Nic einen Stoß mit dem Ellbogen, als er sich entfernte. »*Andiamo*, Loverboy.«

»Ich sollte mich wahrscheinlich mal fertig machen«, lenkte Nic entschuldigend ein. »Ich will mich schließlich nicht mit unserem wundervollen Diktator anlegen.«

»Geht mir auch so«, erwiderte ich, aber wir blieben trotzdem beide stehen. »Wo ist überhaupt der Rest von eurem Team? Habt ihr keinen fünften Spieler?«

Er schüttelte den Kopf, und das beiläufiger, als ich erwartet hatte. Ich hoffte, er würde seinen fünften Bruder erwähnen oder mir zumindest einen Hinweis darauf geben, warum er nicht mitgekommen war, oder ob er überhaupt existierte und ich mir diesen unheimlichen Geisterjungen am Fenster in jener ersten Nacht nicht doch nur eingebildet hatte. »Wir sind nur zu viert.«

»Dann seid ihr aber im Nachteil«, bemerkte ich. »Das ist eine ziemlich riskante Taktik.«

Nic stellte irgendetwas mit seinen Augen an, das die goldenen Sprenkel darin zum Glänzen brachte. Ich war mir nicht sicher, ob es eine geheime Superkraft oder nur das Sonnenlicht war, aber es war verdammt effektiv. Und ein bisschen beunruhigend, auch wenn ich immer noch nicht wusste, warum.

»Du darfst gern unsere Nummer fünf werden«, flüsterte er mir verschwörerisch zu. »Ich verspreche auch, dass ich dir Luca vom Leib halten werde.«

Ich biss mir auf die Unterlippe, damit mein Grinsen nicht noch breiter und regelrecht verstörend wurde. »Ich bin mir nicht sicher, ob Millie mir je verzeihen könnte, wenn ich die Seiten wechseln würde.«

»Ah, ich verstehe.« Er setzte den Blick eines Hundewelpen auf, dem man gerade einen Tritt verpasst hatte. »Du bist zu aufrichtig für so was.«

»Und du bist ganz sicher zu ehrenhaft, um mich ihr wegzunehmen.«

»Nein, bin ich nicht.«

Ich spürte, wie mir die Röte in die Wangen stieg. »Tja, dann muss ich wohl ehrenhaft genug für uns beide sein. Und außerdem«, fügte ich in dem Versuch hinzu, vor mir zu rechtfertigen, dass ich sein Angebot abgelehnt hatte, »sind wir in einer Minute dran, und Millie und ich haben schon unsere Strategiebesprechung verpasst. Ich will den Rest meiner Mannschaft nicht noch mehr verärgern als ohnehin schon.«

»Wo sind sie denn?«

Ich zeigte hinter mich auf Alex und die anderen gelben Trikots, die gerade sehr energisch Hampelmänner machten. Nics Lächeln erstarb. »Der blonde Typ da?«

»Das sind Millies Bruder und zwei Freunde von ihm. Ich glaube, sie hat sie bestochen, damit sie uns in ihr Team aufnehmen.«

Nic beobachtete Alex und die anderen, die inzwischen ein aufwendiges Stretching-Programm absolvierten. »Ich bin mir sicher, dass keine Bestechung nötig war.«

»Soph.« Millie war zurück und zerrte an meinem Arm. »Wir müssen los. Unser Spiel fängt gleich an.«

Dom hatte sich von ihr entfernt und ich erhaschte erneut einen Blick auf seine Narbe. Obwohl er nicht viel älter sein konnte als wir, ließ ihn irgendetwas daran reifer wirken, so als sei er ein anderer, als er zu sein vorgab. Ich konnte nicht genau sagen, was es war. Er ertappte mich dabei, wie ich ihn anstarrte, und setzte ein Grinsen auf, und mit einem Mal wirkte sein Ausdruck anzüglich.

Peinlich berührt wandte ich den Blick ab.

»Wir sehen uns auf dem Platz!« Millie zog mich mit sich und wackelte viel mehr mit dem Hintern, als sie es beim Gehen normalerweise tat.

Als ich Nic zuwinkte, starrte er noch immer zu Alex hinüber. Er winkte nicht zurück.

* * *

Wir gewannen unser erstes Spiel rechtzeitig, um zusehen zu können, wie die Roten Falken auf dem Platz gegenüber gegen Saved by the Balls spielten. Den Priestly-Brüdern zuzuschauen, war faszinierend. Selbst Alex, der seit ihrer Ankunft sein offensichtliches Desinteresse an ihnen zur Schau gestellt hatte, klebte förmlich an dem Spiel. Nic und Dom waren mit Abstand die sportlichsten der vier und sausten über den Platz wie rote Blitze. Sie warfen die meisten Körbe und gaben nur gelegentlich an Gino ab, der besser darin zu sein schien, die anderen Spieler einzuschüchtern, als tatsächlich gegen sie zu spielen. Vielleicht lag es an seinem Pferdeschwanz.

Luca rannte die meiste Zeit an den Seitenlinien auf und ab, und wenn er die Gelegenheit bekam, schlug er wie eine Viper aus dem Schatten zu und schnappte sich den Ball aus der Hand seines Gegenspielers, bevor der andere überhaupt Zeit hatte, ihn zu bemerken. Das war jedoch schon alles, was er tat: den Ball abfangen. Ich hatte ihn keinen einzigen Korb werfen sehen. Ihm brach noch nicht mal der Schweiß aus.

Unser Spiel gegen Don't Hassle the Hoff begann vor dem Ende des Priestly-Spiels, obwohl bereits feststand, dass sie in die nächste Runde einziehen würden, ebenso wie wir. Wir gewannen mit einem bequemen Vorsprung von 62:39. Alex erledigte den Großteil der Arbeit, gefolgt von Foxy und Robbie. Millie war mit Abstand die Schwächste, machte jedoch sehr deutlich, dass ihr das herzlich egal war. Sie war hier, um zu sehen und gesehen zu werden, und wenn ihre Finger dabei zufällig einen Basketball streiften – auch gut.

Wir schauten zu, wie die Priestly-Brüder mit noch weniger Anstrengung als wir auch ihr zweites Spiel gewannen. In unserem dritten Spiel trafen wir auf die Thunder Squirrels. Ich war mir Nics Anwesenheit an der Seitenlinie nur allzu bewusst und beschloss, mir diesmal mehr Mühe zu geben. Millie schien denselben Plan zu haben, da sie ausnahmsweise nicht die ganze Zeit kreischte und vor dem Ball davonrannte. Sie jagte ihm sogar hinterher.

Am Ende des dritten Viertels waren die Brüder wieder auf dem anderen Platz, wo sie ihr Spiel ebenfalls gewannen – was bedeutete, dass unsere beiden Mannschaften ins Finale einzogen.

8
Das Klappmesser

»Mist«, entfuhr es Millie. Die kurzen Strähnen ihres Ponys waren völlig zerzaust, und sie versuchte wie eine Irre, ihre Frisur wieder in Form zu bringen, während wir am Spielfeldrand herumlümmelten. »Ich will nicht gegen Dom spielen. Er wird sehen, wie furchtbar mies ich bin, und dann kommt er nächste Woche nicht zu meiner Party.«

»Du hast ihn schon zu eurer Party eingeladen?«

Millie sah mich mit einem langsamen Blinzeln an. »Hast du Nic denn nicht eingeladen?«

»Ähm.«

»Mein Gott, Sophie.« Sie schloss die Augen und massierte sich die Schläfen. »Manchmal frage ich mich wirklich, was in deinem Kopf vorgeht.«

»Daran hab ich gar nicht gedacht«, gab ich zu.

»Daran hab ich gar nicht gedacht«, äffte sie mich nach und gab dabei den schlechtesten Versuch aller Zeiten zum Besten, meinen Akzent nachzuahmen.

»Ich komme nicht aus den Südstaaten«, bemerkte ich.

»Es ist dein Geburtstag«, gab sie zurück und ignorierte meine Stichelei. »Du solltest ihn unbedingt einladen.«

»Das werde ich.« Ich versuchte, nicht nervös zu werden bei der Vorstellung, Nic zu einer Haus-Party einzuladen, die an meinem Geburtstag stattfand und bei der vermutlich ganze fünf Leute mit mir sprechen würden.

»In der Zwischenzeit wollen wir hoffen, dass Dom während dieses Spiels nicht allen Respekt vor mir verliert.«

»Schon okay«, tröstete ich sie und band meinen Pferdeschwanz wieder zusammen. »Er hat doch sowieso schon gesehen, wie schlecht du bist.«

Sie warf mir einen vernichtenden Blick zu. »Es ist schlimm genug, dass er mich schon total verschwitzt gesehen hat. Das müssen heute über fünfunddreißig Grad sein.«

Alex, Robbie und Foxy gesellten sich zu uns und begannen erneut mit ihrem Stretching. Sie waren so aufgekratzt, dass es beinahe lächerlich war. »Nur noch ein Spiel, Leute. Wir haben's fast in der Tasche«, sagte Alex.

»Wir haben das so was von *nicht* in der Tasche«, flüsterte Millie.

Ich nickte ernst. »Wir sind erledigt.«

Alex wandte seine Aufmerksamkeit wieder uns zu, aus seiner Miene sprach Besorgnis. Wir waren wandelnde Pulverfässer, und es hätte nicht offensichtlicher sein können, dass er sich dieser Tatsache mehr als bewusst war. »Okay, die Roten Falken sind ein Mann weniger, was bedeutet, dass Foxy, Stenny und ich uns um die drei Stärksten kümmern können. Millie und Sophie, ihr bleibt an dem größten Typen dran.«

»Ich will Luca nicht decken!«, jammerte ich.

»Kann ich nicht Dom decken?«, fragte Millie hoffnungsvoll.

Alex fuhr sich mit den Händen durchs Haar und die verschwitzten Strähnen baumelten über seinen Augen. »Nein. Wenn sich Luca frei bewegen kann, zerstört er unser ganzes Spiel.«

Über Alex' Schulter hinweg konnte ich sehen, wie die Priestly-Brüder ihre Positionen auf dem Platz einnahmen. Nic warf den Ball immer wieder von einer Hand in die andere und seine Miene wirkte konzentriert. Neben ihm grinste Luca so breit, als gäbe es kein Morgen mehr. Ich fragte mich, ob er überhaupt einen Ausdruck hatte, aus dem sich nicht »arroganter Arsch« ablesen ließ.

»Erde an Sophie?«

»Hä?«

Alex starrte mich an und seine großen blauen Augen waren genauso weit aufgerissen wie Millies. Manchmal war es beinahe unheimlich, wie ähnlich sich die beiden sahen. »Hast du gehört, was ich gesagt hab?«

Dümmlich schüttelte ich den Kopf. »Du hast was gesagt?«

Er stieß einen spitzen Seufzer aus, legte mir die Hände auf die Schultern und sah mir direkt in die Augen. Normalerweise wäre ich total hibbelig gewesen, wenn Millies großer Bruder mir so nahe gekommen wäre, aber ich war so sehr auf Nic konzentriert, dass ich völlig abgelenkt war. »Du musst dafür sorgen, dass Millie konzentriert bleibt. Ich kümmere mich um den Rest. Die Roten Falken werden untergehen.«

»Du musst aufhören, sie so zu nennen, sonst kann ich dich nicht ernst nehmen.«

Er drückte meine Schultern noch fester, so als wollte er meine Entschlossenheit stärken. Ich beobachtete, wie eine einzelne Schweißperle an der Seite seines Gesichts und bis zu seinem Hals hinunterlief. »Sophie, kannst *du* dich bitte wenigstens konzentrieren?«

»Hey, Mann, ich glaube, sie hat's verstanden.«

Alex nahm seine Hände wieder weg, machte einen Schritt zurück und stellte fest, dass Nic direkt neben ihm stand. Er sah ihn wieder mit diesem Blick an – diesem Ich-vertraue-dir-nicht-und-vielleicht-will-ich-dich-auch-umbringen-Blick. Diesmal war er ihm jedoch ganz nahe und es sprach offene Feindseligkeit daraus.

»Hast du so viel Angst zu verlieren, dass du unserer Besprechung lauschen musst?«, fragte Alex angriffslustig.

Nic hob eine Augenbraue. »Bist du wegen dieses Spiels so durchgedreht, dass du sie jetzt auch noch verrückt machen musst? Lass sie doch mal in Ruhe.«

Alex baute sich vor Nic auf. Sie waren beinahe gleich groß, aber Nic hatte einen leichten Vorteil. »Ich gewinne gern, und sie auch.«

»Ich wette, Sophie hat auch gern Spaß. Hast du schon mal was von diesem Konzept gehört?« Nic spannte den Kiefer an. »Lass sie in Ruhe.«

»Wer zur Hölle bist du überhaupt?«, blaffte Alex. »Du kennst uns doch überhaupt nicht, also warum lässt du uns nicht einfach unser Ding machen und kümmerst dich um dich selbst?«

Nic rührte sich nicht. Die beiden standen beinahe Brust an Brust, und als ich sah, wie Alex' Blick zu Robbie und Foxy hinüberhuschte, wusste ich, dass er auf Verstärkung hoffte. Nicht zum ersten Mal bemerkte ich Nics defensive Haltung und verstand, dass sein Misstrauen gegenüber Alex mit mir zu tun hatte. So, wie Nic ihn anstarrte, sah es aus, als versuchte er, ein Loch in Alex' Stirn zu bohren.

»Entspannt euch mal, Jungs!« Ich quetschte mich in die Lücke zwischen den beiden und schob sie mit den Händen auseinander. Alex wich zurück, aber Nic ließ sich nicht so einfach herumschubsen. Ich konnte das Testosteron, das aus seinen Poren strömte, praktisch spüren. »Fangen wir einfach an, okay?«

»Von mir aus.« Alex fletschte die Zähne.

»Von mir aus auch.« Nic machte auf dem Absatz kehrt und winkte seine Brüder zu sich. Auf der anderen Seite des Spielfelds steckten sie die Köpfe zusammen.

Millie glitt zu mir herüber und flüsterte: »Ich glaube, Dom wird mich fragen, ob ich mich mit ihm treffen will.«

Alex und Nic brachten sich für den Sprungball in Position. »Woher weißt du das?«

Hinter uns war ein Ruf zu hören. Der Ball war im Spiel und Nic hatte ihn sich erkämpft.

»Er hat wie verrückt mit mir geflirtet. Und ich dachte, ich wäre schamlos! Ich bin mir sicher, dass er nicht bis zur Party warten will, bis wir uns wiedersehen.«

Nic warf den ersten Korb, noch bevor ich Zeit hatte, etwas zu erwidern.

Das Spiel lief so schnell, dass ich kaum mithalten konnte. Ich hatte den Ball noch kaum berührt, und Millie schaffte es nur, ihn einmal auftitschen zu lassen, bevor Luca angerast kam und ihn unter ihr wegdribbelte. Jedes Mal, wenn Nic an mir vorbeilief, hatte ich das Gefühl, er würde absichtlich langsamer, damit ich spürte, wie er mich streifte. Jedes Mal vergaß ich glückselig, dass ich eigentlich Luca hätte decken müssen. In der Halbzeit lagen wir mit sechs Punkten zurück.

Zu Beginn des dritten Viertels passte Robbie mir den Ball zu – ich stand völlig frei neben dem Korb. Ich sprang hoch, aber der Ball wurde mir aus den Händen geschlagen, bevor ich werfen konnte. Er hüpfte davon, während Gino mit voller Wucht auf mich prallte. Ich wäre im wahrsten Sinne des Wortes vom Platz geflogen, wenn Nic nicht aus dem Nichts aufgetaucht wäre und mich von hinten aufgefangen hätte. Mit einem dumpfen Knall stolperte ich gegen ihn.

»Vorsichtig«, keuchte er, und ich spürte seinen unregelmäßigen Atem an meinem Hals.

»Nic!«, brüllte Luca. »Pass auf!«

Ich hob gerade noch rechtzeitig den Blick, um zu sehen, wie ein großes orangefarbenes Etwas direkt auf mein Gesicht zuraste. Mein Kopf wurde nach hinten gegen Nics Brust gerissen, und er fing mich auf, als ich gegen ihn fiel.

»*Tu sei pazzo!*«, kreischte Nic über meinen Kopf hinweg.

Tränen rannen über meine Wangen und vermischten sich mit dem Blut, das aus meiner Nase tropfte.

Eine kleine Menschentraube versammelte sich um mich.

»Tut mir leid.« Es war Lucas Stimme, aber ich konnte ihn nicht klar erkennen. »Aber ich hab ›Pass auf‹ gesagt.«

»Warum spielst du mir den Ball zu, wenn ihr Gesicht im Weg ist?« Über mir schäumte Nic vor Wut.

»Warum fummelst du mitten in einem Basketballspiel an ihr herum?«

»*Vaffanculo!*«

Ich musste kein Italienisch verstehen, um zu erraten, was das bedeutete.

Millie zog ihr T-Shirt aus und reichte es mir. Ich begann, meine Nase damit abzutupfen, kniff mit meiner freien Hand meinen Nasenrücken zusammen, um die Blutung zu stoppen, und versuchte, nicht den schalen Geruch von Jungenschweiß zu riechen, der tief in das Gewebe eingedrungen war.

»Könntet ihr jetzt vielleicht *alle* mal ein bisschen Platz machen?«, verlangte Millie.

Nic nahm seine Hände von meiner Taille und ging zu den anderen, die mich alle mehr oder weniger besorgt anstarrten. Alle außer Gino, der ganz in der Nähe die Bewegungen eines Schmetterlings verfolgte und leise vor sich hinkicherte.

»Glaubst du, dass du weiterspielen kannst, Sophie?«, fragte Alex.

Nic schäumte beinahe über und drehte sich zu ihm um. »Ist das dein Ernst, Kumpel? Ist das alles, was dir dazu einfällt?«

»Was zur *Hölle* ist dein Problem?«, schoss Alex zurück.

Bevor Nic antworten konnte, stampfte Millie mit dem Fuß auf den Betonboden wie die wütendste Zweijährige, die man sich vorstellen konnte. »Was zur Hölle habt ihr *beide* für ein Problem? Ihr bescheuerten Jungs mit euren *bescheuerten* Konkurrenzkämpfen. Haltet einfach die Klappe, ihr alle! Sophie und ich spielen auf gar keinen Fall weiter dieses *kindische* Spiel mit euch hitzköpfigen *Neandertalern*, damit ihr irgendeine *blöde*, billige Trophäe gewinnen könnt. Wir wollen mit diesem erbärmlichen Affentheater nichts mehr zu tun haben.«

»Ich …«, begann Luca.

»Nein!« Millie hob einen Zeigefinger und deutete damit direkt auf sein Auge, so als wollte sie es ihm ausstechen. »Kein Wort mehr von dir. Wenn du was zu sagen hast, kannst du es auf eine Karte schreiben und es mit den schönsten Blumen, die man für Geld kaufen kann, zu Sophie nach Hause schicken lassen. Und du kannst ihr sagen, wie *leid* es dir tut, dass du so ein *abartiger* Vollidiot bist und sie beinahe *umgebracht* hättest. Sie hätte *sterben* können. Kapierst du das? *Sterben!* Und alles, was dir dazu einfällt, ist dieses dämliche Grinsen. Ich finde das überhaupt nicht komisch, und ich kann dir versichern, dass ich ein Experte auf dem Gebiet des Humors bin. Also warum wischst du dir nicht dieses Grinsen aus deinem gottverdammten, ach so perfekten Gesicht und besorgst dir irgendwo ein bisschen Menschlichkeit, du arrogantes Riesenarschloch?«

Ich konnte kaum fassen, dass die anderen es alle schafften,

sich über Millies lächerlich überdramatisierten Ausbruch nicht schlappzulachen. Wenn ich nur ein bisschen weniger Schmerzen gehabt hätte, hätte ich mich selbst vor Lachen auf dem Boden gekrümmt.

»Mil…«, versuchte es Alex.

»Nein, Alex«, brüllte sie. »Deine Entschuldigungen will ich auch nicht hören. Wo bist du überhaupt *hergekommen?* Es fällt mir wirklich schwer zu glauben, dass wir aus demselben Schoß geschlüpft sein sollen. Wenn du nicht Manns genug bist, durchs Leben zu gehen, ohne dass dir irgendeine wertlose Trophäe sagen muss, wer du bist, dann bist du auch nicht Manns genug, mit Sophie oder mir zu sprechen. Und das gilt für euch *alle*, ihr Schwachköpfe.«

Sie packte mich am Arm und zerrte mich von den anderen weg. »Ihr findet uns am Spielfeldrand, wo es Eiscreme gibt. Und das ist mein *letztes* Wort!«

Ich konnte sehen, dass ihnen der Schreck noch immer ins Gesicht geschrieben stand. Sie hatten Millie ganz offensichtlich unterschätzt. Nic bohrte mit seinem Blick tiefe Löcher in die Stirn seines Bruders. Wenn Blicke hätte töten können, wäre Luca schon längst nicht mehr auf dieser Welt.

»Spielen wir weiter?«, hörte ich Alex fragen, während wir vom Platz gingen.

»Ich kann für den Rest des Spiels draußen sitzen, damit es ausgeglichen ist.«

Als ich Nics Vorschlag hörte, machte mein Herz einen Satz.

»Auf keinen Fall. Wir bringen es so zu Ende. Wir werden euch trotzdem noch schlagen.«

Alex, du Blödmann.

* * *

Nach dem Spiel kam Nic zu mir an die Seitenlinie, wo ich meine Nase mit einem noch verpackten Eis am Stiel kühlte. Millie hatte sich auf die Suche nach Dom begeben, um nach ihrem leicht durchgeknallten Ausbruch von ihrer aufblühenden Liebe zu retten, was zu retten war. Alex war wutschnaubend davongestürmt und Luca stolzierte vermutlich immer noch irgendwo mit einer riesigen Trophäe unter dem Arm herum.

»Ich gratuliere zu eurem Sieg.«

»Danke.« Nic ließ sich neben mir auf den Rasen sinken, zog die Knie an seine Brust und schlang die Arme darum. »Aber ich glaube kaum, dass eine fünfzig Zentimeter hohe Plastiktrophäe mein Leben entscheidend verbessern wird.«

»Ihr hättet wahrscheinlich verloren, wenn ich weitergespielt hätte«, neckte ich ihn. Ich nahm das Eis von meiner Nase, wackelte ein bisschen mit ihr hin und her, um wieder ein wenig Gefühl zurückzubekommen, und stellte erleichtert fest, dass sie nicht gebrochen zu sein schien.

»So gut wie neu«, sagte Nic. Er lehnte sich ein Stück nach vorn, um sie näher zu betrachten, und ich bemerkte eine kleine Ansammlung Sommersprossen auf seiner Nase. »Sie ist perfekt.«

»Was ist das nur mit euch Jungs, dass ihr ständig den Drang habt, mich anzugreifen?«, fragte ich. »Habt ihr's auf mich abgesehen oder so? Ihr könntet wenigstens ein bisschen subtiler vorgehen.«

»Du musst wohl irgendwas an dir haben.« Nic grinste mich schelmisch an. »Für gewöhnlich sind wir sehr diskret.«

»Vier Jungs und Diskretion. Meiner Ansicht nach passen diese Begriffe nicht wirklich zusammen.«

»Na ja, eigentlich sind wir zu f…« Nic unterbrach sich, als irgendetwas hinter mir seine Aufmerksamkeit erregte. Ich schaute über die Schulter.

Am Flussufer, hinter dem Basketballfeld, konnte ich gerade noch sehen, wie eine Gestalt mit einem Pferdeschwanz jemanden mit kurzen blonden Haaren hinter die Bäume schubste. Alex und Gino. Es war nur schwierig zu erkennen, aber es schien, als würden sie sich prügeln.

Nic sprang auf die Beine. Ich versuchte, mit ihm mitzuhalten, aber er war viel schneller als ich.

Sekunden später hatte er das Flussufer erreicht, stürmte durch die Bäume und riss Alex von seinem Bruder herunter. Als ich zu ihnen aufschloss, lag Gino gekrümmt vor mir, reglos, den Kopf zwischen den Händen. Nicht weit entfernt hielt Nic inzwischen Alex am Boden fest und die beiden tauschten Beleidigungen aus.

Alex rollte sich zur Seite und versetzte Nic einen Tritt, der daraufhin nach hinten kippte und auf dem Hintern landete.

»Das hier hat nichts mit dir zu tun!«, brüllte Alex, als sich beide wieder aufrappelten.

»Du hast gerade meinen Bruder ausgeknockt!«, brüllte Nic zurück, stürzte sich auf Alex, packte ihn um die Knie und warf ihn um. Er knallte gegen einen kleinen Baum, der sich unter dem vereinten Gewicht der beiden nach hinten bog.

»Hört auf!« Ich versuchte, Nic von Alex wegzuzerren, aber er rührte sich keinen Millimeter. Ich stolperte gerade noch rechtzeitig rückwärts, um Alex auszuweichen, als er sich nach vorne stürzte und Nic eine Kopfnuss verpasste, die ihn mit voller Wucht in den Dreck beförderte.

»Alex!«, kreischte ich. »Hast du den Verstand verloren?«

»Sein Bruder hat angefangen!« Er stellte sich über Nic. »Eure ganze Familie besteht aus miesen Betrügern! Verschwindet wieder dahin zurück, wo ihr hergekommen seid!«

Nic spuckte eine kleine Blutpfütze auf den Boden. »Sprich nicht über meine Familie«, drohte er. Mit großer Mühe rappelte er sich wieder auf und wappnete sich gegen Alex' Versuche, ihn ein weiteres Mal umzuwerfen. Er richtete sich auf und schlug zu. Alex duckte sich und Nic erwischte nur Luft. Als Alex ihn erneut schubste, rührte sich Nic nicht vom Fleck. Stattdessen streckte er blitzschnell einen Arm aus, nahm Alex in den Schwitzkasten und riss ihn erneut zu Boden.

Während Alex fluchend mit den Fäusten gegen Nics Seite trommelte, griff Nic in seine Gesäßtasche und holte etwas heraus. Er machte eine schnelle Bewegung mit dem Handgelenk und das Ding wuchs auf die doppelte Größe an. Er umfasste es fester und beugte sich mit Alex noch weiter hinunter, bis die beiden fast mit ihren Nasen den Boden berührten. Ich konnte nicht sehen, was er tat, bemerkte aber, wie in Nics Hand etwas aufblitzte, als er es zwischen die zappelnden Körper der beiden schob. Als mir klar wurde, was es war, schrie ich auf.

»Nicoli, smettila!«

Ich erschrak, als ich Lucas Stimme hörte. Er tauchte hinter mir auf und rannte auf seinen Bruder zu, packte Nic im Nacken und riss ihn von Alex weg.

Die Röte in Nics Wangen verblasste, während sein Bruder ihm eindringlich etwas ins Ohr flüsterte. Ich blickte auf seine offenen Hände – das Messer war verschwunden.

Neben uns begann Gino langsam aufzustehen. Er kam auf die Beine, rieb sich den Hinterkopf und betrachtete die Szene benommen, bevor er mich beinahe umwarf, während er das Ufer hinauf zu seinen Brüdern taumelte.

Auch Alex richtete sich wieder auf und bebte vor Wut. Er rauschte auf Gino zu.

»Denk nicht mal dran«, warnte ihn Luca. »Verschwinde einfach.«

»Zwei gegen einen ist unfair«, erwiderte Alex und begann, die Brüder zu umkreisen, von denen zwei völlig weggetreten waren. Nic hatte kein Wort gesagt, seit Luca ihn von Alex weggerissen hatte, und Gino hatte immer noch Mühe, aufrecht stehen zu bleiben. Ich konnte sehen, wie Alex sie abschätzig betrachtete und sich dabei auf ihre Verletzungen konzentrierte. »Du solltest deine Kämpfe beim nächsten Mal selbst austragen, Gino.«

Ich stellte mich zwischen sie. »Alex, geh einfach nach Hause«, sagte ich. »Das hier muss nicht noch schlimmer werden.«

Mit zusammengekniffenen Augen sah er zuerst Nic und dann Luca an und wog seine Möglichkeiten ab. Schließlich gab er widerwillig nach. »Na schön. Kommst du mit?«, fragte er mich.

Ich sah zu Nic hinüber. Nicht ohne eine Erklärung. »In einer Minute.«

»Die bedeuten nichts als Ärger, Soph«, sagte er, und aus seiner Stimme sprach Verwirrung. »Warum stellst du dich auf ihre Seite?«

»Ich komme in einer Minute«, wiederholte ich und versuchte, seinen Ausdruck zu ignorieren, in dem ich lesen konnte, dass er sich verraten fühlte.

»Wie du meinst. Ich verschwinde.« Alex entfernte sich, jedoch nicht ohne ein spitzes »Da hast du noch mal Glück gehabt!« über die Schulter zu rufen. Ich war mir nicht sicher, welchen Bruder er damit meinte.

»Nein«, erwiderte Luca. »Du hast Glück gehabt.«

Als Alex außer Sichtweite war, wandte ich meine Aufmerksamkeit wieder den Priestly-Brüdern zu. Nic atmete schwer, und aus seiner Miene war nichts abzulesen, während er das Gras mit den Augen absuchte. Neben ihm stand Gino, dem das Haar ungleichmäßig über die Ohren fiel. Er sah aus wie ein Pilz in Schräglage, und in seinen Augen lag derselbe irre Blick, den ich schon auf dem Spielfeld gesehen hatte: stechend und unkoordiniert. Luca betrachtete mich gelassen.

»Wir gehen jetzt«, verkündete er, so als gehe er nach einer Party nach Hause und nicht nach einer Schlägerei.

»Was zur Hölle sollte das alles?«, fragte ich und ignorierte seinen beiläufigen Tonfall.

»Er hat mich einen Betrüger genannt«, antwortete Gino langsam, so als kehre die Erinnerung eben erst zu ihm zurück. Er hatte ganz offensichtlich eine Gehirnerschütterung, aber ich hatte keine Ahnung, was mit Nic los war, der noch immer ungewöhnlich still war und den Blick auf den Boden richtete. »Er hat gesagt, ich hätte beim Spiel betrogen.«

»Und?«, hakte ich nach.

»Und deshalb musste ich ihm sein bescheuertes Maul stopfen!« Er wurde lauter und zum ersten Mal bemerkte ich sein ausgeprägtes Lispeln. Es musste eine Folge seiner abgebrochenen Zähne sein.

Luca verdrehte die Augen. »Entspann dich, Gino.«

»Sich zu prügeln, ist nicht die richtige Art, jemanden zum Schweigen zu bringen«, entgegnete ich und konnte das »du Vollidiot« gerade noch unterdrücken, bevor es mir herausrutschte. Ich packte Nic am Arm und riss ihn aus Lucas Griff. Er wandte seine Aufmerksamkeit vom Rasen ab und hob den Blick, und die Glut in seinen Augen flackerte auf. Endlich schien er mich wahrzunehmen.

»Tut mir leid, dass du das mit ansehen musstest, Sophie«, erklärte er leise. »Ich hab nur versucht, meinen Bruder zu verteidigen, und das Ganze ist außer Kontrolle geraten.«

»Findest du?«

»Wir gehen«, sagte Luca und winkte Nic, ihm zu folgen. »Komm jetzt.«

Seine dunklen Augen blickten in die Leere, die mich umgab, bis er sich von mir löste.

»Warte!«, rief ich und folgte ihm.

Er drehte sich um.

»Ich hab gerade gesehen, wie du ein Messer gegen Alex gezogen hast. Du kannst jetzt nicht einfach abhauen!« Während ich es aussprach, konnte ich nicht glauben, dass es tatsächlich der Wahrheit entsprach. Es waren furchtbar düstere Worte.

Nic schüttelte den Kopf. »Nein, hab ich nicht.«

»Ich hab dich gesehen«, gab ich zurück. »Du hast es aus deiner Tasche gezogen.«

»Du hast doch keine Ahnung, wovon du sprichst«, sagte Luca, ohne sich die Mühe zu machen, sich umzudrehen und mich anzusehen. »Komm jetzt, Nicoli.«

Auf Nics Stirn bildeten sich besorgte Falten. »Ich glaube, das musst du dir eingebildet haben, Sophie.«

»Ich hab mir gar nichts eingebildet«, protestierte ich.

Nic hörte mir gar nicht mehr zu. Er sah mich mit diesem Blick an – diesem Blick, den Erwachsene gern aufsetzen, wenn sie dich herablassend behandeln. Dem Mrs.-Bailey-Blick. »Du hattest vorhin ein traumatisches Erlebnis. Ich glaube, du brauchst ein bisschen Ruhe.«

Ich wich vor ihm zurück. »Ich weiß, was ich gesehen habe.«

Jetzt war ich wütend. In der einen Sekunde war Nic unbeschwert und aufmerksam, und in der nächsten zog er ein Messer gegen den Bruder meiner besten Freundin und wollte mir dann einreden, ich sei verrückt, wenn ich ihn damit konfrontierte.

»Wir sprechen später darüber, okay?«

Er nickte mir flüchtig zu, bevor er auf dem Absatz kehrtmachte, und ich konnte nur noch wütend auf seinen Hinterkopf starren und mich fragen, ob ich wirklich verrückt wurde oder ob er der überzeugendste Lügner war, den ich je getroffen hatte.

Ich wollte gerade wieder zu den Basketballplätzen zurückgehen und Millie suchen, als etwas am Flussufer meine Aufmerksamkeit erregte. Ich folgte dem Glitzern, und im nächsten Moment griff ich ins Gras und hob das Klappmesser auf, das Nic aus seiner Hosentasche gezogen hatte – danach hatte er also vorhin gesucht. Und ich hatte geglaubt, sein gesenkter Blick sei Ausdruck seiner Reue gewesen. Als ich das Messer in meiner Hand drehte, empfand ich eine seltsame Mischung aus Triumph und Übelkeit. Die Klinge war fünfzehn Zentimeter lang und so scharf wie eine Rasierklinge. Ich klappte sie ein. Der Griff war schwer und golden, und in der Mitte, in der Nähe des unteren Endes, war ein Wappen eingeritzt. Es war tiefschwarz, und darin war in tiefroten, kunstvollen Linien ein sitzender Adler eingraviert. Seine halb ausgebreiteten Flügel säumten die Seiten des Griffs.

Unter dem Wappen erkannte ich eine Inschrift:

Nicoli, 12. Mai

Ich ließ es beinahe fallen. Das hier war nicht nur irgendein Klappmesser. Das hier war ein teures, *speziell angefertigtes*

Messer, in das Nics Name und, wie ich vermutete, sein Geburtsdatum eingraviert waren. Es war wichtig, es hatte eine Bedeutung. Auch wenn ich keine Ahnung hatte, was es genau bedeutete.

Ich drehte den Griff erneut und betrachtete den Vogel, der in dem Wappen saß. Ich wusste, wie ein Adler aussah, und auf den zweiten Blick erkannte ich, dass das hier keiner war. Ein Bussard vielleicht? Doch dann traf es mich wie ein Schlag: Der Vogel in dem Wappen war ein Falke. Ein roter Falke. Ich wusste zwar genauso wenig, was das bedeutete, aber tief in meinem Innersten war mir klar, dass es diesen Brüdern etwas bedeutete. Und ich war mir verdammt sicher, dass es auch für Nic galt.

Die Erkenntnis versetzte mich in Panik, weil mir bewusst wurde, dass ich meine Reaktion nicht kontrollieren konnte. Selbst *wenn* mein Onkel recht hatte, was die Familie Priestly anging, konnte ich trotzdem nichts daran ändern, wie sehr mein Herz jedes Mal raste, wenn ich an Nics dunkle Augen dachte – er hatte irgendetwas an sich, etwas, das ich nicht einfach ignorieren konnte. Ich entwickelte Gefühle für jemanden, der mit verdächtigen blauen Flecken an den Händen herumlief und eine Waffe bei sich trug, wo er ging und stand – eine Waffe, die er ganz offensichtlich zu benutzen bereit war. Eine Waffe, nach der er ganz sicher noch einmal hier suchen, jedoch nicht finden würde. Ich wusste, dass ich meinem irrationalen Herzen nicht trauen konnte, was wiederum bedeutete, dass ich alles in meiner Macht Stehende tun musste, um mich von Nic fernzuhalten, damit ich gar nicht erst in Verlegenheit geriet.

9

Der Einbruch

Meine Versuche, Nic Priestly und seine Brüder zu meiden, dauerten nur kurz.

Als ich ein paar Tage später von meiner Spätschicht nach Hause kam, hatte sich der Himmel geöffnet und einem der schlimmsten Sommerstürme Platz gemacht, an die ich mich erinnern konnte.

Ich warf mich gegen die Haustür, während hinter den Wolken ein dröhnender Donner grollte, bei dem sich mir die Nackenhaare aufstellten und der einen neuerlichen, heftigen Schauer ankündigte. Nachdem ich zum hundertsten Mal meine Handtasche durchwühlt hatte, gestand ich mir meine Niederlage ein. Ich hatte meine Schlüssel vergessen, und da meine Mutter zur Anprobe eines Kleids bei einer Kundin in der Stadt war, hatte ich mich auf unbestimmte Zeit ausgesperrt. Der Akku meines Handys war leer, und auch wenn ich nicht wusste, wann sie wieder zurück sein würde, wollte ich garantiert nicht auf unserer Veranda durchweichen, während ich auf sie wartete.

Also raffte ich mich auf, und während ich zu ignorieren versuchte, wie der Regen meine Jeans an meine Beine schweißte, rannte ich die Straße wieder hinunter und hüpfte über die Pfützen. Wenn ich mich beinahe mit Lichtgeschwindigkeit bewegte und den schnellsten Weg nahm, würde ich es bis zum

Diner schaffen, das neun Blocks entfernt lag, kurz bevor Ursula und die neue Kellnerin, Alison, für heute Abend absperrten. Dann konnte ich hineinschlüpfen, meine Schlüssel suchen und wieder rechtzeitig draußen sein, um zurück nach Hause zu schwimmen.

Während ich rannte, blitzte und donnerte es im Himmel und zerrte an meinen Nerven. Seit dem Abend, an dem mein Vater ins Gefängnis gegangen war, hatte es nicht mehr so heftig geregnet, und mit einem unangenehmen Zwicken in der Magengegend wurde mir bewusst, wie Furcht einflößend dieser Sturm für mich war. Seit jenem Abend jagte mir das Geräusch von Donner schreckliche Angst ein – es hatte sich in ein Symbol für etwas Finsteres, Unwillkommenes verwandelt. Und jetzt, kurz nachdem man unseren Lieferanten tot in seiner eigenen Badewanne entdeckt hatte, war ich hier, vollkommen allein und einem der schlimmsten Stürme ausgeliefert, die Cedar Hill je erlebt hatte.

Als ich endlich auf den Parkplatz einbog, schwammen meine Füße in zwei Schuhen voller Wasser, und meine Nase fühlte sich völlig taub an. Im Diner waren sämtliche Lichter aus. Das ganze Restaurant war nichts weiter als ein niedriger Betonklotz, der unter dem Nachthimmel kauerte.

Ich war zu spät.

Ich sprintete über den Parkplatz und hoffte, unter dem überhängenden Dach am Eingang Schutz zu finden. Dort konnte ich den schlimmsten Sturm abwarten und dann zu Millie nach Hause gehen.

Wenn ich meine Augen ganz normal hätte öffnen können und mir der Sturm mein Haar nicht in nassen Strähnen gegen das Gesicht gepeitscht hätte, hätte ich die Person vor dem Eingang gesehen, bevor ich darauf zugerannt wäre.

»Hey! Pass auf!«

Ich stolperte rückwärts und stand halb unter, halb neben dem schützenden Dach, aber ich konnte noch sehen, wie sich der Fremde gegen die Tür presste und die Hände an die Glasscheibe legte, als würde er hineinblicken. Er drehte sich um und streifte seine Kapuze ab.

»Nic?«

»Sophie?«

»Was machst du denn hier?«, fragten wir beide gleichzeitig.

»Ich hab meine Schlüssel da drin vergessen und mich aus meinem Haus ausgesperrt.«

Nic nickte gedankenverloren. Ich wartete darauf, dass er etwas erwiderte. Nach einer langen Pause antwortete er leise: »Ich wollte dich sehen.«

Ein weiterer Blitz erleuchtete den Himmel und jetzt konnte ich sein Gesicht ganz erkennen. Er wirkte ernst und seltsam verletzlich. Der Gedanke, dass er auch eine solche Seite hatte, war irgendwie eigenartig. Ich hatte ihn mir immer makellos und selbstsicher bis in sein tiefstes Inneres vorgestellt.

Und gefährlich, erinnerte ich mich selbst erschrocken. *Konzentrier dich, Sophie.*

Instinktiv wich ich vor ihm zurück und blieb stocksteif im Regen stehen.

»Du solltest nicht hier sein«, sagte ich und war froh, dass meine Stimme ruhig klang. »Ich glaube nicht, dass es eine gute Idee ist, wenn wir zusammen was unternehmen.«

»Was meinst du damit?«, fragte er, und mit einem Mal klang er, als sei er auf der Hut.

»Ich weiß, dass du mich angelogen hast.« Die Erinnerung brach wieder über mich herein, und ich steckte eine Hand in meine Tasche und holte das Messer heraus. Es war zusammengeklappt, aber ich spürte, wie meine Finger zitterten, als sie sich um den kalten Metallgriff schlossen. Ich glaubte zwar nicht, dass er es mir aus der Hand reißen würde, aber ein kleiner Teil von mir war nicht völlig davon überzeugt – wie konnte ich das auch mit Sicherheit wissen? Ich machte erneut einen Schritt zurück, umklammerte es noch fester und versuchte, den Regen zu ignorieren, der mein Top durchnässte.

Nic kam näher. Ich konnte sehen, wie sein Blick zu meiner Hand wanderte, aber er machte keinerlei Anstalten, mir das Messer abzunehmen. Vorsichtig hob ich es höher, bis es zwischen uns schwebte. »Erkennst du das wieder?«

Er beobachtete mich mit kalkuliertem Schweigen. Es war nichts zu hören außer dem Geräusch seines unregelmäßigen Atems und des entfernten Grollen des Donners. Meine Hand zitterte.

»Also?«, fragte ich.

Die Stille dauerte an. Sein Atem wurde gleichmäßiger, aber sein Ausdruck blieb unverändert entschlossen. Als er mir schließlich antwortete, schien er all seine Energie dafür aufbringen zu müssen. Er presste die Lippen zusammen, stieß die Worte angestrengt hervor und betonte sie besonders langsam, so als würde seine Zunge ihn verraten. »Es gehört mir.«

»Ich hab's im Gras gefunden, nachdem du gegangen bist.« Es war ein unnötiges Detail – wahrscheinlich war er zurückgekommen, um es zu suchen, nachdem ich weg gewesen war –, aber ich hatte das Bedürfnis, ihn daran zu erinnern, dass ich recht gehabt und er mir unrecht getan hatte, als er versucht hatte, mich vom Gegenteil zu überzeugen. Er wusste, dass ich wusste, dass es ihm gehörte, und je weniger er mir erzählte, desto misstrauischer wurde ich.

Ich ließ die Hand sinken, machte einen Schritt auf ihn zu

und schob mich in seine persönliche Zone unter dem Dach, um die Mauer zwischen uns zum Einsturz zu bringen.

Seine Schultern spannten sich.

»Warum hast du ein Messer dabei?«

Er zögerte, fuhr sich mit den Fingern durchs Haar und krallte sich an einigen Büscheln fest, die über seinen Ohren abstanden. Als er die Hand wieder fallen ließ, seufzte er resigniert.

»Das Klappmesser war ein Geschenk von meinem Onkel«, begann er langsam, so als lese er von einem Manuskript ab. »Er kann ein bisschen … exzentrisch sein.«

Ich drehte das Messer in meiner Hand und fuhr mit dem Daumen über das Wappen mit dem Falken und die Inschrift darunter. »Das wäre eine Möglichkeit, es auszudrücken.«

»In meiner Familie schenkt mein Onkel uns, wenn wir sechzehn werden, ein Klappmesser, in das unser Name und unser Geburtsdatum eingraviert sind«, fuhr er fort und klang wieder etwas selbstsicherer. »Das hat sein Vater, mein Großvater, auch schon so gemacht, und deshalb tut er es auch. Es ist nur eine Familientradition.«

»Das kommt mir ein bisschen gefährlich vor.« Ich versuchte gar nicht erst, meine Verurteilung zu verbergen.

Nic zuckte mit den Schultern und gab mit ruhiger Stimme zu: »Ja, das könnte man über Felice durchaus sagen.«

»Feh-liii-tschi«, wiederholte ich und zog den Litschi-Teil besonders in die Länge. Das passte zu jemandem, der Messer verschenkte. »Ich hab zu meinem sechzehnten Geburtstag Ohrringe bekommen. Aber keine Waffen.«

Nic strich sich mit dem Daumen über die Unterlippe, und ich ertappte mich dabei, wie ich völlig gebannt zuschaute, wie er mit den Zähnen daran knabberte.

Ich schüttelte das Bild aus meinem Kopf und entfernte mich wieder einen Schritt von ihm.

Konzentrier dich.

»Ich hab gesehen, wie du das bei deinem Streit mit Alex aus deiner Hosentasche gezogen hast«, sagte ich. »Wolltest du …?« Meine Stimme zitterte. »Was wolltest du damit machen?«

»Gar nichts«, antwortete er mit solcher Überzeugung, dass ich ihm beinahe geglaubt hätte. »Ich würde das nie gegen jemanden benutzen, vor allem nicht gegen den Bruder deiner Freundin. Aber ich dachte, wenn er es sieht, zieht er sich vielleicht zurück und lässt meinen Bruder in Ruhe. Er hatte Gino schon ausgeknockt, aber er wollte trotzdem noch mehr. Er war so ehrgeizig, so wütend, dass wir gewonnen hatten, und so überzeugt davon, dass wir betrogen hatten. Ich wollte ihn einfach nur loswerden, bevor meine anderen Brüder da auch noch mit reingezogen wurden.«

»Und deshalb wolltest du ihn mit einem *Messer* bedrohen?«, hakte ich nach, und die Ungläubigkeit in meiner Stimme war nicht zu überhören.

»Nein«, zögerte Nic und schüttelte den Kopf. »So war das nicht. Ich wollte nur … ich weiß auch nicht. Ich hab versucht, die Situation zu entspannen …« Er verstummte.

Ich musste dem Drang widerstehen, sein Kinn zwischen Zeigefinger und Daumen zu nehmen, um seinen Blick so still zu halten, dass er mich endlich direkt ansah. War das nun die Wahrheit oder eine versierte Lüge?

»Warum trägst du das überhaupt mit dir rum?«

»Das ist schwer zu erklären«, antwortete er, und mit einem Mal wirkte er verlegen. »Ich schätze, ich habe es immer dabei, um mich beschützt zu fühlen, und damit ich auf meine Brüder aufpassen kann, wenn es sein muss. Es ist für uns alle sehr schwer, seit mein Vater gestorben ist. Es hat uns verändert. Es hat mich verändert. Ich kenne diese Stadt nicht, oder die Leute, die hier wohnen, und ich bin so daran gewöhnt, das Messer bei mir zu haben, dass es sich in meiner Hosentasche schon wie ein Teil von mir anfühlt. Ohne das Ding fühle ich mich nie wirklich sicher.« Er schluckte schwer und begrub die Gefühle, die seine Stimme zum Zittern brachten. »Ich weiß, dass das eine seltsame Art ist, mit so etwas fertigzuwerden, aber es hilft mir eben.«

Ich blickte zu Boden und das Messer fühlte sich plötzlich ganz schwer in meiner Hand an. »Das wusste ich nicht.«

Nic zuckte mit den Schultern. Ein weiterer Blitz erhellte sein Gesicht, und ich konnte sehen, dass die Erinnerung einen trostlosen Ausdruck darauf hinterlassen hatte. Er lehnte sich nach hinten gegen die Tür und seine Haltung wirkte niedergeschlagen. Was für ein Wahrheitsspiel wir auch gespielt hatten, ich hatte gewonnen und fühlte mich deswegen ganz mulmig.

»Es ist, wie es ist«, murmelte er.

Ich musste den Blick von ihm abwenden. Ich hatte die ganze Zeit diese Trauer empfunden, diese Traurigkeit, ja, ich hatte mich förmlich darin gesuhlt – und wofür? Für einen Vater, der es verdient hatte, dort zu sein, wo er jetzt war, und der am Ende wieder zu mir zurückkommen würde. Ich wusste, dass Nic etwas an sich hatte, das wahrscheinlich nicht gut für mich war, aber es gab auch Dinge in seinem Leben, die er nicht ändern konnte, und das machte ihn genauso wenig zu einem schlechten Menschen. »Tut mir leid, dass du deinen Vater verloren hast.«

»Nein, mir tut es leid.« Er richtete sich abrupt auf, so als ziehe ihn jemand an Fäden nach oben, und die Verletzlichkeit wich vollkommen aus seiner Haltung. »Es war idiotisch von mir, dass ich das Messer gezogen habe, aber ich würde Alex niemals wehtun, das schwöre ich. Niemals. Bitte sag das auch Millie.«

»Ich habe Millie gar nichts von dem Messer erzählt«, gestand ich, und mir drehte sich schuldbewusst der Magen um. Es war eine vielsagende Enthüllung.

»Oh«, sagte er leise.

»Alex hat es nicht gesehen und ich wollte die ganze Sache nicht noch schlimmer machen. Außerdem hat er mir hinterher eine Nachricht geschickt und gesagt, dass es ihm leidtut, dass sich die Gemüter so erhitzt haben. Deshalb dachte ich, wir könnten das alle einfach als Einzelfall abhaken, der außer Kontrolle geraten ist, und ihr beide könntet das Ganze damit auf sich beruhen lassen.« Ich sprach schnell und verschluckte die Wörter teilweise. Mit einem Mal fühlten sich meine Wangen an, als würden sie brennen. Ich hatte Millie nicht alles erzählt. Machte mich das zu einer schlechten Freundin? Oder nur zu einer Idiotin? Denn obwohl ich wusste, dass mir Nic eigentlich egal sein sollte, war er es nicht. Und obwohl ich versuchte, ihm aus dem Weg zu gehen, hatte ich gehofft, ihn wiederzusehen – um ihm die Chance zu geben, sich zu erklären.

»Danke«, sagte er aufrichtig. »Es tut mir leid, wenn ich dir Angst gemacht hab, und es tut mir leid, dass ich dich angelogen habe. Ich dachte, so wäre es einfacher, aber hinterher ist mir klar geworden, dass es falsch war. Deshalb wollte ich herkommen und mit dir darüber sprechen.«

»Dann warst du also deshalb hier?«, fragte ich und wunderte mich über den Zeitpunkt seines Besuchs am späten Abend.

Nic lächelte und enthüllte eine Reihe weißer Zähne, die in der Dunkelheit leuchteten. »Du hast mich erwischt.«

Ich steckte das Messer wieder in meine Tasche und ging auf die Tür des Diners zu, um hineinzusehen, wie auch er es vorhin getan hatte. Nicht weil ich dachte, es sei noch irgendjemand da, sondern weil ich plötzlich ganz verlegen war und nicht wusste, was ich sonst tun sollte.

»Kannst du rein?«, wollte er wissen.

Mein nasses Haar flog um mich herum wie Schnüre, während ich den Kopf schüttelte. »Es sind schon alle nach Hause gegangen.«

»Vielleicht könnte ich ja irgendwie helfen.«

»Kannst du mich in mein Haus teleportieren?«

Er atmete unruhig ein und fragte forsch: »Willst du, dass ich es mal probiere?«

»Mich zu teleportieren?«

»Nein.« Er räusperte sich. »Ich könnte versuchen, die Tür zu öffnen, wenn du willst.«

»Was? Wie?«

»Hab ich deine Erlaubnis, es zu versuchen?«

Ich hob die Hände in die Luft. »Tu dir keinen Zwang an.«

»Würde es dir was ausmachen, ein paar Schritte zurückzugehen?«

»Willst du das wirklich tun?«

Er setzte eine entschlossene Miene auf. »Ja.«

Vermutlich hätte ich in jenem Moment in alles eingewilligt, worum er mich gebeten hätte, weil er einfach unglaublich aussah, wie er dort im Regen stand. Sein welliges braunes Haar war nass, und er hatte es aus dem Gesicht gestrichen, wodurch seine gemeißelten Kieferknochen ihre volle Wirkung entfalten konnten. Ich schlurfte einen Schritt zurück.

Nic kehrte mir den Rücken zu und zog etwas aus der Gesäßtasche, das aussah wie ein Füller.

»Was ist das?«

»Noch so ein Geschenk, das du nicht gutheißen würdest«, antwortete er schlicht, bevor er sich noch näher auf die Tür zubewegte und mir die Sicht versperrte.

Für etwa eine Minute war alles, was ich sehen konnte, das leichte Zucken seiner Armmuskeln, während er sich an der Tür zu schaffen machte – zuerst am oberen Schloss, das mit einem leisen Klicken nachgab, dann an dem schwereren etwas weiter unten, bei dem es ein wenig länger dauerte. Schließlich drückte er auf die Klinke, und die Tür schwang vor uns auf und brachte die Glocke darüber zum Klingeln.

Mir blieb der Mund offen stehen. »Du bist gerade ins Diner eingebrochen.«

»Du hast es mir erlaubt.« Er steckte das, was auch immer er benutzt hatte, in die Hosentasche zurück und machte einen Schritt zurück, damit ich zuerst hineingehen konnte. »Nach dir.«

Ich starrte ihn an, während ich mich an ihm vorbeischob, um den Code für die Alarmanlage einzugeben, bevor sie noch losheulte. »Machst du so was öfter?«

»Nein«, antwortete er und folgte dich hinter mir. »Meine Brüder und ich haben mit allen möglichen Werkzeugen probiert, in die Zimmer der anderen einzubrechen, als wir noch kleiner waren. Es ging nie über diesen Kinderzimmerkrieg hinaus. Es war einfach nur Glück, dass ich diese Tür heute Abend mit einem alten Schraubenzieher öffnen konnte. Die Schlösser sind wirklich nicht das, was sie sein sollten.«

Ich legte einen Schalter um, und einige in Reihe geschaltete Lampen erwachten zum Leben und erhellten den Weg zur anderen Seite des Diners.

»Und den hattest du zufällig bei dir, weil …?«

»Ich hab heute Abend versucht, in den alten Schuppen beim Haus meines Onkels reinzukommen, damit wir ihn als Lagerraum benutzen können.«

Nic trottete hinter mir her und ließ den Blick durch das Diner schweifen, als sei es der faszinierendste Ort, den er je gesehen hatte. »Meine Mutter hat eine ganze Lkw-Ladung Antiquitäten für das neue Haus bestellt, aber sie will nicht, dass wir sie schon reintragen, bevor sie in ein paar Wochen aus Übersee zurückkommt. Sie will zuerst alles fertig streichen. Deshalb suchen wir gerade nach einem Ort, am dem wir sie lagern können.«

Ich schlüpfte hinter die Theke und begann, nach meinem Schlüsselbund zu suchen. »Dann vertraut deine Mutter in ihrer Abwesenheit also darauf, dass sich ihre Söhne um ihre teuren Möbel kümmern?«

Nic schob sich neben mich, und sein Arm streifte meinen, während wir Seite an Seite suchten. »Mehr oder weniger.«

»Ich bin mir zwar nicht sicher, ob ich davon vollkommen überzeugt bin, aber es erscheint mir immerhin wahrscheinlicher als meine anderen Theorien.«

»Was für Theorien?«

Ich tippte mit dem Finger an mein Kinn. »Zum Beispiel die, dass du ein berüchtigter Juwelendieb bist?«

Nic neigte den Kopf zur Seite und lächelte. Die Anspannung wich aus seinen Schultern. »Das klingt eigentlich ziemlich cool.«

»Oder dass du hilflose alte Damen ausraubst, wenn sie in ihren Betten liegen und schlafen?«

»Nicht cool.«

Ich unterbrach meine Suche für einen Moment und schaute ihn an – seine tiefbraunen Augen, die Wölbung seiner Oberlippe, die Art, wie sich sein Haar hinter den Ohren lockte. Er hatte etwas Mysteriöses an sich, etwas Dunkles und Ungewisses. Es entfachte ein Unbehagen in mir, das ich seit langer Zeit nicht mehr gespürt hatte. Ich dachte an die Warnung, die mein Onkel mir mitgegeben hatte, und spürte nicht zum ersten Mal, wie sie auf meinem Verstand lastete. »Das Problem ist nur«, fügte ich hinzu, und meine Stimme blieb mir fast im Hals stecken, »dass ich nicht weiß, was du wirklich bist.«

Nic hielt meinem Blick stand. »Vielleicht ist das ja ein Teil des Spaßes.«

Zu verwirrt, um etwas darauf zu erwidern, nahm ich die Suche nach meinen Schlüsseln wieder auf, während Nic in tiefes Lachen ausbrach. Ich war mir sicher, dass er es nicht mit Absicht verführerisch klingen ließ, aber gepaart mit der Nähe zwischen uns hatte es diese Wirkung auf mich.

»Dann ist deine Mom also nach Übersee gereist und hat ihre Söhne allein in ihrem neuen Haus zurückgelassen?«, fragte ich in dem Versuch, mich abzulenken. »Sie klingt sehr vertrauensvoll.«

»Ist sie nicht«, erwiderte Nic und lachte wieder. »Es ist eher so, dass ihre Liebe zu venezianischen Möbeln schwerer wiegt als das Misstrauen gegenüber ihren fünf Söhnen.«

Fünf Söhne! Dann hatte ich mir den fünften Priestly-Jungen also nicht nur eingebildet und in jener Nacht keine Gespenster gesehen.

»Wir *versuchen*, ihre Wünsche zu respektieren, wenn sie nicht da ist«, fügte Nic nach einer Weile hinzu. »Aber manchmal geht eben trotzdem was schief, und natürlich streiten wir uns dann, aber das ist unter Brüdern normal.«

»Ich hab keine Geschwister, deshalb kenne ich mich mit diesem ganzen Rivalitätskram wohl nicht so gut aus, schätze ich.«

Nic nickte nachdenklich. »Das ist echt schade. Meine Brüder sind meine besten Freunde.«

»Sogar Luca?« Ich konnte mir die Frage nicht verkneifen.

Nic lächelte verständnisvoll. »*Sogar Luca.*«

»Das … überrascht mich.«

»Er ist gar nicht so übel.«

Ich biss mir auf die Zunge.

»Es gibt nichts Wichtigeres als Familienbande«, fuhr er fort. »Als mein Großvater noch am Leben war, hat er immer gesagt: ›*La famiglia prima di tutto.*‹ Das steht sogar auf seinem Grab.«

Schwerreich, was? Ich biss mir erneut auf die Zunge. »Und was bedeutet das?«

»Die Familie geht über alles.«

»Cool«, antwortete ich etwas unbeholfen. »Als der Dad von meiner Mom gestorben ist, wollte er, dass sie ›*Total rausgeputzt und gehe trotzdem nirgends hin*‹ auf seinen Grabstein schreiben.«

Wie so oft fand ich Nics verwirrten Gesichtsausdruck absolut liebenswert.

»Er war Atheist«, fügte ich als Erklärung hinzu.

»Oh.« Seine Verwirrung verwandelte sich in ein schiefes Lächeln. »Ein lustiger Atheist.«

»Er ist genauso gestorben, wie er gelebt hat – indem er Witze gemacht hat, die meine Großmutter furchtbar geärgert haben.«

Ich beugte mich nach unten und begann, die Schränke hinter der Theke zu durchforsten – ich fand zusammengelegte Schürzen, dreckige alte Sweatshirts und eine verwaiste Trainingshose. Höchstwahrscheinlich meine.

Nic suchte weiter zwischen den Papieren, die auf der Theke lagen. »Würde es deinen Chef stören, wenn er wüsste, dass du hier drin bist?«

»Meine Schlüssel sind nicht da oben«, sagte ich, öffnete den nächsten Schrank und tastete darin herum – nichts als Staubmäuse und abgebrochene Bleistifte. »Wahrscheinlich sind sie in einem von diesen Fächern hier.«

Ich schaute zu Nic hinauf. Er hatte sich eine Speisekarte gegriffen und studierte sie.

»Würde es ihn stören?«, fragte er noch mal.

»Nein.« Ich versuchte mein Glück in der nächsten Nische und spürte, wie meine Fingerspitzen über etwas Zackiges aus Metall glitten. »Ich schließe hinter uns ab. Er wird noch nicht mal wissen, dass wir hier waren.«

Ich hörte das Rascheln von Papier, während Nic durch einen Stapel blätterte und eine kurze Pause machte, bevor er ihn wieder beiseitelegte.

»Wo ist er überhaupt?«

Ich drehte meine Schulter, um noch tiefer in das schmale Fach greifen zu können. »Wer?«

»Dein Chef.«

»Ein Freund von ihm ist gestorben, deshalb ist er dessen Familie besuchen gegangen. Ich weiß nicht, wo er jetzt gerade ist.« Als das missbilligende Gesicht meines Onkels vor meinem geistigen Auge vorbeizog, ganz rot und verquollen, hielt ich inne. Mit einem stechenden Schmerz wurde mir bewusst, dass ich ihn vermisste. Ich hoffte, dass er mich bald anrufen würde.

Ich schloss meine Hände um die Schlüssel und tastete mit einem flüchtigen Gefühl des Triumphs über ihre vertrauten Kanten.

Nic hatte aufgehört zu kramen. »Dann ist er also einfach nicht wieder zurückgekommen?«

Ich zog den Schlüsselbund hervor: ein Diner-Schlüssel aus Messing, ein silberner für ein kleineres Schloss, mein violetter Hausschlüssel und der glitzernde Eiffelturm-Schlüsselanhänger von Millie. Ich sprang auf die Füße und ließ die Schlüssel triumphierend vor mir hin und her baumeln.

»Hab sie!« Ich ließ sie in meine Tasche fallen.

Nics Lächeln verschob sich auf eine Seite und wanderte zu seinem rechten Wangenknochen. Wir standen keinen halben Meter voneinander entfernt, waren nicht mehr durch die Suche abgelenkt und konnten nichts anderes anschauen als einander. Mit einem Mal wirkte unsere Umgebung viel intimer. Wir standen ganz allein und triefend nass im Diner, und ich konnte seine Anwesenheit förmlich spüren und war mir bewusst, dass ich nach jedem Atemzug lauter ausatmete als normalerweise.

»Soll ich dich nach Hause fahren?«, bot er an. »Es schüttet da draußen immer noch ganz schön. Wir wollen doch nicht, dass du dich am Ende noch in eine Pfütze auflöst.«

»Willst du damit andeuten, dass ich eine Hexe bin?«

Nic setzte eine gespielt entsetzte Miene auf. »Auf gar keinen Fall. Ich bin der vollendete Gentleman.«

»Außer, wenn du auf offener Straße Mädchen umwirfst oder mitten in der Nacht in Restaurants einbrichst«, erinnerte ich ihn. Ich spielte mit dem Gedanken, auch eine Bemerkung über das Klappmesser fallen zu lassen, hielt mich jedoch zurück, als ich an seinen Vater und all die anderen Dinge denken musste, die er mir eben erst anvertraut hatte.

Er nickte ernst. »Ja. Außer dann.«

Ich zögerte. »Ein Taxi nach Hause wäre toll.«

Ich folgte ihm zurück zur anderen Seite des Diners und betrachtete die helleren kastanienbraunen Strähnen in seinem dunklen Haar.

Während sich Nic auf die Tür zubewegte, die Hände tief in den Hosentaschen vergraben, ließ er den Blick erneut durch das Diner schweifen. »Dieser Laden ist echt Retro.«

»Man muss sich erst mal dran gewöhnen.«

»Genau wie an meine Mutter«, sinnierte er mit einem leisen Kichern. »Tatsächlich glaube ich manchmal, dass ich immer noch dabei bin, mich an sie zu gewöhnen.«

»Bei gewissen Leuten habe ich dasselbe Gefühl.« Ich lächelte und dachte an Jack, wenn auch absichtlich nicht an seine Warnung. Er konnte wirklich schwierig und unberechenbar sein, aber wenn er erst mal zu deinem Leben gehörte, dann ging er nicht mehr weg – genau wie ein Muttermal, das zu einem Teil von dir wird.

»Aber ich wette, dass bei dir niemand dieses Gefühl hat, Sophie.«

Oh, nur ein paar Tausend Leute in Cedar Hill. »Du wärst überrascht.«

»Wäre ich das?« Nic drehte sich wieder zu mir um und blieb auf der Schwelle stehen.

»Wir sollten gehen«, murmelte ich und zwang mich, mich auf all die fragwürdigen Dinge an diesem Jungen zu konzentrieren, und nicht darauf, dass er mir den Atem nahm, wenn er mich nur ansah.

Falls Nic enttäuscht war, dann ließ er es sich nicht anmerken. Stattdessen machte er den Reißverschluss seiner Kapuzenjacke auf.

»Hier«, sagte er und hielt sie mir hin. »Wir müssen zum Auto rennen.« Er ließ seinen Arm ausgestreckt und stand nur noch in einem schwarzen T-Shirt und einer dunklen Jeans da. Sein Kiefer spannte sich, und ich hatte das Gefühl, er wollte mich dazu herausfordern, seine Geste abzulehnen. »Bitte.«

»Na schön, wenn du darauf bestehst.«

Ich nahm die Sweatjacke und streifte sie über. Sie war mindestens vier Nummern zu groß. Als ich den Reißverschluss zumachte und die Ärmel schüttelte, damit sie über meine Hände fielen, wich die Ernsthaftigkeit aus Nic Gesicht. Ich musste gegen den Drang ankämpfen, auf der Stelle herumzuwirbeln, damit sich die Jacke wie ein Umhang ausbreitete. *Sei nicht albern.*

Nic grinste mich hämisch an.

»Was?« Ich stemmte meine Hände – die nicht mehr zu sehen waren – in die Hüften. »Hast du vorher noch nie eine ertrunkene Ratte in einer viel zu großen Kapuzenjacke gesehen?«

»Keine wie dich«, lachte er.

»Tja, dann musst du wohl öfter mal aus dem Haus gehen.«

»Eindeutig.«

Ich schaltete die Lichter aus, gab den Code für die Alarmanlage ein und schloss hinter uns ab, bevor ich ihm hinaus in den sintflutartigen Regen folgte.

Kein Wunder, dass ich Nics Geländewagen vorhin nicht gesehen hatte – er parkte ganz am anderen Ende des Parkplatzes, wo noch nicht einmal die Straßenlaternen brannten. Wir rannten darauf zu und schwankten unter der Wucht des Winds, der den Regen eimerweise in unsere Gesichter zu peitschen schien. Als wir das Auto erreichten, kletterte ich hinein und musste mich regelrecht gegen den Sturm stemmen, um die Tür zuzuziehen. Ich sank in den kühlen Ledersitz zurück und schlang die Arme um meinen Körper, während Nic den Motor anließ. Ohne die zusätzliche Wärme der Jacke klapperten seine Zähne heftig.

Ich verbrachte die Autofahrt damit, ihn zu meinem Haus zu lotsen und mir mit den Fingern durchs Haar zu fahren, damit es sich durch die hohe Luftfeuchtigkeit nicht zu sehr kräuselte. Ich hatte mich gerade an die unbeschwerte Atmosphäre unserer Unterhaltung und das willkommene Gefühl der Trockenheit gewöhnt, als er den Wagen vor unser Haus lenkte.

»Danke fürs Mitnehmen.« Ich versuchte, nicht zu niedergeschlagen zu klingen, weil unsere gemeinsame Zeit hier endete. Ich machte die Tür auf und der Wind riss sie mir förmlich aus der Hand.

»Sophie.« Nic lehnte sich zu mir, legte eine Hand auf mein Bein und hielt die untere Hälfte meines Körpers in der Wärme des Autos fest. »Warte.«

Mein Herz machte einen Salto, und ich fürchtete, er könnte hören, wie laut es plötzlich schlug. Ich versuchte, nicht zu schnell zu atmen oder auf die Hand auf meinem Knie zu starren. Ich schaute ihn an und sah, dass sein Blick über meine Arme und meine Taille wanderte: über meine – *seine* – Kapuzenjacke.

»Oh.« Ich schüttelte mein Haar und schimpfte stumm mit mir selbst. »Deine Jacke.«

Ich begann, den Reißverschluss aufzumachen.

»Nein, das ist es nicht«, erwiderte er schnell und ließ seine Hand auf meinem Knie liegen. »Du kannst sie mir ein anderes Mal zurückgeben.«

Ich ließ meine Hände in den Schoß fallen und wartete, und

mein Atem blieb mir in der Kehle stecken. Ich konnte sehen, wie er sich mental auf etwas vorbereitete. In meinem Kopf blitzten tausend Möglichkeiten auf, und mit einem Mal hämmerte mein Herz gegen meinen Brustkorb, als wollte es ihn durchstoßen.

Er atmete nervös ein und wirkte plötzlich unsicher. »Das Klappmesser«, sagte er leise. »Kann ich es wiederhaben?«

Mir entgleisten die Gesichtszüge, und irgendetwas in mir – es hätte Hoffnung sein können – schrumpfte zusammen und erstarb. Hastig fasste ich in meine Tasche, holte das Messer heraus und ließ es in seine ausgestreckte Hand fallen. »Natürlich. Das hab ich ganz vergessen.«

Seine Faust schloss sich darum, und Erleichterung huschte über seine Gesichtszüge, die sich wieder entspannten. »Danke.«

»Ich schätze, so ist es am besten. Du weißt schon, es ist keine so gute Idee, wenn ich mit einem Messer durch die Gegend laufe. Wahrscheinlich würde ich noch in die Klinge fallen oder so.« Die Worte sprudelten in ungebetenen, kreischenden Sätzen aus mir heraus und versuchten, mich von der Verlegenheit abzulenken, die ich empfand. »Am Ende würde ich mich noch selbst umbringen oder so, und ich kann mir definitiv weniger peinliche Arten zu sterben vorstellen.« *Könntest du dich wohl noch unpassender aufführen?* Nachdem ich den letzten Satz gesagt hatte, zuckte ich zusammen und sprang hastig aus dem Wagen, bevor ich noch ins nächste Fettnäpfchen trat. »Danke noch mal für alles.«

»Sophie?« Nic lehnte sich über den Beifahrersitz, seine Miene wirkte ernst. »Würdest du mir einen Gefallen tun?«

»Was denn?«

»Denk nicht über verschiedene Arten zu sterben nach.«

»Werd ich nicht.«

»Gut.«

Mit einem leisen, kontrollierten Lächeln richtete er sich wieder auf, und ich schloss die Tür.

Ich blieb im Regen stehen und sah dem Wagen nach, bis er am Ende der Straße hinter einer Kurve verschwand. Dann dachte ich an den Jungen mit der verletzten Hand und dem gravierten Klappmesser, der gerade in das Diner meines Vaters eingebrochen war, und fragte mich, warum zum Teufel es mich so traurig machte, ihn gehen zu sehen.

10

Der Künstler

Es gab wirklich nur eins, was ich mit Nics Kapuzenjacke tun konnte. »Das ist perfekt«, sagte Millie, als ich sie am nächsten Morgen anrief, um ihr alles zu erzählen. »Benutz sie als Entschuldigung, um ihn Samstag zu der Party einzuladen!«

Wegen des Streits mit Alex war Millie zwar nicht unbedingt Nics größter Fan, aber sie war auch nicht nachtragend, und angesichts der Tatsache, dass »Jungs nun mal Jungs« waren, gab sie zu, dass sie durchaus »Potenzial in ihm sah« und dass ich ihn immer noch zu ihrer Party einladen sollte. Ich konnte mir ziemlich genau vorstellen, wie Alex auf Nics Erscheinen reagieren würde, aber Millie blieb unerbittlich. Alex hatte kein Recht, ein Veto gegen ihre Gäste einzulegen. Besonders, da es verglichen mit seinen nur so wenige waren.

Außerdem zeigte sie großes Interesse an meinem bemitleidenswerten Liebesleben, und da Nic neu in Cedar Hill war und offensichtlich nicht den Hauch einer Ahnung hatte, was die jüngste Vergangenheit meines Vaters betraf, betrachtete sie ihn als seltene, da vorurteilsfreie Gelegenheit, mich zu verlieben. Ob er möglicherweise nicht gut für mich war, fiel dabei nicht ins Gewicht. Es machte sie nur noch neugieriger auf ihn und seine Familie, besonders, weil Dom sie direkt nach dem Basketballturnier gefragt hatte, ob sie mit ihm ausgehen wollte.

»Ich treff mich um sechs mit Dom zu unserem Date, also versuch, mich noch vorher anzurufen, falls du irgendwelche pikanten Details rausfindest«, quietschte sie ins Telefon. »Und vergiss nicht, Fotos zu machen, falls du es bis in dieses Haus schaffst. Das bist du mir schuldig. Ich bin zu jung, um an Neugier zu sterben.«

Ich beschloss, Millie nicht darüber zu informieren, dass ich nicht vorhatte, wie eine Psychotante Fotos von Nics Haus zu machen, ohne dass er davon wusste. Die Vorstellung, ihn zu einer Party einzuladen, war schon Furcht einflößend genug. Was, wenn er nein sagte? Was, wenn er ja sagte und dann doch herausfand, dass ich eine sozial Geächtete war, wenn er zu der Party kam? »Nur wenn du alles über Doms Narbe rausfindest«, konterte ich stattdessen.

»Kinderspiel. Viel Glück heute. Du wirst es nicht bereuen«, zwitscherte sie, bevor sie auflegte.

Als ich die Villa der Priestlys erreichte, war ich ein komplettes Nervenbündel. Jetzt, da sein beinahe königliches Aussehen wiederhergestellt war, wirkte das Haus, als sei es einem Märchen entsprungen. In der drückenden Hitze funkelten die Fenster wie Diamanten, und ohne den Efeu, der früher über die Mauern gewuchert war, erstrahlte das gesamte Äußere in makellosem Alabasterweiß.

Wie genau sollte ich das anstellen? *Hey, danke, dass du mir deine Jacke geliehen hast. Übrigens, warum kommst du am Samstag nicht zu Millies Party? Zufällig ist da auch mein Geburtstag, aber die meisten Gäste werden mich sowieso ignorieren, weil mein Vater ein Mörder ist, was mich praktisch zur Brut des Teufels macht. Also, wie sieht's aus, kommst du?* Sehr souverän. Und was, wenn Nic gar nicht zu Hause war und Luca stattdessen die Tür öffnete? *Hey, sag deinem Bruder, dass er am Samstag zu*

Millies Party kommen soll, aber komm bloß nicht mit, weil du nämlich echt scheiße bist. Wenn allerdings Gino aufmachte, konnte ich ihn einfach mit irgendwas Glänzendem ablenken und hoffen, dass Nic doch noch irgendwann an die Tür kam.

Während die Kapuzenjacke über meinem Arm hing und ich in Gedanken sämtliche Szenarien durchspielte, wie die ganze Sache schieflaufen konnte, drückte ich auf die Türklingel. Als ich im Haus jedoch kein Läuten hörte, beschloss ich, den Türklopfer aus Messing zu betätigen, nur um sicherzugehen. Ich wartete. Und klopfte erneut.

Was jetzt? Für den Fall, dass niemand zu Hause war, hatte ich keinen brillanten Plan in der Hinterhand. Sollte ich die Jacke einfach an die Tür hängen und das Ganze damit auf sich beruhen lassen? Was für eine Enttäuschung. Ohne nachzudenken, schlenderte ich zur Seite des Hauses, wo die Einfahrt in einen schmalen Pfad überging, der sich um das Haus wand.

Als ich die Rückseite des Hauses erreichte, blieb ich überrascht stehen. Ich wusste nicht, was ich erwartet hatte – einen Tennisplatz oder einen Swimmingpool vielleicht –, aber sicher nicht das, was ich fand. Völlig überfrachtet und überwuchert, war der Garten meilenweit von der stilvollen Fassade des Hauses entfernt. An den Rändern herrschte ein einziger Wirrwarr aus Unkraut und verwelkten Rosenbüschen. Das Gras reichte mir bis über die Knie, und sein Grau-Grün wirkte kränklich. Ganz am Ende des desaströsen Gartens standen die Überreste eines Springbrunnens, in dessen Steine aufwendige Vögel geritzt waren, während in der Mitte der Grasfläche ein großer Holztisch auf drei von Termiten zerfressenen Beinen balancierte.

Hinter mir blickte eine mit Buntglasfenstern verzierte Doppeltür über den Garten. Sie stand einen Spalt offen.

Ich klopfte mit den Fingerknöcheln an das Glas, schob die Tür auf und lugte in eine großzügige Küche. Die Wände und Schränke waren strahlend weiß und der blasse Holzboden sah neu aus. Ein schwarzer gusseiserner Herd reichte bis an die hohe Decke hinauf, die mit Strahlern übersät war.

»Wer ist da?«, rief eine melodische Stimme und schreckte mich in meiner Schnüffelei auf.

Ich zögerte. Wenn ich die Stimme nicht kannte, würde mich die Stimme auch nicht kennen, also was konnte mein Name da schon nützen?

»Hier ist Sophie«, antwortete ich nach einem kurzen Moment.

Keine Antwort.

»Ich bringe nur eine Jacke zurück.«

Ich schob die Tür ein Stück weiter auf. Ein noch größerer Teil der Küche glitt in mein Blickfeld. An den weißen Wänden hingen mehrere Ölgemälde in verschnörkelten Rahmen. Ich erkannte eines als Da Vincis *Madonna mit Kind* – eines der Lieblingsbilder meiner Großmutter –, aber die anderen waren mir fremd, obwohl sie ebenfalls religiöse Motive zeigten. Überrascht starrte ich sie an. Ich hatte noch nie zuvor solche Kunstwerke bei jemandem zu Hause gesehen – es war beinahe wie in einer Galerie oder einer Kirche, und ich fühlte mich durch all die Pracht ziemlich eingeschüchtert. Ich spielte mit dem Gedanken, mein Telefon herauszuholen und doch heimlich ein Foto für Millie zu machen, aber die Stimme der Vernunft in meinem Kopf hielt mich davon ab.

Vorsichtig schlüpfte ich hinein.

In der Mitte des Raums befand sich eine Kücheninsel mit einer Arbeitsplatte aus Marmor, und dahinter stand ein Glastisch, der mit mehreren Lagen Zeitungspapier und verstreut herumliegenden Stiften bedeckt war. An dem Tisch saß ein Junge. Er zeichnete.

»Hallo?«, wiederholte ich, obwohl ich genau sehen konnte, dass er wusste, dass ich da war.

Er hob den Kopf und seine durchdringenden blauen Augen fanden meine sofort. Ich konzentrierte mich auf sie und legte die Stirn in Falten, während sich mein Magen in Wackelpudding verwandelte. »Luca?«

Er antwortete nicht. Er legte nur seinen Stift beiseite und blieb still und andächtig sitzen, die Ellbogen auf den Tisch gestützt, während sein Kinn hinter seinen gefalteten Händen ruhte, so als würde er beten.

Ich spürte, wie mir die Luft im Hals stecken blieb. »Oh!«

Es war nicht Luca. Es war der Junge vom Fenster. Genau wie in jener ersten Nacht weiteten sich seine Augen, aber diesmal vor Erkenntnis. Neben seiner olivfarbenen Haut strahlten sie leuchtend blau. Sie waren genau wie Lucas, aber irgendetwas an ihnen wirkte anders – wärmer vielleicht.

»Ich erkenne dich«, sagte er mit seiner angenehmen, singenden Stimme.

Ich bewegte mich auf ihn zu, vollkommen fasziniert. Er hatte Lucas durchdringende Augen und dieselbe goldene Haut und das rabenschwarze Haar. Aber während Lucas Haare immer völlig zerzaust waren und ihm in Strähnen über die Augen fielen, hatte dieser Junge kurzes, ordentlich geschnittenes Haar, das komplett aus dem Gesicht gekämmt war und sein spitzes Kinn und die eckigen Wangenknochen enthüllte. Außerdem war er dünner und sein Rücken war ein wenig gebeugt. Ich konnte nicht sagen, ob er älter war als ich – er kam mir zwar nicht so vor, aber angesichts seiner Ähnlichkeit mit Luca hielt ich es trotzdem für möglich.

»Du hast letzte Woche mein Haus beobachtet.« Er ließ die Hände sinken und legte sie vor sich auf dem Tisch ab, aber aus seinen Augen sprach noch immer Wachsamkeit.

Als ich den Tisch erreichte, blieb ich stehen und wippte unsicher hin und her. In dem Moment wurde mir klar, warum er nicht auf mich zugekommen war und warum er letzte Woche nicht bei dem Basketballturnier mitgespielt hatte. Er saß im Rollstuhl.

»Ja, das war ich«, erwiderte ich. Ich versuchte, ihn nicht anzustarren, aber er war Luca so ähnlich und gleichzeitig so anders als er, dass es schlichtweg schwer zu fassen war. »Ich war nur neugierig.«

»Ich finde, du bist hinterher ziemlich spektakulär gestürzt«, fügte er hinzu, war dabei aber nicht unfreundlich.

»Das ist noch ein Streitpunkt. Eigentlich hat mich dein Bruder umgerissen.«

Er lächelte, und mit einem Mal wirkte er sehr jung und jungenhaft. »Ich hoffe, er hat sich entschuldigt.«

»Hat er – letztendlich.« Ich schlurfte ein wenig näher, bis meine Hände die Tischkante streiften. »Du bist ihm so ähnlich.« Es waren diese Augen – sie waren so unnatürlich. Dass sie in zwei verschiedenen Gesichtern existierten, kam mir einfach unglaublich vor. »Luca, meine ich. Ich will dich nicht die ganze Zeit anstarren, aber es ist einfach unfassbar.«

»Na ja«, sagte er, »wir mögen vielleicht Zwillinge sein, aber wir sind nicht derselbe Mensch.«

Ich war nur teilweise überrascht über diese Enthüllung. Obwohl ihre Ähnlichkeit verblüffend war, teilten alle Priestly-Brüder dieselben äußeren Merkmale, aber dieser Junge strahlte eine Aura der Unschuld aus, die Luca nicht hatte. Er wirkte süß und nett, unbefleckt durch das, was seinen Zwillingsbruder zu einem solchen Arsch gemacht hatte.

»Erstens kann er sich mit einem Rollstuhl nicht halb so geschickt fortbewegen wie ich.« Er tätschelte das Rad unter seiner rechten Hand und grinste schief. »Und zweitens bin ich viel schlauer.«

»Das bezweifle ich nicht.« Er schien durch meine Zustimmung besänftigt zu sein. »Ich bin übrigens Sophie.«

»Hallo Sophie.« Sein Lächeln war wunderschön anzuschauen. Die Vorstellung, dass Luca das Potenzial hatte, so auszusehen und sich so zu benehmen, es aber trotzdem vorzog, es nicht zu tun … »Ich bin Valentino.«

Er rollte nach vorne, griff wieder nach seinem Stift und wirbelte ihn zwischen Zeigefinger und Daumen herum. Ich beobachtete ihn wie gebannt und schnappte nach Luft, als das Papier unter mir zum Leben erwachte. Ich versuchte, alles gleichzeitig in mich aufzusaugen. »Die sind unglaublich.«

Valentino wedelte mit seiner Hand mit einer Beiläufigkeit über die Skizzen, die mir unangemessen vorkam. Sie *waren* unglaublich und das konnte er ganz bestimmt auch selbst sehen. Mehr noch: Er hätte zu seinem Talent stehen und mir zustimmen sollen. Ich hatte immer geglaubt, mein Vater wäre gut, weil er Mickey Maus zeichnen konnte, aber diese Kunstwerke befanden sich auf einem ganz anderen Niveau.

Ich ließ den Blick über die Zeichnungen schweifen und hielt inne, als ich ein Profilbild von Nic entdeckte. Es war mit Bleistift gezeichnet, und zarte Schatten streichelten seine in Falten gelegte Stirn und sammelten sich unter seinen Wangenknochen. Er wirkte konzentriert, seine Lippen waren geöffnet, und das Haar lockte sich in Strähnen unter seinem Ohr, während der Blick nach vorne gerichtet war und sich auf etwas konzentrierte, das sich außerhalb des Bildes befand.

»Du schaffst es, dass alles so echt aussieht.«

Ich schaute Valentino an. Er kaute auf seiner Unterlippe herum und dachte nach. »Ich suche nach den Eigenschaften, die zu Anfang nicht immer offensichtlich sind«, erwiderte er dann. »Die, die teilweise ausmachen, wer wir sind und was wir tief in unserem Innersten wirklich fühlen. Ich versuche, unter die Oberfläche zu blicken.«

Seine Stimme begann vor Leidenschaft zu beben und seine Hände schienen ein Eigenleben zu entwickeln. »Dieses Leben ist so komplex, dass wir nur selten die Gelegenheit bekommen, der Mensch zu sein, der wir in Wahrheit zu sein bestimmt sind. Stattdessen tragen wir Masken und bauen Mauern auf, um mit der Angst der Ablehnung fertigzuwerden, mit dem Gefühl des Bedauerns, dem bloßen Gedanken, dass uns jemand nicht als den Menschen liebt, der wir tief in unserem Inneren sind. Dass derjenige nicht versteht, was uns wirklich antreibt. Ich will die Echtheit des Lebens studieren, nicht die glänzende Oberfläche. Schönheit ist überall. Selbst in der Dunkelheit gibt es Licht, aber es ist das seltenste von allen.«

Ich konnte sehen, wie die Begeisterung sein Gesicht zum Leuchten brachte. »Ich kenne sonst niemanden, der so denkt und so redet«, gab ich zu. »Es ist … erfrischend.«

»Es ist die Wahrheit«, erwiderte er schlicht.

»Kann ich die anderen sehen?«

Er legte den Stift beiseite und rollte mit seinem Stuhl zurück. Ich legte die Jacke über den Stuhl neben mir und lehnte mich über den Tisch, während ich mich auf den Händen abstützte.

Ich fand eine Zeichnung von Gino und Dom, die ein Videospiel spielten; sie saßen auf dem Boden, die Beine verschlungen, als seien sie wieder kleine Jungs. Sie klammerten sich an ihren Fernbedienungen fest und lachten, während sich ihre Schultern berührten und sie die Köpfe in den Nacken geworfen hatten und Richtung Decke blickten. An ihren Augen waren Lachfalten zu erkennen und sie hatten vor lauter Freude die Nasen gerümpft. Dom zerzauste mit seiner freien Hand Ginos Pferdeschwanz.

»Das ist wie der perfekte Moment«, flüsterte ich.

»Pures Glück«, stimmte Valentino mir leise zu und betrachtete die Szene.

Ich wandte mich wieder Nics Profil zu. Sein Kiefer war angespannt, sein Ausdruck konzentriert.

»Und das ist Entschlossenheit«, fügte Valentino hinzu.

Neben der Zeichnung von Nic lag das Porträt einer Frau, die in einer Küche stand. Sie hielt sich mit den Händen an den Seiten des Spülbeckens fest, während sie aus dem Fenster blickte. Sie war gertenschlank, wirkte etwas derangiert und trug einen bodenlangen Morgenmantel aus Seide, der sich um ihre Füße ergoss. Sonnenstrahlen tanzten um ihre Nasenspitze und ein Schwall aus schwarzem Haar fiel ungezähmt über ihren Rücken. Ihre Augenbrauen zeigten in spitzem Winkel nach oben. »Ist das deine Mutter?«

Er nickte.

»Sie ist wunderschön«, sagte ich.

»Sie ist wütend«, entgegnete Valentino leidenschaftslos.

Ich streckte eine Hand aus und zog das nächste Porträt zu mir heran. Luca. Er saß allein auf einer Veranda, in einen schwarzen Anzug gekleidet. Er hatte die Knie bis an seine Brust hochgezogen und die Ellbogen darauf abgestützt, während er sich nach vorne lehnte. Seine Schultern waren gebeugt, wodurch sein ganzer Körper kleiner wirkte, wie Valentinos. Er schaute zu Boden, auf nichts Bestimmtes, und fuhr sich energisch mit den Fingern durchs Haar, so als versuchte er, sich selbst wehzutun.

Ich schluckte schwer. Es war schwierig, das Bild anzuschauen. Ich sah Valentino an und stellte fest, dass er es auch nicht mehr ansah.

»Schmerz?«, riet ich leise.

»Trauer«, antwortete er.

»Es muss schwer sein, hinter die Maske zu blicken«, fügte ich hinzu und spürte plötzlich, wie sich mir die Kehle zusammenschnürte.

Valentino hob das Kinn. »Auch nicht schwerer, als eine zu tragen.«

Ich zog meine Hände zurück und richtete mich wieder auf, während ein unangenehmer Schauer durch meinen Körper schwappte. Ich wollte mir die Porträts nicht länger anschauen. Es war ein unbehagliches Gefühl, in die dunkelsten Momente der Seele eines Menschen zu blicken, ohne dass die Betroffenen es wussten. »Glaubst du, dass du eine Maske trägst?«

»Ich trage in diesem Moment eine.« Valentino lächelte sanft. »Wir beide tun das.«

»Das ist ein trauriger Gedanke.«

»Ja« stimmte er mir zu. »Aber manchmal frage ich mich, was die Alternative ist. Stell dir nur mal vor, wenn es keine Geheimnisse mehr gäbe, keine Atempause von der Wahrheit. Was, wenn alles in dem Augenblick offen gelegt würde, in dem wir jemanden kennenlernen?«

Die Vorstellung wirbelte in meinem Kopf herum. *Hallo, ich bin Sophie. Mein Onkel ist ein paranoider Irrer, mein Vater sitzt wegen Mordes im Gefängnis, und meine Mutter ertränkt sich selbst in Arbeit, um sich davon abzulenken, dass es ihr das Herz bricht. Ich bin mir ziemlich sicher, dass ich Cartoons dem echten Leben vorziehe, und ich habe nur eine wahre Freundin. Ich habe Todesangst vor Unwettern und bin Katzen gegenüber äußerst misstrauisch. Ich bin total fasziniert davon, wie niedlich Faultiere sind, und manchmal weine ich, wenn ich Werbespots sehe.*

»Das wäre furchtbar«, gab ich ihm recht.

Valentino grinste hämisch, so als habe er gerade meinem peinlichen inneren Monolog gelauscht. »Völliges Chaos.«

Ich nickte und fühlte mich ein wenig niedergeschlagen. Irgendwo tief in meinem Inneren kämpfte ich gegen den plötzlichen Drang an, in Tränen auszubrechen. So als spürte er meinen inneren Kampf, gewährte Valentino mir einen kurzen privaten Moment. Er wandte den Blick ab und begann, seine Zeichnungen wieder zu einem Stapel zusammenzuschieben, bis ich nur noch die sehen konnte, an der er gerade arbeitete. Es war ein Mann, vielleicht Mitte vierzig, der einen makellosen schwarz glänzenden Anzug trug und mir von dem Blatt Papier direkt in die Augen starrte. Einen Herzschlag lang hatte ich das Gefühl, ihn bereits zu kennen, ihn schon einmal irgendwo gesehen zu haben, aber der Augenblick verstrich, und mir wurde bewusst, dass ich seinen Sohn in ihm gesehen hatte. Er war Nic so ähnlich, dass es mich wie ein Schlag in die Magengrube traf. Er hatte dieselben dunklen Augen, in denen hellere Sprenkel schwammen, dieselbe gerade, schmale Nase und dieselben geschwungenen Lippen. Sein Haar war an einigen Stellen bereits grau und sein Haaransatz etwas höher, wodurch die Stirn zu sehen war, in die sich Sorgenfalten gruben. Sein Ausdruck wirkte finster.

»Ernsthaftigkeit?«, vermutete ich.

»Nein«, antwortete Valentino, ohne aufzublicken. »Das hier ist der Tod.« Ich sah zu, wie er die Augen verwischte. »Ich zeichne meinen Vater jeden Tag, damit ich ihn nie vergesse. Aber jetzt gibt es nichts mehr, was ich noch in ihm finden könnte. Er ist bei den Engeln und er muss keine Maske mehr tragen. Alles, was er war, ist verschwunden.«

»Es tut mir leid«, sagte ich schwach. Es war wirklich das Einzige, was mir einfiel, aber es schien mir trotzdem längst nicht genug zu sein.

Valentino zuckte mit den Schultern und seine Miene wirkte nüchtern. »Man kann der Unvermeidlichkeit des Todes nicht entkommen. Er kommt zu dir, auf welche Weise auch immer, und am Ende bringt er uns alle an denselben Ort. Sich dafür zu entschuldigen, ist, als würde man sich dafür entschuldigen, dass die Sonne scheint oder der Regen fällt. Es ist, wie es ist.«

Ich wollte ihm sagen, dass er sich angesichts seines Pragmatismus glücklich schätzen konnte, aber ich bekam nicht mehr die Gelegenheit dazu. Hinter mir öffnete sich eine Tür. Der Geruch war das Erste, was ich wahrnahm: einen Hauch von Süße in der Luft.

»Valentino?«, folgte eine Männerstimme, klar und sanft.

Ich drehte mich um und sah einen Mann im mittleren Alter, der mich überrascht anstarrte. Seine Haut war olivfarben, und sein Haar leuchtete so silbern, wie ich es noch nie zuvor gesehen hatte. Seine Augenbrauen waren so hell, dass ich sie kaum erkennen konnte, aber angesichts der Art, wie sich seine Stirn runzelte, wusste ich, dass er sie angehoben hatte.

»Oha«, sagte er mit einem vagen Akzent. »Hallo auch.«

Er beugte sich zu mir – eine gut gekleidete Bohnenstange – und neigte den Kopf zur Seite. Ich wusste nicht viel über

Männerkleidung, aber dass der Anzug teuer war, konnte ich erkennen. Er war schwarz mit Nadelstreifen und darunter trug der Mann ein glänzendes graues Hemd und ein seidenes Halstuch. Falls er in der Hitze beinahe einging, ließ er es sich nicht anmerken.

Er streckte eine Hand aus und ich schüttelte sie. Sein Händedruck war kalt und fest. Der süßliche Duft war stärker, jetzt, wo er mir so nahe war, und wirkte beinahe erstickend. Auch er hatte etwas vage Vertrautes an sich, aber ich kam nicht darauf, was es war.

»Und wer bist du?«, fragte er, während sich langsam ein Lächeln auf seinem Gesicht ausbreitete.

»Ich bin Sophie, und ich bin nur vorbeigekommen, um …«

»Ist mir ein Vergnügen«, erwiderte er und brachte mich mit Höflichkeit zum Schweigen, während er meine Hand mit militärischer Genauigkeit wieder freigab.

Ich versuchte, nicht auf die roten Flecken zu starren, mit denen sein Gesicht übersät war: Es waren keine Pickel, sie sahen eher aus wie Nadelstiche – aus der Ferne schwer zu erkennen, aber ebenso schwer zu ignorieren, wenn man ihm gegenüberstand. Es sah aus, als sei er mit dem Gesicht voraus in ein Rosenbeet gefallen.

»Bitte entschuldigt mein Eindringen. Ich hoffe, ich habe euch nicht bei irgendetwas gestört. Ich bin Felice«, sagte er und betonte das »liit-schi« mit eindeutig italienischem Einschlag. »Valentinos Onkel.«

Der Klappmesser-Käufer. Ich versuchte, nicht angewidert den Mund zu verziehen.

»Du hast bei gar nichts gestört«, versicherte Valentino ihm hinter meiner Schulter. In seiner Stimme schwang ein Anflug von Empörung mit.

Felice ging mit ausladenden, anmutigen Schritten um den Tisch herum und nahm den Großteil des intensiven Dufts mit sich. »Ich hab gar nicht gewusst, dass ihr Jungs schon Zeit hattet, Freunde in der Nachbarschaft zu finden.«

»Das ist nicht im Entferntesten der Fall«, entgegnete Valentino scharf. »Sophie bringt nur etwas zurück.«

Ich hielt Nics Kapuzenjacke hoch, um die seltsame Spannung, die sich zwischen uns ausgebreitet hatte, ein wenig zu lösen.

Felice betrachtete sie mit funkelnden Augen. »Ist das Lucas?«

»Unwahrscheinlich«, sagte Valentino.

Felice schüttelte den Kopf. »Natürlich nicht«, murmelte er. »Er weiß, wo er seine Prioritäten zu setzen hat.«

Ich war mir nicht sicher, ob das eine spitze Bemerkung an meine Adresse war oder ob sie auf die drei anderen Brüder abzielte.

»Doms?«, fragte Felice mit einem Stirnrunzeln, so als sei es das wichtigste Rätsel der Menschheit.

»Nein. Er geht mit diesem Mädchen aus dem Diner aus.«

»Ah, ja, natürlich.«

Meine Lippen öffneten sich überrascht. Dann wussten sie also bereits von Millie? Diese Neuigkeit war kaum vierundzwanzig Stunden alt! Sie mussten sich gegenseitig alles erzählt haben. Und trotzdem hatten sie allem Anschein nach keine Ahnung, wer ich war.

»Sie gehört Nic«, warf ich ein und fühlte mich ein klein wenig beleidigt. »Ich hab ihn gestern Abend im Diner getroffen, und er hat mir seine Jacke ausgeliehen, weil es geregnet hat.«

Felice versteifte sich und wechselte einen schlecht getarnten, alarmierten Blick mit Valentino.

»Nicoli hat gar nichts davon erwähnt«, sagte er und gewann mit einem übertriebenen, zahnreichen Lächeln die Fassung wieder.

Seine Reaktion versetzte mir einen Dämpfer. Wie konnte er bereits über Millie Bescheid wissen, aber nicht den Hauch einer Ahnung haben, wer ich war? Nic hielt mich ganz offensichtlich nicht für wichtig genug, um mich zu erwähnen, nicht einmal beiläufig. Bei dem Gedanken kam ich mir dumm vor, weil ich überhaupt hierhergekommen war.

»Na ja, hier ist sie jedenfalls.« Achtlos warf ich die Jacke wieder auf den Stuhl. Ich hatte aus der ganzen Geschichte sowieso schon eine viel zu große Sache gemacht. »Ich wollte sie nur wieder zurückgeben, aber dann haben wir angefangen, uns über Valentinos Kunst zu unterhalten, und ich hab komplett die Zeit vergessen.«

»Ah.« Felice klopfte seinem Neffen auf die Schulter und blickte auf den Stapel mit den Zeichnungen. »Sie sind ausgezeichnet, nicht wahr?«

»Ja«, antwortete ich und wünschte mir, ich wäre nie hergekommen.

»Wisst ihr«, fügte Felice hinzu, schien aber niemanden direkt anzusprechen, »ich habe kürzlich etwas wirklich Unglaubliches über künstlerisches Einfühlungsvermögen und seinen Zusammenhang mit großen Tragödien gelesen.« Er entfernte sich von Valentino und ging um den Tisch herum. »Wusstet ihr, dass viele Künstler und Komponisten bekanntermaßen ihre besten Werke schufen, nachdem sie eine persönliche Tragödie erlebt hatten?«

Er wartete nicht darauf, dass einer von uns beiden antwortete, sondern schritt weiter durch die Küche und gestikulierte wild mit den Händen, während er sprach. »Schaut euch nur mal Carlo Gesualdo an, einen berühmten italienischen Prinzen, der weithin als Genie betrachtet wurde. Er hat seine Frau und ihren Liebhaber in deren Bett umgebracht, ihre Körper verstümmelt und sie dann draußen vor seinem Palast aufgehängt, wo jedermann sie sehen konnte. Und anschließend hat er die ausdrucksstärkste und düsterste Musik des sechzehnten Jahrhunderts komponiert.«

Valentino rutschte auf seinem Rollstuhl hin und her.

Felice hörte auf zu gestikulieren und betrachtete mich genau, um meine Reaktion zu beobachten. »Was denkst du darüber?«

Ich versuchte, nicht darüber nachzudenken, wie furchtbar mein Plan in die Hose gegangen war.

»Wie mir scheint, hat der Komponist seine Tragödie selbst heraufbeschworen«, begann ich und wünschte mir im Stillen, ich könnte im Boden versinken und durch den Erdkern nach Hause rutschen. »Deshalb bin ich mir nicht sicher, ob man sagen kann, dass es ihm passiert ist.«

»Eine Debattiererin, ich verstehe.« Felices Ausdruck wirkte amüsiert. »Aber man könnte doch sicher sagen, dass ihm der Druck, Vergeltung zu üben, durch die Taten seiner Frau auferlegt wurde. Sie zu bestrafen war das, was die Gesellschaft von ihm erwartete, aber für ihn könnte die Tat an sich dennoch eine persönliche Tragödie gewesen sein, meine ich.«

»Aber er hätte sie doch sicher nicht töten müssen.« Wenn Millie mich hätte sehen können – ich debattierte über die Feinheiten von Mordtaten im sechzehnten Jahrhundert. Mord und Totschlag und Grabsteine – auf dem Kalender stand Juli, aber allmählich kam ich mir vor, als sei schon Halloween.

»Nun, seine Frau war ihm untreu, und in der damaligen Zeit stand auf Untreue eine harte Strafe.«

»So hart wie Mord?«

»Ich denke schon.«

Ich verschränkte die Arme und fühlte mich im Namen aller Frauen des sechzehnten Jahrhunderts zutiefst beleidigt. »Ich finde nicht, dass ihr Verrat seine Reaktion rechtfertigt.«

»Ah!« Felice hob einen Zeigefinger in die Luft, so als sei ihm gerade die Lösung eines ungeklärten Rätsels in den Schoß gefallen. »Aber wenn man bedenkt, dass seine Reaktion auf direktem Weg zu seinem musikalischen Vermächtnis geführt hat, dann war sie – wenn man das große Ganze betrachtet – vielleicht doch gerechtfertigt. Alles in allem, glaube ich, hat er die Welt dadurch ein wenig besser gemacht. Und darin liegt doch ganz sicher eine gewisse Rechtfertigung.«

»Äh …«, begann ich verlegen. Ich war ein wenig verwirrt und definitiv überfordert. »Ich finde einfach, die ganze Sache ist total daneben.«

»Ja«, mischte sich nun auch Valentino ein und räusperte sich. »Sie ist total daneben. Genau wie diese Unterhaltung.«

Felice machte eine abfällige Geste und richtete seine Aufmerksamkeit auf die Ölgemälde hinter uns. »Aber der Punkt ist doch, dass die Musik grandios war. Ihr müsst auch die Möglichkeit einer umgekehrten Wechselwirkung bedenken, was bedeutet, dass eine finstere Tat zu einer tieferen Verbindung mit der kreativen Energie führen kann, und, als Folge daraus, zu einer wunderschönen Komposition.«

»Hitler war Künstler, *bevor* er all seine Gräueltaten vollbrachte.« Das war so ungefähr das Einzige, was ich mir aus dem Geschichtsunterricht gemerkt hatte – und da wir sowieso gerade über Mord plauderten, warum nicht Hitler in den Raum werfen? Dieser Tag war ohnehin schon ganz unten angekommen. »Deshalb glaube ich nicht, dass man wirklich behaupten kann, Mord würde zu mehr Kreativität führen … oder umgekehrt.« Am liebsten hätte ich noch etwas hinzugefügt wie: *Deshalb würde ich noch nicht sofort meine Frau umbringen, wenn ich Sie wäre,* aber ich überlegte es mir anders.

Felice klatschte in die Hände. »Aber ist es nicht faszinierend, darüber nachzudenken? Dass die beiden Teile einer Seele so nebeneinander existieren können?«

»Selbst in der Dunkelheit gibt es Licht«, plapperte ich Valentinos Worte von vorhin nach.

Er nickte nachdenklich, aber ich konnte sein Unbehagen spüren. Er krallte sich so fest an den Seiten seines Rollstuhls fest, dass seine Finger ganz weiß wurden.

Ach, die merkwürdige Verwandtschaft. Es war irgendwie nett, dass Nic und ich das Schicksal teilten, einen leicht durchgeknallten Onkel zu haben. Vielleicht würden wir die beiden eines Tages miteinander bekannt machen können.

»Absolut!«, stimmte Felice meiner geborgten Lebensweisheit nach einem Moment des Schweigens zu. »Und manchmal kann ein dunkler Pfad ins helle Licht führen.«

Ich schwankte verlegen hin und her. Ich konnte ihm schon wieder nicht mehr folgen, verstand aber allmählich, warum er der Ansicht war, es sei eine gute Idee, seinen Neffen Klappmesser zu kaufen. »Ich schätze, es lohnt sich, darüber nachzudenken.«

Felices Telefon klingelte und erfüllte den Raum mit den dramatischen Klängen einer Oper. Er schloss die Augen und bewegte sich leicht zur Musik, bevor er das Telefon schließlich aus seiner Brusttasche holte und den Anruf entgegennahm.

»*Ciao,* Calvino!« Er legte eine Hand aufs Mikrofon. »Entschuldigt mich für einen Moment«, flüsterte er, bevor er die Küche verließ.

Ich sah ihm nach. »Tja, er hat auf alle Fälle … jede Menge Energie.«

Als ich mich wieder zu Valentino umdrehte, war seine Miene unlesbar.

»Sophie«, sagte er schwach. »Danke, dass du Nics Jacke zurückgebracht hast, aber ich sollte ehrlich mit dir sein. Er würde nicht wollen, dass du hier bist.«

Ich hatte das Gefühl, als hätte man mir eine Ohrfeige verpasst. »Was?«

»Ich will deine Gefühle nicht verletzen«, fuhr er beschwichtigend fort. »Aber wir stecken mitten in einer sehr privaten Familienangelegenheit.«

Sprach er von ihrem Vater? Sein Tod lag offensichtlich noch nicht so lange zurück, wie ich vermutet hatte.

»Ich gehe.« Ich schluckte schwer.

Valentino lächelte entschuldigend. »Bitte nimm es nicht persönlich.«

»Schon okay«, log ich, wandte mich von ihm ab und eilte durch die Küche. Mein Blick fiel auf einen großen schwarzen Rahmen links neben der Tür. Er hing auf halber Höhe der Wand und war aus diesem Blickwinkel nicht zu übersehen. In dem Rahmen befand sich dasselbe Wappen, das ich auch auf Nics Messer gesehen hatte – tiefschwarz mit einem dunkelroten Falken in der Mitte. Unter dem Wappen stand in roten, geschwungenen Buchstaben: la famiglia prima di tutto. Die Familie geht über alles – die Worte von Nics Großvater, erinnerte ich mich.

»Es ist nur nicht der richtige Zeitpunkt …«, rief Valentino mir nach.

Mein ganzer Körper kribbelte, aber ich war mir nicht sicher, warum. Alles wirkte mit einem Mal so intensiv. Während meine Wangen prickelten und sämtliche Farbe aus ihnen wich, schloss ich die Doppeltür der Priestly-Küche hinter mir.

Ich hatte es gerade einmal bis zur nächsten Hausecke geschafft, als mich jemand hinten am T-Shirt packte. Ich taumelte rückwärts und prallte mit einem leisen *Umpf!* gegen einen kleinen, gut gepolsterten Körper.

Ich wirbelte herum und löste mich aus dem schraubstockartigen Griff.

»Mrs. Bailey?« Meine schrille Stimme stieg in eine Oktave auf, von der ich gar nicht gewusst hatte, dass ich sie erreichen konnte. »Was machen Sie denn hier?«

Die alte Dame verzerrte das Gesicht, als habe sie gerade in eine Zitrone gebissen. »Ich könnte dir dieselbe Frage stellen, Persephone Gracewell. Was um alles in der Welt glaubst du, was du hier machst?«

»Ich bin auf dem Weg nach Hause. Meine Schicht im Diner fängt in einer Stunde an.« Ich knetete meine Hände, um mich selbst davon abzuhalten, Mrs. Bailey zu schütteln. Nach allem, was ich an diesem Tag durchgemacht hatte, war sie das Letzte, was ich brauchte. »Und mein Name ist Sophie!«

»Ich hab gesehen, wie du in dieses Haus gegangen bist«, schoss sie zurück. »Ich hab dir doch gesagt, dass du dich von dieser Familie fernhalten sollst. Du warst so lange da drin, dass ich fast die Polizei gerufen hätte!«

»Ist das Ihr Ernst?«

Sie wurde steif. »Hast du denn die Zeitungen nicht gelesen?«

»Wovon sprechen Sie?«

»Ich *spreche* von *mehreren* Vermissten und *zwei* seltsamen Todesfällen in den vergangenen beiden Wochen – alle waren

Mitglieder dieser Gemeinde, und dir ist das noch nicht einmal aufgefallen. Mach die Augen auf, Persephone!«

»Sie sind offen!« Oder zumindest hatte ich das geglaubt. Ganz offensichtlich hatte ich eine ganze Menge zu googeln.

Mrs. Bailey setzte ihre Tirade fort und zeigte mit ihrem Finger direkt auf mein Gesicht. »Die Leute ertrinken nicht einfach in ihren Badewannen, weißt du? Und sie fallen auch nicht aus Versehen von Dächern.«

»Was wollen Sie damit sagen?«, fragte ich und verschränkte die Arme, um mich gegen die plötzliche Kälte zu schützen.

Mrs. Bailey sprach mit leiserer Stimme weiter. »Ich will damit sagen, dass es in diesem Haus etwas sehr Falsches gibt und dass du dich noch nicht einmal in seiner Nähe aufhalten solltest.«

Ich versuchte gar nicht erst, meine Verärgerung zu verbergen. Neuer Tag, neues Gerücht. »Sie können nicht einfach überall rumlaufen und solche Sachen verbreiten, Mrs. Bailey!«

»Da ist etwas Finsteres«, zischte sie mit ungebrochener Entschlossenheit.

Ich setzte mich wieder in Bewegung und beschleunigte meinen Schritt, und sie musste schneller trippeln, um mit mir mitzuhalten. »Es ist Trauer! Sie trauern um ihren Vater.«

Sie schien nicht im Geringsten überrascht über meine Aussage, sondern schnaubte nur lautstark.

Ich starrte sie fassungslos an. »Finden Sie das etwa *amüsant?*«

»Dieser Mann hat es verdient, dort zu sein, wo er jetzt ist.«

Abrupt blieb ich stehen.

Sie schloss zu mir auf und ihre Brust hob und senkte sich heftig.

»Was haben Sie da gerade gesagt?«

»Hör mir genau zu, Persephone.« Sie zerrte an meinem Arm und zog mich näher zu sich heran, damit sie flüstern konnte. »Dieser Mann verdient es, in der Erde zu liegen. Und wenn diese Jungs auch nur annähernd so sind wie er, dann tun sie es auch.«

Einen langen Augenblick lang starrte ich sie nur an, die Fäuste an meinen Seiten geballt, während sich meine Nasenlöcher blähten. Ich versuchte verzweifelt, trotz meiner Zweifel anzunehmen, dass sie nur mein Bestes wollte, aber da meine Gefühle schon den ganzen Tag Achterbahn fuhren, wünschte ich mir nichts mehr, als die Arme auszustrecken und sie zu erdrosseln. Erzählte sie dieselben Sachen hinter *meinem* Rücken auch über *mich*? Was sie über meinen Vater dachte, war sowieso immer vollkommen klar gewesen. »Wie können Sie nur so was sagen?«, fragte ich.

Mrs. Bailey blickte über ihre Schulter und ihre Augen huschten hin und her. »Persephone«, presste sie zischend zwischen ihren zitternden Lippen hindurch. »Es gibt einen Grund, warum dieser Mann der Engelmacher genannt wurde.«

Der Engelmacher. Eine Welle der Übelkeit schwappte durch meinen Körper und ich geriet unwillkürlich ins Schwanken. »Was soll das heißen?«, stammelte ich.

»Was glaubst du wohl, was das heißt?«, fragte sie zurück. »Ich hab ein paar Nachforschungen angestellt, und ich kann dir sagen, dass ihr Vater ein sehr böser Mann war. Ich bezweifle, dass diese Jungs sehr viel besser sind als er, und du musst mir vertrauen, wenn ich sage, dass du dich von ihnen fernhalten solltest. Mehr will ich dazu nicht sagen.«

Was zur Hölle sollte das nun wieder bedeuten? Gab es bei ihr tatsächlich eine Ich-sollte-heute-lieber-keinen-Mistmehr-verbreiten-Schwelle, die sie nicht übertreten würde? Misstrauisch blickte ich sie an. Andererseits, was gewann sie, wenn sie all die Dinge verbreitete, die sie üblicherweise von sich gab? Sie war eine berühmt-berüchtigte Drama Queen und eine Ein-Frau-Gerüchteküche, und ich fragte mich allmählich, wie viele Leute sie gewarnt hatte, sich von *mir* fernzuhalten. Nic *war* nicht böse, da war ich mir sicher. Und das Gleiche galt auch für seine Brüder. Sie spielten Basketball und Computerspiele. Sie zogen sich gegenseitig auf und flirteten mit Mädchen. Es war nicht fair, jemanden wegen des Rufs seines Vaters zu teeren und zu federn. Ich konnte ein Lied davon singen, und ich würde ganz sicher nicht denselben Fehler machen, den viele meiner ehemaligen Freunde gemacht hatten. Vor allem nicht, wenn Nics Vater schon gar nicht mehr auf dieser Welt weilte.

Ich setzte mich wieder in Bewegung.

Mrs. Bailey beschleunigte ihren Schritt. »Ich versuche doch nur, dich zu warnen.«

»Okay.« Ich bog um die nächste Ecke und schwang kräftig mit den Armen, in der Hoffnung, sie würden mich so schneller nach Hause bringen. »Ich weiß Ihre Besorgnis zu schätzen.«

»Was hast du überhaupt in dem Haus gemacht?«

Auch wenn ich ihre Sucht nach Gerüchten nicht unterstützen wollte, hoffte ich, dass die Wahrheit sie vielleicht zum Schweigen bringen würde. »Ich hab eine Sweatjacke zurückgebracht, die ich mir ausgeliehen hatte.«

»Du riechst komisch.«

»Danke.«

Sie begann, an mir zu schnuppern.

Ich blieb wieder stehen. »Was machen Sie denn da?«

»Jeder meiner sechs Sinne ist hochentwickelt. Ich versuche, herauszufinden, was das für ein Geruch ist.«

Ich erinnerte mich an Felices übel riechendes Parfüm. »Riecht er süß?«, fragte ich, hob die Hand, mit der ich seine geschüttelt hatte, und roch daran. Der Duft klebte noch immer schwach an meinen Fingern, aber er war nicht so stark, wie Mrs. Bailey behauptete. Vielleicht hatte ich mich aber auch schon daran gewöhnt.

»Ja«, antwortete sie, nahm meine Hand und schnüffelte daran. Ihr ganzes Gesicht legte sich voller Konzentration in Falten. »Ist das ein neues Parfüm?«

»Ich trage kein Parfüm.«

»Ah«, seufzte sie nach einem Moment. Ihr Tonfall klang unerträglich selbstgefällig. »Ich weiß, was das ist!«

Ich verschränkte die Arme vor der Brust und heuchelte Ungeduld, aber in meiner Magengrube hatte sich bereits ein kalter Knoten gebildet. Ich konnte den Köder einfach nicht ignorieren – ich *musste* anbeißen. »Was?«

Mrs. Bailey hob anklagend eine Augenbraue und ließ sich ihre Antwort förmlich auf der Zunge zergehen. »Das ist Honig.«

11

Der Name

Der Rest des Tages verging in einem Schleier der Monotonie. Onkel Jack rief tatsächlich endlich im Diner an, um zu hören, wie es mir ging. Er gab mir seine neue Telefonnummer, hatte aber schon wieder aufgelegt, bevor ich Zeit gehabt hätte, mich richtig mit ihm zu unterhalten. Den Rest meiner Schicht verbrachte ich damit, mich zu fragen, was genau er eigentlich trieb und warum er immer noch nicht nach Hause gekommen war. Außerdem fragte ich mich, was es mit dem Honig auf sich hatte, und ob Felices seltsamer Geruch mit dem Glas zusammenhing, das ich neben der Kasse gefunden hatte.

Ursula hatte mehrere Zwölf-Stunden-Schichten geschoben, um die Kompetenzlücke zu füllen, die nicht nur mein Onkel, sondern auch Alison und Paul hinterlassen hatten, die mehr Zeit damit verbrachten, in der Küche herumzumachen, als damit, die Gäste zu bedienen. Millie hingegen hatte den Tag frei bekommen und ihn weise genutzt. Ich rief sie an, als ich das Diner verließ, und wir erzählten uns gegenseitig, wie unser Tag gewesen war.

»Dann hat Valentino dich also mehr oder weniger rausgeschmissen?«, fragte sie und schnappte dramatisch nach Luft.

»Mehr oder weniger«, antwortete ich und war deswegen noch immer etwas peinlich berührt. »Die ganze Sache war total merkwürdig. Hast du bei Dom auch so seltsame Schwingungen bei eurem Date gespürt?«

»Nein!« Die Aufregung in ihrer Stimme brachte die Leitung förmlich zum Vibrieren, und ich spürte ein unerfreuliches Stechen der Eifersucht, weil die Sache zwischen ihr und Dom so anders gelaufen war. »Wir haben einfach nur rumgehangen und ein Picknick gemacht«, plapperte Millie fröhlich weiter. »Kannst du das glauben?«

Ich blieb stehen, als ich das Ende des Parkplatzes erreichte, und überlegte, welchen Weg ich einschlagen sollte. »Echt? Das klingt so …«

»Nach Drehbuch? Ich weiß. Als wär's aus einem Film.«

»Und was ist mit seiner Narbe?«, wollte ich wissen, überquerte die Straße und entschied mich für die Abkürzung – das unfreundliche Priestly-Haus konnte mich mal.

»Bootsunfall«, antwortete Millie mit einem Gähnen.

»Ehrlich?«, fragte ich und konnte die Skepsis in meiner Stimme selbst hören. Dom wirkte auf mich nicht wie der klassische Boot-Typ. Andererseits hätte ich auch nicht vermutet, dass seine Brüder gern Basketball spielten, und auch damit hatte ich falsch gelegen.

»Ja, ist eine langweilige Geschichte. Irgendwas mit einem Angelhaken«, fügte Millie desinteressiert hinzu. »Wie auch immer, wir haben uns ein paar Wraps und Smoothies geholt und sind in den Rayfield Park gegangen. Wir haben uns stundenlang einfach nur unterhalten. Ich hatte das Gefühl, dass er sich wirklich für mich interessiert, ich schätze also, das ist ein gutes Zeichen.«

»Definitiv.« Mein Nachhauseweg führte langsam den Hügel hinauf, und meine Brust brannte von der Anstrengung, bergauf zu gehen, während ich gleichzeitig versuchte, Millie alles zu erzählen, was mich den ganzen Tag über beschäftigt hatte. Ich erwähnte auch die unschöne Nics-Dad-könnte-vielleicht-ein-berüchtigter-Killer-sein-Sache. Obwohl ich Mrs. Bailey nicht vertrauen konnte und bei meinen Google-Suchen nach allen erdenklichen Varianten von »Priestly Killer Chicago« nichts von Bedeutung über Nics Familie herausgekommen war, wollte ich, dass Millie es wusste.

»Glaubst du, wir sollten uns von ihnen fernhalten, zumindest, bis wir rausgefunden haben, was da los ist?«, machte ich einen vorsichtigen Vorstoß.

Millie winselte missbilligend. »Soph, Mrs. Bailey ist so was wie … wie ein wandelndes Klatschblatt. Sie blüht bei lächerlichen Gerüchten erst richtig auf. Erinnerst du dich noch, wie sie meiner Mutter erzählt hat, ich sei schwanger? Mit Dom und seiner Familie ist alles in Ordnung, vertrau mir.«

»Ich hab einfach nur das Gefühl, dass da irgendwas nicht stimmt.«

»Dann lass uns rausfinden, was es ist!«, drängte sie. »Betrachte es als mysteriöses Rätsel. Als mysteriöses, *sexy* Rätsel.«

»Aber was, wenn es nichts ist, was wir rausfinden sollten?«, fragte ich und musste wieder an den widerlichen Honiggeruch denken. Und daran, dass Dom angeblich einen Bootsunfall gehabt hatte. Ich konnte ihn mir einfach nicht in Segelschuhen vorstellen.

»Ich hab doch gesehen, wie du Nic ansiehst, Soph«, erwiderte Millie. »Sag mir, dass er es nicht wert ist, mehr über ihn rauszufinden.«

Vielleicht hatte sie recht. Obwohl ich noch immer ein ungutes Gefühl im Magen hatte, konnte ich nicht leugnen, welche Gefühle Nic bei mir auslöste. Und Millie wusste das. Außerdem wollte ich ihre Begeisterung nicht nur aufgrund bloßer Gerüchte zunichtemachen.

»Also, worüber habt ihr zwei geredet?«, fragte ich sie stattdessen.

»Er hat mir erzählt, dass er früher mit seiner Familie direkt im Stadtzentrum gewohnt hat und dass es im Vergleich dazu in der Vorstadt furchtbar langweilig ist. Er ist neunzehn, was echt sexy ist und total aufregend und gewagt, auch wenn er seine Perfektion mit seiner übertriebenen Haargel-Macke ein wenig in Gefahr bringt. Ich meine, Danny Zuko ist echt nur an Halloween ein guter Look. Nicht dass mich das davon abgehalten hätte, ihn wie hypnotisiert anzustarren, wenn er geredet hat. Ich musste ihn dauernd bitten, irgendwelche Sachen zu wiederholen, was echt peinlich war. Wie auch immer, die meiste Zeit ging's bei unserer Unterhaltung um mich, aber ich *bin* ja auch ein ziemlich faszinierendes Thema. Und wir haben auch deine Wenigkeit kurz gestreift.«

Ich spürte, wie meine Wangen zu glühen begannen. »Warum?«

Ich bog auf eine schmale Straße ab, in der sich teure Villen hinter hohen Toren versteckten und Reihen von Kirschbäumen neben mir den Hügel hinaufkletterten. Auf halber Höhe kreuzte die Straße die Lockwood Avenue.

»So sehr ich es auch *liebe*, über dich zu sprechen, war es in Wahrheit Dom, der das Gespräch auf dich gelenkt hat – aus Versehen.«

»Ach?« Ich wusste nicht das Geringste über Dom, außer dass er offensichtlich nicht ganz so seltsam war wie Gino und auf der Ich-bin-ein-arrogantes-Arschloch-Skala weit unter Luca rangierte. »Was hat er denn über mich gesagt?«

»Er hat mich nach dem Diner gefragt und so. Ich hab erwähnt, dass du die Leitung wahrscheinlich bald von deinem Onkel übernehmen wirst und dass wir beste Freundinnen sind, was auch der Grund dafür ist, dass du mir natürlich eine *fette* Gehaltserhöhung geben wirst.«

»Natürlich«, versicherte ich ihr sarkastisch.

»Dann hab ich meinem Ärger über Jack ein bisschen Luft gemacht und ihm erzählt, wie mies er den Laden im Moment führt.«

»Mil!«

Ich bog auf die Lockwood Avenue ab.

»Ach, komm schon, Soph«, wies sie mich zurecht. »Eine Tatsache ist eine Tatsache. Er hat die Truppe ohne Erlaubnis verlassen. Ich meine, man kann doch nicht einfach verschwinden, wann immer man gerade Lust dazu hat. Erstens ist es unhöflich und zweitens ist es merkwürdig. Das ist genau die Art von Verhalten, die Mrs. Baileys idiotischen Gerüchten Nahrung gibt.«

»Schon gut.« In gewisser Weise hatte sie recht und ich wollte sie deswegen sicher nicht noch weiter reizen.

»Wie auch immer, ich bin mir sicher, dass Dom die Nachricht, dass du in nicht allzu ferner Zukunft auf einer hübschen kleinen Goldgrube sitzen wirst, bei nächster Gelegenheit an seinen Bruder weitergeben wird, und dann wird er dich ganz ohne Zweifel noch attraktiver finden!«

Ich zuckte zusammen und musste an die kleine Lüge denken, die ich Nic und Luca aufgetischt hatte, als ich ihnen zum ersten Mal begegnet war, an jenem Abend im Diner. Hoffentlich würde sich Nic aufgrund meiner Unaufrichtigkeit nicht betrogen fühlen. Schließlich *war* es praktisch gesehen wirklich nur mein Ferienjob. Erst mal.

Als ich näher kam, spürte ich, wie sich mein Magen beim Anblick ihres Hauses unangenehm verkrampfte.

»Ich glaube kaum, dass die beiden nur aufs Geld aus sind. Du hättest ihr Haus sehen sollen«, sagte ich, während ich es betrachtete.

»Hoffentlich werde ich das schon bald.« Ich konnte förmlich hören, wie Millie am anderen Ende der Leitung vielsagend mit den Augenbrauen wackelte.

»Ich sollte jetzt besser auflegen. Ich bin total erschöpft von meinem Tête-à-Tête.«

»Warte! Hast du ihn geküsst?«

»Wenn ich das getan hätte, denkst du nicht, dass ich dann direkt damit eröffnet hätte?«

»Dumm gelaufen.«

»Aber er *hat* meine Hand geküsst, als er mich nach Hause gebracht hat. Zählt das? Es war *so* romantisch.«

»Das zählt auf jeden Fall!«, versicherte ich ihr, während ich an Nics Haus vorbeieilte. »Okay, jetzt kannst du auflegen«, sagte ich, als ich sicher auf der anderen Seite war und die Villa hinter mir in den Himmel emporragte. Ich bog links ab und mein Weg führte wieder bergab.

»Schick mir 'ne Nachricht, wenn du da bist. Komm sicher nach Hau…«

»Sophie!«, rief jemand hinter mir, als ich mein Telefon gerade wieder in meine Tasche stecken wollte.

Ich drehte mich um und spürte ein vertrautes Kribbeln im Magen. Ich erkannte ihn sofort, als er auf mich zurannte.

Ich reagierte mit gespielter Ruhe und versuchte, meine fürchterliche Begeisterung einzudämmen, damit sie nicht aus mir herausplatzte und ich mit wedelnden Armen auf ihn zustürmte. »Nic?«

Er kam entspannt vor mir zum Stehen und nahm seine Kapuze ab. Sein Lächeln brachte sein Gesicht zum Leuchten. »Hi.«

»Was machst du hier?«, fragte ich.

»Du klingst nicht gerade erfreut, mich zu sehen«, bemerkte er. Kleine Falten tauchten über seinen Augenbrauen auf und sein Lächeln erstarb. »Vielleicht hab ich falsch eingeschätzt, wie begeistert du darüber sein würdest, dass ich dir wie ein Irrer nachrenne …«

»Warum? Letztes Mal hat es doch auch *so gut* funktioniert«, neckte ich ihn.

Seine Miene wirkte reumütig, aber er konnte sein Grinsen nicht verbergen. »Ich hätte meine Lektion lernen müssen, was? Ich wollte dich nicht erschrecken.«

»Schon okay«, versicherte ich ihm. »Es ist nur … du bist aus dem Nichts aufgetaucht.«

Erleichterung huschte über sein Gesicht. »Ich wollte dich gerade im Diner besuchen, aber dann hab ich gesehen, wie du an meinem Haus vorbeigegangen bist, und dachte, ich packe die Gelegenheit beim Schopf.«

»Wenigstens bist du diesmal nicht in mich reingerauscht.« Ich legte mit gespielter Erleichterung eine Hand auf meine Brust. »Sonst hätte ich dir womöglich ernsthaft in den Hintern treten müssen.«

»Wie Furcht einflößend«, erwiderte er und lächelte noch immer.

»Hey!« Ich schlug ihm spielerisch auf den Arm und genoss die Vertrautheit, die zwischen uns herrschte. »Nur dass du's weißt: Ich kann ziemlich einschüchternd sein.«

»Ich bin mir sicher, dass diese winzigen Fäuste sehr schlagkräftig sind.«

Ich versetzte ihm noch einen Schlag, aber diesmal schnappte er sich meine Hand und hielt sie mitten in meinem Angriff fest. »Ich hab gehört, dass du heute bei mir zu Hause warst.« Plötzlich wirkte sein Ausdruck sehr ernst und seine Augen hatten all ihre Wärme verloren. »Komm nie wieder zu mir nach Hause.«

Ich zog meine Hand aus seiner, wandte mich von ihm ab und setzte mich wieder in Bewegung. »Keine Sorge, das werde ich nicht.«

»Sophie.« Er lief mir nach. »Das ist total falsch rübergekommen. Es tut mir leid.«

»Ich hab nur deine Jacke zurückgebracht«, erwiderte ich und hielt den Blick starr nach vorne gerichtet, während ich weiterging. »Ich wollte nur höflich sein. Aber jetzt sehe ich, dass es falsch war, und bevor du anfängst – keine Sorge: Dein Bruder Valentino hat mir bereits sehr deutlich zu verstehen gegeben, dass ich dort nicht willkommen bin, deshalb kannst du dir die Mühe sparen.«

»Lass es mich doch erklären.« Er wurde schneller, drehte sich um und begann, rückwärts zu laufen, damit er mich ansehen und gleichzeitig mit mir Schritt halten konnte.

Ich blies mir eine abtrünnige Haarsträhne aus dem Gesicht und funkelte ihn an.

»Ich wollte damit nicht sagen, dass du nicht willkommen bist. Ich freue mich wirklich, wenn ich dich sehe … ich bin nur misstrauisch, das ist alles.«

»Mir gegenüber?«

»Nein, nicht dir gegenüber«, antwortete er und zog an seinen Haaren. »Meiner Familie gegenüber. Ein paar von ihnen sind wirklich seltsam.«

Dann war es ihm also peinlich. Nun, das war zumindest

nicht der schlimmste Grund, warum er nicht wollte, dass ich bei ihm durchs Haus spazierte.

»Ich hab Felice schon kennengelernt«, lenkte ich ein. »Falls du darauf hinauswillst.«

Nic zuckte zusammen. »Ich weiß«, sagte er. »Er ist ziemlich anstrengend.«

Ich beschloss, seine Bemerkung nicht zu kommentieren.

»Hält er Bienen?«, erkundigte ich mich stattdessen. Ich hatte den ganzen Tag an den Honiggeruch denken müssen. Manchmal hätte ich schwören können, dass ich ihn immer noch riechen konnte. Es war ja kein Verbrechen, seinen eigenen Honig herzustellen, aber die Art, wie mein Onkel Jack auf dieses geheimnisvolle Honigglas reagiert hatte, ging mir einfach nicht mehr aus dem Kopf.

Nic blieb stehen. »Woher wusstest du das?«

»Die Flecken in seinem Gesicht«, antwortete ich und blieb neben ihm stehen. »Das sind Bienenstiche, stimmt's?«

Nic zögerte einen Augenblick, so als würde er abwägen, was er sagen sollte, antwortete dann aber schlicht mit: »Ja.«

»Und er riecht nach Honig.« Ich machte eine Pause und überlegte, ob der nächste Satz wohl beleidigend war, entschied mich dann aber, ihn trotzdem auszusprechen. »Es ist fast so, als ob er darin badet …«

Nic lachte. »Vielleicht tut er das ja. Er isst die Bienenwaben gern einfach so, und er erntet und sammelt den Honig selbst. Das ist … sein Ding.« Ein Schatten huschte über sein Gesicht, aber dann setzte er wieder ein Lächeln auf, bevor ich die Regung deuten konnte.

»Aber an eurem Haus sind gar keine Bienenstöcke.«

»Zum Glück!«, erwiderte er, und ein Anflug von Erleichterung schlich sich in seine Stimme. »Felice lebt drüben in Lake

Forest. Aber solange meine Mutter noch in Europa ist, hat er es sich zur Aufgabe gemacht, nach uns zu sehen, um sicherzugehen, dass wir uns nicht gegenseitig umbringen.«

»Dann macht er also seinen eigenen Honig?«, fasste ich zusammen und versuchte, bei diesem Thema zu bleiben. Ich musste wieder an das Honigglas mit der schwarzen Schleife denken, das in derselben Woche aufgetaucht war, in der Nics Familie hergezogen war.

Diesmal kam Nics Antwort langsamer. »Ja.«

»Verschenkt er seinen Honig auch?«

»Warum?« Sein Ausdruck veränderte sich, und ich verstand nicht, warum er mich so ansah, als sei er mir gegenüber nun doch misstrauisch. Stellte ich zu viele Fragen über seine Familie? Oder war Honig einfach zu einem Tabuthema für alle Welt geworden? Dann hatte ich ganz offensichtlich das Rundschreiben nicht bekommen.

Ich zuckte mit den Schultern und betrachtete ihn aufmerksam, während er mich betrachtete. »Ein Honigglas ist vor einer Weile im Diner aufgetaucht. Mit einer schwarzen Schleife drumherum.«

»Okay.«

»Wir haben uns gefragt, wo der Honig hergekommen ist und für wen er bestimmt war.«

»Wer hat ihn denn gefunden?«

»Ich.«

Nic runzelte die Stirn. »Was hast du damit gemacht?«

»Ich hab ihn mit nach Hause genommen und probiert. Er war gut … Dann hab ich das Glas aus Versehen fallen lassen und es ist kaputt gegangen«, fügte ich hinzu. Ich würde ihm auf keinen Fall erzählen, was wirklich passiert war. Es war so merkwürdig, dass nicht einmal ich es verstand, und ich kannte

Jack schon mein ganzes Leben lang. *Ein* leicht durchgeknallter Onkel war genug für diese Unterhaltung.

Die Falten auf Nics Stirn wurden noch tiefer und er schüttelte den Kopf. »Felice wohnt nicht hier in der Gegend.«

»Dann würde er so was also nicht machen?«

»Das bezweifle ich ganz stark«, antwortete er und wandte seine Aufmerksamkeit den Sternen über uns zu. »Wie auch immer, ich würde mir deswegen keine Sorgen machen.«

»Aber ich mache mir deswegen Sorgen«, erwiderte ich und widerstand dem Drang, ihn am Arm zu ziehen, damit er mich wieder ansah.

Als hätte er meinen Wunsch gespürt, richtete er den Blick wieder auf mich. »Du machst dir Sorgen über Honig?«, fragte er, und ein Grinsen breitete sich auf seinem Gesicht aus.

Ich spürte, wie ich errötete. Wenn er es so ausdrückte, wirkte es wirklich ziemlich albern. »Ich mag es nur nicht, das Gefühl zu haben, über eine Sache nicht informiert zu werden.«

»Dann versuch mal, der jüngste von fünf Brüdern zu sein.«

Wir schlenderten weiter, und unsere Hände schwangen Seite an Seite und berührten sich beinahe, während die hübschen Einfamilienhäuser entlang der mit Bäumen gesäumten Straßen in die kleineren, eckigeren Gebäude der überfüllten Häuserblocks in den Planquadraten übergingen.

»Dann stört es dich also nicht, wenn ich dich wieder nach Hause begleite?«, fragte er und folgte mir, als ich eine verlassene Kreuzung überquerte.

»Nein.« Ich war plötzlich ganz schüchtern, als ich im Mondlicht zu Nic emporblickte. Er hatte irgendetwas an sich – die Art, wie seine Augen glänzten und wie sein Haar sich wellte und unter seinen Ohren hervorkräuselte –, das meinen Mund ganz trocken werden ließ.

»Ich wollte nur sichergehen, dass du wegen vorhin nicht sauer bist. Ich weiß, dass Valentino unhöflich zu dir war, aber er hat wahrscheinlich nur versucht, dich vor Felice zu retten. Wenn der erst mal in Fahrt kommt …«

Ich winkte ab, obwohl mich seine Erklärung sehr beruhigte. »Ich komm schon drüber weg.«

»Gut.«

»Wo wir gerade von Valentino sprechen«, fügte ich hinzu, als meine Neugier doch die Oberhand gewann. »Darf ich fragen, was mit ihm passiert ist?«

»Du meinst, warum er im Rollstuhl sitzt?«

»Na ja … ja«, antwortete ich und schaute auf meine Schuhe. »Falls es dich nicht stört, dass ich frage.«

Nic wirkte nicht beleidigt, und ich atmete erleichtert, aber ganz leise aus. »Ich nehme an, du weißt schon, dass er und Luca Zwillinge sind«, sagte er.

Ich nickte.

»Tja, als meine Mutter mit ihnen schwanger war, lag Luca so unglücklich in ihrem Bauch, dass er auf Valentinos untere Körperhälfte gedrückt hat. Er konnte sich nicht richtig bewegen, seine Beine haben sich irgendwie in der inneren Schicht der Plazenta verfangen, und als er geboren wurde, litt er unter einer ›Skelettfehlbildung der Gliedmaßen‹, wie sie das nannten. Sein rechtes Bein war völlig zerquetscht und an der Hüfte verdreht. Die Ärzte haben ihn operiert, als er noch ein Kind war, aber das Bein hat sich trotzdem nie richtig entwickelt. Mit einem Stock kann er kurze Strecken gehen, aber er benutzt lieber den Stuhl.«

»Nimmt er Luca das übel?«, fragte ich.

Nic zuckte mit den Schultern. »Ich glaube, er ist einfach nur froh, dass Luca nicht beschlossen hat, ihn da drin aufzuessen.« Als ich ihn entsetzt ansah, kicherte er. »Seine Worte, nicht meine«, stellte er klar. »Ich glaube nicht, dass er es Luca übel nimmt. Valentino war immer der Intelligenteste von uns allen. Er hat den kreativsten Verstand, und er versteht die Menschen wirklich gut – sehr viel besser als Luca. Sie stehen sich so nah, dass man manchmal das Gefühl hat, sie seien ein und dieselbe Person. Sie sind bei allem derselben Meinung, und wenn du mit einem von ihnen streitest, dann streitest du mit beiden, und sie walzen dich nieder, bevor du überhaupt einen klaren Gedanken fassen kannst.« Er machte eine kurze Pause und verlor sich in einer Erinnerung, die ihn zum Lächeln brachte.

Ich beobachtete ihn aufmerksam und versuchte, herauszufinden, was sich in seinem Kopf abspielte.

»Ich glaube, Luca hat sich wegen all der Möglichkeiten, die ihm offen stehen, immer schuldig gefühlt, aber Valentino ist kein Opfer. Die beiden würden für einander sterben.«

»Wow«, sagte ich und verspürte ein vertrautes Stechen der Einsamkeit wegen all der Geschwister, die ich niemals haben würde. »Muss toll sein, eine solche Bindung zu haben.«

»Ich glaube, dass jeder mit einem Menschen eine solche Bindung haben kann«, erwiderte Nic leise. »Ist das nicht der eigentliche Sinn des Lebens?«

»Ich hoffe, dass du damit recht hast.« Ich studierte angestrengt meine Fingernägel, um nicht in seinem Blick zu verglühen.

Nic blieb stehen und ich hielt ebenfalls an. »Ich habe recht«, sagte er entschlossen.

Wieder sah ich ihn schüchtern an, und bevor meine flatternden Nerven die Oberhand gewannen und mich in ein komplettes nervliches Wrack verwandelten, platzte ich heraus: »Also, bei Millie zu Hause ist am Samstag eine Party, und da ist so ziemlich jeder willkommen, deshalb dachte ich, du hättest vielleicht Lust, auch zu kommen, falls du noch nichts anderes vorhast?«

Nic hob die Augenbrauen – ich war mir allerdings nicht sicher, ob das an der Plötzlichkeit meiner Einladung oder an der Einladung an sich lag.

»Ich nehme an, ihr charmanter Bruder wird auch da sein?«

Ich atmete durch meine zusammengebissenen Zähne ein. »Ja, aber du bist auf jeden Fall trotzdem willkommen, falls du dir deswegen Sorgen machst. Sie haben eine Regel aufgestellt. Sie können kein Veto gegen die Gäste des anderen einlegen.«

Nics Lachen klang sanft und tief. »Gerettet durch die Macht unerlaubter Vetos.«

»Ganz genau«, bestätigte ich und klang wieder etwas lässiger. »Wie könntest du da noch widerstehen?«

»Ich glaube, das könnte ich tatsächlich nicht. Ich nehme an, dass du auch da sein wirst?«

»Natürlich. Zufällig hab ich da auch Geburtstag.«

»Ah«, sagte er lächelnd. »*Buon compleanno*. Ich würde sehr gern kommen.«

Innerlich vollführte ich einen kurzen Siegestanz, sorgte jedoch dafür, dass mein Ausdruck entspannt blieb. »Cool.«

»Ich hab mich schon die ganze Zeit gefragt, was du hier wohl so machst, wenn du mal ein bisschen Spaß haben willst«, fuhr er fort. »Erst vorhin hab ich noch darüber nachgedacht.«

»Dann vergisst du mich also nicht?«, neckte ich ihn. »Wenn du mit deinen Brüdern Basketball spielst oder in eurer riesigen Villa abhängst, während ich im Diner beinahe vor Langeweile eingehe?«

»Auf keinen Fall.«

»Gut.«

»Und dich kann man sowieso nicht so leicht vergessen«, fügte er beinahe beiläufig hinzu.

»Ich glaube, da würden dir die meisten Leute widersprechen«, gab ich zurück.

»Ich bin aber nicht wie die meisten Leute.«

»Das bist du definitiv nicht«, stimmte ich ihm zu.

»Also, erzähl mir was von dir, Sophie. Ich will mehr über dich wissen.«

»Warum?« Sonst wollte nie jemand irgendetwas von mir wissen. Vor allem keine statuenhaften Typen mit bronzefarbenem Teint. »Ich bin ziemlich langweilig, ganz ehrlich.«

Er lachte erneut, aber diesmal war er mir ganz nahe, und es war viel intimer. Als er sich zu mir lehnte, konnte ich seinen Atem an meinem Ohr spüren. »Vielleicht solltest du das jemand anders beurteilen lassen.«

Anstatt etwas zu erwidern, kickte ich gegen einen einsamen Kieselstein und sah zu, wie er über die Straße hüpfte.

»Okay, fangen wir mit dem an, was wir wissen«, begann er und rieb sich mit einer Hand das Kinn. »Du gehst manchmal ziemlich schnell in die Defensive …«

»Hey!«

»Das ist wirklich süß«, versicherte er mir schnell. »Gut, was noch? Du magst keine Unwetter. Du hast ein dickes Fell, aber du wirst rot, wenn dich jemand zu lange anschaut …«

Ich verzog das Gesicht. Dann hatte er das also bemerkt.

»… wodurch es wirklich Spaß macht, dich anzuschauen.« Er grinste hämisch. »Nicht dass es nicht sowieso schon Spaß machen würde, dich anzuschauen.«

Ich konnte spüren, dass ich schon wieder rot wurde, und verfluchte den Zeitpunkt.

»Gibt's bei dir zu Hause nur dich und deine Eltern?«, fuhr er behutsam und beinahe nahtlos fort.

»Nur mich und meine Mom«, antwortete ich. »Mein Dad ist schon seit einer Weile weg, und wir tun unser Bestes, das Haus nicht abzufackeln oder uns gegenseitig mit schlechtem Essen zu vergiften.«

Ich fühlte mich schuldig, weil ich ausließ, dass mein Vater im Gefängnis saß, aber ich wollte nicht schon so früh alles riskieren.

»Versteht ihr euch gut?«

»Ja, wenn wir mal beide zu Hause sind. Aber ich schätze, wir sehen uns nicht so oft, wie ich es gern hätte.«

Mit einem Mal fühlte ich mich furchtbar verletzlich, weil ich diesem wunderschönen Jungen, der sich vermutlich überhaupt nicht für meine Beziehung zu meiner Mutter interessierte, meine innersten Gedanken anvertraute.

Nic betrachtete mich nachdenklich. »Das muss schwer sein. Aber vielleicht seid ihr euch durch diese Distanz näher, wenn es wirklich drauf ankommt?«

»Vielleicht.« Plötzlich übermannten mich meine Gefühle beinahe. Was war das nur mit diesen Priestly-Jungs? Erst heute Morgen wäre ich bei Valentino fast in Tränen ausgebrochen, und jetzt …

»Kommst du nächstes Jahr in die Abschlussklasse?«

Gerettet durch Themenwechsel. Wir setzten uns gemeinsam wieder in Bewegung.

»Ja, ab September. Ich hab noch ein qualvolles Jahr in der Highschool vor mir.« Ich seufzte theatralisch, froh, mich von unserem letzten Gesprächsthema entfernen zu können. »Was ist mit dir?«

»Hab gerade meinen Abschluss gemacht«, antwortete er mit leicht triumphierendem Unterton.

»Und was hast du jetzt vor?«

»Ich hab das College noch für ein Semester aufgeschoben. Die meiste Zeit arbeite ich mit meinen Brüdern zusammen.«

»In Cedar Hill?«

»Nein«, antwortete er. »Nicht direkt. Nicht immer.«

»Gefällt es dir?«

»Was ich mache oder wo ich wohne?«

»Cedar Hill.« Ich fühlte mich plötzlich verlegen, weil ich eine Verbindung zu dieser Stadt hatte. Besonders angesichts des Stadtteils, in dem wir uns gerade befanden. Er war meilenweit von all der Pracht und Herrlichkeit entfernt, an die Nic gewohnt war.

Er lächelte mich an, als könne er meine Verlegenheit spüren. »Am Anfang hat's mir nicht gefallen, aber jetzt schon.«

»Was macht ihr denn hier? Was arbeitet ihr?«

Er zuckte mit den Schultern, wirkte jedoch steif. »Im Moment? Nicht viel …«, erwiderte er vage und verstummte.

»Glaubst du, du wirst die Schule vermissen?«

Nic schüttelte den Kopf. »Es ist ja nur ein Semester. Und ich bin gern aktiv. Ich möchte das Gefühl haben, nützlich zu sein … dass das, was ich tue, die Welt ein ganz kleines bisschen verändert. Ich glaube kaum, dass ich im wahren Leben jemals Trigonometrie brauchen werde.«

»Ich weiß«, stimmte ich ihm begeistert zu. »Oder Shakespeare. *Würg*.«

Nic reagierte, als hätte ich ihm eine saftige Ohrfeige verpasst. Er blieb stehen, legte seine Hände auf meine Arme und zog mich zu sich heran, bis ich direkt in seinem Blick stand. Ich dachte schon, er würde gleich anfangen, mich zu schütteln. »Hast du dich wirklich gerade abfällig über den Mann geäußert, der uns *Romeo und Julia* geschenkt hat?«

Ich runzelte die Stirn. Ich hatte noch nie wirklich länger darüber nachgedacht. Ich wusste nur, dass ich die Schule nicht mochte, und für mich war Shakespeare ein Synonym für Schule – einen Ort, an dem ich mich nicht willkommen fühlte. »Ich schätze, ich bin einfach kein großer Fan von Tragödien.«

»Was ist mit der Liebe?«, fragte er mit einer solchen Intensität, dass ich beinahe zu atmen vergaß.

Langsam wanderten seine Hände an meinen Armen hinauf, bis seine Finger über meine Schultern strichen und seine Daumen meinen Hals streiften. Ich spürte, wie meine Haut vor Erwartung kribbelte.

»Die Liebe ist was anderes«, erwiderte ich.

»Liebe ist Schwäche.« Er blickte auf seine Finger, während er sie mit sanften Schmetterlingsberührungen über meinen Hals gleiten ließ.

»Schwäche macht uns menschlich«, gab ich zurück und konnte die Trockenheit in meiner Kehle hören.

»Und menschlich zu sein, macht uns fehlbar.« Er war mir so nahe.

»Bist du fehlbar, Nic?«

Sein Blick ruhte jetzt auf meinen Lippen. »Natürlich bin ich das.«

»Es fällt mir schwer, das zu glauben.«

»Das sollte es nicht«, flüsterte er. Er steckte eine lose Haarsträhne hinter mein Ohr und ließ seinen Daumen auf meinem Kinn ruhen.

Ich ging auf Zehenspitzen, und er zog mich an seinen Körper, bis meine Nase beinahe seine berührte. Sein Atem stockte. Dann spürte ich seine Hände auf meiner Taille. Sie schoben meinen unteren Rücken zu ihm hin und plötzlich waren seine Lippen auf meinen.

Ich konnte nicht mehr denken. Ich war verloren, und mit einem Mal war nichts mehr von Bedeutung, außer Nic und wie er seinen Mund auf meinen presste und mich festhielt, als wollte er mich nie wieder loslassen. Alles um uns herum verschwamm, und einen Herzschlang lang kam es mir vor, als hielte die ganze Welt den Atem an.

Dann durchschnitt das Dröhnen eines Motors die Stille. Ein Auto raste die Straßen entlang und riss uns zurück in die Realität, weg von unserem Kuss.

Als der schwarze Geländewagen mit quietschenden Reifen neben uns zum Stehen kam, spürte ich, wie eine Welle der Enttäuschung durch meinen Körper schwappte. Nic löste sich von mir und machte einen Satz nach vorne, um gegen die getönten Scheiben des Wagens zu hämmern.

»Gino? Dom?«, brüllte er. »*Cosa vuoi?*«

Mit aalglatter Lässigkeit lehnte sich der Fahrer über den Beifahrersitz, während sich das Fenster mit einem Summen öffnete.

»Luca?« Nic klang entsetzt.

»Steig ein, Nicoli«, spuckte Luca mit seinem typischen eiskalten Blick aus.

»Was zur Hölle ist hier los?«

Luca streckte blitzschnell einen Arm aus und stieß die Beifahrertür so energisch auf, dass sie gegen den Körper seines Bruders knallte. »Steig in den Wagen, sofort.«

Nic drehte sich zu mir um und sah mich mit entschuldigender Miene an. »Er übertreibt es manchmal ein bisschen …«

»Ohne sie«, unterbrach Luca ihn.

»Bist du verrückt geworden? Oder hast du heute einfach nur deinen Arschloch-Tag? Ich lasse Sophie ganz sicher nicht mitten auf der Straße stehen!«

Luca rieb sich mit einer Hand die Stirn und stieß ein scharfes Seufzen aus. »Ich habe keine Ahnung, was zur Hölle du glaubst, was du da tust, kleiner Bruder, aber es ist nicht komisch.«

»Wovon sprichst du bitte?«

»Hast du heute schon mit Dom gesprochen?«

»Nein.«

»*Vieni qui.*«

Nic lehnte sich durch das offene Fenster.

Luca sprach mit leiserer Stimme, aber ohne Luft zu holen weiter. Obwohl ich bemerkte, dass sie nun Italienisch sprachen, verschränkte ich meine Arme und hörte zu. Auch wenn das, was ich hörte, größtenteils eine Aneinanderreihung unverständlicher Silben war, gelang es mir, ein Wort zweifelsfrei aufzuschnappen. Und dieses Wort war »Gracewell«.

In der Sekunde, in der ich meinen Namen über Lucas Lippen kommen hörte, drehte sich Nic zu mir um und starrte mich mit unverhohlenem Entsetzen an. Sein Mund, der sich noch vor wenigen Momenten so weich auf meinem angefühlt hatte, war zu einer harten Linie verzerrt, und mit einem Mal sah er mich an, als hätte er keine Ahnung, wer ich eigentlich war.

»Was ist hier los?«

»Wie heißt du?«, fragte er mit angespannter Stimme.

»Du weiß, wie ich heiße«, antwortete ich, und es machte

mir Angst, wie fremd er mit einem Mal klang. »Ich heiße Sophie.«

»Sophie wie?«

»Nic…«

»Sophie wie?«, presste er hervor, und seine Stimme klang erschreckend schrill.

»G-Gracewell«, stammelte ich mit zitternden Lippen.

Er sah aus, als würde er jeden Moment in Ohnmacht fallen. *»Cazzo!«*

»Was spielt es denn für eine Rolle, wie ich heiße?« Ich konnte die Verzweiflung in meiner Stimme hören, aber das war mir egal.

Er schüttelte den Kopf. »Aber das ergibt keinen Sinn.«

»Was meinst du denn damit?«

»Ich muss jetzt gehen.« Die Worte klangen angestrengt, aber er presste sie voller Entschlossenheit über seine Lippen.

»Was spielt das für eine Rolle?«, wiederholte ich. »Was hat Luca denn über mich gesagt?«

Hinter Nic starrte Luca teilnahmslos auf die Straße vor ihm, aber seine Hände umklammerten das Lenkrad so fest, dass sie aussahen wie Marmor. »Steig in den Wagen, Nic. Zieh das nicht unnötig in die Länge.«

Nic rührte sich nicht, sondern schaute mich an, als hätte ich ihm gerade hart ins Gesicht geschlagen.

»Luca …«, flehte er, so als habe man ihm den Teppich unter den Füßen weggezogen und er sei hart auf den Boden geknallt.

Luca drehte den Kopf nicht zu ihm, und als er erneut sprach, klang seine Stimme vor Wut ganz rau. »Geh. Von. Ihr. Weg. *Sofort.*«

Ich packte Nics Arm. Ich wusste nicht, wohin er ging,

aber ich wusste, dass ich nicht wollte, dass er es ohne mich tat.

»Sofort!« Luca fletschte seine spitzen Zähne wie ein Wolf.

Einen Moment lang spürte ich gar nichts. Mein Herz schrumpfte zusammen, und dann riss Nic seinen Arm aus meinem Griff, löste sich mit Gewalt aus unserer Seifenblase, sprang auf den Beifahrersitz und knallte die Tür hinter sich zu.

Ich stürzte mich nach vorne und krallte mich am offenen Fenster fest, während der Motor unter mir dröhnend zum Leben erwachte. Erst dann sah ich, dass Lucas Hemd voller Blut war.

»Was ist passiert?«, keuchte ich, und mein Magen krampfte sich vor lauter Entsetzen zusammen. Wenn das sein eigenes Blut gewesen wäre, hätte Luca im Krankenhaus liegen müssen. Aber das tat er nicht. Er saß mir gegenüber, kochte vor Wut und war völlig unversehrt. *Mehrere Vermisste und zwei seltsame Todesfälle in den vergangenen zwei Wochen* – Mrs. Baileys Worte klingelten förmlich in meinen Ohren. »Woher kommt das ganze Blut?«

Luca antwortete nicht, aber stattdessen sagte Nic: »Geh vom Wagen weg, Sophie.«

»Geht es hier um meinen Dad?«

Luca und Nic wechselten einen wütenden Blick und plötzlich fühlte ich mich wieder wie eine Ausgestoßene.

»Ich will wissen, was er gesagt hat!«, brüllte ich Nic an. »Sag es mir!«

Es war Luca, der schließlich antwortete. Langsam drehte er den Kopf und starrte mich an, bis seine eiskalten blauen Augen alles waren, was ich noch sehen konnte. »Gracewell«, fauchte er, »geh von meinem Wagen weg oder ich entferne dich höchstpersönlich.«

Nic fluchte leise, sah mich jedoch noch immer nicht an. Luca hingegen hielt seinen feindseligen Blick auf mich gerichtet, bis ich schließlich unter der Last zerbrach, meine Hände von seinem Wagen löste und rückwärts taumelte.

Der Motor heulte zweimal auf, und dann rasten die Priestly-Brüder in die Nacht davon, ohne sich noch einmal nach mir umzusehen. Ich blieb allein mitten auf der verlassenen Straße zurück, während eine ganze Ladung Fragen in meinem Kopf explodierte.

Teil 2

»Nur in der Liebe und bei Mord sind wir noch aufrichtig.«

Friedrich Dürrenmatt, *Abendstunde im Spätherbst*

12

Die Biene

Ich stand an der Straßenecke, meine Hände ganz fest um Nics Hals geschlungen, während wir uns aneinanderklammerten. Wir sahen zu, wie der Asphalt unter unseren Füßen Risse bekam. Das Geräusch von rauschendem Wasser hämmerte auf meine Trommelfelle, als sich eine Erdspalte auftat und Flammen herauskletterten, die in den Himmel züngelten, und dann war Nic plötzlich verschwunden, und ich sank in die Tiefe. Ich schrie auf, aber meine Stimme blieb mir im Hals stecken. Die Luft verwandelte sich in Sand, der meine Lunge füllte, und meine ganze Welt wurde schwarz, so als hätte jemand in meinen Kopf gefasst und einen Schalter umgelegt.

Und dann gab es nichts mehr, nur noch mein Herz, das gegen meinen Brustkorb pochte, und den Geruch von Philadelphia-Frischkäse. Von einem entfernten Summen geleitet, wirbelte ich wieder in die Realität zurück.

»Happy birthday to you …«

Das Sonnenlicht prallte von meinen Augenlidern ab.

»Happy birthday to you …«

Ich kniff die Augen zusammen und wartete, bis ich die Zimmerdecke klar sehen konnte.

»Happy birthday, liebe Sophie …«

Mit verschlafenem Quietschen löste ich die Spinnweben

aus meiner Kehle und versuchte, die Erinnerung an meinen Traum wegzublinzeln – es war schon das zweite Mal in ebenso vielen Nächten, dass ich diesen Traum gehabt hatte.

»*Happy birthday to you.*«

Ich stützte mich auf meine Ellbogen auf.

»Guten Morgen, Geburtstagskind!«

Meine Mutter saß am Fußende meines Betts. Kleine Fältchen umspielten ihre Augen, und ihre Mundwinkel zeigten mit einem so breiten Grinsen nach oben, dass sich selbst die Grinsekatze dafür geschämt hätte. Ich freute mich, sie so lächeln zu sehen, auch wenn sie es nur tat, weil heute ein besonderer Tag war. Ich hatte vermisst, wie es ihre Augen zum Glänzen brachte.

»Guten Morgen«, krächzte ich.

»Herzlichen Glückwunsch zum Geburtstag, mein Schatz.«

Sie angelte ein Zippo-Feuerzeug aus ihrer Strickjacke, klappte es auf und zündete die Kerze an. »Wünsch dir was!«, sagte sie und schob den Cupcake so dicht an mein Gesicht, dass ich winzige Rauchschwaden von der Flamme aufsteigen sehen konnte.

Ich zögerte, während sie durch mein Blickfeld tänzelte, als wollte sie mich verhöhnen. *Klarheit,* entschied ich mich schließlich. *Ich will einfach nur Klarheit.* Entschlossen blies ich die Kerze aus und sie erlosch in einem leise zischenden Luftzug.

Aus einer anderen Tasche holte meine Mutter ein silbernes Messer hervor. Sie teilte den Cupcake genau in der Mitte durch, und die beiden Hälften klappten auseinander und kippten unter der Last des Zuckergusses zur Seite. Sie hob eine Hälfte auf und reichte sie mir.

»Lecker!«, sagte ich und biss ab. »Danke.«

Meine Mutter legte die Hälfte in ihren Schoß, griff hinter sich und zauberte ein in glitzernd violettes Papier eingepacktes Geschenk hervor. »Ich hab was für dich gemacht.«

Ich lächelte, während ich den Rest der Cupcake-Glasur, die an meinen Fingern klebte, an meiner Bettdecke abwischte. Ich vermutete bereits, dass es sich um das Kleid handelte, an dem sie heimlich gearbeitet hatte. Vorsichtig löste ich die Klebestreifen an den Ecken und schälte das Papier ab, bis das Kleid, fein säuberlich zusammengefaltet, auf mein Bett rutschte. Ich faltete es auseinander. Es war aus hellgoldener Seide, die in sanften Wellen fiel, hatte eine ganz feine Struktur und war mit Pailletten verziert, die im morgendlichen Sonnenlicht glitzerten. Ich strich mit den Fingern über die zarten Träger und spürte, wie das Kleid an der Taille enger wurde, als ich es hochhielt. »Es ist unglaublich!«

»Und es passt zu deinem Haar!« Meine Mutter lächelte. »Ich dachte, du könntest es später zu der Party bei Millie tragen?«

»Tolle Idee.« Ich spürte ein Zwicken der Schuld, weil ich wusste, dass meine Mutter keine Ahnung hatte, dass Millies Eltern nicht da waren. Trotzdem: Was sie nicht wusste, konnte ihr auch nicht wehtun, richtig?

Sie klatschte in die Hände. »Nachher Mittagessen?«, fragte sie und sprang von meinem Bett auf. »Ich möchte meine siebzehnjährige Tochter im ›Eatery‹ verwöhnen.«

»Ehrlich?« Ich lehnte mich zurück, streckte mit einem ausführlichen Gähnen ungelenk meinen Körper und blinzelte an die Decke. »Das klingt toll.« *Und teuer.*

Meine Mutter trug das Kleid durch den Raum und hüpfte dabei über alte Sweatshirts und nicht zusammengelegte Jeans. Sie hängte es in den Schrank, und mit einem letzten – *gespielt* –

mürrischen Blick auf den Boden schlüpfte sie wieder aus meinem Zimmer und ließ mich mit meinen Gedanken allein zurück, die wieder zu dem seltsamen Traum zurückwanderten, den ich eben gehabt hatte. Wie durch einen Elektroschock wurde ich wieder von dem Gefühl von Nics Kuss auf meinen Lippen erfasst und spürte, wie sich mein Magen bei der Erinnerung daran, wie er mich so plötzlich verlassen hatte, verkrampfte. Ich hoffte inständig, dass ich nicht dazu verdammt war, nun auch noch in meinen Albträumen erleben zu müssen, wie er mich verließ. Mir schwirrten noch immer so viele Fragen im Kopf herum, und ich hatte keine Chance, die Antworten zu bekommen, nach denen ich so verzweifelt suchte. Ich krallte mich an dem rotsamtenen Unbehagen in meinem Bauch fest und stöhnte auf. Vielleicht war eine Party ja genau das, was ich brauchte, um mich von der ganzen Sache abzulenken.

* * *

Der schwarze Pferdeschwanz wuchs aus Gino Priestlys Kopf wie eine schwarze Mini-Palme. Neben ihm tanzten die Lichter über Doms extrem gegelten Haarhelm. Was zur Hölle machten die beiden hier bloß?

»Was ist denn, Schatz? Schmeckt dir die Quiche nicht?«

Ich wandte meine Aufmerksamkeit wieder meiner Mutter zu, die mir gegenübersaß. »Doch, sie ist gut. Ich bin nur ein bisschen überhitzt.«

»Du bist schon die ganze Zeit so still, seit wir hergekommen sind. Ich dachte, dir würde es hier gefallen. Ist es dir zu schick?«

Als ein besorgter Ausdruck über ihr Gesicht huschte, schwappte die nächste Welle der Schuld über mich hinweg. Diesmal schüttelte ich den Kopf energischer. »Machst du

Witze? Ich finde es toll hier.« Ich machte eine ausladende Geste, die sich auf die einfarbige Einrichtung des Eatery bezog: Den schwarzen Granitfußboden zierten aufwendige Intarsien mit Blumenmuster, die Tische waren mit teuren weißen Tischdecken bedeckt, und im ganzen Restaurant ragten romanische Säulen an die Decke empor. An den Wänden hingen Schwarz-Weiß-Fotos, die Chicago zu Beginn des zwanzigsten Jahrhunderts zeigten, und dazwischen in regelmäßigen Abständen gläserne Lampen. »Ist eine willkommene Abwechslung vom Diner.«

Meine Mutter lächelte und nippte an ihrem Chardonnay. »Apropos Diner, ich wollte mit dir darüber sprechen …«

Ich ließ meine Aufmerksamkeit wieder zu Gino und Dom wandern – oder besser gesagt, zu ihren Hinterköpfen – und fragte mich, wie groß die Wahrscheinlichkeit wohl war, dass wir zur selben Zeit im selben Restaurant saßen. Es war meilenweit von Cedar Hill entfernt und lag mitten im Zentrum von Chicago, und da es zu den besten Restaurants der Stadt gehörte, war es eher eines der Lokale, die man zu besonderen Gelegenheiten aufsuchte, weil sie so teuer waren, dass es einem die Tränen in die Augen trieb. Die Karma-Götter genossen die Show bestimmt.

Wenigstens waren Nic und Luca nicht bei ihren Brüdern. Ich versuchte, mich selbst daran zu erinnern, wie furchtbar sich Nic neulich Abend benommen hatte, aber es fiel mir schwer, all die anderen Dinge an ihm zu vergessen: die sanfteren, lustigeren, freundlicheren Dinge. Die Art, wie er lächelte. Die Art, wie er zärtlich seine Lippen auf meine gedrückt hatte … Die Art, wie er mitten in der Nacht davongerauscht war und mich hatte stehen lassen, ohne sich noch einmal umzudrehen. Ich zuckte zusammen.

»Sophie?«

»Was?« Ich nahm eine weitere Gabel von meiner Quiche Lorraine und fragte mich, warum ich sie eigentlich bestellt hatte. Andererseits hatte ich den Großteil der edlen Speisekarte überhaupt nicht verstanden und war nicht überzeugt gewesen, dass mir »von Trüffel durchzogene Pommes frites« wirklich genauso gut schmecken würden wie normale.

»Ich möchte mit dir über das Diner sprechen.«

»Okay, schieß los.«

Hinter meiner Mutter schreckte Gino auf, als der glatzköpfige Mann, der ihm gegenübersaß, etwas sagte. Dom saß rechts neben seinem Bruder, und links von ihm saß ein schmalerer, aber größerer Mann, der mir den Rücken halb zugedreht hatte. Es war Felice – ich hätte mein Essen darauf verwettet. Obwohl sie sich auf der anderen Seite des Restaurants befanden und in einer abgeschiedenen Nische in einer Ecke zueinander beugten, hing der schwache Duft von Honig in der Luft. Ich war mir ganz sicher. Oder ich wurde langsam verrückt.

Ich wandte meine Augen ab.

Meine Mutter redete immer noch und fuchtelte angeregt mit den Händen in der Luft herum. »… unfaire Erwartungen an dich gerichtet. Du solltest mehr rauskommen und versuchen, auf eigenen Beinen zu stehen, findest du nicht?«

Ein Summen erregte meine Aufmerksamkeit. Eine Biene hatte den Weg ins Restaurant gefunden und umkreiste den Tisch neben uns. »Rauskommen?«, fragte ich, richtete den Blick wieder auf unseren Tisch und schimpfte mich im Stillen dafür aus, dass ich mich so leicht ablenken ließ. Ich konnte die Biene immer noch sehen – ein kleiner, verschwommener, schwarz-gelber Fleck ganz am Rand meines Blickfelds.

»Das Diner.«

Ich stach meine Gabel in die Quiche. »Was ist mit dem Diner?«

Der Mann, den ich nicht kannte, stand vom Tisch der Priestlys auf. Er war groß und kahlköpfig, mit einer hohen Stirn und einem dicken schwarzen Schnurrbart, der sein eckiges Gesicht dominierte. Er grunzte etwas, als er an einer der Kellnerinnen vorbeiging, und verschwand dann durch die Tür zu den Toiletten.

»Ich finde, du solltest kündigen. Es saugt dir viel zu viel Energie aus, und du hast fast überhaupt keine Freizeit mehr.«

Nun, da ich ihn in voller Länge gehört hatte, war ich überrascht über ihren Vorschlag. Ich legte meine Gabel ab und schluckte den Bissen Quiche in einem Stück gierig hinunter. »Aber es gehört Dad. Ich dachte, der Plan sei, dass ich es leite, bis er wieder zurückkommt.« Ich konnte nicht sagen, warum ich mich gegen ihre Idee wehrte – die Vorstellung, das Diner zu leiten, sobald ich achtzehn war, hatte mich noch nie sonderlich begeistert. Ich hatte immer gewusst, dass das nicht meine Berufung war.

Die Biene sauste an meinem Gesicht vorbei und verfehlte meine Nase nur um zwei Zentimeter. Meine Mutter ließ ihre Gabel fallen und stieß einen leisen Schrei aus.

»Tut mir leid«, erklärte sie verlegen und gewann ihre Fassung zurück. »Aber die erschrecken mich immer so.«

»Ich finde Bienen irgendwie süß«, sagte ich und versuchte, sie zu beruhigen.

Auf der anderen Seite des Restaurants flog die Biene im Zickzack auf den Tisch der Priestlys zu. *Wahrscheinlich kehrt sie zu ihrem ›Meister‹ zurück,* dachte ich, und mein Blick fiel wieder auf Felices silbernen Hinterkopf.

»Was ist denn heute mit dir los? Du bist ja ganz durcheinander.« Meine Mutter packte mich am Handgelenk und rüttelte daran.

»Tut mir leid.« Ich schüttelte den Kopf in dem vergeblichen Versuch, meine unstete Aufmerksamkeit zu bändigen, und zog meine Hand zurück. »Was hast du gesagt?«

»Warum lässt du nicht weiter deinen Onkel das Diner managen, bis dein Vater wiederkommt, auch nachdem du nächstes Jahr deinen Abschluss gemacht hast? So könntest du dem College deine ungeteilte Aufmerksamkeit widmen – und in Chicago zur Uni gehen, statt hier in der Vorstadt zu bleiben. Da draußen wartet nämlich die ganze Welt, weißt du?«

Ich schob mir die nächste Gabel voll Quiche in den Mund. »Ich spare immer noch auf ein Auto. Ich brauche das Geld«, erwiderte ich unpassenderweise und hielt mir die Hand vor den Mund, während ich kaute.

Mein Blick huschte wieder durch das Restaurant. Der kahlköpfige Mann mit dem Schnurrbart war von der Toilette zurückgekehrt, gesellte sich wieder zu den Priestlys an den Tisch und ließ sich mit einem hörbaren Grunzen auf seinem Stuhl nieder.

»Ich könnte dir jede Woche ein bisschen Geld für das Auto dazugeben. Du müsstest nicht mal auf das Trinkgeld aus dem Diner verzichten«, versuchte es meine Mutter.

»Ich möchte dir diese Belastung aber nicht zumuten«, wehrte ich mit immer noch halb vollem Mund ab. »Ich weiß, dass wir nicht mehr so viel Geld haben.«

Meine Mutter schob mit ihrer Gabel einen Feta-Würfel auf ihrem Teller herum. »Ich würde es wirklich vorziehen, wenn du dort aufhören würdest, Sophie.«

»Hat Onkel Jack irgendwas zu dir gesagt? Hast du was von ihm gehört?« Allmählich bekam ich ein ungutes Gefühl in der Magengegend. Meine Mutter benahm sich seltsam, genau wie so ziemlich jeder andere Mensch in meinem Leben.

»Nein, aber vielleicht wäre es gut, wenn ein wenig mehr Abstand zwischen euch beiden wäre. Er wirkt im Moment noch etwas verstörter als sonst.«

»Ich glaube, er würde es ziemlich schwer nehmen, wenn ich ihn jetzt im Stich lassen würde. Vor allem, wo sein Freund gerade gestorben ist.«

Sie zuckte mit den Schultern, spießte einen dünnen roten Zwiebelring auf und schob ihn sich in den Mund. »Jack ist doch gar nicht mehr hier. Und er kann eben nicht immer haben, was er will.«

Mein Blick glitt wieder zum Tisch der Priestlys hinüber. Dom und Gino stritten mit dem kahlköpfigen Mann mit dem Schnurrbart. Felice – ja, er war es definitiv, wie ich jetzt erkannte – saß noch immer vollkommen still, die Hände vor sich auf dem Tisch gefaltet. Schweigend beobachtete er die Biene, die nun gefährlich nahe um ihren Tisch herumschwirrte. Während sich die anderen stritten, tönten ihre Stimmen immer lauter durch das Restaurant.

»Was ist denn da los?« Meine Mutter drehte sich um, um zu sehen, woher die ganze Aufregung kam. Aber als sich der Tumult fast ebenso schnell auflöste, wie er begonnen hatte, verlor sie das Interesse daran.

»Mom?«

Sie sah mich erwartungsvoll an.

»Gibt es irgendetwas, das du mir über Dad und Onkel Jack nicht erzählt hast? Oder über dich und Onkel Jack? Ich hab das Gefühl, ich hätte irgendwas verpasst.«

Sie stützte ihre Ellbogen auf dem Tisch ab und faltete ihre Hände unter dem Kinn. »Was meinst du damit?«

»Na ja, ich weiß auch nicht, was ich damit meine. Darum hab ich dich ja gefragt …«

Plötzlich war ein lautes Klatschen zu hören und wir schreckten aus unseren Stühlen hoch.

»Calvino!« Der Schrei klang so schrill, als stamme er von einer Frau. Aber es war nicht der Schrei einer Frau, sondern Felices, der aufgesprungen war und sich mit beiden Händen das Gesicht hielt. Nun starrten alle im Restaurant zu ihrem Tisch. Der Kahlköpfige – Calvino – lehnte sich in der Sitznische zurück, löste ganz entspannt seine Handfläche vom Tisch und wischte sie mit ruhiger Miene an einer Serviette ab. Er hatte die Biene getötet.

Felices Brust hob und senkte sich heftig. Er sagte irgendetwas in lautem Italienisch, aber Calvino zuckte noch nicht einmal mit der Wimper. Er versuchte, Felice mit einem Winken dazu zu bringen, sich wieder zu setzen. Je ruhiger er reagierte, desto wütender wurde Felice jedoch. Er spuckte Gift und Galle, während er, wie ich annahm, vergebens in Richtung der zerquetschten Bienenleiche gestikulierte.

Ich schnappte nach Luft. Ich hatte noch nie gesehen, dass jemand im einen Moment so ruhig war und im nächsten so ausflippte.

Felice fasste in seine Anzugtasche und bedeutete Gino und Dom, sich zurückzulehnen. Calvino schoss aus seinem Stuhl hoch und hob die Hände, als wollte er sich ergeben. Er sprach leise und schnell.

Felice zog die Hand wieder aus seiner Tasche und ballte sie neben seinem Körper zur Faust. Mit der anderen Hand fuhr er sich durchs Haar, hielt inne, drückte seinen Nacken und zwickte hinein.

Ganz langsam und ohne den Blick von Felice abzuwenden, setzte sich Calvino wieder hin.

Felice blieb stehen. Er hob das Kinn, wodurch er noch größer wirkte als ohnehin schon, und mit einem letzten Schimpfwort, das nur für Calvino bestimmt war – aber jeder in einem Umkreis von knapp zwei Kilometern hören konnte – stürmte er aus dem Restaurant wie ein anmutiges, vor Wut tobendes Skelett.

»Was für ein merkwürdiger Mann«, flüsterte meine Mutter, und ihre gedämpften Worte mischten sich mit denen der anderen Gäste.

»Merkwürdige Familie«, murmelte ich zurück und sah zu, wie Gino und Dom sich wieder über den Tisch lehnten und ihre Unterhaltung fortsetzten. Vielleicht konnte ich in diesem einen speziellen Fall sogar von *Glück* sagen, dass ich geächtet wurde. Bei den Priestlys war ganz offensichtlich so einiges los und ich hatte meine Drama-Quote für mein restliches Leben bereits erfüllt. Wahrscheinlich war es am besten so. Auch wenn es sich nicht so anfühlte.

Ich drehte mich wieder zu meiner Mutter um und stellte fest, dass sie auf ihrer Unterlippe kaute. »Sophie, es gibt eine Menge, was du über deinen Vater und deinen Onkel Jack nicht weißt«, sagte sie und knüpfte nahtlos an unsere Unterhaltung an, so als habe das dramatische Intermezzo überhaupt nicht stattgefunden. »Manchmal glaube ich wirklich, dass Jack es mehr verdient hätte als dein Vater, im Gefängnis zu sitzen.«

Das war das erste Mal, dass ich je gehört hatte, wie meine Mutter jemandem für jene Nacht die Schuld gab – oder dass sie überhaupt freiwillig darüber sprach. Es war eines dieser unangetasteten, aber entscheidenden Themen, die die Dynamik unserer Beziehung bestimmten und immer unter der Oberfläche brodelten, jedoch nur selten offen von einer von uns ausgesprochen wurden.

»Aber Jack war noch nicht mal da.«

»Das weiß ich«, gab sie zu. »Aber dein Onkel hat sich schon immer mit den falschen Leuten angefreundet: der Sorte von Leuten, die sich mehr für Geld interessieren als für Familie und die ihn in seinen paranoiden Wahnvorstellungen noch ermutigen. Als dein Vater nach Cedar Hill kam, wollte er hier ein neues Leben mit dir und mir beginnen – ein besseres Leben als das, das er als Kind geführt hatte. Er war angesehen und erfolgreich, aber dann ist ständig Jack aufgetaucht. Er hatte keine eigene Familie und deshalb hat er uns immer als seine betrachtet. Als sie noch klein waren, waren da immer nur er und dein Vater, diese beiden Jungs gegen den Rest der Welt, und ich glaube, dein Vater hatte das Gefühl, er sei Jack auch ein Stück von unserem Leben schuldig, damit er nicht ganz allein auf der Welt ist.

Aber dann hat Jack angefangen, deinem Vater diese Gedanken in den Kopf zu setzen. Dieselben Gedanken, die er jetzt auch dir in den Kopf setzen will, das kann ich sehen – Gedanken, die dich zu einem verängstigten, verunsicherten Menschen machen werden. Irgendwann kam der Punkt, an dem Jack alles und jeden infrage gestellt hat, der ins Diner kam, und schon bald hat er deinen Vater damit auch ganz paranoid gemacht. Und je mehr ich darüber nachdenke, desto mehr glaube ich, dass, wenn Jack deinen Vater nicht so verunsichert hätte, er den Mann, der an jenem Abend ins Diner kam, nicht so schnell für einen gefährlichen Eindringling gehalten hätte.«

»Und dass er ihn nicht erschossen hätte«, beendete ich kühl. »Ich weiß nicht, ob du Jack daran die Schuld geben kannst.«

»Er hat deinem Vater die Waffe gegeben.«

»Er wollte nur, dass er sich schützt«, konterte ich. »Sie haben sich immer um einander gekümmert.«

Sie schob eine Tomatenspalte auf ihre Gabel. »Du hast recht«, erwiderte sie hastig und schüttelte den Kopf. »Vergiss es einfach. Ich hätte nicht an deinem Geburtstag davon anfangen sollen. Heute sollte es nur um die guten Dinge des Lebens gehen.«

Plötzlich war die Luft zwischen uns seltsam aufgeladen. Ich trank einen Schluck von meiner Cola Light und ließ den Blick zu den Priestlys zurückwandern, die ungewöhnlich still geworden waren. Gino saß da, den Kopf in den Händen, während Dom sich zurücklehnte und mit leerem Ausdruck an die Decke starrte. Ich wusste, wie sie sich fühlten.

13

Die Party

Ich betrachtete mich in meinem Zimmer im Spiegel und vergewisserte mich, dass die getönte Feuchtigkeitslotion meiner Mutter auch wirklich vollständig in meine Haut eingezogen war. Ich trug ein wenig Bräunungscreme auf, um die Konturen meines Gesichts zu schärfen, und färbte meine Wangen mit etwas Rouge. Dann wühlte ich in ihrer Make-up-Tasche herum und fischte einen dunklen Lidschatten heraus, den ich über meine Augenlider strich, bevor ich klebrig-schwarze Mascara auf meine Wimpern auftrug. Anschließend trat ich einen Schritt zurück, um mein Spiegelbild zu bewundern, und staunte darüber, welche Wunder die moderne Kosmetik für sonnenentwöhnte Haut bewirken konnte.

Meine Mutter schlurfte ins Zimmer, und mein Blick fiel auf das Geschenk in ihren Händen – ein großes Rechteck, das in Disney-Prinzessinnen-Papier eingewickelt war. »Ist das von Millie?«

Sie legte das Geschenk aufs Bett. »Sie hat es vorbeigebracht, als du unter der Dusche warst. Mach es auf. Die Spannung bringt mich beinahe um.«

Ich ließ mich nicht zweimal bitten. Ich riss das Geschenkpapier auf und enthüllte eine graue Schuhschachtel. *Carvela* stand in schlichten schwarzen Buchstaben darauf.

»Wie konnte sich Millie die bloß leisten?« Meine Mutter sprach aus, was ich dachte.

Ich schüttelte ungläubig den Kopf. Wie war es nur möglich, eine so unglaubliche beste Freundin zu haben? Ich nahm den Deckel von der Schachtel, holte das Seidenpapier heraus und fand ein Paar nudefarbene Glanzleder-Stilettos. Die Absätze waren mindestens zwölf Zentimeter hoch und mit einem unaufdringlichen Goldlack gefärbt, während sich die Schuhe vorne perfekt zu einem Peeptoe abrundeten.

»Ich glaube, ich bin verliebt«, stöhnte ich.

Meine Mutter seufzte. »Ich war noch nie so enttäuscht, dass ich kleinere Füße habe als du.«

Barfuß schlüpfte ich in den linken Schuh und wackelte hin und her. »Wie soll ich bloß in denen laufen, ohne direkt aufs Gesicht zu fallen?«

Meine Mutter grinste und reichte mir den zweiten Schuh. »Niemand kann wirklich in Stöckelschuhen gehen. Sie halten sich nur aufrecht.«

Nachdem ich fünfzehn Minuten geübt hatte, streifte ich das goldene Kleid über. Ich drehte mich vor meinem Schrankspiegel hin und her und zog die Nadel heraus, mit der ich mein Haar hochgesteckt hatte. Es fiel in sanften Wellen über meinen Rücken. Ich erkannte mein Spiegelbild kaum wieder, aber ich hatte das Gefühl, dass dieses Mädchen jede Menge Spaß haben würde.

* * *

Als wir vor Millies Haus vorfuhren, konnte ich die Musik bereits durch die Wände dröhnen hören. Autos säumten die Straße und verstopften die Einfahrt. Ich stieg aus dem Wagen auf den Gehweg.

»Bist du sicher, dass Millies Eltern damit einverstanden sind?« Ich sah, wie meine Mutter misstrauisch die vielen Autos beäugte.

»Jap.« Ich wandte mich von ihr ab, damit sie mein schamloses, verlogenes Gesicht nicht sehen konnte.

»Okay«, gab sie nach. »Hab ganz viel Spaß.«

Ich sah dem Auto nach, bis es zu einem kleinen blauen Punkt geschrumpft war.

Als ich mich wieder umdrehte, stand Millie in der Haustür. Sie trug ein kurzes schwarzes Kleid, das ihre Brüste betonte und ihre Taille schmaler wirken ließ.

»Mil!«, rief ich aus und ging in stöckelschuhbedingter Zeitlupe auf sie zu. »Vielen, vielen Dank für die Schuhe!«

»Heilige Scheiße«, rief sie zurück, und ihr mit rotem Lippenstift bemalter Mund blieb offen stehen.

Ich beugte die Schultern nach vorne und bedeckte mein Kleid mit den Armen. »Ist das too much? Soll ich mich umziehen?«

Sie zeigte auf mein Kleid und bewegte ihre Finger mit langsamen Bewegungen auf und ab. »Dieses Kleid bringt deine Stärken *wirklich* bestens zum Vorschein!« Sie versuchte sich erfolglos an einem anerkennenden Pfiff und wackelte stattdessen vielsagend mit den Augenbrauen.

»Perversling«, neckte ich sie, als ich endlich neben ihr stand.

»Was denn?« Sie hob in einer Geste gespielter Unschuld die Hände. »Ich hab nur gemeint, dass es das Blau deiner Augen unterstreicht … sehr lebendig …«

»Mit wem sprichst du denn da?« Alex tauchte hinter Millie in der Tür auf. Sein blondes Haar war perfekt gestylt, und er trug dunkle verwaschene Jeans und ein enges blaues Hemd. Er lächelte leicht trottelig und hielt sich an einem roten Plastikbecher fest. Als er erkannte, dass ich vor der Tür stand, klappte sein Kinn nach unten, und jetzt, wo sie Seite an Seite standen und denselben Ausdruck im Gesicht hatten, sahen er und Millie aus wie Zwillinge.

»Sophie Gracewell«, platzte er heraus.

»Ich weiß«, murmelte Millie. »Ich weiß.«

* * *

Millie und ich tanzten wie die Irren über den Parkettboden, warfen die Hände in die Luft und ließen wie wild unser Haar kreisen, und schwankten beide bedenklich auf unseren himmelhohen Stöckelschuhen. Überall um uns herum zogen die Pärchen einander wie Magnete an, pressten ihre Körper aneinander oder schlichen sich in ein anderes Zimmer, um miteinander rumzumachen. Den Großteil von ihnen kannte ich kaum – die meisten waren Alex' Collegefreunde, und diejenigen, die es von Millie wussten, ignorierten mich – wie üblich. Aber es spielte keine Rolle. Alle lachten und amüsierten sich, und das war ansteckend – ich war völlig entspannt und voller Energie. Aber vor allem war ich Millie bis in alle Ewigkeit dankbar dafür, dass sie die komplette untere Etage des beeindruckenden Zuhauses ihrer Familie in das pulsierende Herz der Party verwandelt hatte. So hatte ich an meinem Geburtstag doch noch jede Menge Spaß und den hatte ich so bitter nötig.

Die Bilderrahmen, der Nippes und die unheimlichen Porzellanpuppen, die normalerweise aus mehreren Glaskästen in den Ecken starrten – eine Obsession von Millies Mutter – waren aus dem vorderen Wohnzimmer verschwunden. Die Lampen waren so stark gedimmt, dass die Gesichtszüge der Leute, die sich mehr als einen Meter entfernt befanden, verschwommen wirkten und kaum zu erkennen waren. Die Ledersofas und gepolsterten Sessel hatten sie vor die Wände geschoben. Über dem Kamin hing ein riesiger Fernseher, auf dem Musik lief, die aus Surround-Sound-Lautsprechern dröhnte.

»Wo ist Dom?«, fragte ich und ignorierte den dumpfen Schmerz in meinen Fußballen.

»Er kommt nicht.« Millie wirkte geknickt, aber sie wischte ihre Worte mit einem Winken weg, als seien sie nicht wichtig. »Ich hab seit unserem Date nichts mehr von ihm gehört. Er hat noch nicht mal auf meine SMS geantwortet.«

»Das tut mir leid, Mil!«, brüllte ich über die Musik hinweg. »Das ist echt scheiße!«

»Schon okay«, erwiderte sie leise, aber ich konnte ihr anmerken, dass es das nicht war. Sie war nach ihrem Date hoffnungslos von Dom besessen gewesen, und die Tatsache, dass er sich noch nicht einmal die Mühe gemacht hatte, sich noch einmal bei ihr zu melden, war eigenartig, von unglaublich unhöflich ganz zu schweigen.

»Ich hoffe, es ist nicht wegen mir«, kam mir plötzlich der Gedanke, und ich spürte, wie sämtliche Farbe aus meinem mit Bräunungscreme und Rouge bedeckten Gesicht wich. »Vielleicht hat Nic irgendwas zu ihm gesagt.«

Millie setzte eine säuerliche Miene auf. »Wenn es wegen dir ist, dann ist Dom genauso rückgratlos wie sein Bruder, und sie sollten beide verstoßen werden, weil sie dich für den Unfall deines Vaters verurteilen. Mit so einem Menschen will ich sowieso nicht zusammen sein!«

»Es ist sein Verlust«, versicherte ich ihr und spürte, wie ihre Wut auch meine entfachte. »Er ist ein Idiot.«

»Das sind sie beide! Ich hoffe, sie langweilen sich zu Tode, wenn sie ihre Haare stylen und viel zu viel Geld für ihre blöden italienischen Klamotten ausgeben, während sie alle gemeinsam in ihrem unheimlichen Spukhaus alt werden!« Millie warf den Kopf zurück, begann, mit den Hüften zu wackeln, und machte dem Thema »Dom und seine Brüder« damit endgültig ein Ende.

Ich folgte ihrem Beispiel, schloss die Augen und ließ meinen Körper mit der Musik verschmelzen. Doch ganz tief in meinem Innersten konnte ich nicht anders, als mir vorzustellen, wie Nic seine Hände um meine Taille legte, nachdem er vorbeigekommen war, um sich für sein seltsames Benehmen zu entschuldigen … und dass es eine vernünftige Erklärung für seine plötzliche Gefühllosigkeit gab. Aber als ich die Augen wieder öffnete und herumwirbelte, sah ich nur eine Ansammlung von Gesichtern, die ich nicht kannte, alle hochrot und keuchend.

Nach einer Weile begannen meine Füße zu pulsieren. Ich hörte auf zu tanzen und schlüpfte durch die Doppeltür, die in die große, mit Marmor ausgestattete Küche führte. Dort lehnten mehrere Jungs um ein Bierfass und stürzten ihre Getränke hinunter. Am Tisch kreischten sich zwei dünne Brünette in kurzen Röcken durch eine Partie Bier-Pong und versuchten, mit einem Tischtennisball in ein Bierglas zu treffen.

Ich quetschte mich an einem rothaarigen Mädchen vorbei, die ein Henna-Tattoo auf den Rücken ihrer Freundin malte, und steuerte auf den Kühlschrank zu, als Alex gerade seinen Bierbecher auf die Theke knallte und mit siegreich erhobenen Armen einen Schritt von seinen Freunden zurücktrat. »Loser!«, brüllte er. »Ihr könnt den Champion nicht besiegen!«

Ich lächelte. Alex war beim Basketballturnier so angespannt

gewesen. Es war schön, ihn in gelösterer Stimmung zu erleben – auch wenn er immer noch eine abnormale Vorliebe für Wettkämpfe aller Art hatte.

Als sein Blick auf mich fiel, stemmte er die Hände in die Hüften, zog die Schultern hoch und sah mich ein wenig verlegen an. »Bier?«, bot er mir an und deutete auf das Fass hinter ihm. »Oder wir haben auch was Stärkeres.«

Ich wischte mir das zerzauste Haar aus der Stirn und spürte die Schweißperlen unter meinen Fingern. »Vielleicht später«, antwortete ich. Ich hatte ohnehin bereits Mühe, auf meinen Absätzen zu stehen, und war der Ansicht, ich sollte erst noch ein wenig üben, bevor ich auch noch Alkohol ins Spiel brachte.

»Bist du sicher, dass du keins willst?«, hakte Alex mit einem Lächeln nach, von dem ich in der Schule immer geträumt hatte. Aber jetzt war irgendetwas anders.

»Ja, ich bin sicher.« Ich machte den Kühlschrank auf, holte eine Cola Light heraus und öffnete sie, während die Jungs hinter mir lachten. Ich fragte mich, ob sie wohl über mich lachten, war aber zu feige, sie offen zu fragen. Ich spürte, wie ich errötete, entfernte mich vom Kühlschrank und schob mich wieder an dem Mädchen mit den roten Haaren vorbei, die inzwischen einen Delfin auf ihre eigene Hüfte zeichnete. Ein Pingpongball sauste an meinem Kopf vorbei und prallte von der Marmorinsel in der Mitte der Küche ab.

Ich schaffte es in einem Stück zurück ins Wohnzimmer, quetschte mich an einem Pärchen vorbei, das wild knutschend an der Tür lehnte, und musste um jemanden herumtanzen, der gerade den Wurm machte, um die nächste Couch zu erreichen. Dort fand ich auch Millie wieder, die mit Paul und Alison aus dem Diner plauderte.

»… und dann dachte ich, mir doch egal, dann hab ich eben ohne ihn Spaß. Hey, Geburtstagskind, setz dich.« Sie tätschelte den freien Platz neben sich.

»Hey.« Ich quetschte mich zwischen Millie und die Armlehne und spürte sofort die Erleichterung in meinen Fußballen. »Seit wann seid ihr denn hier?« Ich folgte Millies Blick in Alisons Schoß und sah, dass sie und Paul Händchen hielten. Offensichtlich war es jetzt offiziell.

»Seit eben. Ursula hat uns früher gehen lassen.«

»Alles Gute zum Geburtstag, Sophie«, fügte Paul fröhlich hinzu. »Tolle Party.«

»Danke.« Ich zuckte mit den Schultern. »Ist nicht meine. Ich kenne die meisten Leute hier gar nicht.«

»Oh, natürlich ist sie das«, mischte sich Millie ein und wedelte abwehrend mit der Hand. »Und auch wenn Alex' Freunde dich vor heute Abend nicht gekannt haben, dann tun sie das jetzt auf jeden Fall – dank dieses Kleids.« Sie leerte ihr Getränk und seufzte zufrieden.

»Ja«, stimmte Paul ihr zu, was Alison dazu veranlasste, ihre Fingernägel in seinem Bein zu vergraben. »Autsch!«, jaulte er. »Tut mir leid, ich mein ja auch nur.«

»Zeit zum Nachfüllen, glaub ich.« Millie sprang auf und stolzierte mit mehr Selbstbewusstsein als Beyoncé höchstpersönlich durch die Partymenge. Ich beneidete sie darum, mit welcher Leichtigkeit sie trotz ihrer Absätze gehen konnte, ohne das Bedürfnis zu verspüren, sich hinzulegen und sich die Füße abzuhacken.

Ich machte mich auf die Suche nach einem leeren Badezimmer. Als ich hörte, wie sich unten jemand übergab, setzte ich meine Suche im ersten Stock fort, wo ich, nachdem ich dreimal angeklopft hatte, die Tür aufschwingen ließ und plötzlich Nase an Nase an Nase mit einem halb nackten Pärchen stand. Es war ein traumatischer Moment für uns alle.

Ich machte die Tür schnell wieder zu und ging weiter den Flur im ersten Stock hinunter, blieb vor dem Schlafzimmer von Millies Eltern stehen und klopfte mit den Knöcheln an die Tür. Als keine Antwort von drinnen kam, schlüpfte ich hinein und betete, dass mich dort nicht die nächste Szene erwartete, die mich für mein ganzes Leben zeichnen würde. Das Schlafzimmer war leer.

Die schmale Tür neben der Schrankwand zeigte mir, dass mich meine Erinnerung nicht getäuscht hatte und sie wirklich ein angeschlossenes Badezimmer hatten. Als ich mich der Tür jedoch näherte, wurde die Klinke von innen nach unten gedrückt, und sie schwang schwungvoll auf. Ich machte einen Satz nach hinten und landete auf dem Bett. Sofort riss ich die Hände in die Luft und bedeckte meine Augen. »Tut mir leid, ich wusste nicht, dass jemand da drin ist.«

Meine Erklärung wurde mit einem tiefen Lachen erwidert. »Entspann dich, Sophie. Ich hab mich mit Bier eingesaut und alle anderen Badezimmer waren *occupado*.«

Ich nahm die Hand von meinen Augen und sah Robbie Stenson, der im Türrahmen lehnte, einen roten Becher in jeder Hand. »Willst du einen? Ich hab einen übrig.«

»Ähm, danke.« Ich war froh zu sehen, dass Robbie mir unser Basketballdebakel nicht nachtrug. »Ich bin mir nicht sicher, ob ich was trinken sollte – es ist auch nüchtern schon schwer genug, in diesen Hacken zu laufen. Ich will nicht mein Leben aufs Spiel setzen, indem ich es betrunken versuche.«

Er warf sein schlaffes Haar aus der Stirn und grinste. »Es ist nur Cranberry-Saft mit Mineralwasser, aber damit wirst du trotzdem ganz schön aufgedreht. Ich glaube, das liegt an dem vielen Zucker oder so.«

»Cool.« Ich griff nach dem Becher in seiner ausgestreckten Hand und mit einem Mal war mir ganz heiß. »Ich hab ziemlichen Durst.«

»Was du nicht sagst?« Er setzte sich mit einem dumpfen Plumps aufs Bett und hob eine seiner perfekten Augenbrauen. »Du hast vorhin ein paar ziemlich abgefahrene Dance-Moves aufs Parkett gelegt. Warum hast du dieses Talent nicht auch auf dem Platz eingesetzt? Dann hätten wir vielleicht wenigstens den Hauch einer Chance gehabt.«

Ich lächelte in meinen Becher. »Ich bin mir nicht sicher, ob ich mit dem Ball dribbeln und gleichzeitig den Roboter hätte machen können.«

Robbie schnaubte amüsiert. »Aber es hätte unsere Gegner vielleicht eingeschüchtert.« Ohne zu blinzeln sah er zu, wie ich trank. »Du siehst übrigens toll aus.«

»Danke.« Plötzlich hatte ich das Gefühl, unsere Unterhaltung könnte für ihn etwas anderes bedeuten als für mich. Was war das nur mit diesem Kleid?

»Ich sollte jetzt wieder runtergehen«, sagte ich und stellte den leeren Becher auf dem Nachttisch ab.

»Ich dachte, du wolltest ins Bad?«

»Nein, jetzt nicht mehr. Ich glaube, ich war nur ein bisschen überhitzt.« Ich stand auf und schwankte auf die Tür zu, als meine Füße wieder zu schmerzen begannen.

»Vielleicht bis später«, rief er mir nach.

»Ja, vielleicht«, erwiderte ich, hielt mich am Geländer fest und stieg vorsichtig die Treppe hinunter.

Zurück in der Küche fand ich Millie, die sich an einen Jungen mit einem fragwürdigen Ziegenbart kuschelte. Sie lehnte sich gegen seine Schulter und kicherte wie ein kleines Mädchen. Ihre Versuche, Dom zu vergessen, verliefen offenbar ziemlich erfolgreich.

»Sophie.« Sie grinste breit und richtete sich auf, als sie mich sah. »Komm mal her, sag Marcus hallo. Er ist so toll.« Sie schob sich näher zu mir und fuhr mit leiserer Stimme fort: »Und *viel* lustiger als der *langweilige* Dom. Ich weiß wirklich nicht, was ich mir bei diesem Typen gedacht hab. Dabei ist offensichtlich, dass wir überhaupt nicht zueinander passen. Er ist *viel* zu ernst.«

Plötzlich schwankte sie vor mir hin und her, und ich fühlte mich ganz komisch. »Kannst du mal still stehen?«

»Hast du was getrunken, Soph?«

Ihre Augen wurden viel zu groß für ihr Gesicht und ihr schlaffer Mund stand in einem unnatürlichen Winkel offen. Ich schüttelte den Kopf und spürte, wie er sich drehte.

»Bist du sicher?« Sie kam ganz nahe zu mir, bis ich jede Sommersprosse in ihrem Gesicht sehen konnte. Sie wirbelten durcheinander wie bei einem Rätsel und verschwanden dann wieder.

»N-Natürlich.« Ich knallte rückwärts gegen die Wand. »Aber ich fühl mich nicht so gut.« Alarmglocken schrillten in meinem Kopf, aber sie wurden immer leiser und leiser.

»Bist du sicher, dass du keinen Schnaps oder so hattest?«

Die Musik dröhnte in meinem Schädel. »Nein, i-ich hab nur …« Ich unterbrach mich und verzog das Gesicht. »Ich hab vergessen, was ich sagen wollte.«

»Ich glaube, jemand sollte dich nach Hause bringen.«

Ich bekam nicht mehr viel mit, bemerkte aber, dass Millies Stimme nicht mehr amüsiert klang und dass der Typ mit dem Ziegenbärtchen verschwunden war.

»Ich hab Kopfschmerzen. K-Kannst du mir vielleicht was dagegen holen?« Ich hörte selbst, wie ich über die Worte stolperte, und schnitt eine Grimasse. In meinem Kopf hatten sie so klar geklungen.

»Was ist denn los, Sophie?« Aus dem Nichts war Alex aufgetaucht, stand vor mir und hielt mich aufrecht. Plötzlich wurde mir bewusst, dass ich wie ein Häuflein Elend zu Boden sinken würde, wenn er mich losließ. Ich lehnte mich an ihn und vergrub meine Nase an seiner Brust.

»Ich glaube, sie hat zu viel getrunken«, sagte er und richtete mich wieder auf.

»Hab ich nicht«, lallte ich, und der ganze Raum fiel in Dunkelheit. Und dann lag ich in einem ruhigen Zimmer im hinteren Teil des Hauses und starrte auf den Kristallleuchter über mir. Übelkeit rumorte in meinem Magen. »Ich will nach Hause.«

»Scheiße«, murmelte Millie von irgendwo ganz weit weg. »Celine wird mich umbringen, wenn sie sie so findet.«

»Ich bring sie nach Hause«, schlug jemand vor.

»Bist du sicher, Robbie?«

»Ja, ich kenn den Weg. Sie kann nicht allein gehen. Nicht in dem Zustand.«

»Ich weiß nicht.« Alex' verzerrtes Gesicht erschien über mir und seine Augen drehten sich wie kleine Regenbogenräder. »Vielleicht sollten wir einfach ihre Mom anrufen.«

»Ich bring sie, Alex. Ich hab nichts getrunken. Du willst doch nicht, dass sie diese geile Party dichtmachen, oder?«

Ich stöhnte und umklammerte meine Seiten. »Ich will nicht mit ihm gehen«, flüsterte ich in ein Kissen. »Holt Nic.«

Das Kissen antwortete nicht und Nic tauchte auch nicht auf.

»Okay, Sophie, gehen wir.« Alex schob seine Arme unter meine und hob mich von der Couch hoch, bis ich mich schwankend an ihn lehnen konnte. Die Welt drehte sich, bis die Gesichter von Millie, Alex und Robbie zu einem einzigen verschwommenen Menschen-Mosaik verschmolzen.

»Warte kurz«, sagte Millie. »In denen kann sie nicht nach Hause gehen.«

Plötzlich sah ich nur noch zwei Gesichter vor mir und konnte mich nicht mehr erinnern, welcher von beiden wer war. Ich hatte gedacht, Alex hätte blondes Haar, aber der andere Typ hatte seine blauen Augen. Ich schüttelte den Kopf hin und her, um die Verschwommenheit aufzulösen.

»Wie viel hat sie getrunken?«

»Ich wette, sie hat den Tequila geleert, Mann.«

Und dann war ich an der Haustür und trug ein paar Ugg-Boots, die mir nicht gehörten. Mein Kinn klebte an meiner Brust, und der Boden begann, auf und ab zu pulsieren.

»Robbie, sorg dafür, dass sie mich anruft, wenn sie zu Hause ist, okay? Vergiss das nicht.«

Dann taumelten wir die Einfahrt hinunter und bogen um die Ecke auf eine leere Straße ab, die sich wie ein schwarzer Fluss bedrohlich vor mir erstreckte. Plötzlich schwoll mein Kopf an wie ein Luftballon.

»Ich werde reinfallen.«

Ich sprang über die Risse im Asphalt.

Robbie schlang seinen Arm um meine Taille und schob mich in einer geraden Linie vorwärts. »Entspann dich einfach. Du bist im Moment nur ein bisschen aufgedreht, das ist alles.«

Als er das Wort »aufgedreht« aussprach, spürte ich irgendetwas in meinem Ohr. Ich riss den Kopf nach oben und knallte meine Hand in sein Gesicht. »Lass mich los, lass mich los, lass mich los!«

Und dann stand ich vor einer Reihe kleiner, eckiger Häuser, die aussahen, als hätte man ihnen einen Schlag verpasst.

»Sie sehen so traurig aus«, stöhnte ich in Robbies Schulter.

Ich blinzelte, und als ich meine Augen wieder öffnete, schwebte ich über den Gehweg. Als ich in das grelle Sternenlicht blickte, musste ich die Augen zusammenkneifen. Das Priestly-Haus ragte vor mir in den Himmel auf wie ein Schloss.

»Da drin ist eine Prinzessin.« Ich verspürte das dringende Bedürfnis, sie zu retten. Aber dann vergaß ich wieder, woran ich gerade gedacht hatte. »Ich bin total kaputt«, wurde mir bewusst, während die Welt um mich herum in Stille versank.

Wir waren stehen geblieben.

»Ich weiß.« Robbie lehnte mich gegen eine Mauer. Ich nahm die unebenen Steine, die sich in meinen Rücken bohrten, nur sehr vage wahr.

»Ich hab seit fast hundert Jahren nicht mehr geschlafen«, erinnerte ich mich wieder. Mein Kopf kippte zur Seite, bis ich auf den Asphalt blickte.

Er richtete mich wie eine Stoffpuppe wieder auf und drückte seine Hände auf meine Taille. »Ich hab dich.«

»Bin ich zu Hause?«, fragte ich schwach. Es fiel mir so schwer, mich auf irgendetwas zu konzentrieren, und ich hatte das ungute Gefühl, dass ich mich jede Sekunde übergeben würde.

»Entspann dich einfach, Sophie. Alles ist gut.« Ich spürte einen Finger unter meinem Kinn, der meinen Kopf wieder nach oben schob. Als warmer Atem auf meinem Gesicht kitzelte, verdrehte ich die Augen. Ich kämpfte gegen meine zufallenden Lider an und zwang mich, sie wieder zu öffnen. Als es mir gelang, blickte ich in zwei vogelartige graue Augen, die nur zwei Zentimeter von meinem Gesicht entfernt waren. Im selben Moment, in dem mein Körper die Kontrolle über meine Gliedmaßen vollkommen aufgab, spürte ich, wie seine Hände unter meinem Kleid nach oben wanderten.

14

Der dunkle Ritter

Irgendwo aus meinem tiefsten Inneren stieg Panik in mir auf. »Hör auf!«, hörte ich mich keuchen.

Robbies Augen schrumpften in seinem aufgedunsenen Gesicht zu schmalen Schlitzen. »Entspann dich einfach.«

»Ich will das nicht.« Ich versuchte, den Kopf zu schütteln, aber es gelang mir nur, langsame Kreise damit zu beschreiben.

Er lachte. »Und warum tauchst du dann in *dem* Aufzug auf einer Party auf?« Er zupfte am Stoff meines Kleids. Ich versuchte, noch etwas zu sagen, konnte aber nicht genügend Energie aufbringen, um die Worte hervorzupressen. Er fuhr mit seinem rauen Finger über meine Lippen, und ich stöhnte, als ich spürte, wie sich Speichel in meinem Rachen bildete. Er presste sich noch fester an mich. Spucke sammelte sich in den Mundwinkeln seiner aufgerissenen Lippen, als er sagte: »Hör auf, die Unnahbare zu spielen.«

Seine Hand wanderte unter meine Hüfte und blieb auf meinem nackten Bein liegen, und mit einem Mal war das alles, worauf ich mich konzentrieren konnte. Er tippte mit seinen Fingern an meinem Oberschenkel entlang, presste sich gegen mich und hielt mich zwischen seinem schweren Körper und der kalten Wand gefangen. Er fuhr mit einer Hand durch mein Haar und verhedderte es, und ich riss den Kopf nach hinten.

Verzweifelt versuchte ich, mich zu erinnern, wie weit ich von zu Hause weg war, aber alles war völlig verschwommen. Die Panik wuchs und pulsierte in meinem Schädel, bis er pochte. Ich versuchte, meine Arme zu bewegen, aber sie reagierten nicht, weil sie unter seinem Gewicht zerquetscht wurden, während er die andere Hand zum Saum meines Kleids wandern ließ.

Meine Augen rollten flackernd in meinem Kopf zurück, als er seine salzigen Lippen auf meinen Mund drückte. Flüchtig dachte ich an Nic: wie er zärtlich seine Lippen auf meine gepresst hatte, so als wollte er jeden Teil dieses Moments auskosten. Wie aufgeregte Schmetterlinge in meinem Bauch explodiert waren, als sich seine Hände sanft um meine Taille gelegt hatten. Aber das hier waren nicht seine Hände und auch nicht seine Lippen. Rau und trocken zerquetschten sie meinen Mund, während eine schlangenartige Zunge mit Gewalt meine Lippen auseinanderdrückte, bis ich unter Robbie zusammenbrach und dem Maul noch hilfloser ausgeliefert war, das sich so unerbittlich auf meinen Mund presste, dass es bereits wehtat.

Und dann durchschnitt das Geräusch eines Motors die entsetzliche Stille und ganz in der Nähe kamen Reifen quietschend zum Stehen. Robbie erstarrte, seine Lippen noch immer auf meinen, und legte seine Hände wieder auf meine Taille. In meinem benommenen Zustand stellte ich mir vor, dass wir wie zwei Holzpuppen aussahen, die mitten in der Nacht aneinanderlehnten.

Ich weiß nicht mehr, wie lange ich gegen die Statue von Robbie Stenson gelehnt dastand, aber ich genoss die willkommene Kühle des Windhauchs, als sein Körper von meinem gerissen wurde. Er stieß ein ersticktes Jaulen aus, während er rückwärts segelte und allen Druck mit sich nahm, wodurch sich mein Brustkorb wieder entfalten konnte.

Jemand brüllte etwas. Mein Körper sank gegen die Mauer und rutschte auf den Boden hinunter, als meine Beine nachgaben, die ich nicht mehr spüren konnte. Weit entfernt bewegte sich Kies und ein lauter Schrei ertönte. Dann hörte ich einen donnernden Knall und ein ohrenbetäubendes Heulen, das wie eine sterbende Katze klang. Schuhe kratzten über den Boden. Kreischendes Schluchzen verwandelte sich in verzweifeltes Flehen. Ich versuchte, etwas zu verstehen, aber die Worte klangen entstellt und undeutlich, während mein Körper weiter Richtung Boden rutschte und mein Kopf den Beton berührte.

»Verschwinde, bevor ich dir dein Herz rausreiße.«

Spricht er mit mir?

Noch mehr Tumult.

Warum ist es so dunkel?

Das Geräusch von Schritten, fester und ruhiger als die letzten, bewegte sich auf mich zu.

»Sophie? Kannst du mich hören?«

Etwas packte mich an den Schultern. Mein ganzer Körper wurde sanft geschüttelt, aber ich hatte keine Kraft mehr, um die Augen zu öffnen. Ich war wie tot und bekam die Welt um mich herum nicht mehr mit. Wie tot – außer bei seiner Stimme.

»Sophie? Komm schon.« Noch mehr sanftes Schütteln. Ein Finger drückte sich gegen meinen Hals. Ich konnte spüren, wie mein Puls dagegenpochte. Dann hörte ich ein Seufzen – lang und erleichtert. »Komm schon, Sophie. Wach auf.«

Verzweifelt versuchte ich, die nötige Energie aufzubringen, aber ich war vollkommen platt, wie ein luftleerer Ballon. Stille folgte, und ich versuchte, mich zu erinnern, wo ich war und was hier gerade passierte. Hatte ich die Party verlassen? War ich hingefallen?

»Kannst du versuchen, die Augen aufzumachen?«

Warum konnte ich diese Stimme nicht einordnen? Sie war mir so vertraut und doch so weit entfernt. Ein Arm legte sich um meine Schultern, ein zweiter schob sich unter meine Knie, dann hoben sie mich vom kalten Boden auf. Mein Kopf kippte gegen etwas Hartes, und ich konnte einen gleichmäßigen Herzschlag hören, der gegen mein Ohr trommelte.

Ich segelte durch die Luft an einen warmen Ort. Das gedämpfte Geräusch einer Autotür wurde vom tröstlichen Brummen eines Motors abgelöst, und schon bald schaukelte ich auf etwas Weichem hin und her. Die Minuten verschmolzen zu einer langen Phase der Dunkelheit, bis ich wieder aus dem Dunkel und in ein Wirrwarr aus hundert entfernten Stimmen, blinkenden Lichtern und stöhnendem Piepsen gerissen wurde.

Ein Finger strich über meine Wange.

Eine weit entfernte Stimme drang in dem Moment zu mir, als ich gerade zusammengesetzt hatte, wo ich war, und der Gedanke flatterte wieder davon, bevor ich ihn festhalten konnte.

»Ich habe ihre Mutter ausfindig gemacht. Willst du hierbleiben, bis sie da ist?«

»Ich kann nicht.«

Schritte klapperten über den Boden und wurden leiser, bis ich nichts mehr hören konnte außer dem Geräusch meines Atems, der in meiner Brust rasselte. Ich fühlte mich sicher in diesem völligen Nichts und ließ mich hineinfallen, und halb vergessene Erinnerungen vermischten sich mit quälenden Albträumen, bis ich vergaß, was echt war und was nur in meiner Fantasie existierte.

* * *

Ich erwachte unter einer Zimmerdecke, die ganz anders aussah als die, an die ich gewöhnt war. Sie war groß und gekachelt, mit Neonlampen, die mir in den Augen brannten. Der Geruch von Desinfektionsmittel lag in der Luft, und die offenen Vorhänge, die vor einem weit entfernten Fenster hingen, waren düster und unvertraut grün. Ich versuchte, meinen Körper zu drehen, aber er war unter dem Gewicht einer zu straff gespannten Bettdecke gefangen. Trotz der Wärme, die an mir klebte, spürte ich, wie eine steife Kälte in meiner linken Hand kribbelte.

Das Bett war von einem Gitter umgeben und die Wände dahinter leuchteten in grellem Weiß. Ich streckte meine Finger unter dem dicken Verband aus, der sich direkt darüber befand, und bemerkte erschrocken, dass eine Infusionsnadel in meiner Hand steckte.

»Mrs. Gracewell, sie ist wach.«

Die andere Seite meines Betts wackelte. Ich drehte den Kopf und zuckte zusammen, als ein plötzlicher Schmerz gegen meinen Hinterkopf hämmerte. Das ungeschminkte Gesicht meiner Mutter war das Erste, was ich sah. Neben ihr saß eine völlig erschöpft aussehende Millie. Sie trug einen übergroßen Kapuzenpullover und noch immer den Lippenstift von letzter Nacht, auch wenn das Rot inzwischen verblasst war. Sie rückte mit ihrem Stuhl nach vorne. »Wie fühlst du dich?«

Ich tat mein Bestes, nicht komplett durchzudrehen, wackelte nacheinander mit Armen und Beinen und stellte erleichtert fest, dass nichts gebrochen war. Ich suchte meinen Körper nach Verbänden ab, entdeckte jedoch keine. Dann fuhr ich mir mit den Händen durch das zerzauste Haar und über mein Gesicht, um mich zu vergewissern, dass ich nirgendwo genäht worden war.

»Was ist denn passiert?«, krächzte ich. »Das sind die schlimmsten Kopfschmerzen, die ich je hatte.«

»Das ist schon okay, Schätzchen.« Meine Mutter streichelte tröstend meine Hand. »Das war zu erwarten.«

Millie sah aus, als würde sie jeden Moment in Tränen ausbrechen. Auf ihrem Make-up zeichneten sich Tränenspuren ab und unter ihren Augen waren dunkle Mascara-Flecken zu erkennen. Sie ließ den Kopf in die Hände fallen und zerrte an ihrem zerzausten braunen Haar. »Es tut mir so leid, Soph.«

Meine Mutter drückte meine Hand so fest, dass es wehtat. »Wie es aussieht, hat dich jemand gestern Nacht auf der Party unter Drogen gesetzt.«

Es dauerte mehrere Sekunden, bis die Bedeutung ihrer Worte in meinem vernebelten Gehirn angekommen war. Dann schien mein Herz in meinen Magen zu stürzen. »Drogen?«

»Wir hatten keine Ahnung«, schniefte Millie. »In der einen Minute ging es dir gut und in der anderen konntest du nicht mal mehr aufrecht stehen. Du hast andauernd vergessen, wo du warst, und hast immer wieder gesagt, dass du nach Hause willst.«

Ich versuchte, meine Erinnerungen wiederzufinden, aber sie kamen nicht zu mir. »Und dann habt ihr mich hierhergebracht, damit sie mir den Magen auspumpen?«

Millie legte die Stirn in Falten und zeichnete Linien auf die Krankenhausbettdecke. »Wir dachten, du wärst nur betrunken. Jemand hat erzählt, du hättest ein paar Tequilas getrunken oder so. Also hat dich Robbie Stenson nach Hause gebracht.«

Die Miene meiner Mutter verzerrte sich mit offensichtlichem Missfallen. »Obwohl Millie wusste, dass sie mich hätte anrufen sollen«, sagte sie. »Egal, ob du was getrunken hattest oder nicht, man hätte mich trotzdem anrufen müssen, damit ich sichergehen kann, dass du okay bist.«

»Es tut mir so leid, Mrs. Gracewell! Wenn ich auch nur eine Sekunde lang geglaubt hätte, dass ihr jemand was untergemischt hat, hätte ich sie nicht einfach so nach Hause geschickt …« Millie brach in heftiges Weinen aus und ihr Körper bebte mit jedem Schluchzer.

Meine Mutter streichelte ihr mit großen Kreisbewegungen über den Rücken. »Das weiß ich doch«, versuchte sie, Millie zu trösten.

»Was ist passiert?« Ich hatte das Gefühl, als könnte ich mich beinahe an etwas erinnern, dass es mir beinahe auf der Zunge lag, aber je angestrengter ich versuchte, es festzuhalten, desto mehr schien es mir zu entgleiten.

»Robbie hatte nichts getrunken und hat gesagt, er wüsste den Weg.«

Millie hielt irgendetwas zurück. Sie verschwieg mir etwas, das konnte ich spüren.

Meine Mutter warf ein: »Man hat mich angerufen und mir gesagt, ein junger Mann hätte dich in die Notaufnahme gebracht. Als ich hier war, haben sie ein paar Tests mit dir gemacht und Spuren von Flunitrazepam in deinem Körper entdeckt.«

Das Wort fiel wie eine Tonne Ziegelsteine durch die Luft. »F-Flunitrazepam?«, stotterte ich. »Jemand hat mir Flunis verabreicht?« Meine Hände flogen unwillkürlich zu meiner Unterwäsche.

»Nein, keine Angst«, fügte Millie hastig hinzu. »Er hat dich noch rechtzeitig gefunden.«

»Robbie?«

Meine Mutter wechselte einen Blick mit Millie. »Nein, nicht Robbie. Die Krankenschwester meinte, ein junger, braun gebrannter Mann mit dunklen Haaren hätte dich hergebracht. Sie sagt, er wollte seinen Namen nicht nennen.«

Mein Kopf dröhnte so sehr, dass ich kaum geradeaus denken konnte. Was hatte Nic mit all dem zu tun? Und warum machte er so ein Geheimnis daraus?

»Ich verstehe das nicht …«

»Er hat der Schwester erzählt, er hätte dich mit einem Jungen gefunden, und es sah wohl aus, als wollte er dich zu etwas zwingen, das du nicht wolltest. Er hätte den Jungen zur Rede gestellt und der sei daraufhin verschwunden. Dann hat er dich hierhergebracht, als ihm bewusst wurde, wie schlecht es dir ging.«

Ich spürte, wie meine Hand unter der Infusionsnadel zuckte. »Wo ist Nic jetzt?«

»Er war schon weg, als wir hergekommen sind.« Diesmal antwortete Millie. »Aber die Schwester hat gesagt, er sei fast eine ganze Stunde geblieben, während sie versucht haben, deine Mom zu erreichen. Er wollte sicher sein, dass es dir gut geht.«

Meine Mutter setzte sich auf ihrem Stuhl zurück und schien sich ein wenig zu entspannen. »Millie und ich haben versucht, die Priestlys zu erreichen, aber sie stehen nicht im

Telefonbuch. Es wäre bestimmt gut, wenn wir mit dem Jungen sprechen könnten, sobald wir nach Hause gehen können.«

»Und wo ist Robbie Stenson hingegangen, als Nic aufgetaucht ist? War er derjenige, der versucht hat, sich mir aufzudrängen?«

Millie zuckte mit den Schultern und kniff verwirrt die Augenbrauen zusammen. »Ich schätze, Nic dachte, Robbie hätte versucht, dich zu küssen. Ich hab zwar vermutet, dass Robbie in dich verknallt ist, aber ich hätte nie geglaubt, dass er so etwas tun würde, schon gar nicht, wenn du so weggetreten bist. Ich meine, du hast dich zweimal übergeben, bevor du von uns weggegangen bist.«

Ich zuckte zusammen – daran konnte ich mich nicht erinnern.

»Alex hat schon den ganzen Morgen versucht, Robbie anzurufen, um rauszufinden, was passiert ist«, fuhr Millie fort. »Vielleicht ist Nic nur ausgerastet, als er euch beide zusammen gesehen hat.«

Die Erinnerung daran, wie eifersüchtig Nic bei dem Basketballturnier auf Alex reagiert hatte, tauchte in meinem Kopf auf, aber ich war immer noch zu erschöpft und verwirrt. Ich konnte mich nicht daran erinnern, dass ich Robbie Stenson in der vergangenen Nacht getroffen hatte, obwohl ich ein vages Bild vor Augen hatte, wie ich ihn irgendwo in der Menge auf der Party sah.

»Aber wer war es dann?«, fragte ich, und vor Wut wurde mir ganz heiß. »Wer hat das Flunitrazepam in mein Getränk gemischt?«

»Das wissen wir nicht, Soph. Du warst das einzige Opfer, soweit wir das sagen können.« Millie konnte mir kaum in die

Augen schauen. »Alex meint, es könnte der Cousin von einem seiner Freunde gewesen sein. Er war vor ein paar Jahren wohl in eine ganz ähnliche Geschichte verwickelt. Eigentlich war er gar nicht eingeladen, deshalb wissen wir jetzt auch nicht, wo wir ihn finden können.« Millies Stimme wurde leiser. Sie rieb sich die Augen und verschmierte ihren Lidschatten, bis sie aussah wie ein Panda. »Das ist alles meine Schuld, Soph. Es tut mir leid, dass ich zugelassen habe, dass die Party so aus dem Ruder läuft.«

»Schon okay«, versicherte ich ihr und hoffte, ihre Schuldgefühle ein wenig mildern zu können. »Es hätte schlimmer kommen können, stimmt's? Mir ist ja nichts weiter passiert.«

»Ja, glücklicherweise«, fügte meine Mutter hinzu.

Ich kniff die Augen zusammen und konzentrierte mich. Ich tanzte. Ich war in der Küche. Ich war mit Millie zusammen. Und danach – nichts. »Ich versuche, mich zu erinnern.«

Meine Mutter streichelte meinen Arm. »Schatz, der Arzt meinte, es ist eher unwahrscheinlich, dass du deine Erinnerungen an letzte Nacht zurückbekommst. Möglicherweise ein paar einzelne Flashbacks, aber auch die werden dir vermutlich nicht alle Antworten darauf geben können, was genau passiert ist. Aber wir sind wild entschlossen, das herauszufinden. Die Polizei wird auch mit dir sprechen wollen, jetzt, wo du wach bist. Und wir reden auch mit diesem Robbie, wenn er wieder auftaucht, versprochen.«

»Wir werden der Sache schon auf den Grund gehen«, bekräftigte Millie.

Ich blickte auf die Nadel in meiner Hand und nahm mit einem Mal viel deutlicher wahr, wie die kalte Flüssigkeit in meinen Körper eindrang, Tropfen für Tropfen. »Wann kann ich wieder hier raus? Krankenhäuser finde ich unheimlich.«

Wie aufs Stichwort trottete eine füllige Krankenschwester mit kurzen strohblonden Haaren ins Zimmer. »Wie fühlst du dich?«, fragte sie.

Ich hatte das vage Gefühl, ihre Stimme schon einmal gehört zu haben.

»Verwirrt, und ich hab Kopfschmerzen«, antwortete ich ihr.

Ohne aufzublicken, setzte sie zu einem, wie es schien, perfekt geprobten Vortrag an. »Das Flunitrazepam verschwindet langsam aus deinem Körper und die schlimmsten Auswirkungen sind vorbei. Du wirst in den nächsten ein oder zwei Tagen vermutlich noch öfter unter Kopfschmerzen und Übelkeit leiden, aber danach solltest du wieder ganz die Alte sein. Der Arzt sagt, du kannst entlassen werden, wenn du dich kräftig genug dafür fühlst.«

»Ich bin kräftig genug.«

Die Krankenschwester verzog ihre dicken Lippen zu einer misstrauischen Grimasse. »Ich würde dir raten, dein Getränk in Zukunft immer bei dir zu behalten und es abzudecken, wenn du mit Leuten zusammen bist, die du nicht sehr gut kennst.«

Ich machte den Mund auf, um ihr zu widersprechen, hielt mich dann aber zurück. Ich war wütend, aber nicht auf sie. Ich war auf alles wütend: auf denjenigen, der mich unter Drogen gesetzt hatte, und auf den Jungen, der versucht hatte, mich zu küssen, obwohl ich praktisch weggetreten gewesen war. Und auf Nic, weil er mich hier allein und völlig verwirrt zurückgelassen hatte.

Zuerst rauscht er mit seinem Bruder davon und lässt mich mit-

ten auf der Straße stehen, und dann taucht er aus dem Nichts auf, um mich zu retten, lässt aber keinen einzigen Hinweis darauf zurück, was eigentlich passiert ist. Selbst wenn er gar nicht da war, spielte er seine Spielchen mit mir und verdrehte mir völlig den Kopf, und ganz egal wie – das musste endlich aufhören.

15

Die Warnung

Ich saß am Tisch, die Ellbogen aufgestützt, und beobachtete mein Telefon. Es vibrierte auf dem Holz und ließ die Erbsen auf meinem Teller zittern. Die Nummer auf dem Display war Jacks.

»Er wird nicht aufhören, dich anzurufen.« Meine Mutter quetschte ihre Worte an einem Mundvoll Schweinefleisch vorbei.

»Ich kümmere mich morgen darum.« Ich wollte ja mit meinem Onkel sprechen, aber es war schon spät, und ich schaffte es nur noch, die Augen offen zu halten, weil ich solchen Hunger hatte. Ich schluckte den Berg Kartoffelbrei in meinem Mund hinunter und funkelte meine Mutter an. »Warum hast du es ihm überhaupt erzählt?«

»Ich hab es ihm nicht erzählt. Ich hab es Ursula gesagt, weil ich nicht will, dass du morgen schon wieder zur Arbeit gehst, und als er im Diner angerufen hat, hat sie es ihm berichtet.« Meine Mutter zuckte mit den Schultern und schob sich eine Gabel Erbsen in den Mund.

Mein Telefon begann wieder zu brummen und machte die Kopfschmerzen nur noch schlimmer, die immer noch in meinem Schädel pochten. Ich nahm es hoch und wischte mit dem Finger über das Display. »Hi Jack.«

»Ich bin draußen, lass mich rein.«

»Was?«

»Mach die Hintertür auf.«

Er legte auf. Ich ging durch die Küche zum Fenster. Er war nichts weiter als ein Schatten, der neben den Büschen lauerte und aufpasste, dass er sich in sicherer Entfernung zum Bewegungsmelder befand. Ich konnte ihn kaum erkennen. Wo war er hergekommen?

»Ist er wieder hier?« Aus der Stimme meiner Mutter sprachen Verwirrung und tiefe Missbilligung. Sie stand auf. »Was macht er denn?«

Ich schloss die Tür auf, und er schlüpfte hindurch, machte sie zu und schloss sie hinter sich wieder ab.

»Sophie«, keuchte er, und auf seinen Wangen leuchteten rosafarbene Flecken.

»Wo bist du denn jetzt hergekommen?«

Er winkte meine Frage ab und drückte mich so fest an sich, dass ich schon befürchtete, nicht mehr atmen zu können. Ich hatte Jack nicht mehr umarmt, seit ich noch ein Kind gewesen war. Ich war daran gewöhnt, dass er seine Zuneigung auf andere Weise zeigte: durch teure Geschenke, eine Freischicht in letzter Sekunde oder Anrufe aus dem Nichts. Aber diese Umarmung hatte etwas an sich, das sie viel besser machte als alles andere – ich fühlte mich beschützt. »Ich bin so froh, dass du in Sicherheit bist«, sagte er.

Er ließ mich los, und ich stolperte rückwärts und krallte mich mit einer Hand an seiner Brust fest. Mir schnürte sich die Kehle zusammen. Ich schluckte und hoffte, dass es dadurch wieder weggehen würde, aber als Jack mich mit den Augen meines Vaters anschaute, so voller Sorge und Erleichterung, hätte ich am liebsten losgeheult.

»Wenn ich zugelassen hätte, dass dir irgendwas passiert, wäre Mickey aus dem Gefängnis ausgebrochen, nur um mich umzubringen«, sagte er in dem erfolglosen Versuch, die Stimmung ein wenig aufzulockern.

»Was tust du hier?« Ich zwang die Worte über meine Lippen, um mich von dem Kloß in meinem Hals abzulenken, der immer weiter hochwanderte. Hinter mir lauerte meine Mutter. Ich konnte beinahe spüren, wie ihr das Misstrauen aus sämtlichen Poren drang.

Jack strich sich über sein kurz rasiertes Haar. Er wirkte ungewöhnlich ungepflegt und hatte seinen üblichen schicken Anzug gegen eine locker sitzende Jeans und ein nichtssagendes schwarzes Sweatshirt eingetauscht. Er sah nicht halb so wichtig oder wohlhabend aus wie sonst. »Ich hab schon den ganzen Tag versucht, dich anzurufen, Persephone.«

Ich verzog das Gesicht. Es musste dringend gewesen sein. »Ich war im Krankenhaus.«

»Das hab ich gehört. Ich bin vor Sorge fast durchgedreht.«

»Da sind wir schon zwei«, sagte meine Mutter. Sie ging zum Spülbecken und begann, Wasser in den Teekessel zu füllen.

»Wie fühlst du dich?«

»Wo warst du?«, fragte ich im selben Moment.

Jack rieb sich die Augen. »Im ganzen Bundesstaat unterwegs«, antwortete er erschöpft.

»Weswegen?«

»Geschäftlich.«

Er sprach nie mit mir über seine anderen geschäftlichen Unternehmungen. Ich wusste nur, dass es irgendetwas mit Investitionen und Zinsraten zu tun hatte, was auch der Grund war, dass ich ihn nie drängte, mir mehr zu erzählen. Die Langeweile hätte mich möglicherweise umgebracht.

»Bist du jetzt zurück? In Cedar Hill?« Ich war überrascht, wie kindlich die Hoffnung in meiner Stimme klang, und es war mir ein wenig peinlich. Offenbar hatte ich ihn mehr vermisst, als mir bewusst gewesen war. Er war der einzige echte männliche Einfluss in meinem Leben, und ohne ihn fühlte es sich leerer an, als es hätte sein sollen.

Finster schüttelte er den Kopf. »Noch nicht. Nicht ganz.«

Meine Mutter hatte sich unterdessen am Herd beschäftigt. Sie schob Jack eine Tasse Pfefferminztee hin und er nahm sie mit verwundert erhobener Augenbraue.

»Danke, Celine.«

»Bevor du fragst: Es ist kein Alkohol drin.«

Er zuckte zusammen. Bisher war es doch so gut gegangen. Er trank einen Schluck, ohne den Augenkontakt mit ihr abzubrechen, sparte sich meinetwegen jedoch eine Erwiderung.

»Hätte dieser Besuch nicht bis zu einer vernünftigeren Uhrzeit warten können, Jack?«, fragte meine Mutter in scharfem, missbilligendem Ton. »Musst du immer alles mitten in der Nacht erledigen?«

Diesmal ignorierte er sie und stellte seine Tasse auf dem Tisch ab. »Was gestern Nacht passiert ist, war wirklich schlimm«, wandte er sich an mich. »Und noch dazu an deinem Geburtstag!«

»Ich weiß«, sagte ich und biss mir auf die Unterlippe, damit sie nicht mehr zitterte.

»Wissen sie schon, wer dir was in dein Getränk gemischt hat?«

»Nein«, antwortete ich und war die ewig gleiche Frage jetzt schon leid. Die Polizei hatte mich bereits im Krankenhaus befragt und das war auch nicht unbedingt hilfreich gewesen. Es gab keinerlei Hinweise, und ich war mir ziemlich sicher, dass ich mich nie wieder richtig an diese Nacht erinnern würde. Außerdem wusste ich, dass mich Robbie Stenson, falls er je wieder auftauchte, bis in alle Ewigkeit meiden würde. Irgendwann hatte er Alex eine SMS geschickt und ihm mitgeteilt, er sei »aus familiären Gründen« zurzeit nicht in der Stadt und ihm sei nicht bewusst gewesen, wie weggetreten ich tatsächlich gewesen war. Er habe wirklich geglaubt, ich würde ihn mögen und wolle ihn küssen, und es tue ihm leid, dass mein »Freund« deswegen so wütend geworden sei und uns gestört habe. Wenn es ihm wirklich so leidtat, hätte er mir auch eine Nachricht schicken können, aber die Mühe machte er sich nicht. Und die einzige andere Person, die etwas über die verlorenen Teile meiner Nacht wusste, war mein »wütender Freund« Nic, der allerdings schon jetzt einen Pokal dafür verdient gehabt hätte, dass er mich so erfolgreich mied.

»Hat dir jemand auf der Party was reingemischt?«, setzte mein Onkel seine sinnlose Befragung fort.

Ich gab ihm dieselbe Antwort wie der Polizei. »Ja, aber da waren so viele Leute – es hätte jeder von ihnen sein können.«

Jack nickte nachdenklich. »War irgendjemand da, den du nicht kanntest? Was ist mit dieser neuen Familie aus der Lockwood Avenue?«

»Nein«, antwortete ich entschlossen. »Und wenn diese Familie nicht gewesen wäre, dann wäre die Sache für mich vielleicht noch viel schlimmer ausgegangen.«

»Was?«, platzte er heraus, und die Sanftheit wich aus seiner Stimme.

»Einer von ihnen hat mich auf dem Weg nach Hause gefunden und ins Krankenhaus gebracht.« Den Teil mit Robbie Stenson ließ ich weg. Ich wollte nicht, dass mein Onkel darüber nachdachte, wie ich einen Jungen küsste. Außerdem konnte ich selbst kaum daran denken, ohne dass sich mir alle Haare aufstellten.

Jack verzog die Lippen zu einer festen Linie und spannte den Kiefer an. »Woher weißt du, dass er nicht derjenige war, der dich unter Drogen gesetzt hat?«

»Was redest du denn da?« Ich machte mir nicht die Mühe, die wachsende Gereiztheit in meiner Stimme zu verbergen. Ich würde nicht zulassen, dass Jack diese gute Tat mit seinen Vorurteilen über Nics Familie beschmutzte. »Er hat mich nicht unter Drogen gesetzt. Er war ja noch nicht mal auf der Party!«

»Ich weiß nicht«, grummelte Jack. Er sah meine Mutter an, aber sie blickte starr an ihm vorbei. Offensichtlich hatte sie seinen Besuch bereits satt. Sie hatte ihr Bestes getan und vier Minuten durchgehalten.

Ich stieß ein Seufzen aus, das sich in ein Gähnen verwandelte. »Selbst *wenn* er mich wie durch *Zauberei* unter Drogen gesetzt hätte, warum sollte er mich dann ins Krankenhaus bringen und ihnen sagen, dass sie Mom anrufen sollen?«

»Ich bin mir sicher, dass er irgendwie die Möglichkeit hatte …«

»Bitte«, unterbrach ich ihn. »Hör einfach auf. Du bist total paranoid.«

»Es ist ermüdend«, fügte meine Mutter scharf hinzu. Sie verschränkte die Arme vor der Brust und schob sich näher zu mir.

Ich gähnte erneut ausgiebig und legte eine Hand auf meinen Mund.

»Okay«, gab Jack nach. »Ich mache mir nur Sorgen, Sophie. Kannst du das nicht verstehen? Ich will nur sichergehen, dass es niemand auf dich abgesehen hatte.«

Ich mochte vielleicht müde sein, aber ich war nicht zu erschöpft, um zu bemerken, wie absurd die Aussage meines Onkels klang. »Warum sollte es jemand auf mich abgesehen haben?«

Meine Mutter schien neben mir beinahe vor Wut überzukochen. Ihre Toleranz, was Jacks paranoide Mutmaßungen anbelangte, war bereits vor langer Zeit versiegt. Immerhin war es diese Angewohnheit gewesen, die meinen Vater in Schwierigkeiten und letzten Endes ins Gefängnis gebracht hatte. »Wovon sprichst du denn da?«

»Ich weiß es nicht«, erwiderte er, mehr zu sich selbst als zu uns. Er fuhr sich mit der Hand übers Gesicht und durch das Haar. Ich betrachtete ihn: seine blutunterlaufenen Augen, den eine Woche alten Bart und die fleckige Haut. Selbst seine Lippen waren blass.

»Sophie geht es gut, Jack«, versicherte meine Mutter ihm und schluckte hinunter, was immer sie sonst noch hatte hinzufügen wollen. Es war offensichtlich, dass ihn das, was mir passiert war, wirklich mitgenommen hatte, und es gab keinen Grund, ihn deswegen noch mehr zu quälen. »Ich glaube, du solltest dich dringend ein bisschen ausruhen. Das sollten wir alle.«

»Okay«, lenkte er ein. »Ich gehe.«

Er lächelte mich an. Es war ein zärtliches, hoffnungsvolles Lächeln, auf dem der leise Schatten von etwas Dunklerem lag.

»Wann kommst du zurück?« Ich hörte mich schon wieder an wie ein Kind, aber ich konnte nichts dagegen tun. Ich wollte meinen Onkel in meiner Nähe haben. Er war die unberechenbare, wildere Hälfte meines ruhigen, ausgeglichenen Vaters, und im Moment tat er sein Bestes, um beides für mich zu sein. Das klappte vielleicht nicht immer, aber zwischen uns bestand immer noch ein Band. Und selbst wenn meine Mutter das niemals zugeben würde: Ohne meinen Vater brauchten wir uns alle gegenseitig.

Er wuschelte durch mein Haar. »Bald«, sagte er schroff. »Ich ruf dich an.«

Er hielt noch mal inne, die Hand an der Tür. »Und denk daran, was ich gesagt hab. Halt dich fern.«

»Das werde ich.« Diesmal fiel mir das Lügen leicht. Jacks Paranoia hatte mich nur umso entschlossener gemacht, herauszufinden, was genau sich um mich herum eigentlich abspielte. Und ich vermutete, dass einige der Antworten, die ich suchte, im Priestly-Haus zu finden waren.

16

Das Missverständnis

Zwei Tage später hatte ich mich beinahe wieder vollständig erholt und war bereit, mit meinen Ermittlungen zu beginnen.

Ich war nicht überrascht, dass Nic nicht versucht hatte, mit mir in Kontakt zu treten, nachdem ich aus dem Krankenhaus entlassen worden war, weil mich nichts, was Nic tat oder nicht tat, noch überraschte.

Am frühen Nachmittag spazierte ich zu seinem Haus. Vor dem gusseisernen Tor blieb ich stehen und betrachtete die Villa mit einer wachsenden dunklen Vorahnung. In der Einfahrt stand nur ein Auto, und mit einem Mal hatte ich furchtbare Angst davor, einem von Nics Familienmitgliedern von Angesicht zu Angesicht gegenüberzustehen. Schließlich war ich immer noch eine Gracewell – auch wenn ich nicht wusste, welch schreckliche Bedeutung das für sie zu haben schien – und konnte nichts daran ändern.

Also wappnete ich mich innerlich, marschierte durch das offene Tor und ging knirschend über den Kies der Einfahrt. Als ich die rote Haustür erreichte, betätigte ich den Türklopfer, machte wieder einen Schritt in die Einfahrt zurück und wartete nervös.

Nach einer Weile, die mir wie eine Ewigkeit vorkam, wurden die Riegel der Tür mit einem dreifachen metallischen

Kratzen zurückgeschoben. Sie wurde mühevoll geöffnet und enthüllte die statuenhaften Umrisse einer Gestalt, die durch die Schatten des Flurs dahinter im Dunkeln stand. Ich kannte diese Umrisse jedoch fast ebenso gut wie seine Stimme.

»Sophie?« Nic blieb im Türrahmen stehen, makellos in seiner ausgewaschenen Jeans und dem weißen T-Shirt. Seine Füße waren nackt.

»Hi«, grüßte ich und konnte sehen, wie er seinen Kiefer an- und wieder entspannte. »Ich möchte mit dir reden.«

Er stützte sich mit den Händen links und rechts am Türrahmen ab, lehnte sich hinaus und suchte die Leere hinter mir mit den Augen ab. »Sophie«, wiederholte er, diesmal sanfter. »Was machst du hier?«

Als ich sah, wie er den Blick über meinen Körper wandern ließ, wusste ich, dass zwischen uns noch immer etwas war. Die Luft um uns herum knisterte, und ich beschloss, direkt zur Sache zu kommen, bevor es mich innerlich auffraß. »Du musst wegen neulich Nacht nicht den Dummen spielen.«

Sein Ausdruck veränderte sich und seine Augen wurden größer. Er machte einen Schritt nach vorne, ganz langsam, blieb dann stehen und zögerte, so als kämpfe er gegen den Drang an, zu mir zu kommen. »Wovon sprichst du da?«

»Die Krankenschwester hat meiner Mutter von dir erzählt. Ich weiß, dass du sie gebeten hast, es nicht zu tun, aber sie hat's trotzdem gemacht, also musst du mir darüber keine Lügen mehr erzählen.«

Er zögerte nicht mehr. Er kam auf mich zu, barfuß über den Kies. Seine Stimme verwandelte sich in ein Flüstern, und er legte seine Hände auf meine Arme und zog sie – und mich – zu sich heran. Als ich auf seine Hände auf meiner Haut blickte, zuckten meine Lippen vor Verwirrung.

»Sophie.« Er sah mir fest in die Augen. »Ich hab absolut keine Ahnung, wovon du da sprichst.«

»Was? Dann hast du mich neulich Nacht nicht ins Krankenhaus gebracht?«

Als ich das Wort »Krankenhaus« erwähnte, verwandelte sich seine Verwirrung in Besorgnis. »Warum warst du denn im Krankenhaus?« Er betrachtete mich von oben bis unten. »Hat dir jemand wehgetan?«

»Du hast mich wirklich nicht gerettet?«, fragte ich und war mit einem Mal peinlich berührt.

»Dich gerettet?«, fragte er entsetzt zurück.

»Aber die Krankenschwester hat meiner Mutter gesagt …«

»Sophie.« Er legte die Hände auf meine Taille, während seine Stimme fester wurde. »Bitte sag mir, was mit dir passiert ist.«

Eine Sekunde lang konnte ich den Nic sehen, den ich kennengelernt hatte, den, der beim ersten Mal vor mir gestanden hatte. Er war direkt vor mir, in Reichweite, bis eine weitere Gestalt hinter ihm in der Tür auftauchte.

»Nicoli?« Es war alles, was Luca sagen musste, damit sein Bruder einen Satz von mir wegmachte, als stünde ich in Flammen.

»Was ist denn?«, wollte ich wissen. »Was ist denn los?«

»Ich kann nicht«, flehte er beinahe und wich noch weiter zurück. »Ich kann einfach nicht.«

»Ich verstehe das nicht.« Mein Blick wanderte zu Luca, der an der Fassade des Hauses lehnte, die Arme über der Brust verschränkt.

Er sah durch mich hindurch. »Du solltest wieder reingehen, Nicoli. Valentino sucht dich.« Der letzte Satz klang wie eine versteckte Drohung, aber ich wusste nicht, warum.

Nic zögerte und ballte die Fäuste. »Luca, ich geh erst, wenn ich sicher bin, dass es ihr gut geht.« Er war wütend, und das gab mir ein wenig Sicherheit zurück, aber es war nicht genug. »Ihr ist etwas passiert. Sie war im Krankenhaus, und ich muss wissen, warum.«

»Ich weiß«, sagte Luca und schlenderte ungerührt auf seinen Bruder zu, bis sie einander direkt gegenüberstanden.

Luca war größer als Nic, aber Nic war breiter. Ich fragte mich, wer wohl gewinnen würde, wenn es tatsächlich zu einem Kampf käme. Und dann fragte ich mich, woher Luca wusste, dass ich im Krankenhaus gewesen war.

»Woher?«, fragten Nic und ich gleichzeitig.

»Weil ich sie hingebracht habe.«

»Du hast was?«, platzte ich heraus.

»Willst du mich verarschen, Luca? Warum zum Teufel hast du mir nichts davon erzählt?«

Einen Moment lang dachte ich, Nic würde sich auf Luca stürzen, ihn zu Boden werfen und uns allen einen Gefallen tun. Aber er tat es nicht. Er stand nur da und kochte vor Wut. Ich sah, wie seine Brust sich hob und senkte.

Luca packte Nic am Nacken und zog ihn näher zu sich heran, um ihm etwas ins Ohr zu flüstern, und als er sich wieder zurückzog, war ein Teil des Trotzes seines Bruders verflogen.

»Du kümmerst dich besser darum«, fauchte Nic, bevor er sich abwandte und wieder im Haus verschwand. »Weil ihr nicht von mir erwarten könnt, dass ich nur danebenstehe und nichts tue …« Der Rest seines Satz erstarb mit seinem plötzlichen Rückzug.

»Ähm, tschüss, Nic!«, rief ich ihm sarkastisch nach, als er sich entfernte, und schimpfte stumm mit mir, weil ich schon wieder zugelassen hatte, dass es mich verletzte. »Was für eine Familie der Freaks«, murmelte ich laut genug, damit Luca es hören konnte.

Seine Augenbrauen verschwanden unter den zerzausten Strähnen seines rabenschwarzen Haars. »Bist du deshalb hergekommen? Um mir Schimpfwörter an den Kopf zu werfen wie ein kleines Kind?«

Ich verschränkte die Arme. »Ich dachte, ich wäre gekommen, um mit Nic zu sprechen.«

Er schürzte die Lippen. »Tut mir leid, dass ich dich enttäuschen muss.«

»Tut es nicht.«

»Du hast recht, tut es nicht.«

Ich kämpfte gegen den Drang an, mit den Füßen aufzustampfen.

»Bist du zu einer Blitzmission aufgebrochen, um ihm und nur ihm allein zu danken? Oder habe ich – die Person, die dir tatsächlich geholfen hat – auch einen Hauch deiner Dankbarkeit verdient?«

Ich schluckte mehrere Schimpfwörter hinunter. »Das kann nicht wirklich passieren.«

»Tja, tut es aber.« Plötzlich zerrte mich Luca am Arm, bis wir auf der anderen Seite des Geländewagens standen, geschützt vor neugieren Blicken von der Straße und dem Großteil der Fenster des Hauses.

»Lass mich los!«, fauchte ich und schüttelte ihn ab. »Was hast du für ein Problem?«

»Was *ich* für ein Problem hab? Machst du Witze?«

Ich wich einen Schritt zurück und drückte mich gegen den Wagen, und plötzlich blitzte eine Erinnerung in meinem Kopf auf. *Ich wurde gegen eine Steinmauer gedrückt.* Ich schüttelte den Kopf und sie flog davon. »Warum musst du so ein Arschloch sein?«

Luca verringerte den Abstand zwischen uns um einen Schritt. »Warum hast du dich neulich Nacht so übel betrunken?«, konterte er bösartig. »Ist dir deine eigene Sicherheit völlig egal?«

»Wie kannst du es wagen?«, blaffte ich ihn an. »Du hast doch keine Ahnung, wovon du da sprichst, also halt die Klappe!«

»Ich war derjenige, der dich vom Boden aufgekratzt hat!«

»Nur zu deiner Information: Ich hatte nichts getrunken!«

Luca verzog die Lippen und Wut schoss wie eine Kugel aus heißem Metall durch meine Adern. Bevor ich mich zurückhalten konnte, waren meine Hände auf seiner Brust und schubsten ihn so heftig, dass er rückwärts stolperte. Ich warf mich auf ihn und schubste ihn immer weiter und weiter. »Jemand hat mir Flunis untergemischt, du Arsch!«

Einen Moment lang standen wir dicht beieinander, verbunden durch die Macht meiner Wut und das Geräusch unseres vereinten schweren Atems. Dann, mit übertriebener Langsamkeit, fasste er mich an den Schultern und schob mich mit Leichtigkeit von sich weg.

Ich versuchte, mich aufs Atmen zu konzentrieren und wieder zu beruhigen, aber ich keuchte zu heftig.

»Ich verstehe«, sagte er schließlich. »Das wusste ich nicht.«

Ich zuckte mit den Schultern und fühlte mich völlig leer. »Ich schätze, ich hätte wohl vorsichtiger sein müssen.«

Wieder rümpfte er angewidert die Nase. »Und er hätte sehr viel respektvoller sein müssen, ganz egal, in was für einem Zustand du warst.«

Ich spürte, wie sich erneut ein Knoten in meinem Hals bildete. Aber ich hielt ihn nun schon seit zwei Tagen in Schach, und ich würde jetzt ganz sicher nicht aufgeben und in Tränen ausbrechen. Schon gar nicht vor Luca. »Ich kann mich an nichts erinnern«, erklärte ich, spannte den Kiefer an und starrte auf die Grasfläche hinter ihm. »Aber ich versuche es immer noch.«

»Tu das nicht.« Luca schob die Hände in die Taschen seiner Jeans. »Manche Erinnerungen tun weh, wenn sie dich treffen.«

»Willst du damit sagen, dass es mir wehtun wird, wenn ich weiß, was Robbie getan hat?«

Er schüttelte den Kopf. »Er hat dir nicht wehgetan, okay? Er war nur ein betrunkener Idiot, der sein Glück bei einem hübschen Mädchen versucht hat.«

Als ich das unbeabsichtigte Kompliment hörte, wurden meine Augen immer größer.

»Ich wollte nur klarstellen, was mit dem Typen los war«, fügte er hastig hinzu. »Er war bescheuert, okay? Er hätte nicht versuchen sollen, dich auszunutzen.«

»W-Wo war das? Wo waren wir?« Ich hätte nicht gedacht, dass es mir so schwerfallen würde, über diese Nacht zu sprechen – und ganz sicher hätte ich nie gedacht, dass ich mit dem unausstehlichen Luca Priestly darüber sprechen würde. Aber ich musste es einfach wissen.

»Ein paar Blocks entfernt. Ich hab ihn schon vorher mit dir gesehen ...« Er unterbrach sich und lenkte seinen Satz in eine andere Richtung. »Mir hat sein Blick nicht gefallen, also bin ich noch mal zurückgefahren, um sicherzugehen, dass er nichts tut, was er nicht tun sollte. Und als ich euch gefunden hab, wurde mir klar, dass du ziemlich weggetreten warst, also hab ich beschlossen, einzugreifen.«

»Was ist mit ihm passiert?«

»Du erinnerst dich nicht?«

»Nein.«

»Ich hab ihn nur gebeten zu gehen, und das hat er getan«, erwiderte Luca schlicht. »Er war sehr entgegenkommend.«

»Dann ist er also einfach mitten in der Nacht verschwunden und hat mich mit dir allein gelassen? Einem Typen, den er kaum kennt?«

Ich beobachtete Luca aufmerksam und wartete auf seine Erklärung. In der Sonne leuchteten seine Augen strahlend blau, wodurch er beinahe freundlich wirkte, aber die Schärfe in seiner Stimme hatte nichts Freundliches an sich. »Wenn ich jemanden bitte, etwas zu tun, dann muss ich ihn für gewöhnlich nicht zweimal bitten.«

»Das klingt ja fast wie eine Drohung.«

Luca verdrehte die Augen und zuckte mit den Schultern. »Weißt du, wer dir die Flunis untergemischt hat?«

»Nein.«

»Es würde mich interessieren, falls diese Information jemals ans Licht kommt.«

»Warum?«, fragte ich mit einem unguten Gefühl im Magen.

»Du willst wissen, warum ich gern die Identität desjenigen kennen würde, der es okay findet, Mädchen auf Partys in der Nachbarschaft zu vergiften?« In seiner Antwort schwang ein unausgesprochenes *Denk doch mal nach* mit.

»Ich kann nur nicht verstehen, warum es für dich eine Rolle spielen sollte«, erwiderte ich rundheraus.

»Nein«, sagte er, »das kannst du wohl nicht.«

Wieder konnte ich diese Feindseligkeit spüren, dieselbe Kälte wie in jener Nacht, als er Nic befohlen hatte, sich von mir zu entfernen – und ich konnte sie nicht ertragen. Er machte mich einfach rasend. »Was hast du deinem Bruder gesagt, um ihn gegen mich aufzubringen?«

Er schüttelte den Kopf. »Darauf lasse ich mich nicht ein.«

»Ich habe eine Erklärung verdient.«

»Du solltest jetzt gehen. Ich glaube, ich habe schon genug für dich getan, Gracewell«, gab er gelassen zurück. »Ich bin nicht daran interessiert, dir dabei zu helfen, mit meinem Bruder in den Sonnenuntergang zu spazieren.«

Gracewell? Dann hatte ich jetzt also noch nicht mal mehr meinen Vornamen verdient. »Was habe ich getan, dass du mich so sehr hasst?«

Er rollte erneut mit den Augen. »Ich hasse dich nicht. Du bist gar nichts für mich.«

Seine Antwort schmerzte mehr, als ich geglaubt hätte. »Du bist ein schrecklicher Mensch, weißt du das?«

Er zuckte noch nicht einmal mit der Wimper.

»Und arrogant«, murmelte ich. »Und selbstgefällig.«

»Bist du jetzt fertig?« Mit einer blitzschnellen Bewegung hatte er mich zwischen seinen Armen gegen den Geländewagen gedrückt. »Wir wollen mal eins klarstellen, okay?« Seine Augen blitzten wild auf. »Das ist das letzte Mal, dass ich dich auch nur in der Nähe unseres Hauses sehen will, verstanden? Wenn du von der Arbeit nach Hause gehst, gehst du auf die andere Straßenseite. Schau nicht ins Haus. Komm nicht in diese Richtung. *Atme* noch nicht mal in diese Richtung. Ich hab dir gesagt, dass ich kein zweites Mal bitte. Wenn ich dich je wieder in Nics Nähe sehe, auch wenn du nur Hallo sagst oder wie ein verlorener Welpe hinter ihm hertrottest, dann bist du fällig, genau wie deine britische beste Freundin, diese Quasselstrippe – und wie deine Mutter. Und glaub mir eins: Es wird dir nicht gefallen. Hast du mich verstanden?«

Ich spürte, wie sich Entsetzen in meinem ganzen Körper ausbreitete. Jetzt konnte ich sie sehen. Endlich sah ich die Gefahr, vor der Jack und Mrs. Bailey mich gewarnt hatten. Ganz zu schweigen von Lucas grundsätzlicher Einstellung, die sicher schon öfter dafür gesorgt hatte, dass Blut auf seinem Hemd klebte. Vielleicht hatten mein paranoider Onkel und die alte Wichtigtuerin ja doch die ganze Zeit recht gehabt, was seine Familie anging – zumindest hatten sie aber ganz sicher recht gehabt, was Luca betraf. Ich hätte gern etwas Aufmüpfiges und Geistreiches gesagt, aber er starrte mich an, als wollte er mich auffressen, also nickte ich stattdessen nur wie ein Zombie.

»Von jetzt an gehen wir getrennte Wege. *Capisce?*«

Meine Stimme bebte vor Wut und Angst. »So kannst du mit den Leuten nicht sprechen.«

Er nahm seine Hände vom Wagen und entfernte sich einen Schritt von mir. »Hast du alles verstanden, was ich gerade gesagt habe, Gracewell?«

Ich schlang die Arme um meinen Körper und nickte.

»Dann ist zwischen uns also alles klar?«

»Glasklar.«

»Mache ich dir Angst?« Er neigte den Kopf zur Seite.

»Ja«, antwortete ich schwach. »Bist du jetzt stolz auf dich?«

Er sah mich einen langen Augenblick lang an, bevor er antwortete. »Nein, bin ich nicht«, sagte er dann so leise, dass ich mich anstrengen musste, um ihn zu verstehen. Dann wandte er sich von mir ab und ging wieder zum Haus zurück.

»Warte!«, rief ich ihm nach, als der rationale Teil in mir einen Protestschrei ausstieß.

Luca drehte sich langsam wieder um.

»Du tust alles, um deinen Bruder von mir fernzuhalten, und

dann bringst du mich ins Krankenhaus und vergewisserst dich, dass mit mir alles okay ist. Und du sagst der Krankenschwester nicht, wer du bist, weil ich sonst denken könnte, du wärst ein *halbwegs* anständiger Kerl. Ich verstehe das nicht.«

»Das musst du auch nicht verstehen. Du musst nur damit klarkommen.«

»Warum hast du dir dann überhaupt die Mühe gemacht, mich vom Boden abzukratzen? Warum interessiert es dich überhaupt, ob mir einer Flunis verpasst hat oder nicht?« Ich schleuderte die Frage regelrecht in die Luft zwischen uns. Er blinzelte zweimal, und sein Mund klappte auf und blieb wie ein O offen stehen. Eine Sekunde lang sah er ganz jung und unschuldig aus, wie sein Zwillingsbruder.

»Machst du Witze?« Er wirkte völlig entgeistert. »Ich bin kein Ungeheuer.«

»Da hättest du mich aber fast getäuscht.«

Er hielt seinen Nasenrücken mit zwei Fingern fest und holte Luft, so als wollte er etwas sagen. Aber dann tat er es doch nicht. Stattdessen schüttelte er nur den Kopf. »Du solltest jetzt gehen, Gracewell.«

»Ich hab auch einen Vornamen, weißt du?«

Er lachte und blickte in den Himmel empor wie ein Wahnsinniger. Und der war er ja ganz offensichtlich auch.

»Ich heiße Sophie. S-O-P-H-I-E.«

Er lachte noch immer, aber als er seine Aufmerksamkeit wieder mir zuwandte, klang seine Stimme völlig leer. »Bist du dir da ganz sicher?«

Ich wurde kreidebleich. »Was meinst du damit?«

»Du weißt, was ich meine.«

Bevor ich das Unbehagen überwinden konnte, das in mir rumorte, sprach er bereits weiter. Diesmal war seine Stimme verstörend ruhig. »Verstehst du es denn nicht? Du bist eine *Gracewell.* Das ist alles, was du je für uns sein wirst.«

»Warum spielt es denn eine Rolle für dich, dass ich eine Gracewell bin?«, wollte ich wissen.

Einen endlos langen Augenblick betrachtete er mich nachdenklich. Als er den Blick schließlich von mir löste, atmete er entschlossen aus, so als habe er innerlich endlich eine Entscheidung getroffen. Er durchquerte die Einfahrt und erreichte mich mit nur vier Schritten.

»Hast du wirklich keine Ahnung, warum du hier nicht willkommen bist?«, fauchte er. »Bist du wirklich so ignorant?«

Ich schluckte die plötzliche Trockenheit in meiner Kehle hinunter. »Wovon sprichst du denn?«

Luca runzelte die Stirn. Ich verstand seine Frage nicht und er verstand meine Antwort nicht.

»*Cazzo.*« Er betrachtete mich mit beinahe gewalttätiger Verwirrung – sie bohrte sich in die Grübchen in seinen Wangen und ließ ihn ganz hager aussehen. »Ich gebe mich damit nicht ab.«

»Ich will es wissen!«, protestierte ich.

»Du wirst es hier nicht erfahren.«

»Wo dann?«, fragte ich halb flehend, und Verbitterung schlich sich in meine Stimme.

Lucas Kiefer mahlte mit langsamen, knirschenden Bewegungen, und auch das letzte bisschen Geduld, das er noch für unsere Unterhaltung hatte aufbringen können, schwand rapide. »Geh und frag deinen Vater, Gracewell. Wahrscheinlich schuldest du ihm sowieso einen Besuch.«

Das vertraute Gefühl einer dunklen Vorahnung kroch meine Wirbelsäule hinauf. *Meinen Vater.* Alles fiel letzten Endes auf meinen Vater zurück. Natürlich hatte es etwas mit ihm zu tun – ich würde nie vor dem fliehen können, was er getan hatte. Es würde niemals Gras über die Sache wachsen. Aber in Lucas Worten steckte noch mehr, etwas Tieferes, und es drehte mir den Magen um. Was hatte mein Vater den Priestlys angetan? Bevor er verhaftet worden war, hatte er nie gegen das Gesetz verstoßen. Jedenfalls nicht, soweit ich wusste.

Luca würde nicht warten, bis ich es herausgefunden hatte. Er wandte sich wieder von mir ab, stürmte ins Haus zurück und schlug die Tür mit einem ohrenbetäubenden Knall zu.

Meine Wangen fingen an zu kribbeln und zu brennen. Ich hob den Blick und entdeckte Valentino genau dort, wo ich ihn auch in jener ersten Nacht gesehen hatte. Er war vollkommen still, hatte die Ellbogen auf der Fensterbank abgelegt und sah auf mich herunter – und auf alles, was gerade geschehen war. Seine Miene wirkte ernst. Hasste er mich auch? Fand er es richtig, dass sich sein Zwillingsbruder so benahm?

Er hob eine Hand, wie zum Salut. Ich winkte zurück, aber mein Arm war genauso schwer wie mein Herz. Er lächelte mich an. Es war ein kleiner Moment der Freundlichkeit – ein sanftes Zucken der Lippen, mehr nicht.

Dann war er verschwunden. Und ich blieb in der Realität und dem Bewusstsein zurück, dass ich meine Antworten, wenn ich sie wirklich wollte, an dem Ort suchen musste, den ich so lange gemieden hatte.

17

Die Erinnerung

Am folgenden Tag meldete ich mich bei der Arbeit krank und fuhr mit dem Bus zum Stateville Correctional Centre in Crest Hill, um meinen Vater zu besuchen. Ich erzählte meiner Mutter nichts davon – seit dem Vorfall auf Millies Party war sie furchtbar gestresst, und ich kam zu dem Schluss, dass die Inhaftierung meines Vaters das Letzte war, was ich im Moment erwähnen sollte. Außerdem ging ich dorthin, um Antworten auf Fragen zu erhalten, von denen sie nichts zu wissen schien, und wenn es wirklich so schlimm war, wie ich befürchtete, dann sollte das auch so bleiben.

Die Strafanstalt bestand aus mehreren Zellenblöcken aus Beton sowie einem Rundbau, die von einer Schutzmauer mit zehn gemauerten Wachtürmen umgeben waren. Hinter der Mauer war das Gefängnis von achthundert Hektar kargem Land umschlossen und lag weit abgeschieden von allem, was auch nur im Entferntesten an das frühere Leben der knapp viertausend Insassen erinnerte, von denen einer mein Vater war.

Es war das sechste Mal, dass ich ihn sah, seit er vor fast achtzehn Monaten ins Gefängnis gegangen war, und jedes Mal war es schwerer als das Mal davor. Ich versuchte, nicht daran zu denken, dass noch vier weitere Jahre mit diesen Besuchen vor mir lagen.

Nachdem ich meinen Ausweis vorgelegt hatte und durch die Sicherheitskontrolle gegangen war, traf ich meinen Vater im Besuchsraum. Um uns herum saßen andere Gefangene mit ihren Familien auf Metallstühlen an weißen Tischen. Kleine Kinder, ein paar von ihnen erst ein oder zwei Jahre alt, saßen zwischen dicken Großmüttern und Teenagern in Grufti-Klamotten. Gefängniswärter lauerten an den Wänden, die Augen zusammengekniffen und stets auf der Suche nach einer verbotenen Umarmung oder anderen unerlaubten Handlungen, über oder unter den Tischen.

Mein Vater war blasser, als ich erwartet hatte, und unter seinen Augen sah ich neue dunkle Falten. Ich wusste, dass es noch viel schlimmer hätte sein können. Da mein Vater keiner Gang angehörte, war er, wie es im Gefängnisjargon hieß, »neutral«, was bedeutete, dass ihn die gewalttätigen Häftlinge größtenteils in Ruhe ließen. Die Auswirkungen des dürftigen Essens und der begrenzten körperlichen Aktivität ließen sich jedoch nicht verhindern. Er nahm ab und schlief schlecht.

»Wie geht's dir?« Ich begann, auf dem Nagel meines kleinen Fingers herumzukauen – eine nervöse Angewohnheit, die in seiner Gegenwart offenbar zurückkehrte.

Mein Vater schüttelte sein zerzaustes graues Haar, und es fiel ihm in die Stirn und verbarg die verblassten blauen Flecken über seinem Auge – sie ließen ihn eben nur größtenteils in Ruhe. »Ich schlag mich so durch, Soph.« Er versuchte zu lächeln, aber es wirkte schief und erschöpft. »Es ist so schön, dich zu sehen.«

Es verlangte mir alles ab, nicht auf meinem kalten Metallstuhl zusammenzubrechen. Wie war mein Vater nur hier gelandet? Er war nur noch ein Schatten des Mannes, der mich mit mitreißenden Märchen, verwegenen Abenteuerfilmen und ausgedehnten Wanderungen zu fernen Zielen großgezogen hatte. Das Schlimmste, was er je getan hatte, war, mich anzuschreien, wenn er doch mal die Fassung verlor, zu vergessen, das Geschirr abzuspülen, oder hin und wieder zu lange mit Onkel Jack auszubleiben. Er gehörte nicht hierher, zu all diesen Mördern. Auch wenn er einen Mann getötet hatte.

»Du siehst nicht besonders gut aus, Dad.«

»Wir kriegen hier nicht gerade viel Obst und Gemüse«, scherzte er, aber die Heiterkeit erreichte seine Augen nicht. Er lehnte sich nach vorn und nahm meine Hand in seine. Ich konnte seine raue, schwielige Haut auf meiner spüren. »Nachträglich alles Gute zum Geburtstag, Soph.«

»Keine Berührungen über dem Tisch!«, brüllte einer der Wärter in unserer Nähe. Ich widerstand dem Drang, meinen Kopf auf die Tischplatte zu knallen, während wir unsere Hände wieder voneinander lösten. Stattdessen blickte ich auf meine Fingernägel. »Danke, Dad.«

»Und, wie läuft zu Hause alles so?« Seine Augen leuchteten interessiert auf, ließen sein ganzes Gesicht strahlen und lenkten meine Aufmerksamkeit von den neuen Falten ab, die sich um seinen Mund gebildet hatten.

»Langweilig, wie immer«, log ich und verschwieg absichtlich, dass ich auf Millies Party unter Drogen gesetzt worden war. Ich wusste, dass er es ohnehin bald von Jack oder meiner Mutter hören würde, aber von mir würde er es ganz sicher nicht erfahren.

»Ich hab gestern ein neues Buch angefangen …«, begann er.

Ich lehnte mich über den Tisch und hörte ihm zu, während er mir von den Büchern erzählte, die er bereits gelesen hatte. Als er fertig war, berichtete ich ihm von den unverfänglicheren Dingen in meinem Leben, etwa, dass Mom einige neue

Kunden in Lincoln Park gewonnen hatte oder dass Millie vor Kurzem die neue verrückte Idee gekommen war, nach der Highschool in Griechenland Insel-Hopping zu betreiben.

Wir sprachen über Mrs. Baileys wöchentliche Besuche und unterhielten uns kurz über mein letztes Schuljahr, das sich mit großen Schritten näherte. Mein Vater lächelte und streute genau an den richtigen Stellen eine Bemerkung ein, bis die Unterhaltung ein natürliches Ende fand. So gern ich mich auch weiter an diese ungefährlichen Themen gehalten hätte, wusste ich doch, dass ich allmählich zum eigentlichen Punkt kommen musste. Die Besuchszeit war bald vorbei. Den eigentlichen Grund, warum ich ihn hatte sehen wollen, hatte ich bisher noch nicht einmal gestreift.

»Dad«, warf ich ein, bevor er ein weiteres ausuferndes Thema anstoßen konnte. »Ich möchte dich was fragen.«

Er richtete sich in seinem Stuhl auf und blickte mich ernst an. Das liebte ich an ihm – er hatte mich immer wie eine Erwachsene behandelt, die Respekt verdient hatte, selbst als ich noch ein kleines Kind gewesen war. Ich wusste auch, dass das bedeutete, dass er mir so aufrichtig antworten würde, wie er konnte. »Was ist los, Soph?«

Ich beschloss, direkt zur Sache zu kommen. »Weißt du noch, dass ich dir erzählt habe, dass eine neue Familie in das Priestly-Haus eingezogen ist? Sie sind zu fünft und es sind alles Jungs.«

Seine Augenlider flatterten, aber er presste den Mund zu einer schmalen Linie zusammen und wartete, bis ich fertig war.

»Na ja, ich glaube, dass du sie vielleicht kennst.«

»Hast du mit der Familie gesprochen?«, fragte er und rieb sich die Bartstoppeln am Kinn. »Sind sie auf dich zugekommen?«

»Ja«, antwortete ich. »Ich hab mit ihnen gesprochen.«

Mein Vater vergrub das Gesicht in den Händen und stieß einen schweren Seufzer aus. »Gott«, sagte er, leicht gedämpft. »Lieber Gott.«

Mir wurde wieder ganz bang ums Herz, und das Gefühl kribbelte in meinen Augen und klebte mir die Kehle zusammen. »Dad?«

»Sophie«, sagte er, aber diesmal klang er ganz schwach und furchtbar enttäuscht. Er nahm die Hände vom Gesicht und ließ sie mit einem dumpfen Schlag auf den Tisch fallen. »Ich dachte, Onkel Jack hätte dir gesagt, dass du dich von ihnen fernhalten sollst.«

»Woher weißt du das?«

»Weil er mich besucht hat, als er herausgefunden hat, dass sie eingezogen sind. Und wir haben beschlossen …«

»Moment mal«, unterbrach ich ihn. »Was haben die Priestlys mit unserer Familie zu tun?«

Mein Vater blinzelte heftig und verzog verwirrt das Gesicht. »Die Priestlys? Wer sind die Priestlys?«

»Die …« Ich verstummte abrupt. Mein Verstand ratterte. *Denk nach*. Wer *waren* die Priestlys? Wir alle hatten einfach angenommen, dass eine Verbindung zwischen Nics Familie und dem alten Haus bestand. Immerhin war es nie zum Verkauf angeboten worden, was doch ganz sicher bedeutete, dass es vererbt oder anderweitig übertragen worden war. Selbst meine Mutter hatte das nie infrage gestellt. Aber jetzt …

»Sophie«, sagte mein Vater, und seine Stimme war so leise, dass ich mich zu ihm vorbeugen musste. »Ich habe keine Ahnung, wie du darauf kommst, aber sie sind definitiv keine Priestlys. Sie sind Falcones.«

Er hätte mir ebenso gut einen Faustschlag mitten ins Gesicht verpassen können.

Ich sank auf meinem Stuhl zurück. Wie hatte ich nur so dumm sein können? So ignorant? Luca hatte recht, ich hatte unrecht. Ich hatte die ganze Zeit unrecht gehabt. Sie hatten sich nie als Priestlys vorgestellt – ich hatte den Namen einer alten Nachbarschaftslegende entnommen und nie überprüft, ob er tatsächlich stimmte. Die Erkenntnis traf mich wie ein ganzer Schauer aus Blitzen. Das südländische Aussehen, die italienischen Unterhaltungen, das Wappen mit dem Falken. Nics Gesicht. *Diese verdammten Augen.* Der plötzliche *Hass.*

»Falcone«, wiederholte ich. *Fal-cooo-ne.* Meine Stimme klang, als sei sie ganz weit weg, während ich beinahe über das Wort stolperte, das mit einem Schlag alles verändert hatte.

»Ja.« Es folgte eine schwere Pause, und dann fragte mein Vater ganz vorsichtig: »Weißt du noch, wer Angelo Falcone war?«

Es war eine schmerzlich überflüssige Frage. Der Name war bis in alle Ewigkeit in mein Gehirn eingebrannt.

»Natürlich weiß ich das noch.« Ich lehnte mich wieder nach vorn und legte meinen Kopf auf dem kalten Metalltisch ab. Ich hatte Angelo Falcone bestimmt fünfzigmal direkt ins Gesicht geschaut und trotzdem hatte es nicht klick gemacht. Ich hatte Valentinos Porträt ausführlich betrachtet und hatte noch nicht mal die Verbindung zwischen seinem Gesicht und dem Mann hergestellt, der in allen Zeitungen zu sehen gewesen war, als es passiert war. Der Mann mit Nics Augen. *O Gott.*

Ich hob den Kopf. »Er ist der Mann, den du umgebracht hast.«

»Ja, richtig.« Mein Vater hatte die Hände in seinen Schoß gelegt. Ich konnte sie nicht mehr sehen, wusste aber, dass sie unruhig waren. Wenn ich mich wirklich konzentrierte, konnte ich erkennen, wie die Vene in seiner Schläfe unter seiner Haut pulsierte, auf und ab. Er begann, mit den Zähnen zu knirschen – eine Angewohnheit, die er im Gefängnis entwickelt hatte. Einen langen Augenblick sagte keiner von uns ein Wort, aber jedes Mal, wenn seine Backenzähne übereinanderrieben, zuckte ich zusammen.

Ich würde diesen Namen und diesen Tag mein ganzes Leben lang nicht mehr vergessen. Aber wir hatten nie darüber gesprochen, nicht richtig. Vielleicht war es jetzt an der Zeit.

»Es ist am Valentinstag passiert«, sagte ich und durchbrach die Stille. Ich hatte an jenem Tag in der Schule eine Karte von Will Ackerman bekommen. Er hatte sie in der Pause in meinen Spind geschmuggelt und seine Telefonnummer auf die Rückseite gekritzelt. Es war ein Teddybär darauf, der ein großes Herz vor sich hielt, und innen stand ein kurzes Gedicht darüber, dass er meine Haare mochte. Es war nicht unbedingt die größte literarische Leistung, aber ich hätte auf der Stelle vor Glück tot umfallen können. Ich war schon seit Ewigkeiten in ihn verknallt und alle meine Freundinnen kochten vor Eifersucht.

»Ja«, sagte er. »Es war am Valentinstag.«

»Es hat gestürmt«, fuhr ich fort, und meine Gedanken verloren sich in einer anderen Zeit, an einem anderen Ort. »Ich hatte Kopfschmerzen und hab eine Aspirin genommen und mich ins Bett gelegt. Ich war gerade am Einschlafen, als Mom in mein Zimmer geplatzt ist. Sie hat geweint, und ich konnte nicht verstehen, was sie mir zu sagen versuchte …« Ich verstummte. Ich sah, wie schwer es für ihn war, all das zu hören. Es war noch schwerer für mich, es auszusprechen, aber ich würde es trotzdem tun, weil in jener Nacht jemand sein Leben verloren hatte, und ich war gerade erst dabei, das volle Ausmaß dessen zu begreifen. Nics Vater war tot. Und alles, worauf ich die ganze Zeit fixiert gewesen war, war, dass man meinen Vater hinter Gitter gesteckt hatte, nur weil er in einer dunklen, stürmischen Nacht im Diner aus lauter Angst einen Fehler gemacht hatte. »Mom sagte, du hättest das Diner allein abgesperrt, als ein Mann aus den Schatten auf dich zugerannt sei und angefangen hätte, irgendetwas zu brüllen. Du dachtest, er wolle den Laden ausrauben, also hast du die Waffe gezogen, die Jack dir zu Weihnachten geschenkt hatte, und auf ihn geschossen.«

»Und er ist gestorben«, beendet er.

»Ja«, wiederholte ich, »er ist gestorben.«

»Und es stellte sich heraus, dass er nicht bewaffnet war.«

Gott. »Okay.«

»Und für die Waffe, die ich benutzt habe, gab es keinen Waffenschein.«

Es wird noch schlimmer. »Oh.«

»Ich hätte sie gar nicht mit mir führen dürfen«, fuhr er fort, und aus seiner Stimme sprach Frustration. »Aber es war spät und ich war nervös. Dein Onkel hatte mich damals gewarnt, dass Gangs in Cedar Hill unterwegs waren, und ich dachte, ich müsste mich zusätzlich schützen. Ich dachte, der Mann würde mich angreifen.«

»Deshalb hast du auf ihn geschossen.« Bestimmt war meine Miene unlesbar. Innerlich war mir eiskalt. »Und jetzt sitzt du wegen Totschlags im Gefängnis, während Angelo Falcones Söhne …«

»… neben meiner Tochter in Cedar Hill wohnen«, beendete er den Satz und biss sich auf die Unterlippe, bevor ihm ein Fluch herausrutschte.

Ich ballte so fest die Fäuste, dass sich meine Nägel in meine

Handflächen bohrten. »Und du bist nicht auf den Gedanken gekommen, diese *schwerwiegende* Information mit mir zu teilen?«

»Jack und ich wollten nicht, dass du oder deine Mutter deswegen in Panik geratet.«

Ich musste beinahe lachen, so absurd war es. »Dann hast du also gedacht, es sei besser, wenn einer von Angelo Falcones Söhnen meine Wissenslücken füllt?«

»Ich dachte, Jack würde dafür sorgen, dass du dich von ihnen fernhältst!«, entgegnete er, und seine Wut war allmählich genauso groß wie meine. Wenn wir so weitermachten, würde mich einer der Gefängniswärter auffordern zu gehen.

»Du hättest es mir sagen sollen«, warf ich ihm mit leiserer Stimme vor. »Ich wäre nicht ausgeflippt. Ich hätte damit umgehen können.« *Wahrscheinlich. Vielleicht. Irgendwann.*

»Okay, aber was, wenn du keine Angst vor ihnen gehabt hättest?«, konterte er. »Es bestand trotzdem noch die Möglichkeit, dass du auf sie zugehen und versuchen würdest, dich bei ihnen zu entschuldigen oder wiedergutzumachen, was ich getan habe. Ich kenne dich, Soph. Du hast ein gutes Herz. Es wäre nicht völlig aus der Luft gegriffen, dass du so etwas tun würdest.«

»Das ist doch verrückt, Dad!« Vielleicht war es das nicht, aber ich war so sauer, dass ich noch nicht einmal die Möglichkeit in Betracht zog, dass er vielleicht recht hatte. »Und was ist damit, dass sie sich von mir fernhalten?«, fauchte ich. »Gleich nachdem sie eingezogen waren, sind sie ins Diner gekommen! Eine weniger kryptische Warnung wäre nett gewesen. Ich dachte, Jack würde sich einfach nur wieder merkwürdig aufführen!«

Mein Vater schüttelte den Kopf und seufzte, und sein Blick wirkte, als hätte er sich seine Niederlage eingestanden. »Vielleicht hätten wir die Sache anders handhaben sollen«, lenkte er ein.

»Ja«, sagte ich. »Das hättet ihr definitiv.«

Einen Moment lang betrachtete er mich schweigend. Seine Augen wurden ganz groß und rund, bis sie sein verhärmtes Gesicht dominierten. In ihnen war fast kein Blau mehr, nur noch sturmgebeuteltes Grau. »Sophie, jetzt, wo du die Wahrheit kennst, halte dich bitte von den Falcones fern, wie Jack es dir gesagt hat. Wir haben keine Ahnung, wie tief ihre Verachtung für mich geht oder warum sie wieder in Cedar Hill sind.«

»Okay«, war alles, was ich zustande brachte. Ich war zu erschöpft, um mich noch weiter zu streiten, und außerdem war es ja nicht so, dass die Falcones sich darum drängten, Zeit mit mir zu verbringen.

»Sie sind auch so schon eine gefährliche Familie«, fügte er hinzu, und sein Atem ging schwer.

»Was soll das nun wieder bedeuten?« Ich erinnerte mich vage an etwas aus der Zeit, als es passiert war – Angelo Falcone war nicht unbedingt ein aufrechter Bürger gewesen, aber ein Auffrischungskurs, was die Einzelheiten betraf, konnte wohl nicht schaden. Natürlich hatte ich es absichtlich vermieden, Näheres über das Opfer meines Vaters zu lesen.

»Das soll bedeuten, dass mir diese ganze Sache überhaupt nicht gefällt«, erwiderte er, und nun konnte ich die Panik in seiner Miene erkennen. Panik, von der ich wusste, dass er sie vor mir zu verstecken versucht hatte. »Es gefällt mir nicht, dass sie in der Nähe meiner Tochter sind und ich nichts dagegen tun kann.«

Du hast schon genug getan, hätte ein Teil von mir gern gesagt, aber so grausam konnte ich nicht sein. »Sie sind nur Jungs«, erwiderte ich stattdessen. »Sie sind in meinem Alter.«

»Fünf Minuten!«, brüllte ein untersetzter Wärter, der drei Tische entfernt stand.

Mein Vater rang flehend die Hände. »Wirst du dich von ihnen fernhalten? Bitte sei vorsichtig. Ich werde auch noch mal mit Jack darüber sprechen.«

»Sie sind nur Jungs«, wiederholte ich.

Er schloss die Augen und versuchte, sich zu beruhigen. »Das macht das Gefängnis mit dir.« Als er die Augen wieder öffnete, war sein Gesicht noch immer von Sorge zerfurcht.

Ich nickte und heuchelte Verständnis. »Glaubst du, dass sie aus einem bestimmten Grund zurückgekommen sind?«

»Ich weiß es nicht«, sagte er leise. »Ich weiß es wirklich nicht.«

Völlig aus dem Nichts kehrte die Erinnerung an den Honigtopf mit dem schwarzen Band wieder zurück. Ich schüttelte sie ab.

18

Der Engelmacher

Als ich nach Hause kam, sagte ich Mom, ich würde mich mit Kopfschmerzen ins Bett legen. Ich kämpfte gegen den Drang an, einfach alles zu ignorieren und mich zu zwingen, tatsächlich schlafen zu gehen, holte stattdessen jedoch den alten Laptop meines Vaters hervor und tippte »Angelo Falcone, Chicago« bei Google ein. Ich fand einen Artikel aus der Chicago Sun-Times vom vorletzten Februar und klickte darauf, und im nächsten Moment ertrank ich in einem Meer aus Übelkeit und Ungläubigkeit.

WHO'S WHO DER BERÜHMT-BERÜCHTIGSTEN FAMILIEN AMERIKAS BEI BEGRÄBNIS VON MAFIA-BOSS ANGELO »DER ENGELMACHER« FALCONE

Die Beerdigung des berüchtigten Mafiabosses Don Angelo Falcone fand am Dienstag, den 18. Februar, in der Holy Name Cathedral in Chicago statt. Falcone, aufgrund seiner angeblichen Karriere als Mafia-Killer auch als »Der Engelmacher« bekannt, wurde am 14. Februar um 23 Uhr erschossen.

Falcone befand sich vor dem Gracewell's Diner in Cedar Hill, einem Vorort von Chicago, als er in eine heftige Auseinandersetzung mit dem Besitzer des Restaurants verwickelt wurde.

Falcone, der unbewaffnet war, wurde zweimal in die Brust getroffen. Er war sofort tot. Michael Gracewell, der Besitzer des Diners, sitzt in Untersuchungshaft, wo er auf seine Verhandlung wartet. Trotz Falcones Stellung als Mafia-Don geht die Polizei bei seinem Tod nicht von einem Zusammenhang mit der Unterwelt aus.

Angelo Falcone war für die Polizei seit seinem Aufstieg zum Oberhaupt der kriminellen Falcone-Familie Mitte der 1990er kein Unbekannter mehr. Trotz mehrerer Festnahmen erfreute er sich immer wieder fragwürdiger Zufälle, wenn Kronzeugen entweder verschwanden oder ihre Aussagen noch vor Prozessbeginn zurückzogen. Man geht davon aus, dass er, unter anderem, auch für die brutale Ermordung zweier wichtiger Mitglieder des Goldenen Dreiecks verantwortlich war, eines berüchtigten Drogenkartells mit Sitz im Mittleren Westen.

Auch Zivilfahnder und Beamte des FBI hatten sich am Dienstag unter die Menge vor der Holy Name Cathedral gemischt. Obwohl aufgrund einer alten Tradition des Respekts, an die sich alle Mafia-Familien bei Beerdigungen halten, keine Zwischenfälle zu erwarten waren, fanden sich die Gesetzeshüter vor Ort ein, um Informationen darüber zu erhalten, wer Angelo Falcones Rolle als Oberhaupt der Falcone-Mafia-Dynastie einnehmen könnte. Die Identität seines Stellvertreters war zum Zeitpunkt von Falcones Tod noch ungeklärt.

Die Polizei geht davon aus, dass Angelo sein jüngerer Bruder, Felice Falcone, nachfolgen könnte. Diese Vermutung wird auch durch die Tatsache untermauert, dass sich Felice Falcone (Bild oben) mit einer kurzen Ansprache an die Reporter wandte, während andere Trauergäste auch nach der Zeremonie sehr wortkarg blieben.

Der mögliche neue Boss der Falcone-Mafia-Familie sagte über den Verstorbenen: »Angelo war ein wahrer Soldat Gottes. Für uns besteht kein Zweifel daran, dass er im Himmel für seine guten Taten hier auf Erden belohnt werden wird. Er wird unserem Erlöser mit Ehre und Würde gegenübertreten, mit einer reinen Seele und edlem Herzen. Wir werden ihn sehr vermissen, aber niemals vergessen.«

Der »Engelmacher« wurde in einem schwarzen Marmorsarg im Familienmausoleum des Graceland Cemetery zur letzten Ruhe gebettet.

Er hinterlässt seine Frau – eine Tochter des rivalisierenden Genovese-Mafia-Clans – Elena Genovese-Falcone sowie die fünf Söhne des Paars, Valentino, Gianluca, Giorgino, Dominico und Nicoli (Bild unten).

Ohne zu blinzeln, starrte ich auf das letzte Bild. Im Vordergrund sah ich Nic: einen etwas jüngeren Nic mit glasigen Augen, der einen schwarzen Anzug trug. Sein Haar war kürzer als jetzt, und es fehlten die losen, lockigen Strähnen, die ihm über die Stirn fielen. Er war dünner, wodurch seine Wangen beinahe eingefallen wirkten, und sein Mund war zu einer festen Linie zusammengepresst. Er balancierte die vordere Ecke des Sargs seines Vaters auf der linken Schulter.

Luca stützte die andere Seite des Sargs, mit demselben konzentrierten Ausdruck im Gesicht und denselben unheimlichen blauen Augen. Gino und Dom standen jeweils hinter ihnen, die Gesichter schmerzverzerrt. Im Hintergrund erkannte ich den großen, kahlköpfigen Mann aus dem Restaurant und den unverwechselbaren Felice, der einen dunkelgrauen Schal trug und eine ebenso finstere Miene zeigte. Valentino befand sich am Fußende der Kirchentreppe; sein Ausdruck wirkte leer, die Augen hohl. Seine Mutter – die große, dunkelhaarige Frau aus dem Porträt – stand neben ihm. Ein Netzschleier verdeckte den Großteil ihres Gesichts. Ihre Hand klammerte sich fest um Valentinos gesenkte Schulter, während er zusah, wie seine Brüder ihren Vater forttrugen.

Ich klatschte mir eine Hand vor den Mund, um mich nicht zu übergeben. Es gab so viel zu verarbeiten, aber alles brach auf einmal über mich herein wie ein Kugelhagel der Realität. Mein Vater hatte den Mann in diesem Sarg getötet. Er hatte diese weinende Frau zur Witwe gemacht und er hatte Nic für immer seinen Vater genommen.

Aber Nics Vater war ein Mörder – ein berüchtigter Mafiaboss, ein Engelmacher –, dessen Vermächtnis über der Familie schwebte wie eine schwarze Wolke. Und nun hatte Felice das Sagen, was immer »das Sagen« auch bedeutete, und mit einem Mal wirkte er gar nicht mehr so harmlos oder skurril, sondern nur noch Furcht einflößend.

Meine Gedanken wirbelten durch meinen Kopf, und bevor ich wirklich wusste, was überhaupt passierte, rannte ich ins Badezimmer. Ich blieb für lange Zeit dort – über die Toilette gebeugt und heftig keuchend, während mein Körper bei jedem Würgen heftig geschüttelt wurde, so als wollte er mich daran erinnern, dass sich meine Sicht auf das Leben in Cedar Hill für immer verändert hatte.

19

Die schmutzige Wahrheit

Ich stand auf dem Gehweg und versuchte, meine Füße aus dem Matsch zu ziehen, aber ich versank. Ein Falke schoss vom Himmel herab und umkreiste mich ganz nah. Er pickte nach meinen Augen, bis Blut aus meinen Pupillen quoll und ich nichts mehr sehen konnte.

Ping! Ich blinzelte heftig, und in der plötzlichen Dunkelheit sah ich meinen Vater, zu einem Häuflein zusammengekrümmt, wie er den Kopf in den Händen wiegte. Ich rief nach ihm, aber er verblasste immer mehr, und je angestrengter ich schrie, desto mehr brannte meine Lunge.

Ping! Ich erwachte völlig verschwitzt und nach Luft japsend. Hinter meinen Vorhängen hüpfte irgendetwas vor dem Fenster auf und ab. Ich schnappte mir mein Telefon vom Nachttisch und schaltete das Display ein. Es war 01:48 Uhr.

Ping! Ich schlüpfte aus dem Bett und kroch zum Fenster. Eine große, dunkle Gestalt beugte sich zum Boden und hob etwas aus dem ungemähten Gras auf. Er streckte den Arm in die Luft und zielte auf die Stelle, an der sich mein Kopf befand. Als er sah, dass ich dort stand, wo noch vor wenigen Sekunden die dunklen Vorhänge gewesen waren, hielt er inne und ließ den Kieselstein in seiner Hand fallen.

Ich öffnete das Fenster, eine Brise warmer Sommerluft schlug mir ins Gesicht.

»Sophie?« Er kam näher und löste den Bewegungsmelder über dem Küchenfenster aus.

»Nic?« Ich schloss die Augen und zuckte zusammen, als mir alles wieder einfiel. Die Erinnerung an das Foto von der Beerdigung blitzte vor meinem geistigen Auge auf, zusammen mit dem Wort »MAFIA«. Nics Vater hatte Menschen getötet und mein Vater hatte ihn getötet.

Ich fragte mich, ob wohl etwas Gutes dabei herauskommen konnte, wenn ich zu Nic ging, ihm in die dunklen Augen sah und den Schmerz dahinter erkannte. Schmerz, für den er mich wirklich hassen musste.

»Sophie«, wiederholte er. »Ich muss mit dir reden.«

Ich schluckte schwer und hoffte, dass meine Stimme nicht kippen würde. »Okay – ich komm runter.«

Ich knipste das Licht in meinem Zimmer an, zerrte eine rosa Strickjacke aus dem Durcheinander am Boden und wickelte mich darin ein, bevor ich nach unten schlich.

Als ich im Garten ankam, stand Nic in der hinteren Ecke im Dunkeln und wartete auf mich.

Das Licht ging flackernd wieder an, während ich auf ihn zuging. Sein Ausdruck war undurchschaubar, sein Blick starr auf mich gerichtet.

»Hi«, sagte ich, als ich vor ihm stand. Ich wiegte mich leicht hin und her und wartete, während sich die Dunkelheit wieder um uns schloss.

»Du fragst dich wahrscheinlich, was ich hier mache«, begann er.

»Unter anderem.« Ich sah ihn nicht direkt an. Ich spürte zu viel Schuld in mir, und wenn ich ihm in die Augen geschaut hätte, wäre sie aus mir herausgeplatzt – das wusste ich.

»Ich musste sichergehen, dass es dir gut geht. Luca hat mir erzählt, was passiert ist …« Er verstummte und fluchte leise. »Und ich wollte nicht, dass es zwischen uns so endet, nicht nach der Sache mit meinem Bruder. Es war falsch von ihm, das alles zu dir zu sagen, Sophie.«

Ich kaute auf meiner Unterlippe herum, bis sie brannte. »Ich bin mir nicht sicher, was es sonst noch zu sagen gäbe.«

»Willst du mich nicht wenigstens mal ansehen?« Er schob sich ein Stück nach vorne, bis ich seine Füße sehen konnte.

Ich schüttelte den Kopf und fixierte weiter das Gras. In mir kochten viel zu viele Gefühle hoch. Ich musste die Fassung bewahren, sonst würde ich völlig zusammenbrechen. Ich musste mich konzentrieren.

»Sophie, bitte …«

»Ich kann nicht.« Meine Kehle zitterte heftig. Ich schloss die Augen, um die Tränen aufzuhalten, spürte aber, dass sie sich bereits in meinen Augenwinkeln sammelten, bereit, loszufließen. Ich hatte nicht genügend Kraft, all das zurückzuhalten, nicht mehr.

»Warum nicht?«, murmelte er.

»Wie kann ich dir in die Augen schauen, wenn ich weiß, was ich weiß?« Ich hob das Kinn und starrte auf seine Brust.

»Sophie …«

»Ich hab heute meinen Dad besucht«, fuhr ich zitternd fort. »Ich weiß, dass er deinen Vater getötet hat. Ich weiß, dass du mich deswegen hasst.«

Nic streckte eine Hand aus, legte den Zeigefinger unter mein Kinn und schob es sanft nach oben, bis ich schließlich doch den Kopf hob und ihm in die Augen sah.

Und dann brach der Damm, der meine Tränen so lange aufgehalten hatte, völlig zusammen. Schnell und reichlich rannen sie mir über die Wangen, und mein Körper bebte mit jedem Schluchzer, während meine Atmung immer wieder stockte und ich nach Luft schnappte.

All die Dinge, die ich unterdrückt hatte – die Inhaftierung meines Vaters, den Schmerz meiner Mutter, Jacks Verschwinden, die Verachtung der Falcones und meine brennende Sehnsucht nach Nic – alles bündelte sich in diesen schweren Tränen, die über mein Gesicht strömten und meinen Hals hinunterrollten. Ich sank zu Boden und rollte mich zu einer Kugel zusammen, beugte mich nach vorne und wiegte meinen Kopf in den Händen, während ich zum allerersten Mal seit der Verhaftung meines Vaters ungehemmt weinte und mir alles egal war … außer dem Schmerz, der sich endlich aus meinem Körper löste.

Im nächsten Moment war Nic neben mir, zog meinen zusammengerollten Körper an seinen und schlang die Arme um mich, bis er mich völlig umschloss. Er legte seinen Kopf auf meinen und flüsterte in mein Haar: »Bitte nicht weinen, Sophie. Bitte nicht weinen.«

Er hielt mich ganz lange fest, bis der Tränenstrom zu leisen Rinnsalen abebbte und ich wieder zu Atem kam. Dann legte er meinen Kopf auf seine Brust und ich vergrub mein Gesicht an seinem Hals und atmete seinen Geruch ein.

»Wie kannst du mich nicht hassen?«, flüsterte ich gegen seine Haut. »Du kannst kein Mensch sein, wenn du mich anschauen und nicht sehen musst, was mein Vater getan hat.«

Er streichelte über das Haar an meinem Hinterkopf und seine Worte landeten ganz sanft darauf. »So ist das nicht, ich schwöre es.«

»Er hat das nicht gewollt, Nic. Es war ein Unfall«, schluchzte ich leise. »Er könnte keiner Fliege etwas zuleide tun.«

»Ich weiß«, flüsterte er. »Bitte hör auf zu weinen.«

»Es tut mir leid.« Meine Worte klangen so undeutlich, dass ich sie selbst kaum verstehen konnte.

»Du musst dich nicht entschuldigen.«

»Doch, das muss ich. Luca hat gesagt ...«

»Sieh mich an ... Bitte sieh mich einfach an.«

Langsam hob ich den Kopf, der sich gleichzeitig schwer und schwindelig leicht anfühlte. Er wischte mir das Nasse von den Wangen.

»Hör mir zu, Sophie. Ich sage das ganz klar und deutlich. Luca hatte nicht das Recht zu sagen, was immer er auch zu dir gesagt hat. Es hat nichts mit dir oder mit ihm zu tun, und das weiß er auch. Was mit meinem Vater passiert ist, war ein Unfall. Und es ist vorbei.«

»Aber es ist nicht vorbei.« Ich dachte an Valentinos Zeichnungen und an das verhärmte, müde Gesicht meines Vaters. Es würde niemals vorbei sein.

»Na schön, aber es ist auch nicht mehr frisch«, erwiderte er vorsichtig. »Und ich gebe dir auch nicht die Schuld dafür. Wenn ich dich ansehe, fühle ich mich glücklich.« Er hob mein Kinn erneut mit seinem Finger an. »Es ist mir egal, wo du hergekommen bist oder mit wem du verwandt bist. Ich wusste von jenem ersten Abend an, als ich dich festgehalten habe, dass ich dich nie wieder gehen lassen will. Aber dann bist du vor mir weggerannt, also musste ich ...« Er unterbrach sich und lächelte. »Und ich habe mich so leer gefühlt.«

»Ich verstehe nicht«, flüsterte ich. »Warum sollte Luca so was sagen, wenn es gar nicht der Grund dafür war, dass du mich gemieden hast?«

»Weil er versucht hat, dich loszuwerden«, gab er zu. »Und weil er wusste, dass es funktionieren würde.«

»Ich hab ihm doch nie was getan«, protestierte ich schwach. »Wie kann er jemanden hassen, den er kaum kennt?«

»Ich weiß, dass sich etwas verändert hat, als Dom ihm erzählt hat, wer du bist, aber Luca hasst dich nicht. Er hat eben einen ausgeprägten Beschützerinstinkt.«

Ich verdrehte die Augen, die vom vielen Weinen ganz nass und wund waren. »Wovor will er dich denn beschützen?«

»Es geht nicht nur um mich.« Nic streichelte erneut meine Wange.

Ich schluckte schwer. In meinem ganzen Leben hatte ich mir noch nie so sehr gewünscht, geküsst zu werden, und gleichzeitig hatte ich noch nie so verzweifelt nach Antworten gesucht.

»Tust du immer, was er sagt?« Ich konnte die Bitterkeit in meiner Stimme selbst hören.

Nic spannte die Lippen an, und sein Gesichtsausdruck betonte die Schatten unter seinen Wangenknochen und die Ringe unter seinen Augen. »Meistens.«

»Warum?«

Er zog seine Hände zurück und knetete sie. »Es ist kompliziert.«

»Darum kannst du dich nicht mehr mit mir treffen?«, presste ich hervor, schaute auf seine Hände und vermisste ihre Wärme auf meiner Haut. »Weil er es gesagt hat?«

Nics Miene wurde reumütig. »Bei dir klingt das so einfach.«

»Ist es das denn nicht?«

»Nein.«

»Ich verstehe es nicht.«

Nic schüttelte den Kopf. »Ich weiß.«

Ich rutschte von ihm weg, bis sich unsere Körper nicht mehr berührten, riss mich zusammen und blickte ihn mit kalten Augen an. Als ich weiterredete, sprach ich so langsam und deutlich wie möglich, damit er verstand, dass ich mehr wusste, als er glaubte. Und dass man mich nicht beschützen musste.

»Ich schätze, das muss wohl so ein Mafia-Ding sein.«

Die Stille, die folgte, war ohrenbetäubend. Nic reagierte, als hätte ich ihn geschlagen. Seine Brust hob und senkte sich unregelmäßig und sein Mund zuckte unsicher. Ich beobachtete ihn vorsichtig und sah ihn weiter ausdruckslos an.

»Was meinst du damit?«, fragte er schließlich, aber die Worte waren kaum zu hören.

Ich hielt meine Stimme ruhig. »Ich glaube, du weißt, was ich meine.«

Er blickte über die Schulter, so als hätte er Angst, irgendjemand könnte aus dem Gebüsch springen. Dann richtete er seinen Blick auf das Gras neben mir. Ein Klicken seines Kiefers und dann – »Weiß ich nicht.«

»Der Engelmacher.« Es war eine Feststellung, keine Frage, und sie ließ die warme Sommerluft kälter wirken, nachdem ich sie ausgesprochen hatte.

Er blinzelte heftig. Es hatte ihn genauso sehr verletzt, wie ich vermutet hatte, und ich bereute es sofort.

»Dann ist es also wahr?«, fragte ich und fürchtete mich vor seiner Antwort, auch wenn ich sie hören musste. »Deine Familie gehört zur Mafia?«

Er riss einen langen, dünnen Grashalm aus und versuchte, ihn in zwei Hälften zu spalten. »Ich leugne es nicht.«

Eine vertraute Woge der Übelkeit türmte sich in meinem Magen auf, aber diesmal war sie schwächer. Ich hatte mich dem Großteil dessen, was mir solche Angst machte, bereits gestellt, bevor ich mich schlafen gelegt hatte. Und nun, da er nur bestätigt hatte, was ich ohnehin schon wusste, fühlte es sich eher an wie ein dumpfer Schlag in den Bauch.

Als ich nichts erwiderte, packte er blitzschnell meine Hand, so als befürchtete er, mich in diesem kurzen Moment des Schweigens verloren zu haben. Ich ließ meine Hand in seiner und drängte ihn weiter, so vorsichtig, wie ich konnte.

»Befiehlt Felice dir, dass du Menschen wehtun sollst? Hörst du genauso auf ihn, wie du auf Luca hörst?«

»Natürlich nicht.« Er wirkte durch meine Andeutung gekränkt und ich war froh darüber. Wenn er nicht auf »den Boss« hören musste, war er wahrscheinlich nicht in die Dinge verwickelt, für die sein Vater beschuldigt worden war.

»Was bedeutet das für dich und deine Brüder«, fragte ich, »zur Mafia zu gehören?«

Nic zögerte, und ich konnte sehen, dass er versuchte, seine Antwort richtig zu formulieren. »Dass wir verrufen sind.«

»Und berüchtigt?« Ich erinnerte mich wieder an den Artikel und zitterte.

»Ja«, antwortete er schlicht, so als störe es ihn nicht auf dieselbe Weise, auf die es mich gestört hätte. »Wir waren von Geburt an durch den Ruf unserer Familie abgestempelt, wurden nach Bossen früherer Generationen benannt und mit einem ausgeprägten Sinn für Loyalität und Ehre erzogen …« Er verstummte.

»Tust du Menschen weh?«

Er fuhr sich mit einer Hand durchs Haar, bis sie locker über seinen Augen hingen und sie verdeckten. »So ist das nicht.«

»Und wie ist es dann?«

Nic nahm meine beiden Hände in seine. »Sophie, es gibt so vieles, das ich dir nicht sagen kann. Ich habe einen ernsten

Schwur abgelegt, und ihn zu brechen, würde bedeuten, gegen einen Schweigekodex zu verstoßen, der von jedem Mitglied meiner Familie eingehalten wird. Aber wenn du sonst auf nichts vertrauen kannst, vertraue hierauf: Ich bin ein guter Mensch mit guten Moralvorstellungen. Meine Brüder und ich sind loyal bis in den Tod. Wir wurden in einem Verständnis für Recht und Unrecht erzogen. Wir dienen unserer Mutter und beschützen sie, damit sie für den Rest ihres Lebens glücklich sein kann. Wir trauern um unseren toten Vater, gehen jeden Sonntag zur Kirche und beten für seine Seele. Ich will diejenigen, die ich liebe, ebenso beschützen wie diejenigen, die sich nicht selbst beschützen können. Aber vor allem will ich die Welt durch mein Leben besser machen.«

Ich spürte eine Welle der Erleichterung in mir. Ich wusste nicht, was ich erwartet hatte, aber das hier war so viel besser.

»Du wurdest in diese Lebensweise hineingeboren«, sagte ich wie zu mir selbst, »aber das bedeutet nicht, dass du auch ein Teil von ihr bist.«

Nic atmete ein, so als wollte er noch etwas sagen, hielt sich dann jedoch zurück.

»Wir leben beide im Schatten unserer Väter«, fügte ich hinzu, und zum ersten Mal wurde mir wirklich bewusst, dass es der Wahrheit entsprach.

»Ich könnte dir niemals wehtun«, sagte er leise.

»Ich weiß.« Ich schob meine Finger zwischen seine. Ich hatte gesehen, wie diese Hände Alex wehgetan hatten, ich hatte tiefblaue Flecken auf seinen Knöcheln gesehen, aber ich musste einfach glauben, dass es bei mir anders war. Ich betrachtete unsere Finger, seine olivfarbene Haut auf meiner blassen, und sein Griff war sicher und stark. Es fühlte sich anders an. Es fühlte sich richtig an.

Für eine Weile sagte keiner von uns ein Wort. Unzählige Bandagen waren von den Wunden auf unseren Seelen gerissen worden und wir waren beide völlig erschöpft von all den Gefühlen.

»Weißt du, warum ich nicht mit dir zusammen sein kann?«, fragte Nic schließlich. »Ich will, dass du weißt, dass es nicht meine Entscheidung war, dich zu verlassen.«

Langsam fing ich an, das zu verstehen. »Als Luca herausgefunden hat, wer ich bin, hat das alles verändert, stimmt's?«

»Namen sind Schall und Rauch, richtig?« Nic sah mich reumütig an. »Es ist keine gute Idee, dass wir beide zusammen sind. Nicht nach allem, was passiert ist. Ich will keine unnötige Aufmerksamkeit auf dich lenken.«

»Bin ich in Gefahr? Sie haben mich davor gewarnt, dass ...« Ich dachte an meinen Onkel und verstand seine Besorgnis. Eine Mafia-Familie zieht in dieselbe Straße, in der die Familie des Mannes wohnt, der für den Tod ihres Bosses verantwortlich ist. Ich schnappte nach Luft.

»Jack hat dich gewarnt?« Ein flüchtiger Hauch von Feindseligkeit mischte sich in Nics Worte.

»Und mein Vater.«

»Du bist nicht in Gefahr.« Er versuchte, beiläufig zu klingen, aber ein neuer Unterton kroch in seine Stimme: Anspannung. »Aber wir glauben, dass es das Beste ist, wenn du möglichst weit von uns weg bleibst, und von den etwas ... verstörteren Mitgliedern unserer Familie ... zumindest im Moment.«

Nic verfiel wieder in Schweigen. Er ließ seine Hände zu meinen Armen hinaufwandern und begann, sie zu rubbeln. Ich hatte gar nicht bemerkt, wie kalt mir war, bis ich die Wärme seiner Berührung spürte.

»Muss ich Angst haben?«

»Du musst vor gar nichts Angst haben«, versicherte er mir ruhig.

Ich lächelte schwach. Ich hatte Angst davor, ihn zu verlieren, aber das konnte ich ihm nicht sagen. Es würde nichts nützen.

Er richtete den Blick auf meine Lippen. »Wenn ich in jener Nacht gewusst hätte, dass es das letzte Mal ist, dass ich dich küssen kann, dann hätte ich nicht damit aufgehört.«

Ich lächelte betrübt. Warum konnte er nicht jemand anders sein, *jeder*, nur kein Falcone?

»Ich sollte jetzt gehen«, sagte er, so als müsste er sich selbst davon überzeugen und nicht mich. Aber er ging nicht, sondern lehnte sich zu mir. Unsere Finger waren ineinander verschlungen, und er zog mich näher zu sich heran und legte die Arme um meine Taille.

Langsam, so als kämpfe er dagegen an, lehnte er seine Stirn an meine. »Aber was, wenn ... was, wenn du in diesem einen Moment nicht Sophie Gracewell bist und ich nicht Nicoli Falcone ...« Er verstummte wieder und fand meine Lippen mit seinen.

Sehnsüchtiges Verlangen loderte in mir auf, als sich seine Lippen auf meine pressten. Sein Mund drückte sich fest auf meinen, heiß und unnachgiebig, und als sich unsere Zungen trafen, verlor ich mich voll und ganz in der Leidenschaft unseres Kusses.

Viel zu schnell – mitten in der Hitze dieses intensiven Augenblicks, in dem es mir sogar schwerfiel, meine Lippen von seinen zu lösen, um Luft zu holen – riss uns ein seltsames, entferntes Brummen wieder in unsere irdischen Körper zurück. Nic löste sich von mir, keuchte heftig und angelte sein klingelndes Telefon aus der Jeanstasche.

Er legte eine Hand auf sein Herz. »Valentino«, meldete er

sich mit zitternder Stimme. »Ich bin schon unterwegs.« Er legte auf und sah mich wieder an, aber die Sanftheit war aus seinen Augen verschwunden, und mir wurde mit einem stechenden Schmerz bewusst, dass ich eine andere Version von Nicoli Falcone vor mir sah.

»Du musst gehen«, sagte ich, noch immer heftig keuchend.

»Es tut mir leid.« Er nahm meine Hand in seine. »Bitte sprich mit niemandem über das hier, Sophie. Ich habe einen Schwur geleistet, und meine Familie wäre ganz und gar nicht erfreut, wenn ich ihn brechen würde, auch wenn es nur ein bisschen ist.«

»Das werde ich nicht«, versprach ich, ohne darüber nachdenken zu müssen. Ich konnte die Wärme seines Kusses immer noch auf meinen Lippen spüren und in diesem Moment hätte ich ihm womöglich alles versprochen.

Er hob meine Hand an seinen Mund und strich mit den Lippen darüber. »*Essere al sicuro*, Sophie«, murmelte er. »Pass auf dich auf.«

In einem flüchtigen Moment der Verrücktheit spielte ich mit dem Gedanken, ihm nachzurennen und ihn zurückzureißen, aber dann erinnerte ich mich wieder an Lucas Warnung. Ich wollte nicht, dass er sich Millie oder meiner Mutter auch nur näherte.

Also trottete ich wieder nach oben, kroch in mein Bett und dachte an diesen kurzen Moment im Garten, in dem sich mein ganzes Leben so berauschend und leicht angefühlt hatte. Als ich gerade dabei war, ins Nichts hinüberzugleiten, fiel mir etwas ein, das Nic gesagt hatte.

Jack hat dich gewarnt …

Woher kannte er den Namen meines Onkels? Ich hatte ihn ihm gegenüber nie erwähnt – da war ich mir ganz sicher.

Dann erinnerte ich mich auch noch an andere Dinge, Dinge, die erst jetzt allmählich einen Sinn ergaben: Lucas seltsame Fragen im Diner, als wir uns zum ersten Mal begegnet waren. Doms Interesse an Millies Arbeitsplatz und wie er sie hatte fallen lassen, nachdem er Informationen über mich bekommen hatte. Wie Nic in der Nacht, als wir eingebrochen waren, beim Diner herumgelungert, seinen Wagen aber weit weg in einer dunklen Ecke geparkt hatte … so als hätte er auf jemanden oder etwas gewartet.

Plötzlich hatte ich ein schreckliches Gefühl in der Magengegend, dass dieses Etwas oder dieser Jemand genau die Person war, die aus Cedar Hill verschwunden war, als die Falcones angekommen sind: mein Onkel Jack.

Das war der Moment, in dem mir bewusst wurde, dass es mit der Falcone-Gracewell-Geschichte mehr auf sich hatte, als ich bisher angenommen hatte. Und dass Nic zwar vielleicht wirklich Gefühle für mich hegte, sie ihn aber kein bisschen davon abhielen, mir direkt – und dreist – ins Gesicht zu lügen.

20

Der Film

Die Nachwirkungen meines nächtlichen Lebewohls mit Nic waren schlimmer, als ich gedacht hatte. Seine Worte hatten meine ganze Welt auf den Kopf gestellt und dazu geführt, dass ich alles infrage stellte, was ich über meine Familie zu wissen glaubte – und über mein Herz. Immer wieder schlichen sich hinterhältige Erinnerungen an seine dunklen Augen in meinen Kopf, an die Art, wie ihm sein zerzaustes Haar ins Gesicht fiel oder sich sein Lächeln auf seinem Gesicht ausbreitete. Diese Bilder drehten mir das imaginäre Messer noch tiefer in den Bauch, bis es sich beinahe anfühlte wie echter Schmerz. Er drohte, mich zu zerreißen.

Ich versuchte, die unangenehmen Bilder so gut es ging zu ignorieren, indem ich Doppelschichten im Diner arbeitete, früher anfing und länger blieb, um die Kasse zu machen. Ein kleiner Teil von mir hoffte, dass Nic vorbeikam, aber ich tief im Inneren wusste ich, dass er es nicht tun würde. Nach der Arbeit nahm ich immer den längeren Weg nach Hause, damit ich nicht am Haus der Priestlys – oder besser *Falcones* – vorbei musste und nicht riskierte, wieder dieses schrecklich trostlose Gefühl zu bekommen, das ich damit verband.

Die Sache mit meinem Onkel hatte sich von seltsam zu völlig bizarr entwickelt. Er war wie vom Erdboden verschluckt.

Ich versuchte immer wieder, ihn über seine neue Nummer zu erreichen, aber er ging nie ans Telefon. Ich schickte ihm ständig Nachrichten, aber er antwortete mir nur einmal, und auch dann nur mit drei kurzen Worten: **Mir geht's gut.** Noch mehr Lügen.

Irgendetwas stimmte nicht mit ihm, das konnte ich spüren, aber ich wusste immer noch nicht, was. Er wusste, dass ich einige Fragen an ihn hatte, und er hatte ganz und gar nicht die Absicht, sie zu beantworten, sei es per SMS oder auf andere Art. Jetzt mied er nicht nur Cedar Hill, sondern ging auch mir aus dem Weg, und das beunruhigte mich immer mehr. Allmählich hatte ich das Gefühl, in einen Abgrund zu brüllen, und es war niemand in der Nähe, der mich hören konnte.

»Dann hast du wirklich gar nichts von ihm gehört?«, fragte Millie, als wir unter dem steinernen Torbogen am Eingang des Rayfield Parks hindurchgingen. Heute zeigten sie einen Film im Open-Air-Kino, und sie hatte mich überredet, mit ihr hinzugehen. Sie wollte, dass ich wenigstens versuchte, zumindest für ein paar Stunden nicht an all das zu denken, bevor ich vor Sorge noch verrückt wurde. »Das sieht Jack wirklich nicht ähnlich.«

»Ich weiß.« Jack hatte meinem Vater das Versprechen gegeben, dass er immer auf mich aufpassen würde, und dass er nicht auf meine Versuche reagierte, Kontakt mit ihm aufzunehmen, war kein gutes Zeichen. »Irgendwas stimmt da ganz und gar nicht, wenn er sich aus seinem kompletten Leben zurückzieht«, fügte ich hinzu.

Wir folgten einem der gewundenen Steinpfade, der sich um eine offene Grünfläche schlang, die von üppigen Kastanienbäumen gesäumt war. Vor uns schleppte eine Gruppe pickeliger Teenager Decken, Picknickkörbe und Klappstühle. »Was, wenn er einfach nur mit dem ganzen Geld aus dem Diner abgehauen ist?«, fragte Millie.

»Welches Geld?«

Wir lachten beide.

Es war ein gutes Gefühl, nach all dem ein bisschen Spaß mit Millie zu haben. Obwohl sie wusste, was mein Vater Nics Vater angetan hatte, versuchte ich, mich nicht schuldig zu fühlen, weil ich ihr gewisse Einzelheiten – Mafia-Einzelheiten – der Gesamtsituation verschwieg. Ich hatte Nic ein Versprechen gegeben, und ich wollte kein Mensch sein, der seine Versprechen nicht hielt. Außerdem war es ohnehin besser für Millie, wenn ich sie darüber im Dunkeln ließ. Ich wollte nicht riskieren, sie in Gefahr zu bringen, besonders nicht nach Lucas Drohung.

Millie tippte sich ans Kinn. »Tja, dein Onkel muss das Geld für diese schicken Anzüge ja schließlich irgendwo herkriegen.«

»Vertrau mir. Ich hab die Bücher gesehen. Es stammt nicht aus dem Diner.«

»Verdammt«, jammerte Millie. »Und ich hab immer noch auf diese Gehaltserhöhung gehofft.«

Wir hängten uns an eine Menschentraube, die einem Nebenpfad folgte, der zum zentralen Platz des Parks führte. Ein Stück weiter vorne flirteten Erin Reyes und drei ihrer hohlen Klone gerade lautstark mit einer Gruppe Jungs aus der Schule. Sie fing meinen Blick ein und grinste höhnisch, bevor sie ihr Haar mit der typischen Ich-bin-so-viel-besser-als-du-Geste zurückwarf. Sie kicherte noch lauter.

»Das kann doch nur ein falsches Lachen sein.«

»Dann passt es ja zu ihrer Nase«, fügte Millie hinzu, bevor sie mich wegzog. Sie strich mit der Hand über die Rinde einer nahen Eiche, als wir daran vorbeigingen.

»Versuchst du, wieder eins mit der Natur zu werden?«, neckte ich sie.

Sie knuffte mich in die Seite und ich stolperte vom Pfad in den Matsch daneben. »Hey!«

»Ich versuche nur, dich von allem abzulenken.«

»Du bist ein wahrer Schatz.«

»Vielen Dank, Sophie«, sagte Millie und machte einen albernen Knicks vor mir.

Endlich erreichten wir den Platz: großzügige Rasenflächen wurden im Zickzack von Steinpfaden geteilt und auf allen Seiten von hohen Bäumen begrenzt. Am Nordende des Platzes war eine riesige Leinwand aufgebaut.

»Dieses Jahr haben sie einen Taco-Stand!«, kreischte Millie und zerrte mich an einer der Gürtelschlaufen meiner abgeschnittenen Jeans mit sich. »Komm, wir setzen uns irgendwo da drüben hin.«

Unmengen von Menschen saßen bereits entspannt auf Stühlen und Decken vor der riesigen Leinwand. Viele Familien waren mit ihren Kindern gekommen, die völlig sorglos über den Rasen tobten, während die eintreffenden Pärchen an den Hüften, Händen und Ellbogen zusammengenäht zu sein schienen und alles Mögliche mitbrachten, von Kissen über Picknickkörbe bis hin zu Bierdosen und Weinflaschen.

»Wow, die Leute müssen Monty Python ja wirklich lieben«, bemerkte ich, während Millie ihre Decke an einer Stelle ausbreitete, die sich in gleicher Entfernung zur Leinwand und zum Taco-Stand befand. Sie strich alle vier Ecken glatt und vergewisserte sich, dass sie perfekt gerade lag.

»Ich kann immer noch nicht glauben, dass du den Film noch nie gesehen hast.«

Als wir uns gemütlich ausgestreckt hatten, leerte ich den

Inhalt meiner Tasche aus, bis sich unser improvisiertes Festmahl wie ein Mosaik aus Zucker und Schokolade über die ganze Patchworkdecke verteilte.

Millie riss eine Tüte mit sauren Gummibärchen auf und stopfte sich vier auf einmal in den Mund. »Die liebe ich«, sagte sie mit prall gefüllten Wangen. »Obwohl ich sie eigentlich nicht essen darf.« Sie grinste und enthüllte winzige Gelatinestückchen, die an ihrer unsichtbaren Zahnspange klebten.

Ich lachte sie aus und es war ein tolles Gefühl. Seit der Nacht, in der ich auf Nic hereingefallen war, hatte ich mich mit Fragen gequält und in Selbstmitleid gebadet, was mir mehr schadete als nutzte. Ich musste damit aufhören, bevor ich mich noch selbst in den Wahnsinn trieb, weil ich über Dinge nachdachte, von denen ich wusste, dass ich sie ohnehin nicht ändern konnte.

Mein Grinsen wurde noch breiter, erstarb dann aber mit einem Schlag, als ich den plötzlichen Ausdruck auf Millies Gesicht sah.

»Aber ich dachte, er wäre gar nicht in der Stadt«, murmelte sie, und ihre Stimme klang unnatürlich gedämpft.

»Hä?« Ich folgte ihrem Blick und sah mit zusammengekniffenen Augen in die noch immer wachsende Menschenmenge. »Von wem sprichst du?«

»Robbie Stenson. Er ist hier.«

21
Die Pistole

Ich richtete meine volle Konzentration auf Robbie Stensons blöden runden Hinterkopf. Obwohl ich mich noch immer an nichts aus jener Nacht erinnern konnte, machte es mich schon wütend, ihn nur anzusehen. Es war, als würde meine Haut bei der Erinnerung daran anfangen zu brennen und als hätte mein Verstand Mühe, mitzuhalten. Millies schallendes Gelächter dröhnte in meinen Ohren. Sie war völlig beglückt und in den Film vertieft.

»Warum lachst du denn gar nicht?«, fragte sie.

Ich sah auf die Leinwand, wo ein Haufen britischer Ritter die ganze Zeit mit albernem französischen Akzent sprach. *Ziemlich eigenartig.* »Ich bin abgelenkt.«

»Was willst du denn erreichen, indem du die ganze Zeit so auf Robbies Kopf starrst?« Millie schaufelte sich noch eine Handvoll Karamellpopcorn in den Mund. »Versuchst du, ihn per Telepathie zum Explodieren zu bringen?«

»Ich weiß nicht.« Ich verzog das Gesicht und versuchte, die Erinnerung wiederzufinden, die ganz nah an der Grenze meines Bewusstseins schwebte. »Ich versuche, mich zu erinnern.«

Millie stopfte sich noch eine Handvoll Popcorn in den Mund und kaute nachdenklich. »Tu's nicht«, sagte sie dann und sprühte klebrige Körner über die Decke. »Versuch einfach, das Ganze zu vergessen. Du bist hier, um dich zu entspannen, schon vergessen?«

Ich gab mein Bestes, ihren Rat zu befolgen, aber trotzdem stimmte irgendetwas nicht …

Nach einer knappen Stunde wurde die Leinwand schwarz und ein Schriftzug kündigte eine kurze Pause an. »Taco?«, bot ich an, weil ich mir die Beine vertreten wollte.

»Wenn du darauf bestehst«, antwortete Millie und streckte sich aus. »Bring mir zwei mit, bitte.«

Ich wischte die Krümel von meinen Klamotten, ging über den Rasen und stellte mich ans Ende der Taco-Schlange. Kurz darauf war ich zwischen einem Mädchen mit leuchtend pinkfarbenem Haar und einem übergewichtigen Mann eingezwängt.

»Diese Kasse ist auch offen!«, brüllte eine metallische Stimme.

Ein Teil der Menge hinter mir spaltete sich ab und bildete eine zweite Schlange, und plötzlich stand ich beinahe Seite an Seite mit Robbie Stenson.

Er sah mich an und wandte dann blitzschnell den Blick wieder ab, aber ich hatte genügend Zeit, um die gelblichen Prellungen rund um seine Augenhöhlen und entlang seines geschwollenen Kiefers wahrzunehmen. Was zur Hölle war bloß mit ihm passiert?

Die Kasse klingelte, und die Schlange bewegte sich vorwärts und nahm mich mit sich. Robbie schloss auf seiner Seite wieder zu mir auf. Er drehte einen roten Becher in den Händen und die Flüssigkeit schwappte hin und her. Er führte ihn an die Lippen, setzte ihn an und begann, den Inhalt gierig hinunterzuschlucken. Je länger ich zusah, wie sich der rote Becher an seinem Mund vor- und zurückbewegte, desto intensiver starrte ich darauf.

Dann brach mit einem Mal alles wieder über mich herein.

Ich erinnerte mich wieder daran, dass ich in das Schlafzimmer von Millies Eltern gegangen und dort Robbie Stenson begegnet war. *Ich hab mich mit Bier eingesaut* – hatte er das nicht gesagt? Aber er hatte zwei volle Becher in den Händen gehalten. Und er hatte mir erzählt, dass er den ganzen Abend nichts getrunken hatte. Ich verzerrte das Gesicht, als die Erinnerung an die süße, prickelnde Flüssigkeit zurückkehrte und mir wieder einfiel, wie er mich gedrängt hatte, sie zu trinken, bevor er sich neben mich auf das Bett gesetzt hatte. Mir war unangenehm gewesen, wie er mich angeschaut hatte. Dann wurde in meiner Erinnerung plötzlich alles wieder dunkel. Im selben Augenblick, als die Kasse erneut klingelte – und die Alarmglocken in meinem Kopf nachahmte –, wurde mir bewusst, dass Robbie Stenson mich in jener Nacht unter Drogen gesetzt und dann dafür gesorgt hatte, dass er mich nach Hause bringen konnte, um über mich herzufallen. Die ganze Sache hatte nichts Unschuldiges oder Naives an sich.

Und was noch schlimmer war: Ich war mir sicher, dass das Ganze, wenn Luca nicht eingegriffen hätte, nicht nur mit einem Schock, sondern mit etwas viel Schrecklicherem geendet hätte.

Die Schlange schob sich vorwärts.

»Beweg dich«, beschwerte sich der dicke Mann hinter mir, aber ich konnte mich nicht rühren. Ich war wie am Boden festgewachsen. »Hey, komm schon.« Er stupste mich an.

Galle stieg mir in die Kehle. Neben mir schlurfte Robbie nach vorne und ließ den roten Becher in seiner Hand hin und her baumeln. Er hatte sich in ein Pendel verwandelt, das explosive Erinnerungen in meine Richtung schleuderte, eine nach der anderen, und bevor ich eigentlich wusste, was ich tat, hatte ich ihn aus der Schlange geschubst.

»Was zur Hölle?« Sein stämmiger Körper taumelte rückwärts. Er stolperte, landete im Gras und hielt sich die Rippen.

»Wie konntest du?« Ich stürzte mich wieder auf ihn, aber diesmal war er darauf vorbereitet. Er richtete sich auf und wich vor mir zurück, weg von der Menge. Ich folgte ihm.

»Was zur Hölle ist dein Problem?«, spuckte er durch seine zusammengebissenen Zähne aus.

»Du hast versucht, über mich herzufallen«, fauchte ich.

»Nein, hab ich nicht«, erwiderte er so ausgeglichen, dass ich an meiner Erinnerung gezweifelt hätte, wenn sie nicht so heftig in meinem Schädel pulsiert hätte. »Ich hab dich nach Hause gebracht, als mir dein Freund plötzlich ohne jeden Grund die Seele aus dem Leib geprügelt hat. Du kannst von Glück sagen, dass ich ihn nicht angezeigt hab.«

Dann hatte Luca Robbie also diese Verletzungen zugefügt – und wie es aussah, hatte er sich dabei nicht zurückgehalten. Viel bedenklicher als die Tatsache, dass Luca höchstwahrscheinlich ein Psychopath war, fand ich jedoch die Erkenntnis, dass ich irgendwo in meinem tiefsten Inneren einen Hauch Befriedigung verspürte. Robbie Stenson war nicht mit dem Versuch davongekommen, mir Gewalt anzutun.

»Ich weiß, dass du mich unter Drogen gesetzt hast.« Ich war mir vage darüber im Klaren, dass ich immer hysterischer wurde. Dank Luca Falcone hatte Robbie vielleicht für das bezahlt, was er tatsächlich getan hatte, aber noch nicht für das, was er vorgehabt hatte. »Du hast die ganze Sache geplant! Ich weiß noch, was du mir gegeben hast.«

Robbie schnaubte verächtlich und sein Gesicht schien in sich zusammenzuschrumpfen. »Tust du das?« Er hielt sich noch immer die Seite und umkreiste mich wie ein Aasgeier seine Beute. »Tja, ich glaube kaum, dass du vor Gericht damit durchkommen würdest.«

»Dann gibst du es also zu?«, gab ich wutentbrannt zurück.

Er zuckte mit den Schultern und im nächsten Moment stürzte ich mich wieder auf ihn. Als ich mit einem dumpfen Schlag gegen seine Brust prallte, schoss mir ein stechender Schmerz durch die linke Schulter. Er packte mich und seine Hände gruben sich in meine Rippen.

»Hör auf!« Sein Gesicht war schmerzverzerrt und seine Hände drückten warnend noch fester zu. »Du machst dich völlig lächerlich. Lass es gut sein.«

Ich zappelte in seinen Armen. »Lass mich los!«, kreischte ich und bohrte meine Fingernägel ganz fest in seine Fäuste, bis sie sich lösten.

»Na schön«, erwiderte er. »Geh mir einfach aus den Augen.«

Ich sprang rückwärts und vergrößerte den Abstand zwischen uns. »Du bist ein kranker Irrer!«, brüllte ich und hob eine Faust in seine Richtung, während das Adrenalin durch meine Adern pumpte. »Wie konntest du mir das antun? Oder sonst jemandem?«

Robbies Grinsen reichte bis zu seinen geprellten Wangen. »Oh, komm schon. Dir muss doch klar sein, dass man richtig Raritätspunkte sammeln kann, wenn man Michael Gracewells Tochter vögelt.«

»Du meinst wohl: *vergewaltigt*«, spuckte ich ihm ins Gesicht und umkreiste ihn.

»Erzähl mir nicht, dass du versuchen willst, gegen mich zu kämpfen?«, spottete er.

Er war der hässlichste Mensch, dem ich je begegnet war. »Ich hasse dich.«

»Entspann dich, Sophie. Jetzt würde ich dich noch nicht mal mehr anfassen.«

Bei der Art, wie er meinen Namen aussprach, so als sei er ein Schimpfwort, wurde mir übel. »Du wirst dafür bezahlen!« Voller Befriedigung sah ich, wie sämtliche Farbe aus seinem Gesicht wich. Seine grauen Augen weiteten sich und er schlang die Arme noch fester um seinen Körper. Allerdings hatte ich ihm mit meinen Worten nicht doch plötzlich Angst eingejagt. Robbie sah mich gar nicht mehr an, sondern blickte über meine Schulter.

Aus dem Nichts mischte sich eine dritte Stimme in unsere Unterhaltung ein. Im Vergleich zu unserer erhitzten Auseinandersetzung klang sie geradezu unheimlich gelassen.

»*Ciao*, Robert. Lang nicht mehr gesehen.«

Ich hätte die wohlklingende Stimme für vertraut – sogar freundlich – gehalten, wenn ich mir nicht so sicher gewesen wäre, dass sie Luca Falcone gehörte. Ich sah zu, wie Robbie die Hände hob und rückwärts taumelte, während Luca hinter mir hervortrat, so als sei er gerade aus dem Gras gewachsen. Wie lange hatte er schon dort gestanden und zugehört? Ich drehte mich um und suchte nach seinen Brüdern, aber er war allein.

»Ich konnte nicht anders, als eure Unterhaltung mit anzuhören«, sagte er ruhig. »Ich hoffe, ich störe nicht.«

»Bleib mir vom Leib, Mann, oder ich ruf die Polizei.« Robbies Stimme zitterte und klang eine Oktave höher als gewöhnlich. Mit einem Schlag verschwand die Selbstgefälligkeit aus seinem Gesicht.

»Robert«, fuhr Luca fort, »ich glaube, du musst dich beruhigen. Du wirkst furchtbar angespannt.«

»Du hast mir die Rippen gebrochen!«

»Nur ein paar«, erwiderte Luca abfällig.

»Was willst du von mir?«

Lucas gespielt freundlicher Tonfall war beinahe noch Furcht einflößender als sein drohender. »Ich möchte nur mal kurz mit dir reden. Geht das in Ordnung?«

Er machte noch einen Schritt nach vorne und Robbie stolperte rückwärts. »Ich kenne dich doch gar nicht. Worüber zur Hölle willst du denn mit mir reden?«

»Gehört deinem Dad nicht ein Möbelladen?«

Robbie riss die Augen auf. »Woher weißt du das?«

Luca machte noch einen Schritt vorwärts und schloss die Lücke zwischen ihnen. »Das wissen doch alle, oder?«

»Ich schätze schon.«

»Und du arbeitest für ihn, nicht wahr?«

Mittlerweile konnte ich nur noch Lucas Hinterkopf sehen, während er sich weiter vorwärtsbewegte und mich völlig ignorierte.

»Ja, tue ich«, antwortete Robbie und klang einen Hauch selbstbewusster.

»Gut.« Luca verschränkte die Arme. »Lassen wir unsere kurze gemeinsame Geschichte mal für einen Moment beiseite, in Ordnung? Die Vergangenheit ist Vergangenheit, und ich denke, wir sollten uns davon lösen. Das Ganze geht mich eigentlich sowieso nichts an.«

Robbie nickte wie einer dieser Wackeldackel, den sich Leute im Auto aufs Armaturenbrett stellten.

»Ich handele unter anderem mit neuen Möbeln, ob du's glaubst oder nicht.«

»Wirklich?«

»Und ich dachte, um unsere unglückliche Auseinandersetzung von neulich wiedergutzumachen …« Luca zeigte mit einem Finger auf Robbies verprügeltes Gesicht und wackelte zur Verdeutlichung damit in der Luft herum. »Erinnerst du dich noch daran?«

»J-Ja.«

»Und an das?« Er deutete auf seine Rippen.

»Offensichtlich«, zischte Robbie und knetete seine fleischigen Arme.

»Nun, ich dachte jedenfalls, als Entschädigung könnte ich euch vielleicht ein paar Aufträge zuschanzen. Ich brauche eine ganze Menge.«

Robbies Schultern entspannten sich.

»Ich bin kein schlechter Kerl«, fuhr Luca ruhig fort, und ich hatte den Eindruck, dass er lächelte – ein Ereignis, das seltener vorkam als eine totale Sonnenfinsternis. »Also, warum besprechen wir nicht ein paar Dinge?«

»Jetzt?« Robbie hob eine Augenbraue. »Der Film läuft gleich weiter. Warum machen wir das nicht, wenn ich sowieso bei der Arbeit bin?«

»Die Sache ist dringend, also lass uns lieber jetzt reden.« Luca klatschte eine Hand auf Robbies Nacken. »Komm mit.« Er zog ihn aus dem Park in Richtung der Bäume. »Wink Gracewell zum Abschied noch mal zu«, sagte er. »Sie bleibt hier.«

Ich bemerkte den warnenden Unterton in seinen Worten, aber als ich zusah, wie sie hinter dem Taco-Stand verschwanden, ertappte ich mich dabei, wie ich über ein unerwartetes Dilemma sinnierte. *Der Film fängt gleich wieder an,* ermahnte ich mich selbst, aber trotzdem führten mich meine Füße in Richtung der Bäume und nicht zurück zu Millie, die auf dem Rasen saß und – zweifellos sehr ungeduldig – auf die Tacos wartete, von denen ich nun nicht mehr die Absicht hatte, sie zu kaufen.

Die Art, wie Luca den Arm um Robbies Schultern legte,

ließ beinahe vermuten, dass die beiden Freunde waren, und ich musste zugeben, dass die Art, wie er mit ihm gesprochen hatte, etwas unbestreitbar Überzeugendes an sich gehabt hatte. Ich war – im Gegensatz zu meinem Angreifer – jedoch nicht dumm genug, darauf hereinzufallen. Ich wusste besser als die meisten, dass Luca keine Freunde brauchte. Oder Möbel. Was auch immer inmitten dieser Bäume geschehen würde, es war sehr unwahrscheinlich, dass es sich dabei um eine geschäftliche Besprechung handelte – zumindest nicht für Robbie. Aber er ließ sich wie ein gutgläubiger *Vollidiot* von Luca wegführen, und ich konnte einfach nicht anders, als ihnen zu folgen.

Ich ging schneller, um sie nicht ganz zu verlieren, blieb jedoch weit genug hinter ihnen, damit sie mich nicht bemerkten und schlüpfte genau in dem Augenblick hinter den Taco-Stand, als der Film hinter meiner Schulter wieder flimmernd zum Leben erwachte. Vor mir konnte ich Luca und Robbie zwischen den tief hängenden Ästen zweier Bäume verschwinden sehen. Ich blieb zurück, huschte auf Zehenspitzen über Zweige und trockene Blätter und folgte ihren Stimmen.

Nachdem ich ihnen ein paar Minuten lang heimlich nachgeschlichen war, drang ihre Unterhaltung von einer Lichtung zu mir. Sie waren stehen geblieben, also tat ich es auch. Sie standen sich auf einer baumfreien Fläche gegenüber. Robbie hatte die Arme um seine Rippen geschlungen, während Lucas locker an den Seiten herunterhingen.

Ich schlich näher an sie heran.

»Aber ich dachte, du wolltest was über Möbel wissen«, protestierte Robbie.

»Mir ist gerade wieder eingefallen«, erwiderte Luca, »dass ich gar keine Möbel brauche.«

»Und warum sind wir dann …?« Robbie stockte der Atem, bevor er seinen Satz zu Ende bringen konnte.

Mit stummem Entsetzen beobachtete ich, wie Luca seine Faust direkt in Robbies Magen rammte und er sich so tief krümmte, dass er zu Boden ging. Er rollte sich auf die Seite und blieb stöhnend im Dreck liegen.

»Wir sind hier, Robert, weil ich gehört habe, was du zu Sophie gesagt hast.« Lucas Stimme war unheimlich ruhig. Er trat mit voller Wucht auf Robbies Fuß, aber die Erde dämpfte seinen Schrei. »Und wenn es eines gibt, was ich hasse, dann sind es Drogendealer.« Er ging noch näher zu ihm, verdeckte ihn mit seinem Schatten und trat ihm hart gegen die Schulter. »*Besonders* Typen, die *Mädchen* unter Drogen setzen und dann versuchen, sie zu *vergewaltigen*.« Er holte erneut mit seinem Fuß aus und diesmal trat er Robbie in den Magen. Es war ein deutliches Krachen zu hören. Robbie brüllte in den Dreck, während Luca ihn mit seinem Schuh auf den Bauch rollte. »Ich meine, es war schon schlimm genug, als ich dachte, du würdest sie nur anmachen. Aber jetzt?« Er stampfte Robbie in den Rücken und der spuckte ins dreckige Gras. »Jetzt bist du das Letzte vom Letzten. Du bist *Abschaum*.«

Ich stolperte vorwärts, halb gelähmt vor Angst, aber trotzdem wild entschlossen, etwas zu unternehmen. Mein Versuch, dem schluchzenden Häuflein aus gebrochenen Rippen zu Hilfe zu eilen, dauerte nicht lange, denn es kam noch jemand auf die Lichtung.

»Steh auf!«, brüllte er, und seine Stimme ließ mich erstarren.

»Nicoli, ich hab dir doch gesagt, dass du dich da raushalten sollst!«

Aber Nic hörte gar nicht auf Luca, er sah ihn noch nicht einmal an. Er starrte auf Robbies gekrümmten Körper hinunter, und seine Augen waren voller Hass, während er auf ihn zustürmte.

»Steh auf, Stenson!«, brüllte er mit einer Stimme, die ich kaum wiedererkannte. Sie klang seltsam gläsern, und in ihr brannte eine Wut, die ich noch nie gehört hatte.

»Steh auf und sieh mir in die Augen, oder ich komm zu dir runter und schlitz dich auf!«

Langsam rappelte sich Robbie vom Boden auf. Es gelang ihm, sich halb gegen einen Baum zu lehnen, indem er sich mit den Fingern in der Rinde festkrallte und die Knie beugte. Er keuchte heftig, und Luca wich von ihm zurück, verschränkte die Hände hinter dem Rücken und neigte den Kopf zur Seite, so als würde er sich ein Marionettentheater anschauen.

Ich versuchte, mich zu bewegen, aber ich konnte nicht. Meine Beine zitterten so stark, dass ich mich an einen Baum klammern musste, um nicht vor Angst zusammenzuklappen.

»Ich hab gesagt, *steh auf!*« Nic kochte vor Wut.

»Nicoli«, warnte Luca, aber er rührte sich nicht. »Sei vorsichtig.«

Stöhnend richtete sich Robbie auf und verzerrte vor Anstrengung das Gesicht. »Meine Rippen«, schluchzte er. »Bitte.«

Nic packte ihn und warf ihn gegen die Rinde, und Robbies Gesicht begann zu bluten. Er schloss die Hände um Robbies Kehle. »Findest du, es ist in Ordnung, deine Hände auf jemanden zu legen, der deine Hände nicht auf sich haben will? Wie ist das für dich?« Er schloss die Hände noch fester um Robbies dicken Hals.

»Nicoli«, flüsterte Luca. Er ging näher zu ihm und legte eine Hand auf die Schulter seines Bruders, als sei er sein Aufpasser. »*Stai attento.*«

»Was ist das?«, gluckste Robbie, und sein Gesicht lief violett an. »Ist das eine …?«

In der schnellen Folge verschwommener Bewegungen konnte ich nur zwei Dinge wahrnehmen: Das Erste war das Auftauchen eines schwarzen metallischen Gegenstands an Robbies Schläfe. Das Zweite war ein Klicken.

Und dann bestätigte Nic mit seiner seltsam bedächtigen Antwort, was ich eben mit angesehen hatte: »Das ist eine Pistole, du verdammter Idiot.«

Robbie versuchte zu schreien, aber Nic steckte den Lauf so schnell in seinen Mund, dass er den Schrei sofort erstickte.

»Hör mir zu, du Stück Scheiße«, knurrte Nic. »Das hier ist deine letzte Warnung. Ich behalte dich im Auge. Wenn ich je wieder höre, dass du mit Drogen dealst, bist du tot. Wenn du je wieder versuchst, einem Mädchen irgendwelche Drogen zu geben, ganz gleich, ob sie es verlangt hat oder nicht, bist du tot. Wenn du je wieder versuchst, jemanden zu vergewaltigen, bist du tot. Und wenn du Sophie Gracewell auch nur noch ein einziges Mal *anschaust*, dann reiß ich dir das Herz raus und stopf es dir in deinen beschissenen Hals. Hast du das verstanden?«

Robbie nickte.

»Die Polizei hat vielleicht nicht genug, um dich wegen versuchter Vergewaltigung zu verurteilen, aber ich schon. Und ich bin kein großer Fan von Geschworenenprozessen, Stenson. Ich würde dir deshalb raten, diese letzte Warnung als ein Geschenk Gottes zu betrachten. Ändere dein Leben. Und wenn du der Polizei gegenüber auch nur ein Wort hiervon erwähnst, wird einer meiner Brüder dich erschießen, bevor du dich schlafen legst. Das kann ich dir *garantieren*.« Nic lehnte sich nach vorne und es kam mir wie in Zeitlupe vor. »Oder vielleicht erschieße ich dich auch gleich hier und jetzt und tue der Welt einen Gefallen.«

Ich zwang meine Puddingbeine vorwärts, wild entschlossen, aufzuhalten, was immer auch gleich passieren würde, aber Luca kam mir zuvor.

»*Basta!*«, sagte er und riss an Nics Waffenarm.

Nic zog den Arm freiwillig zurück, gab die Waffe jedoch nicht aus der Hand, und Luca zwang ihn auch nicht dazu. Stattdessen legte er eine Hand auf den Schussarm seines Bruders, damit er ihn nicht noch einmal heben konnte. Wie erstarrt stand ich auf meinem neuen Platz halb auf und halb außerhalb der Lichtung und beobachtete, wie sich Nics Brust hob und senkte, während er ohne zu blinzeln auf Robbies winselndes Gesicht starrte.

Schließlich löste Nic seinen Arm aus Lucas Griff, entspannte den Hahn der Pistole und steckte sie in den Bund seiner Jeans. Die Bewegung wirkte, als sei sie ihm in Fleisch und Blut übergegangen, und ich fragte mich, ob er auch eine Waffe dabeigehabt hatte, als er mich das letzte Mal in den Armen gehalten hatte. Er schüttelte sein Haar, machte ein paar Schritte zurück, legte ein Hand auf seine Brust und wandte sich von Robbie ab. »Luca, schaff ihn hier weg, bevor ich es mir anders überlege.«

Luca ging auf Robbie zu und tätschelte ihm in einer bizarren Zurschaustellung gespielter Kameradschaft die Wange. »Hast du das auch alles verstanden, Robert?«

Robbie wischte sich mit dem Handrücken die Tränen aus dem Gesicht. »Hab ich. V-V-Versprochen«, stammelte er.

»Gut.« Luca hob eine Hand und zeigte hinter Robbie, wo sich der weitläufige Park noch weiter erstreckte. »Und jetzt renn, als würde dein Leben davon abhängen. Weil das nämlich auch so ist.«

Und genau das tat Robbie auch. Ohne noch eine Sekunde zu vergeuden, stürzte er davon und rannte ungeschickt zwischen den Bäumen hindurch, bis er nur noch ein winziger Punkt war, der durch die Dunkelheit hüpfte. Als das Geräusch seiner ungleichmäßigen Schritte schließlich ganz verebbt war, wandte Luca seine Aufmerksamkeit Nic zu.

»Ich hab dir doch gesagt, dass du dich da raushalten sollst.« Er klang eher erschöpft als verärgert, so als sei er an diese Art von Verhalten gewöhnt.

»Du hast mir gesagt, er hätte versucht, sie auszunutzen. Du hast mir nicht gesagt, dass er sie unter *Drogen* gesetzt hat!«

»Damals wusste ich das auch noch nicht. Und du hättest uns nicht belauschen sollen.«

»Du hättest nicht erwarten sollen, dass ich mich aus der Sache raushalte.«

»Sei un pazzo, Nicoli.«

»Das hier ist was anderes.«

»Das sagst du jedes Mal.«

»Das hier *ist* was anderes.«

»Sie gehört nicht dir.«

»Aber es ist meine Aufgabe, sie zu beschützen.«

»Du hättest ihn *umgebracht*«, zischte Luca.

»Er hätte es verdient«, gab Nic gelassen und beinahe beiläufig zurück.

»Und was ist damit, dass wir den Kopf unten halten wollten? Du hättest alles kaputt machen können. Und ich hab dir schon mal gesagt, dass dich das nichts angeht.«

»Sie geht *mich aber was an, verdammt!«*

»Jetzt wird sie sowieso nichts mehr mit dir zu tun haben wollen«, fuhr Luca mit einer plötzlichen Leichtigkeit in der Stimme fort.

Nic riss den Kopf nach oben. Seine Augen funkelten böse. »Warum nicht?«

Ich spürte, wie sich mein Herz qualvoll zusammenzog, als mir bewusst wurde, was gleich passieren würde. Aber es war schon zu spät – es gab nichts mehr, was ich tun konnte, um es aufzuhalten.

Luca hob seinen Arm, bis er quer über die Lichtung zeigte. »Weil sie genau dort steht.«

Nic folgte Lucas Finger, bis sein Blick meinen fand, und genau wie in jener Nacht, in der er meinen Nachnamen erfahren hatte, sprach Entsetzen aus seiner Miene. Er verzerrte das Gesicht, während wir uns auf der Lichtung gegenüberstanden, jeder von uns mit gebrochenem Herzen, wenn auch aus unterschiedlichen Gründen.

»Sophie …«, flüsterte er, aber es war zu spät.

Ich konnte nicht sprechen. Ich konnte noch nicht einmal den Mund aufmachen, so erschrocken war ich. Ich wich langsam zurück.

Er stolperte vorwärts.

»Lass sie gehen«, warnte Luca ihn. »Sie hat Angst.«

Ich taumelte in die Schatten zwischen den Bäumen zurück. Mein Rückzug war völlig unbesonnen und selbstvergessen. Ich rauschte durch den Park und rannte auf das Flimmern der Leinwand zu. Als ich die letzten vereinzelten Bäume hinter mir gelassen hatte, stürzte ich an dem Taco-Stand vorbei und stieß mit Millie zusammen.

»Vorsicht, Soph!«, kreischte sie, als ich rückwärts stolperte und neben dem Taco, den ich ihr gerade aus der Hand geschlagen hatte, im Gras landete. Stöhnend streckte sie eine Hand aus und half mir vom Boden auf. »Wo warst du denn?«

»Wir müssen gehen«, verkündete ich und setzte mich in Bewegung. »Wenn du wüsstest, was ich gerade gesehen habe …«

»Was ist denn los?«

»Komm jetzt!« Ich zerrte sie in Richtung Rasen. Ich stopfte unsere gesammelten Sachen zurück in meine Tasche und schaute alle paar Sekunden zu den Bäumen, um zu sehen, ob Nic und Luca auftauchten. »Ich erklär dir alles, wenn wir hier weg sind.« Dann rannte ich wieder los und zog Millie mit mir den geschwungenen Pfad entlang.

»Was ist hier los?«, jammerte sie und schnappte keuchend nach Luft. »Ich. Bin. Zu. Schlecht. In. Form. Für. So. Was.«

»Komm einfach!« Ich navigierte uns über die vielen kleinen Pfade, bis der Eingang des Rayfield Parks wieder in Sichtweite kam.

Bevor wir durch den Torbogen liefen, blieb Millie stehen und hielt sich die Seiten, als habe man sie in den Magen geboxt. »Stopp«, keuchte sie. »Ich brauch eine Minute.«

»Können wir bitte einfach weiterlaufen?«

»Ich glaub. Meine Füße. Bluten.« Sie strich sich das Haar aus dem Gesicht, das mit einer frischen Schweißschicht überzogen war. »Was ist denn. Mit dir los?«

Bevor ich mit einer verbalen Explosion antworten und ihr alles erzählen konnte, was ich gerade mit angesehen hatte, packte mich jemand am Arm und riss mich von ihr fort.

»Hey!«, protestierte ich, als Nic mich mit sich zog.

»Was immer du Millie auch sagen wolltest, tu es nicht«, drängte er mich mit so leiser Stimme, dass nur ich sie hören konnte. Er verstärkte den Griff um meine Handgelenke und drückte sie an seine Brust. »Bitte.«

Hinter uns begutachtete Millie erst die Schweißflecken, die sich unter ihren Armen gebildet hatten, und dann das Blut, das von den Riemchen ihrer Sandalen tropfte. »Widerlich«, stöhnte sie, während sie heftig schnaufend ins Gras sank.

»Du kannst mir nicht vorschreiben, was ich meiner besten Freundin erzähle und was nicht«, blaffte ich ihn an und löste mich aus seinem Griff.

»Du hast es versprochen«, sagte er leise. »Das sollte eine Bedeutung für dich haben.«

»Das hab ich versprochen, als ich dachte, du seist ein nicht aktives Mitglied der Mafia, was ganz offensichtlich nicht der Fall ist! Das hier ist was vollkommen anderes. Das hat nichts mit meinem Versprechen zu tun!«

»Sophie«, sagte er, und seine Stimme klang sehr angespannt. »Ich muss dich wirklich bitten, über das zu schweigen, was du gerade gesehen hast.«

Ich spürte, wie mein Gesicht vor Wut zu glühen begann. Ich packte sein Hemd und zog ihn hinter den Torbogen. »Du hast mich angelogen!«

Seine Hände schossen sofort in die Höhe, so als wollte er sich ergeben. »Ich hab nicht gelogen, Sophie. Ich hab nur … gewisse Dinge nicht erwähnt. Lass es mich erklären.«

Ich schubste ihn. »Du hast mir weisgemacht, du wärst ein guter Mensch!«

»Ich bin ein guter Mensch!«

»Nein, bist du nicht!« Ich schubste ihn erneut. »Du hast mich in dem Glauben gelassen, du seist unschuldig. Du hast mich in dem Glauben gelassen, du hättest nichts mit diesem ganzen verrückten Mafia-Zeug zu tun!«

Vorsichtig nahm Nic meine Hände von seiner Brust. »Das hab ich nie gesagt.«

»Du hattest reichlich Zeit, das klarzustellen.« Am liebsten hätte ich ihm eine Ohrfeige verpasst. Ich musste auch das letzte bisschen Selbstbeherrschung aufbringen, um meine Fäuste an den Seiten zu lassen.

»Ich weiß.«

»Aber das hast du nicht.«

Entschlossenheit und Trotz blitzten in seinen Augen auf. »Ich hatte nicht genügend Zeit, um dir alles zu erklären. Aber ich habe dich nicht angelogen. Alles, was ich dir gesagt habe, ist wahr, nur vielleicht nicht so, wie du es aufgefasst hast.«

»Ich hab dich gefragt, ob du Menschen wehtust! Und du hast nein gesagt!«

Er kam näher. »Ich habe gesagt, dass es so nicht ist. Und das ist es auch nicht. Alles, was ich tue, passiert nur zum Schutz.«

»Zum Schutz«, höhnte ich. »Redest du dir das auch ein, wenn du jemandem deine Pistole in den Mund steckst?«

Er zog mich zu sich heran. »Hör mir zu.«

»Hör auf«, schrie ich und spürte, wie sich die Tränen in meinen Augen sammelten. »Du machst mir Angst.«

Er wich vor mir zurück, als hätte ich ihm tatsächlich eine Ohrfeige verpasst. »Ich hab dir doch gesagt, dass ich dir niemals wehtun würde.«

»Wie kann ich mir da sicher sein?«

Er starrte mich so eindringlich an, dass es mir die Luft zum Atmen nahm, und nach einem quälend langen Augenblick antwortete er leise: »Weil du ein guter Mensch bist.«

Ich funkelte ihn an. »Immerhin einer von uns.«

»Ich bin auch ein guter Mensch.«

»Du hast Robbie Stenson gerade eine Pistole in den Mund gesteckt«, fauchte ich.

»Es tut mir leid, dass du das mit ansehen musstest, aber es war unvermeidlich.«

»Wie kann denn so was unvermeidlich sein?«

Seine Augen verfinsterten sich, aber er erwiderte nichts.

»Du musst doch wissen, dass das völlig inakzeptabel war. Ich muss das der Polizei melden.«

»Ich habe es für dich getan, Sophie. Wie hätte ich ihn einfach gehen lassen können, nachdem ich herausgefunden hatte, was er dir antun wollte?«

Ich wich erneut vor ihm zurück. »Bist du wahnsinnig, Nic? Du musst doch wissen, dass du nicht einfach meinetwegen durch die Gegend ziehen und irgendwelchen Leuten deine Knarre an den Kopf halten kannst. Ich kann auf mich selbst aufpassen!«

Er kniff sich in den Nasenrücken und seufzte. »Das war ein Dienst an der Gesellschaft. Stenson gehört zu den Typen, die nicht nach *einem* Mädchen aufhören. Das war das Einzige, was ich tun konnte, ohne ihm tatsächlich den Kopf wegzupusten.«

Ich schnappte nach Luft. »Könntest du dich bitte etwas weniger drastisch ausdrücken?«

Er fuhr sich mit der Hand durchs Haar. »Tut mir leid.«

»Ich glaube, das tut es nicht.«

Er schaute mich nicht mehr an, und ich wusste, dass ich recht hatte. Es tat ihm nicht leid. Es tat ihm nur leid, dass ich es gesehen hatte. »Ich weiß, dass ich kein Recht habe, dich um irgendetwas zu bitten«, sagte er, »aber bitte erzähl niemandem, was du gesehen hast. Das würde nur Ärger bedeuten.«

»Was du nicht sagst? Ich habe ein Verbrechen beobachtet. Und auch wenn das Opfer jemand war, den ich hasse, war es noch lange nicht richtig. Ich werde das nicht geheim halten. Ich lasse mich nicht zu deiner Komplizin machen.«

»Dann warte wenigstens noch.« Er schloss seine Hände um meine, bevor ich sie wegziehen konnte. Ich versuchte, seinen dunklen Augen auszuweichen. »Sophie, ich werde den Schwur brechen. Ich werde dir so viel erzählen, wie ich kann«, flüsterte er eindringlich. »Ich will, dass du verstehst, wer ich bin. Bitte gib mir die Chance, es dir zu zeigen.«

»Es ist zu spät«, sagte ich, aber meine Entschlossenheit wankte ebenso sehr wie meine Stimme.

Er legte meine Hand auf sein Herz, und ich konnte spüren, wie es in seiner Brust schlug. »Ich bin kein schlechter Mensch. Ich weiß, dass du das fühlen kannst. Ich gebe zu, dass ich dich angelogen und dich habe glauben lassen, was du glauben wolltest. Ich wollte, dass du glücklich bist und dich sicher fühlst, und ich wollte dir dieses Gefühl nicht nehmen, nicht nach allem, was du über unsere Väter erfahren hattest. Ich schäme mich nicht dafür, wer ich bin oder woher ich komme, aber ich habe mich davor gefürchtet, dass du es erfahren und mir vielleicht nicht die Möglichkeit geben könntest, dir zu erklären, was es wirklich bedeutet. Ich hatte schreckliche Angst davor, dass die Wahrheit etwas daran ändern könnte, wie du mich ansiehst. Aber du hast es verdient, alles zu erfahren, und ich werde es dir auch erzählen, wenn du mich lässt.«

Mein Widerstand bröckelte und das wussten wir beide. Ich löste meine Hände aus seinen und faltete sie. Ich *wusste*, dass es noch mehr Antworten geben musste, aber ich glaubte nicht, dass er mir sie so bereitwillig geben würde, nachdem er mich so lange angelogen hatte. Im Augenblick hatte seine Überzeugungsarbeit jedoch Erfolg – er hatte mich genau da, wo er mich haben wollte. Ich hasste es und sehnte mich gleichzeitig verzweifelt danach.

»Ich gebe dir *eine* Chance.«

22

Die Berufung der Falcones

Nic bot mir an, mich in seinem Auto vom Park zu sich nach Hause mitzunehmen, aber ich beschloss, stattdessen mit Millie zu Fuß zu gehen.

»Ah, eine Kabbelei unter Liebenden«, vermutete sie auf dem Nachhauseweg. Sie hatte zwar nicht ganz unrecht, lag aber auch nicht ganz richtig. Ich hatte ihr aus demselben Grund nicht die Wahrheit über den Streit im Rayfield Park erzählt, aus dem ich ihr auch nicht sagte, warum ich zu Nic nach Hause gehen würde, nachdem sich unsere Wege in der Shrewsbury Avenue getrennt hatten. Ich war noch nicht so weit, dass ich meine Gedanken zu dieser ganzen Sache sortieren konnte, und bis ich das getan hatte, wollte ich sichergehen, dass sie in Sicherheit war. Je weniger sie wusste, desto besser.

Als ich in die Einfahrt von Nics Haus einbog, stand er bereits in der Tür. »Du bist gekommen.«

Schweigend ging ich auf ihn zu. Er stand gegen die offene Tür gelehnt, damit ich an ihm vorbeischlüpfen konnte. Ich versuchte, es mir nicht anmerken zu lassen, als ich ihn dabei streifte, aber ich konnte an seinem Gesicht ablesen, dass er es auch bemerkt hatte.

Der vordere Teil des Hauses unterschied sich völlig von der modernen Küche hinten. Hier befand ich mich mitten in der

Kulisse sämtlicher Gruselgeschichten, die ich jemals gehört hatte, und genau so hatte ich es mir auch vorgestellt.

Ein Kristallleuchter, der noch immer von Spinnweben umhüllt war, hing von der hohen Decke. Die Holzböden in der riesigen Diele waren verblasst und uneben und knarrten unter jedem Schritt. Vor mir bog eine mächtige Treppe, die mit einem dicken, weinroten Teppich bedeckt war, scharf nach rechts ab und führte in den ersten Stock hinauf, während sich die Holzoptiktapete in zerfledderten Streifen von den Wänden löste. Der Flur setzte sich links neben der Treppe fort und zweigte zu einer Reihe geschlossener Zimmer mit schmalen Türen ab. Die rechte Seite wurde von riesigen, frisch lackierten Türen mit schweren Messingklinken dominiert.

»Sophie?« Ich drehte mich zu Nic um, der mich erwartungsvoll ansah. »Kommst du mit? Wir gehen hier rein.« Er führte mich in ein großes Wohnzimmer, in dem zwei dunkelrote Ledersofas einen stattlichen Kamin umrahmten.

Ich setzte mich auf eins der Sofas, Nic nahm das andere. Ohne überrascht zu sein, merkte ich, dass es keinen Fernseher gab, nur eine lederne Fußbank, eine alte Uhr auf dem imposanten Kaminsims und ein Bücherregal, das sich über die gesamte Länge der hinteren Wand erstreckte. Es war bis obenhin mit Dickens, Defoe, Twain, Swift und allen anderen großen oder einschüchternden Schriftstellern gefüllt, die ich mir nur vorstellen konnte. Über dem Kamin thronte ein Ölgemälde. Es zeigte eine Art Racheengel, der in bedeutungsvollen dunklen Farben gemalt und von einem Goldrahmen eingefasst war. Das Gemälde war genauso breit wie der Kaminsims.

»Das ist eins von Valentinos«, sagte Nic und folgte meinem Blick.

»Das ist unglaublich.«

»Es ist ziemlich dramatisch.«

Dramatisch. Das Bild von Nic, der eine Pistole an Robbie Stensons Kopf hielt, flackerte vor meinem geistigen Auge auf. »Na, wenigstens nutzt er seine Zeit für etwas Kreatives.«

Nic räusperte sich verlegen.

»Also, hier bin ich«, sagte ich und konzentrierte meine Gedanken auf das, was ich wissen musste. »Fang an.«

Er lehnte sich über die Seite der Couch und fixierte mich mit seinen dunklen Augen. »Was ich dir jetzt erzählen werde, ist nichts für schwache Nerven«, begann er. »Ich spreche nicht unüberlegt auf diese Weise über meine Familie, und ich muss sicher sein, dass du es nicht gegen mich verwenden wirst. Gegen uns.«

Ich zögerte und er nutzte mein Schweigen.

»Wenn ich es erst einmal gesagt habe, kann ich es nicht mehr zurücknehmen, und ich riskiere schon jetzt eine Menge.«

Ich dachte einen langen Moment darüber nach und wägte ausführlich ab, was er von mir verlangte und was er mir im Gegenzug dafür anbot: die ungeschönte Wahrheit. Ich wollte sein Vertrauen nicht missbrauchen, aber ich hatte auch Angst, ihm mein Schweigen zu garantieren, falls das, was er mir erzählte, zu viel für mich war. Aber ich musste es wissen. Er wollte mich einweihen, mir vertrauen, und trotz allem, was passiert war, wollte ich das auch.

»Okay«, sagte ich schließlich, »ich verspreche es.«

»Es wird nicht alles sein. Das kann es nicht.«

»Ich muss nur genug wissen, um es zu verstehen, Nic.«

Er schaute mich einen Moment lang an, so als würde er versuchen, etwas aus meinen Augen abzulesen. Dann lehnte er sich zurück und seufzte. Nach all dieser Zeit gab er endlich nach. »Sophie, meine Familie und ich sind in der Beschützerbranche tätig. Das bedeutet, dass wir hin und wieder Menschen wehtun müssen, und manchmal müssen wir auch Menschen töten.«

Da war es also – er hatte es endlich offen ausgesprochen. Meine stille Angst hatte sich bewahrheitet. Wie der Vater, so der Sohn: Auch Nic war ein Engelmacher. Ich bedeckte meinen Mund mit dem Handrücken und konzentrierte mich darauf, gleichmäßig zu atmen. Ich konnte nicht sprechen. Mir war übel.

»Lass es mich erklären«, bat Nic. Er streckte einen Arm nach mir aus, aber ich wich zurück, und er ließ seine Hand wieder fallen. Dann traf mich sein nächster Schlag: »Wir tun das nur bei Leuten, die es verdient haben zu sterben.«

Ich starrte ihn mit offenem Mund an. »Soll das vielleicht irgendein kranker Witz sein?«, brachte ich hervor, die Hand noch immer vor dem Mund. »Weil das nämlich ganz und gar nicht komisch ist.«

Er sah mich nur an – und verteidigte mit seinem Schweigen das Verrückteste, was ich je aus seinem Mund gehört hatte.

»Du meinst, ihr macht das nur bei Leuten wie Robbie Stenson?«, presste ich nach einem Moment hervor.

Er nickte – völlig ruhig. Zu ruhig.

»Hättest du ihn umgebracht, wenn Luca nicht da gewesen wäre, um dich aufzuhalten?«

Er dachte nicht eine Sekunde lang darüber nach. »Ohne zu zögern.«

Ich spielte mit dem Gedanken, aufzuspringen und abzuhauen, die Tür hinter mir zuzuknallen und so weit wegzurennen, wie ich nur konnte. Aber ich tat es nicht, ich konnte nicht – nicht, wenn es noch mehr zu erfahren gab. »Siehst du denn nicht, wie verrückt das ist?«

Diesmal wandte Nic den Blick von mir ab und seine Miene wirkte verzerrt. »Er hat Schlimmeres verdient als das, was er gekriegt hat … wenn Luca nicht dabei gewesen wäre …«

»Dann wärst du jetzt wahrscheinlich im Gefängnis«, beendete ich den Satz trocken für ihn.

»Und er wäre zwei Meter tief unter der Erde.«

Ich ließ meine Hände sinken und vergrub sie im Leder der Couch, um meine Wut zurückzuhalten. »Dafür ist die Polizei zuständig, Nic. Nicht gemeine, Waffen schwingende Bürger wie du und Luca.«

Zwischen uns tat sich ein Abgrund auf. Ich starrte auf meinen Schoß und die Bitterkeit brannte in meiner Kehle. Obwohl Nic mir niemals etwas geschuldet hatte, fühlte ich mich betrogen, verletzt durch seinen wahren Charakter. Und ich hatte Angst vor meinen Gefühlen für ihn, die trotz allem noch tief in mir schlummerten.

Wieder spielte ich mit dem Gedanken, zu gehen. So als hätte er mein Unbehagen gespürt, glitt er neben mich auf die Couch und berührte mit dem Bein meinen nackten Oberschenkel. Ich fühlte mich durch seine Nähe ganz kribbelig. Er legte die Ellbogen auf seinen Knien ab und drehte sich zu mir, und alles, worauf ich mich noch konzentrieren konnte, waren die Leidenschaft in seiner Stimme und das Feuer in seinen Augen. »Meinst du wirklich, Robbie Stenson hätte nie wieder versucht, jemandem wehzutun, nur weil sein Versuch bei dir fehlgeschlagen ist?«, fragte er mit gedämpfter Stimme. »Weil ich das nämlich nicht tue. Jemand musste ihn in seine Schranken verweisen, bevor er jemand anders dasselbe angetan hätte, was er auch bei dir versucht hat. Jemandem, der vielleicht nicht so viel Glück gehabt hätte wie du. Das gehört auch zu den Dingen, um die wir uns kümmern, Sophie.«

»Was meinst du damit: die Dinge, um die ihr euch kümmert?«, stammelte ich. »Willst du mir damit sagen, dass deine Familie eine Art selbstgerechte Armee der Selbstjustiz ist?«

Nic lachte unerwartet. Es war eine fremdartige, unpassende Reaktion, und ich fragte mich, wie er angesichts unseres Gesprächsthemas eine solche Leichtigkeit empfinden konnte. »Wenn wir uns entschließen, uns um ein bestimmtes Problem zu kümmern, dann halten wir uns nicht an die Einschränkungen des Gesetzes. Für uns ist das ganz einfach: Es gibt eine riesige kriminelle Unterwelt, zu der die Polizei keinen Zugang hat. Verbrecher, die nicht zögern, jemanden umzubringen, wenn er ihrem finanziellen Erfolg im Weg steht – die Art von Menschen, die noch mehr Richter und Anwälte in der Tasche haben als Geld. Sie spielen nicht nach den Regeln. *Sie* gehören zu den *Dingen*, um die wir uns kümmern.«

Ich sank auf der Couch zurück und stöhnte. All diese Dinge, die ich verstehen sollte, drückten mich nieder wie eine schwere Last. »Aber warum gebt ihr euch überhaupt mit diesen Leuten ab? Was hat das alles mit euch zu tun?«

Nic senkte die Stimme und sagte etwas leiser, so als würde er ein ebenso großes wie schreckliches Geheimnis enthüllen: »Es hat *alles* mit uns zu tun, Sophie. Es liegt uns im Blut.«

»Genauso, wie es mir im Blut liegt, irgendwann das Diner zu leiten?« Ich hätte gelacht, wenn ich nicht so entsetzt gewesen wäre.

»So ähnlich.« Nic lächelte. »Meine Vorfahren stammen aus Sizilien. Von Beginn an wurde jedes Mitglied meiner Familie in die Mafia hineingeboren. Nicht eingeführt. *Hineingeboren.* Für uns gibt es keine andere Wahl, keine alternative Lebensweise.«

Ich spürte ein ungutes Grummeln in der Magengegend.

Bedeutete das, dass er in diesem Leben feststeckte? Musste ein Falcone zum Töten bestimmt sein, genauso, wie ich dazu bestimmt war, schlecht in Mathe zu sein, weil ich eine Gracewell war? Wie war das überhaupt möglich?

Er fuhr fort, trotz meines Schweigens nicht entmutigt. »Die Traditionen der Falcones sind einzigartig, eine Mitgliedschaft ist nur durch dieselbe Blutlinie möglich, und unsere Taten werden von Ehre und Solidarität geleitet. Wir sind auf dieser Erde, um die Welt besser zu machen. Wir geben alles für die Familie und alles für das Streben nach dem Guten.«

»Das klingt wirklich alles sehr poetisch«, sagte ich, nachdem ich einen Moment darüber nachgedacht hatte. »Aber wann erklärst du mir den Teil mit dem Töten?«

»Jetzt.« Nic reagierte mit unglaublicher Gelassenheit. Er blinzelte noch nicht mal, legte nur seine Hand auf meine und verwob unsere Finger auf seinem Knie ineinander. Ich ließ es zu, und auch wenn ich nicht wusste, warum, versuchte ich, ihn als Produkt seiner Abstammung und Erziehung zu betrachten. Und ich war mir nicht sicher, ob ich ihn bestrafen konnte, bevor ich verstand, was das wirklich bedeutete. Ich wusste zwar nicht, ob ich hier bei ihm wirklich in Sicherheit war, aber durch seine Berührung fühlte ich mich ruhiger, und obwohl mein Instinkt mir sagte, dass ich wegrennen sollte, tat ich es nicht.

»In Sizilien entstand die Mafia aus dem Bedürfnis heraus, die Menschen in der Stadt zu beschützen. Sie war damals ganz anders als heute. Heute besteht sie aus verschiedenen Familien, die sich von ruchlosen Verhaltenskodexen und illegalen Machenschaften leiten lassen, um möglichst viel Geld zu machen. Die wahre, die echte Mafia, *La Cosa Nostra*, war anders.« Seine Stimme veränderte sich, klang wehmütig, so als erinnerte er sich an etwas, von dem er selbst einst ein Teil gewesen war. Vielleicht fühlte er sich genauso. »Nachdem Italien Sizilien im neunzehnten Jahrhundert annektiert hatte, übernahmen Kirche und Staat das Land und gaben es in private Hände.

Der Handel florierte, genau wie die Kommerzialisierung, und die Kommerzialisierung brachte die hässlichen Seiten des Profits mit sich: Gier, Verbrechen, Mord. Es gab keine richtige Polizei. Die Menschen in den Städten hatten niemanden, der ihr Zuhause beschützte, ihre Geschäfte oder ihre Familien, deshalb mussten sie anderweitig nach Hilfe suchen. Mein Großvater hat immer gesagt, es sei eine einfache Frage von Angebot und Nachfrage gewesen. Anfangs schlossen sich in ganz Sizilien kleine Gruppen von Männern zusammen. Gegen Bezahlung boten sie Sicherheit, indem sie jene töteten, die drohten, das Land zu vernichten. Die Sache sprach sich herum, und nach einer Weile wurden diese Gruppen auch von wohlhabenderen Familien angeheuert, um persönliche Fehden auszutragen oder für zusätzlichen Schutz zu sorgen.«

»Dann haben diese Gruppen – die frühen Mitglieder der Mafia – das Gesetz also selbst in die Hand genommen?«, fragte ich. *Kommt mir bekannt vor.*

»Und genau das war das Problem«, antwortete Nic. »Ohne Gesetze, abgesehen von ihren eigenen, sind viele von ihnen den Versuchungen erlegen. Einige Organisationen haben sich gegen die Menschen gewandt, die sie beschützen sollten, haben Gewalt um der Gewalt willen ausgeübt, Leute erpresst, Geld gewaschen und Schutzgelder kassiert – all die Dinge, die die Mafia heute so berüchtigt machen.

Später sind viele von ihnen – große, angesehene Familien – nach Amerika ausgewandert. Die Familie meines Großvaters gehörte zu den ersten Einwanderern, das war Anfang des zwanzigsten Jahrhunderts.« Nic hielt einen Moment inne, bevor er mit ruhiger, sicherer Stimme fortfuhr: »Aber die Falcones haben im Gegensatz zu ihrem Umfeld niemals den Weg der Korruption gewählt, weder in Sizilien noch hier. Wir haben immer versucht, diejenigen zu beschützen, die sich nicht selbst schützen können, und auf der richtigen Seite von Richtig und Falsch zu bleiben. Und manchmal ist es eben das Richtige, einen falschen Menschen zu töten.«

Mit einem Mal wirkte er viel älter als seine siebzehn Jahre. Ein Teil von mir hätte am liebsten um ihn geweint, und um die Unschuld, die er niemals gehabt hatte. Ein anderer Teil von mir wollte ihn jedoch mit aller Kraft schütteln und anschreien, weil er so ein Idiot war und die Berufung seines Lebens nicht als dasselbe erkannte wie ich: als irrsinnigen Todeswunsch.

»Was denkst du?«, fragte er.

Ich schüttelte den Kopf. »Dass du mit siebzehn sterben könntest, weil du Fehden nachjagst, die nicht das Geringste mit dir zu tun haben. Und ich verstehe immer noch nicht wirklich, warum.«

»Weil es meine Aufgabe ist«, antwortete er schlicht. Und dann folgten fünf grauenvolle Wörter. »Ich bin von Beruf Mörder.«

Irgendwie konnte ich nicht mehr blinzeln, und plötzlich war in meinen Lungenflügeln nicht mehr genügend Platz, um sie mit Luft zu füllen. Wenn ich mich in dem Moment noch an irgendwelche Schimpfwörter hätte erinnern können, hätte ich sie alle auf einmal benutzt. Nic wartete nur, ganz höflich, während ich das Wort »Mörder« mit diesem siebzehnjährigen Jungen zu verbinden versuchte, der große, wunderschöne braune Augen und ein so gewinnendes Lächeln hatte.

»Wie viele?«, brachte ich schließlich hervor, während Zahlen durch meinen Kopf schossen – fünf Menschen? Zehn? Fünfzig?

Er schloss langsam die Augen und öffnete sie dann wieder, aber ich wusste, dass er mich verstanden hatte. Trotzdem sprach ich es für ihn noch mal ganz deutlich aus. »Wie viele Menschen hast du getötet?«

»Ich weiß es nicht.«

Lügner.

»Ungefähr?«, hakte ich nach, aber meine Stimme bebte. Andererseits – wollte ich es wirklich wissen? War es womöglich noch schlimmer als meine Schätzungen?

»Nicht so viele.« Seine Augen weiteten sich, und ich ertappte mich dabei, wie ich fasziniert auf die goldenen Flecken darin starrte.

Ich konzentrierte mich wieder. Ich würde ihn nicht so einfach davonkommen lassen. »Alles über null ist ›viele‹.«

Nic war vernünftig genug, den Blick abzuwenden, auch wenn er die Scham nur vortäuschte, die er eigentlich hätte empfinden müssen.

»Also, wie viele?«, wiederholte ich meine Frage.

»Ich kann darüber nicht sprechen, Sophie. Sonst bekomme ich Ärger«, antwortete er beinahe flehend. »Aber du sollst wissen, dass es böse Menschen waren. Menschen, die viel schlimmer waren als Stenson. Und es ist mein Job.«

»*Wie* kann das dein Job sein?«, brachte ich schließlich hervor, auch wenn es so schrill klang, dass es mir die Tränen in die Augen trieb.

»Es könnte nichts anderes sein«, erwiderte er schlicht.

»Es könnten eine Menge Dinge sein, Nic!« Ich kreischte, ohne es zu wollen. »Du könntest Lehrer werden, Arzt, Barista, Fischhändler, Buchhalter oder …«

»Sophie«, unterbrach Nic mich sanft. »Beruhige dich wieder …«

Ich presste die Lippen zusammen, bis sich meine Hysterie ein wenig gelegt hatte. Als ich es endlich geschafft hatte, meine Atmung wieder zu beruhigen, gab ich zu: »Ich habe Angst.«

»Ich hab dir doch gesagt, dass ich dir niemals wehtun würde«, sagte er leise. »Es ist nur ein Job.«

»Nein«, widersprach ich und schüttelte den Kopf. »Wie könnte es das sein?«

»Wir Falcones haben uns unsere Position als eine der ehrenhaftesten und angesehensten Linien der amerikanischen Mafia verdient. Die anderen Familien kommen – mit den unterschiedlichsten Anliegen – immer auf *uns* zu, und wir sind immer für sie da. Das war seit jeher unsere Berufung in der Unterwelt. Und so handeln wir auch innerhalb der *omertà*.« Das letzte Wort rollte geschmeidig über seine Lippen.

»Was ist die *omertà?*« Meine Zunge stolperte über das Wort.

Nic lächelte über meinen missglückten Versuch. »Das ist ein Schweigekodex. Unsereins gehorcht vielleicht nicht dem Gesetz, aber wir gehorchen einander, und so erledigen wir auch all unsere Angelegenheiten. So erledigen wir gewisse … Probleme.«

»Du meinst Leute«, korrigierte ich ihn.

»Leute«, bestätigte er.

»Dann ist deine Familie also so was wie eine Spezialeinheit der Mafia?«, fuhr ich fort.

Er dachte einen Moment darüber nach, bevor er mir mit einem sanften Lächeln zustimmte. »Ich schätze, es hat sich dazu entwickelt. Wir sind diejenigen, die sich mit den Leuten befassen, die nicht auf offener Straße oder im großen Stil mit Drogen handeln oder unschuldige Passanten töten sollten …«

Sein Ton wurde härter. »Wir kümmern uns um den Abschaum.«

Er beobachtete mich aufmerksam, während ich begann, die einzelnen Teile in meinem Kopf zusammenzufügen, um das Bild sehen zu können, das er zeichnete. Seine Familie verletzte und tötete Menschen, deren Lebensziel es war, Unschuldige zu verletzten und zu töten. Das war sein Job, aber es war noch mehr als das: Es war sein Erbe. Aber wie konnte er das vor sich selbst rechtfertigen? Und wie konnte ich seine Einstellung dazu rechtfertigen? Bei der Vorstellung, dass ich neben einem Killer saß, wurde mir ganz schwindelig, aber wenn ich Nic anschaute, empfand ich trotzdem keine Angst. Ich spürte … Verwirrung. »Und ihr werdet dafür bezahlt, dass ihr das tut?«

»Ja, werden wir.«

»Von anderen Familien in der Mafia?«

»Ja.«

»Und nicht zu knapp, schätze ich.«

»Das ist nicht wichtig.« Er hatte recht, die Antwort darauf war nicht wichtig. Die Villa sprach für sich.

»Warte mal.« Irgendetwas an seiner Erklärung stimmte nicht ganz. »Brechen Mitglieder der Mafia nicht auch das Gesetz? Ich weiß jedenfalls, dass sie nicht unbedingt gesetzestreu sind. Ich habe von Pferdeköpfen und geheimen Auftragsmorden und Geldwäsche und brutalen Familienfehden gehört …« Ich schweifte ab und hoffte, dass Nic nicht bemerken würde, dass ich nur eine Liste mit Dingen aufgezählte, die ich mal in Filmen gesehen hatte. Immerhin mussten diese Geschichten ja auch irgendwo hergekommen sein.

Er atmete zwischen zusammengebissenen Zähnen ein. »Ja, die Familien sind nicht unbedingt *Engel.*«

»Aha, und wie kannst du dann sicher sein, dass du unter

ihrem Schutz stehst, wenn du dich zumindest um ein paar von ihnen ›kümmern‹ musst?«

Nic starrte mich an, als seien mir plötzlich Hörner gewachsen. »Sophie«, sagte er beleidigt. »Wir gehen nie gegen Mitglieder unserer eigenen Kultur vor, ganz gleich, was sie getan haben.«

Mit einem Mal war ich wieder zurück auf meinem eigenen Planeten, betrachtete Nic aus der Ferne und widerstand dem Drang, ihn zu schütteln, bis all seine Dummheit aus ihm herausgefallen war. »Ist das ein Witz?«

»Nein.«

Ich winkelte die Beine an und setzte mich auf meine Fersen zurück, um auf der Couch größer zu sein als er. »Dann kümmert ihr euch also nur um die gewöhnlichen Nullachtfünfzehn-Kriminellen? Nicht um die auf eurer Seite?«

»Das können wir nicht«, antwortete er und blickte durch seine dicken, dunklen Wimpern zu mir hinauf.

»Warum nicht?«

»Weil wir dann schon längst alle ausgestorben wären.« Er sagte das so nüchtern, dass es mich weniger überraschte, als es der Fall hätte sein sollen.

»Aber kämpfen Mafia-Familien nicht andauernd gegeneinander?« Noch so eine filmbasierte Vermutung, aber ich hatte trotzdem das Gefühl, dass ich in diesem Fall richtig lag.

»Ja, aber nicht gegen uns. Wir sind unantastbar.«

»Weil meistens ihr diesen Teil des Geschäftlichen erledigt, richtig? Ihr erweist ihnen einen Dienst und im Gegenzug lassen sie euch in Luxus leben«, schoss ich zurück. »Das ist so krank.«

Nic richtete sich auf und setzte sich gerader hin, wodurch wir wieder auf Augenhöhe waren. »Wir eliminieren die schlimmsten Mitglieder der Gesellschaft. Begreifst du das denn nicht?«

Ich schüttelte den Kopf. Wie konnte er nur so naiv sein? »Du tötest nur ihre Konkurrenz, Nic. Die Mafia kann immer noch tun und lassen, was sie will.«

»Trotzdem ist es ein Dienst an der Gesellschaft.«

»Aber ein sehr selektiver.«

»Besser als gar keiner.«

»Macht dir das denn gar nichts aus? Denkst du denn nie darüber nach, wie heuchlerisch das alles ist? Dass Mörder dich dafür bezahlen, dass du andere Mörder tötest?« In meinem Kopf drehte sich wieder alles.

»Ich versuche, nicht darüber nachzudenken.«

»Das solltest du aber.«

»Was?«, fragte er mit verletzter Stimme. »Darüber nachdenken, dass meine ganze Familie dafür in der Hölle landen wird, dass sie versucht, Chicago in eine bessere Stadt zu verwandeln, in der die Menschen in Frieden leben können? Darüber nachdenken, dass unser Handeln – ganz gleich, wie viel Freiheit und Schutz wir genießen – immer noch von anderen in unserer Kultur gelenkt wird?«

»Ja!«, drängte ich. »Denk mal darüber nach!«

»Es gibt nichts, was ich dagegen tun kann, Sophie!« Seine Stimme kippte vor Zorn. »Das hier ist mein Leben. Es ist alles, was ich je gekannt habe. Und ich weiß, dass es richtig ist. Es ist alles, was ich kenne.«

Ich legte die Hände in meinen Schoß und wich vor ihm zurück, als ich erkannte, dass ich einen bereits verlorenen Kampf ausfocht. »Es sollte aber nicht alles oder nichts sein.«

»Ich weiß«, lenkte er gereizt ein. »Aber was soll ich denn machen?«

»Du könntest weggehen.«

»Die einzige Möglichkeit, dieses Leben zu verlassen, ist in einem Sarg«, erwiderte er mit erschreckender Endgültigkeit.

Stille legte sich über uns. Ein Teil von mir verstand ihn. Ich wollte für ihn weinen, und für die Zukunft, in der er gefangen war, aber ich tat es nicht. Ich war zu betäubt und hatte zu viel Angst davor, über die Möglichkeit nachzudenken, dass Nic vielleicht gar nicht vor seinem Leben davonlaufen wollte. Dass ihm das Gefühl gefiel, Menschen zu bestrafen und zuzusehen, wie sie vor ihm zitterten und ihn anflehten. Angestrengt studierte ich meine Nagelhaut, während er mich studierte.

»Das ist Selbstmord«, murmelte ich.

Nic setzte sich zurück und lächelte, und eine Sekunde lang sah er aus wie der Teenager, der er hätte sein sollen. Glücklich und sorgenfrei, nicht finster und verhärtet. »Meine Brüder und ich, wir wurden schon auf dieses Leben vorbereitet, seit wir laufen können«, sagte er. »Wir können Situationen lesen wie niemand sonst. Wir können einem Menschen auf zehn verschiedene Arten das Genick brechen. Wir verfügen über das Wissen, uns in Gangs einzuschleusen, und über die Fähigkeit, ihre Anführer aus vierzig Metern Entfernung zu erschießen.« Er klang, als würde er eine Reihe alltäglicher Fähigkeiten aus seinem Lebenslauf aufzählen und nicht seine speziellen Mafia-Erlebnisse.

»Musst du dem Boss deiner Familie gehorchen?«, wollte ich wissen.

»Ja«, erwiderte Nic langsam, so als würde ihm das gerade erst etwas bewusst. »Wir befolgen seine Anweisungen.«

»Wer ist er?«

Er schüttelte den Kopf, als erwache er aus einer Trance.

»Sophie«, sagte er zögerlich, »ich hab dir schon viel zu viel erzählt. Ich habe mich mitreißen lassen … Bei dir scheint mir das immer zu passieren …« Er verstummte. »Jetzt könntest du mich zugrunde richten.«

»Das werde ich nicht«, erwiderte ich automatisch. Ich hatte noch nicht einmal darüber nachgedacht, aber mein Herz kannte die Antwort bereits. Trotz allem wollte ich ihn nicht zugrunde richten. Er wurde bereits von den Menschen in seinem Umfeld zugrunde gerichtet. Von seiner eigenen Familie. Wenn er das nur erkennen würde – vielleicht könnte ich dann zu ihm durchdringen.

»Ich kann dir nicht mehr sagen«, fügte er hinzu.

Es spielte keine Rolle. Ich wusste bereits, wer der Boss war.

Wie hatte ihr Vater all dem nur seinen Segen geben können, als er noch am Leben gewesen war? Mein Vater hatte einmal gesehen, wie ich so getan hatte, als würde ich eine Kaugummizigarette rauchen, und mir deswegen beinahe Hausarrest verpasst. Aber Nics Vater hatte ihm wahrscheinlich seine erste Pistole gekauft und ihm gezeigt, wie man sie lud, wie man zielte und wie man damit tötete. Und jetzt tat Felice dasselbe? Gewiss lag seine eigentliche Verantwortung doch darin, auf diese Jungs aufzupassen, und nicht, sie zu benutzen, um Menschen zu töten.

Ich ließ mich auf der Couch zurückfallen und fühlte mich mit einem Mal völlig erschöpft.

»Du musst auch nichts mehr sagen«, erwiderte ich leise.

Nic lehnte sich nach unten, bis unsere Augen auf einer Höhe waren. »Hast du Angst, Sophie?«

Ich tat mein Bestes, um zu ignorieren, wie nahe er mir war. »Ich weiß es nicht.«

»Du bist nicht weggelaufen.«

»Noch nicht.«

Sein Lächeln zupfte sanft an seinen Lippen.

Dieses Gefühl der Berauschtheit stieg wieder in mir auf, und vor Verlangen wurde mir ganz schwindelig. »Du tust schlimme Dinge«, erinnerte ich mich selbst laut und beging den Fehler, ihm in die Augen zu schauen. Wie viele Menschen hatten ihre letzten Sekunden auf dieser Erde damit verbracht, in diese Augen zu schauen?

»Nur manchmal«, entgegnete er leise.

»Musst du das so beiläufig abtun?«

»Ich fühle mich wegen dem, was ich tue, nicht schlecht.« Er streichelte mit seinem Finger an meinem Hals entlang und meine Wirbelsäule begann zu kribbeln. Wie viele Hälse hatten diese Finger schon gebrochen? »Aber ich fühle mich schlecht, weil du diesen Teil von mir nicht magst, weil dieser Teil fast alles von mir ist, Sophie.«

»Aber du hast so viel Freundlichkeit in dir, Nic«, flüsterte ich.

»Freundlichkeit für die richtigen Menschen.« Er betrachtete meine Lippen, während er mit seinem Finger unter ihnen vorbeistrich. »Für Menschen wie dich.«

Ich spürte ein vertrautes Knistern in der Luft. *Lass dich nicht ablenken*. Wo waren all die Dinge, die ich ihm hatte sagen wollen? Ich konnte mich plötzlich nicht mal mehr an ein einziges von ihnen erinnern. »Du solltest nicht gegen das Gesetz verstoßen.«

Er zog mein Kinn zu sich heran und streichelte mit seiner Nase über meine. »Ich weiß«, flüsterte er auf meinen Lippen. Seine Atmung ging genauso unregelmäßig wie meine. »*Bella mia*«, hauchte er zärtlich in meinen Mund, und es war alles, was nötig war, um meine Entschlossenheit zu zerstören.

Diesmal war unser Kuss noch intensiver als zuvor. Nic vergrub seine Hände in meinem Haar, zog mich zu sich heran und ließ meinen Körper mit seinem verschmelzen. Er glitt mit seinem Mund über meine Haut und berauschte mich mit seinen Küssen. »Ich weiß nicht, ob ich mich noch länger von dir fernhalten kann«, stöhnte er in meinen Hals.

»Dann tu es nicht«, erwiderte ich, klammerte mich noch enger an ihn und spürte, wie sich die Muskeln in seinem Rücken unter meinen Fingern anspannten. Sanft kippte er meinen Kopf nach hinten, fand meinen Mund wieder und teilte meine Lippen mit seiner Zunge, während er mich auf die Couch drückte und unter seinem Körper festhielt.

Als die ganze Couch unter uns bebte und wir hörten, wie die Haustür zuknallte, wurden wir wieder in die Realität zurückgerissen und erstarrten vor Schreck. Ich richtete mich gerade noch rechtzeitig auf, um den Ausdruck des Entsetzens auf Nics Gesicht zu sehen. Er schoss hoch, seine Wangen leuchteten rot, und seine Augen funkelten.

23

Der Vize-Boss

Luca stolzierte ins Zimmer.

»Nic, hast du was von Val… Was zur Hölle macht sie hier?« Der Beginn seines Satzes unterschied sich dramatisch vom Ende, das beinahe zu einem Kreischen anstieg.

Nic hob die Hände, als würde er sich einem Polizeibeamten ergeben, und schob seinen Körper schützend vor mich, so als hätte er Angst, Luca könnte sich auf mich stürzen und mir die Kehle herausreißen.

Er baute sich bedrohlich vor uns auf. Zorn und Schreck vermischten sich in seinen Augen, aber es lag noch etwas anderes darin, etwas, das ich nicht genau deuten konnte. »Ich reiß dir dein verdammtes Herz raus, Nic, und stopf es dir in dein beschissenes Maul, du bescheuerter …« Sein Satz endete mit der vulgärsten Ansammlung von Flüchen, die ich je in einem einzigen Atemzug gehört hatte.

Nic sprang auf und stellte sich seinem Bruder. »Ich musste ihr erklären, was sie gesehen hat.«

Lucas eisige blaue Augen blitzten wutentbrannt auf. »Und da *bringst du sie hierher?*«

Nic ballte die Fäuste. »Fang nicht wieder an.«

Ich hatte das Gefühl, gefährlich kurz davor zu sein, endgültig zu explodieren, und drängte mich an Luca vorbei. Ich konnte nicht damit umgehen, das Thema einer Unterhaltung zu sein, die im wahrsten Sinne des Wortes über meinen Kopf hinweg geführt wurde. Und das so dicht in meiner Nähe, dass ich angesichts all der Fragen, die ich nach wie vor hatte, vermutlich verrückt werden würde. Ich hätte überhaupt nicht hier bei ihnen sein sollen, und jetzt, da ich wieder klar denken konnte, würde ich diese Fähigkeit auch nutzen. »Ich verschwinde von hier.«

Nic streckte eine Hand nach mir aus, aber Luca schlug sie weg. »Lass sie gehen«, warnte er. »Es sei denn, du willst diese ganze Sache noch schlimmer machen.«

Nic protestierte nicht, und ich fragte mich, warum. Ich wich vor ihm zurück, schob mich an Lucas angespanntem Körper vorbei, ohne einen von ihnen anzusehen, und knallte die Haustür zum Zeichen meiner eigenen Feindseligkeit lautstark hinter mir zu.

Während ich mit knirschenden Schritten über den Kies der Einfahrt stapfte, schossen mir unzählige Fragen durch den Kopf: Wie hatte ich es geschafft, schon wieder in die gleiche Situation zu geraten? Ich hatte doch eben erst damit abgeschlossen, aber trotzdem stand ich jetzt wieder ganz am Anfang und fühlte mich dank eines *Mafiosos*, der ungefähr so gut für mich war wie eine Spritze voller Gift, vollkommen verwirrt und im Stich gelassen.

Ich rannte los und schlidderte über den Kies, kam jedoch nicht weit, bevor sich etwas um meinen Arm schlang und ich unsanft gegen den Körper des letzten Menschen geschleudert wurde, den ich im Moment sehen wollte.

Ich löste mich von Lucas Brust. Er packte mich an den Schultern und schob mich rückwärts, bis ich gegen die Steinmauer am anderen Ende der Einfahrt gedrückt wurde und er mich wie beim letzten Mal mit beiden Händen festhielt. Auf seinem Gesicht zeichnete sich die wütende, wilde Maske ab, die mir bereits bestens vertraut war.

»Ich dachte, ich hätte dir gesagt, dass ich dich nie wieder in meinem Haus sehen will.«

Er war mir so nahe, dass ich rechts über seiner Lippe eine kleine weiße Narbe erkennen konnte. Mir kam der unangebrachte Gedanke, dass ich vermutlich zu den ganz wenigen Menschen gehörte, die wussten, dass es sie gab.

Ich blies mir eine abtrünnige Haarsträhne aus den Augen. Nun, da ich mit dem Wissen bewaffnet war, dass er einem unschuldigen Mädchen nicht wehtun würde, konnte ich etwas selbstsicherer mit ihm sprechen. »Nic hat mich eingeladen.«

»Es ist mir egal, ob dich der Papst höchstpersönlich eingeladen hat. Du bist hier nicht willkommen.«

»Tja, dann mach das mit deinem Bruder aus. Ich erkenne deine Autorität nicht an.«

Meine Reaktion provozierte seinen Jähzorn, der sich in tiefen Falten über seinen Augenbrauen abzeichnete. »Du weißt, dass du nicht mit ihm zusammen sein solltest.«

»Ich kann damit umgehen.«

»Kannst du nicht.«

»Ich weiß, dass du mir nicht wehtun wirst.«

Lucas Augen blitzten warnend auf, aber als er weitersprach, klang es leise – beinahe sanft. »Das heißt aber nicht, dass dich niemand verletzt.« Frustriert kniff er die Augen zusammen, und als er sie wieder öffnete, funkelten sie vor Wut. »Sag mir einfach, was ich tun muss, um dich loszuwerden, wenn es schon nichts gebracht hat, das Verbrechen deines Vaters wieder aufzuwärmen!«

Ich schob mein Gesicht vor und spannte den Kiefer an. »Sag mir, was ihr in Cedar Hill macht.«

Luca blickte mich misstrauisch an, zögerte kurz und antwortete dann: »Nein.«

»Dann schätze ich, dass ich einfach weiter hier rumhängen werde.«

»Das würde ich an deiner Stelle nicht tun«, drohte er mir.

»Was willst du sonst machen, Luca?« Ich ballte die Fäuste an meinen Seiten. »Eine Pistole ziehen und auf mich zielen?«

»Wenn es nötig ist.«

»Wie mutig!«, explodierte ich. Wir standen ganz dicht voreinander. »Du kannst deine Worte nicht richtig einsetzen, aber du hast kein Problem damit, deine Waffe einzusetzen.«

»Ich werde nicht dafür verantwortlich sein, deine Unschuld zu zerstören!«

Ich neigte mein Gesicht nach vorne, um ihm zu zeigen, dass ich weder Angst hatte noch so unschuldig war, wie er vermutete. »Mach schon!«, flüsterte ich. »Zertrümmere sie!« Wir standen Nase an Nase. »Letztes Mal hätte es beinahe geklappt, als du mir das von meinem Dad erzählt hast.«

»Das ist mir egal«, erwiderte er entschlossen. »Ich schlage Bambi nicht ins Gesicht.«

Ich wurde wieder lauter. »Sag mir, was ihr in Cedar Hill macht!«

Luca ließ seinen starren Blick von meinen Augen zu meinen Lippen wandern und schüttelte dann den Gedanken ab, der sich in seinem Kopf gebildet hatte. »Nein«, sagte er ruhig.

Ich bohrte ihm meinen Finger in die Brust und stieß ihn weg. »Ich weiß, dass ihr zur Mafia gehört. Wenn du glaubst, ich könnte damit nicht umgehen, dann liegst du falsch.«

Wieder schüttelte er ungläubig den Kopf, und seine Stimme bebte mit einer Wut, die meine bei Weitem überstieg. »Natürlich, er hat es dir gesagt. Dieser Idiot. Und du bist immer noch hier, was bedeutet, dass du kein Stück klüger bist als er.«

Ich funkelte ihn an. »Ich weiß, dass du unschuldigen Menschen nicht wehtust. Bei euch dreht sich alles um ›Ehre‹ und ›Moral‹ … auch wenn sie völlig verkorkst ist«, fügte ich giftig hinzu.

Er zog sich zurück und sein Ausdruck war plötzlich unlesbar. Es folgte ein Moment der Stille, dann erwiderte er mit kalter, berechnender Stimme: »Und um Rache.«

»Was?«

Er kniff die Augen zusammen. »Du hast Rache vergessen.«

»Was ist mit Rache?« Ich stockte und dachte an meinen Vater. Seinen Vater. Unsere Geschichte.

Lucas plötzliches Lächeln ließ seine Wangenknochen noch scharfkantiger wirken. »Oh, dann hat Nicoli den Teil also ausgelassen? Wundert mich nicht, dass er so selektiv war.«

Ich begann, auf meiner Unterlippe herumzukauen, und suchte in mir nach dem Mut, den ich eben schon einmal aufgebracht hatte. Ich schien jedoch alles verbraucht zu haben, als ich ihm ins Gesicht gebrüllt hatte. »Er hat gesagt, dass ihr anders seid als die anderen Familien.«

»Ja.« Luca blieb vollkommen ruhig und beobachtete mich wie ein Falke, der seine Beute umkreist. »Außer, wenn es um Rache geht. Genau wie die anderen Familien üben die Falcones *immer* Rache, ganz gleich, ob es aus moralischer Sicht angemessen ist oder nicht.«

»Nein«, sagte ich, schob mein Kinn vor und schüttelte den Kopf.

»Nein?« Luca lachte befreit. Ich nahm an, dass es ein aufrichtiges Lachen war, aber es klang seltsam blechern. »Gracewell, du bist wirklich was Besonderes. Was glaubst du denn?«, fragte er amüsiert. »Dass wir mit Pistolen bewaffnete, Messer schwingende Racheengel ohne Fehl und Tadel oder Sünde sind? Du hast doch gesehen, wie Nic Robbie Stenson seine Knarre in den Mund gesteckt hat. Du hast gehört, wie er den Hahn gespannt hat. Glaubst du wirklich, der Gedanke an Rache sei unter der Würde einer Dynastie jähzorniger, heißblütiger, besitzergreifender Killer, die sich selbst dazu auserkoren haben, in der Unterwelt ein Karma zu predigen, über das niemand sonst auf dieser Welt bestimmen kann? Glaubst du wirklich, dass alles, was wir tun, immer das Richtige ist?«

Erneut schüttelte er ungläubig den Kopf und ich verfluchte meine Naivität. Ich war so dumm gewesen, mich von der romantischen Vorstellung mitreißen zu lassen, Nic sei eine Art rechtschaffener selbst ernannter Beschützer. Er war ein Killer, schlicht und ergreifend, und er unterlag denselben Stimmungsschwankungen und Versuchungen wie wir alle.

Ich schob mich an der Mauer entlang und rutschte unter Lucas Arm hindurch. Er ließ es zu und ich spürte einen Anflug von Erleichterung. »Du wirst mir nicht wehtun …«

»Nein«, bestätigte er. »Werde ich nicht.«

»Und was soll dann dieses ganze Drama?«

Luca sprach mit gefährlich leiser Stimme weiter. »Hör ganz genau zu, was ich dir jetzt sage.« Ich musste auf seine Lippen schauen, als er sprach, weil das türkisfarbene Funkeln in seinen Augen mit einem Mal viel zu intensiv war. »Ich bin der Vize-Boss der gesamten Falcone-Dynastie, und wenn ich dir sage, dass du dich rar machen und nicht mehr hier aufkreuzen sollst, dann solltest du besser glauben, dass ich einen verdammt guten Grund dafür habe. Du musst nicht nur aus diesem Haus verschwinden, sondern auch aus Cedar Hill. So weit weg, wie du nur kannst. Nic redet sich vielleicht selbst ein, dass er dich vor dem beschützen kann, was passieren wird, aber das kann er nicht. Mein Vater war ein gemachter Mann, und das bedeutet, deine Familie hat uns gegenüber eine Blutschuld, Sophie.«

Eine Blutschuld. Sämtliche Luft wich aus meiner Lunge, als ich erschrocken einatmete. Lucas Maske fiel in sich zusammen, aber er wandte sich ab, bevor ich erkennen konnte, welche wahren Gefühle sich dahinter versteckten. Als er die Haustür erreicht hatte, drehte er sich noch einmal zu mir um. Ich stand wie angewachsen noch immer an derselben Stelle und das wusste er auch.

»Weißt du, was dieses Honigglas zu bedeuten hatte?«, fragte er.

Bei seinem Ton drehte sich mir der Magen um – und weil er von dem Honig wusste. Vermutlich hatte ich tief in meinem Inneren schon immer gewusst, dass eine Verbindung dazu bestand, aber trotzdem erschien sie mir jetzt viel bedrohlicher an, als ich es je für möglich gehalten hatte.

Ich schüttelte den Kopf.

»Das war kein Geschenk.«

»Das habe ich auch nicht angenommen«, log ich.

Nun lag nichts mehr in Lucas Stimme oder in seinem Gesicht – beide waren vollkommen emotionslos. Er blickte an mir vorbei in den Nachthimmel empor. »Es gibt einen Grund dafür, dass mein Onkel Felice in der Unterwelt den Spitznamen ›Der Stich‹ trägt, weißt du?«

Ich erwiderte nichts. Ich stand einfach nur da und versuchte, meine Beine wieder in Gang zu bringen, während die Erinnerung an das von Bienenstichen überzogene Gesicht seines Onkels vor meinem geistigen Auge vorbeihuschte.

»Wenn Felice Falcone jemandem eine Kostprobe seines Honigs gibt und eine schwarze Schleife darum bindet, dann bedeutet das, dass er wiederkommen und sich das Glas holen wird.«

Ich versuchte, das Gefühl der Enge in meiner Kehle hinunterzuschlucken, aber es war zu hartnäckig.

»Und wenn er das tut, bringt er seine Waffe mit. Dieses Honigglas ist das Geschenk des Todes der Falcones.« Lucas Blick wanderte wieder weiter und diesmal hielt er mich mit seinem Starren gefangen. »Versteh das als deine letzte Warnung. Verschwinde von hier, solange du noch kannst.«

Ich wurde kreideweiß und mein Verstand drehte sich wie wild. Jetzt hatte ich sämtliche Einzelteile, ich musste sie nur richtig zusammensetzen. »Aber was sind …?«

»Sprich mit deinem Onkel, Gracewell«, unterbrach mich Luca. »Oder sollte ich dich *Persephone* nennen?«

Bevor ich antworten konnte, hatte er die Tür mit einem ohrenbetäubenden Knall zugeschlagen und mich von Kopf bis Fuß zitternd zurückgelassen.

24

Die Eindringlinge

Ich machte mich auf den Nachhauseweg, holte mein Handy heraus und wählte die Nummer meines Onkels. Es klingelte und klingelte, bis sich schließlich seine Mailbox meldete. *Komm schon.* Ich hätte vor lauter Frust am liebsten mein Telefon zertrümmert. Ich rief ihn noch weitere vier Mal an – nichts. Zweimal hinterließ ich eine Nachricht auf seiner Mailbox und schickte ihm schließlich eine SMS:

Ich weiß, was der Honig bedeutet hat.
Wir müssen uns über die
Falcones unterhalten. Ruf mich an.
So schnell wie möglich.

Ich war schon fast zu Hause, als mein Telefon klingelte.

»Jack?«, meldete ich mich. »Ich glaube, ich bin in Gefahr.«

»Sophie, ich hab gerade deine Nachricht gelesen. Ist alles in Ordnung?« Aus seiner Stimme sprach Panik und sie griff auch auf mich über.

»Wo zur Hölle bist du gewesen? Ich hab dich die ganze Zeit angerufen!«, explodierte ich.

»Konzentrier dich, Sophie«, blaffte er mich an. »Ich erkläre dir das alles später. Wo sind sie jetzt?«

»Ich weiß es nicht«, antwortete ich. Es gab schließlich so viele von ihnen, dass sie überall sein und alles Mögliche tun konnten. Ich erzählte ihm von Lucas Drohungen, von der Blutschuld und dem Honig, und meine Worte wurden immer wieder durch mein atemloses Keuchen unterbrochen.

»Wo bist du jetzt?«, fragte er, als ich fertig war.

Ich eilte unsere Einfahrt hinauf. »Ich bin zu Hause«, antwortete ich.

»Geh rein und schließ sämtliche Türen ab. Ich schicke jemanden zu dir.«

»Onkel Jack?« Ich kämpfte mit meinen Schlüsseln. An meinem Schlüsselbund hingen nur drei, aber sie entwischten immer wieder aus meinem zitternden Griff. »Werden sie mir wehtun?«

»Nein«, antwortete er zu schnell. »Natürlich nicht«, fügte er nach einer Sekunde hinzu.

»Was ist hier los?« Die Eine-Million-Dollar-Frage und ich hatte noch immer nicht alle Puzzleteile zusammengesetzt.

»Ich hab jetzt wirklich nicht genügend Zeit, um dir alles zu erklären, Sophie.« Ich hörte, wie er jemandem im Hintergrund Befehle zuschnauzte.

Ich steckte den passenden Schlüssel ins Schloss. Das Klicken im Inneren überflutete mich mit Erleichterung. »Wenn du wusstest, dass ich in Gefahr schwebe, warum bist du dann einfach so abgehauen?«

Nun, da meine Angst allmählich abebbte, wurde ich wütend. Jack hatte Cedar Hill wie die Pest gemieden, um sich selbst in Sicherheit zu bringen, und er hatte sich nicht damit aufgehalten, mir und meiner Mutter zu raten, dasselbe zu tun. So viel zu dem Versprechen, das er meinem Vater gegeben hatte. Ich nahm mir vor, meine Mutter anzurufen, sobald ich mit Jack fertig war. Sie war für einige Anproben mit verschiedenen Brautkleidern bis morgen Abend in der Stadt, aber ich wusste, dass sie ausrasten würde, wenn ihr niemand erzählte, was los war. Besonders in diesem Fall.

»Sophie«, sagte Jack und stieß seine Worte mit einem langen, angespannten Seufzen aus, »sie werden dir nicht wehtun. Ich hätte dich nicht zurückgelassen, wenn ich das auch nur eine Sekunde lang geglaubt hätte. Diese Jungs reißen nur ihre Klappe auf. In dieser Familie lieben alle den Klang ihrer eigenen Stimme.«

»Sie wollen Rache, Jack.« Ich knallte die Tür hinter mir zu und legte die Kette vor. »Sie wollen eine Blutschuld für das, was Dad getan hat. Das hat Luca mir selbst gesagt!« Ich eilte in die Küche und kletterte auf die Arbeitsplatte. Das Telefon klemmte ich zwischen Ohr und Schulter ein, damit ich die Fenster verschließen konnte.

Jacks Verachtung vibrierte förmlich in der Leitung. »Ignorier einfach, was Luca gesagt hat. Er versucht nur, dir Angst einzujagen.«

Ich rutschte von der Küchentheke. »Aber warum?«

»Hör mir gut zu: Die Falcones haben ein Problem mit mir. Nur mit mir. Nicht mit dir.«

»Was meinst du damit, nur mit dir?« Ich rüttelte an der Klinke der Hintertür, um mich zu vergewissern, dass sie abgeschlossen war.

»Ich kann darauf jetzt nicht näher eingehen. Ich habe Eric Cain zu dir geschickt. Er wird auf dich aufpassen. Du hast ihn schon mal getroffen, bei meiner Geburtstagsfeier vor ein paar Jahren.«

»Ja, ich weiß«, sagte ich und erinnerte mich vage an einen kleinen, eher femininen Mann mit beneidenswert dunkelrotem Haar. Wie genau sollte der dafür sorgen, dass mir nichts passierte?

»Wir treffen uns irgendwo außerhalb von Cedar Hill und sprechen über alles, okay?«

»Was ist mit Mom?«, fragte ich.

Mein Onkel besaß doch tatsächlich die Unverschämtheit zu lachen. Ich ballte die Faust, bis sich meine Fingernägel in meine Handfläche bohrten.

»Sie würden Celine nichts antun«, erwiderte er beinahe herablassend. »Sie hat nichts mit mir zu tun. Alle wissen, dass deine Mutter selbst den Boden verabscheut, auf dem ich gehe. Und sie haben kein Interesse daran, deinen Dad zu bestrafen, Sophie. Hast du die Türen abgeschlossen?«

»Ja.« Ich stand wieder im Flur. Ich ging die Treppe nach oben, nahm immer zwei Stufen auf einmal und beschloss, auch sämtliche Fenster im ersten Stock abzuschließen. Nur für den Fall. »Warum willst du mich wegbringen, wenn ich nicht in Gefahr bin? Erzähl mir wenigstens *etwas*, damit ich nicht völlig unvorbereitet bin.«

»Das ist eine reine Vorsichtsmaßnahme, Sophie.« Er betonte das Wort »Vorsichtsmaßnahme« besonders, so als würde ich mich dadurch besser fühlen. Tat ich aber nicht. »Sie würden dir nie wegen dem, was dein Dad getan hat, etwas antun. Allein der Gedanke ist lächerlich. Und selbst wenn dem so wäre, was nicht der Fall ist, tut die Falcone-Mafia niemals Unschuldigen etwas an. Das gehört zu ihren allmächtigen, beschissen selbstgerechten Regeln. Und sie lieben es wirklich, selbstgerecht zu sein.«

Ich konnte das Gift praktisch schmecken. Dann wusste Jack also alles, was ich auch wusste, hatte aber anscheinend beschlossen, es für sich zu behalten. Sollte das etwa bedeuten, dass er selbst auch nicht unschuldig war? Was genau hatte er bloß getan, um auf ihrer Hat-es-verdient-zu-sterben-Liste zu landen? »Klingt, als wüsstest du eine ganze Menge über sie. Danke für die Vorwarnung.« *Du hättest mir einen Haufen Zeit und Schwärmereien ersparen können.*

»Ich hab dich vorgewarnt.«

»Ja, aber ziemlich beschissen.«

Ich rannte die Treppe wieder hinunter und meine Füße hallten wie Donner auf den Stufen.

»Sophie, ich kann dir das jetzt wirklich nicht näher erklären.« Seine Stimme klang erschöpft. »Bleib einfach, wo du bist. Ich hab jemanden zu dir geschickt.«

»Ich versuch's.« Ich schlüpfte durch die offene Tür ins Wohnzimmer und klappte das Fenster zu. Ich zog gerade die Vorhänge zu, als ich hinter mir eine Stimme hörte.

»Hallo Sophie.«

Ich ließ mein Telefon fallen. Gino und Dom Falcone erhoben sich gleichzeitig von der Couch und kamen mit synchronen Schritten auf mich zu.

»Wie seid ihr in mein Haus gekommen?« Ich versuchte zu sehen, wohin mein Telefon gefallen war, aber das Zimmer war beinahe stockdunkel. Sie zuckten beide mit den Schultern, aber ihre Gesichter waren von Dunkelheit umhüllt. Hatten sie diese ganze Nummer etwa einstudiert?

»Ihr solltet jetzt gehen.« Ich verschränkte die Arme in einer, wie ich hoffte, trotzig-selbstsicheren Geste über der Brust. Dann fuhr ich mit lauterer Stimme fort, in der Hoffnung, dass Jack noch immer zuhörte: »Ich erwarte Besuch.«

Ginos Lachen klang wie ein raues Bellen. Dom blieb einen halben Meter vor mir stehen, und sein Bruder stellte sich hinter ihn und sah durch seinen Pferdeschwanz gut fünf Zentimeter größer aus. Sie lächelten mich mit demselben drohenden, höhnischen Grinsen an.

»Was wollt ihr, Dom?«

»Idealerweise Jack«, erwiderte er. Hinter ihm stimmte Gino seinem Bruder mit einem energischen Kopfnicken zu. »Aber wir können keine Zeit mehr mit dem Versuch verschwenden, ihn zu suchen. Wir sind das Jagen leid.«

»Und dir zu folgen, hat uns auch nicht weitergebracht«, fügte Gino hinzu, und seine Monobraue zog sich über seinen unergründlichen Augen zusammen. »Es war so *langweilig*.«

Ich taumelte rückwärts und prallte mit den Kniekehlen gegen die Fensterbank. »Ihr seid mir gefolgt?«

Ich betete, dass Jack immer noch zuhörte, wo immer mein Telefon auch gelandet war.

»Ja«, gab Dom nüchtern zu. »Als wir herausgefunden haben, wer du bist, war das ein richtiger Glücksfall. Wir dachten, du würdest uns letzten Endes zu deinem Onkel führen …« Er sagte das fast, als sei er enttäuscht von mir, weil ich eine Aufgabe nicht erfüllt hatte – dabei hatte ich gar nicht gewusst, dass ich das sollte. »Aber das hast du nicht.«

Gino lachte grunzend durch die Nase.

»Ihr seid mir gefolgt«, wiederholte ich. Meine Stimme klang weit entfernt und war vor Ungläubigkeit völlig verzerrt. »Wie lange schon?«

»Zu lange«, antworteten sie unisono.

»Nic war dagegen, falls es das für dich leichter macht. Er hat wirklich dafür gekämpft, dich aus der ganzen Sache rauszuhalten«, fügte Dom mit geheucheltem Mitgefühl hinzu. »Aber es ist, wie es ist.«

»Aus welcher Sache?«

»Gekämpft und *verloren*«, höhnte Gino und ignorierte meine Frage.

»Aber«, fügte Dom hinzu, »wenn wir dir nicht gefolgt wären, wärst du in dieser Nacht nach der langweiligsten Party aller Zeiten wahrscheinlich vergewaltigt worden.«

»Oh, mein Gott.« Mein Magen krampfte sich vor Entsetzen zusammen. »So hat Luca mich also gefunden.«

»Er hätte sich nicht einmischen sollen«, sagte Dom mit einem plötzlichen missbilligenden Unterton. »Es war uns nicht erlaubt, irgendetwas zu tun, was deinen normalen Tagesablauf stören würde, es sei denn, dein Onkel wäre aufgetaucht. Aber Luca hat die Regeln gebrochen, wie er es immer tut. Wir wussten noch nicht mal was davon, bis du vorbeigekommen bist und in unserer Einfahrt rumgebrüllt hast.«

Ich wurde kreideweiß. Gino schien sich aus der Unterhaltung auszuklinken und ließ den Blick langsam durch den Raum schweifen. Als draußen ein Geräusch zu hören war, blickte Gino an mir vorbei durch einen Spalt in den Vorhängen. Ich nutzte den Moment, in dem die Brüder abgelenkt waren, und schob mich an der Wand entlang näher zur Tür.

Sie folgten meinen Bewegungen wie Verfolgerdrohnen.

»Ich würde das nicht tun, wenn ich du wäre«, zischte Gino. »Ich möchte nur ungern ein Mädchen schlagen. Selbst wenn du es bist.«

»Du wirst mit uns kommen müssen.«

Dom klang beinahe entschuldigend, aber das dämpfte meinen langsam schwelenden Hass auf ihn kein bisschen. Er war nicht nur in mein Haus eingebrochen und versuchte, mich gegen meinen Willen irgendwohin zu verschleppen, er hatte ganz offensichtlich auch Millie benutzt und dann fallen gelassen, und das machte ihn zu einem *kompletten Arschloch*. Ich sprang auf die offene Tür zu, aber Gino versperrte mir sofort den Weg. Sein Arm schoss nach vorn und schloss die Lücke.

Dom ging um mich herum und näherte sich mir von der anderen Seite. Er sah seinen Bruder an und nickte ihm kurz zu. Gino fiel auf Hände und Knie, glitt wie ein Reptil über den Boden und tastete ihn mit der Hand, während er weiterkroch. Es war ein vollkommen unnötig dramatisches Schauspiel.

Ich versuchte wegzurennen, aber Dom packte mich am Arm und zog mich zurück. »Nicht.«

Schließlich angelte Gino mein Telefon unter dem Sessel hervor, sprang wieder auf und ließ es zwischen uns in der Luft hin und her baumeln. »Hab ich dich«, sagte er triumphierend zu Dom.

Dom nahm ihm das Telefon ab und hielt es sich ans Ohr. »Jackie-Boy?«, höhnte er.

Entferntes Gebrüll erfüllte meine Ohren.

»Ich glaube, es ist an der Zeit, dass wir das hier zu Ende bringen.«

Gino lachte vor sich hin und schob sich an meine Seite. »Zeit für Sophie, auf Wiedersehen zu sagen.« Sein Lächeln enthüllte seine beiden abgebrochenen Zähne und seine Zunge schob sich unter ihnen hervor. Ich versuchte noch immer angestrengt zu verstehen, was Jack sagte, als Ginos Hände aus meinem Blickfeld verschwanden.

Dom legte eine Hand auf das Mikrofon und wandte sich wieder seinem Bruder zu. »Beeil dich«, sagte er.

Das feuchte Tuch kam aus dem Nichts.

Teil 3

Und wo die Schuld ist, mag das Strafbeil fallen.

William Shakespeare, *Hamlet*

25

Die Valentine Vendetta

Ich konnte ein Summen hören. Es brachte die ganze Welt zum Vibrieren, bis es sich anfühlte, als kämen die Bienen irgendwo aus meinem Schädel. Zuckend erwachte ich. Ein süßlicher Missklang aus Gerüchen hing in der Luft und lockte mich aus der Dunkelheit, die mich völlig umschlossen hatte. Ich öffnete die Augen unter einer weißen Zimmerdecke und spürte eine schreckliche Enge in meiner Brust.

Ich stöhnte auf.

»Ah, du bist endlich wach. Ich habe mich schon gefragt, wie lange die Wirkung wohl noch anhalten wird.«

Ich musste meinen Kopf nicht in Richtung der Stimme drehen, um zu wissen, wem sie gehörte. Für einen Mann klang sie ungewöhnlich weich, und er sprach jede Silbe mit übertrieben korrekter Betonung aus und verbarg damit seinen schwachen italienischen Akzent.

»Felice«, sagte ich. Ich versuchte, mich aufzusetzen, konnte es jedoch nicht. Meine Arme und Beine waren mit Kabelbindern gefesselt. Sie schnitten in meine Handgelenke und gruben sich unangenehm in die Haut unter meinen nackten Knöcheln. »Wo bin ich?«

»Allgemein gesprochen? Bist du in Lake Forest. Genauer gesagt? Liegst du auf meiner Couch.«

Das Leder quietschte unter mir, als ich meine gebundenen Hände zu meinen gefesselten Beinen bewegte, sie anzog und mich knirschend hochhievte. Ich wackelte hin und her, ließ meine Füße von der Couch rutschen und legte die Hände in meinen Schoß, während ein weißer Sonnenstrahl über mein Gesicht huschte und ich heftig blinzeln musste.

Ich war beinahe auf einer Höhe mit einem offenen Erkerfenster auf der anderen Seite des Zimmers. Die Sonne ging bereits am rosa gefärbten Himmel unter – ich musste sehr lange Zeit bewusstlos gewesen sein. Ich erkannte, dass ich mich mindestens im ersten Stock befand. Draußen stand ein alter Holzschuppen am hinteren Ende eines weitläufigen Gartens mit farbenfroh leuchtenden Blumen, der in offene Felder überging. Etwa fünfzehn winzige Häuschen standen in exakten Reihen über das Gras verteilt.

»Bienenstöcke«, sprach ich meine Erkenntnis laut aus. Ich konnte die Bienenschwärme, die in der Ferne summten, nur mit Mühe erkennen, aber auch im Zimmer schwirrten mindestens zwei der Tiere herum.

»Gut erkannt, Persephone«, sagte Felice. Er saß kerzengerade direkt gegenüber von mir in einem Sessel, eines seiner unglaublich langen Beine über das andere geschlagen.

Ich verdrehte die Augen und sah ihn stirnrunzelnd an. Alles an ihm – von seinem silbernen, zurückgegelten Haar über seinen mediterranen Teint bis hin zu seinem teuren Nadelstreifenanzug – brüllte mir *unheimlicher Mafia-Typ* ins Gesicht. Und nach dem zu urteilen, was ich bislang von seinem Haus gesehen hatte – von der Lage ganz zu schweigen –, war er stinkreich.

»Ich heiße Sophie«, erwiderte ich.

»Anscheinend ist das wohl so. Wenn uns das nur schon früher bewusst gewesen wäre, hätte uns das einiges an Verwirrung erspart. Wir hätten von Anfang an gewusst, wer du bist.«

Soweit ich sehen konnte, waren wir die einzigen Personen im Raum. Abgesehen von der schwarzen Ledercouch, auf der ich saß, gab es hier nichts außer Felice und seinen Bienen. Sie flogen in weiten Kreisen um seinen Kopf, so als wollten sie ihn verteidigen, und meine Haut begann bei ihrem Anblick unangenehm zu kribbeln.

»Ich muss gestehen, dass ich überrascht bin, dass du bisher noch nicht geschrien hast.« Er legte seine Ellbogen auf den Armlehnen ab und führte die Hände in der Mitte zusammen, sodass jeder Finger sein Pendant berührte.

»Hätte es denn einen Sinn, wenn ich schreie?«

Er schüttelte den Kopf. »Wir sind fernab jeglicher Zivilisation. Hier gibt es nur dich und die Bienen, Persephone.«

Irgendwo tief in meinem Inneren spürte ich eine vage Angst, aber mein Kopf war immer noch ganz benommen von dem, was mich in Schlaf versetzt hatte. Es fiel mir schwer, meine Empfindungen richtig zu sortieren, und noch schwerer, nicht das Falsche zu sagen. Ich wusste, dass ich entführt worden war, aber ich wusste nicht, wie ich angemessen darauf reagieren sollte. Ich fixierte die Stichnarben auf Felices Hals und Gesicht. Sie glänzten rot, und hier und da schwollen sie wütend an.

»Hier leben Sie also mit all Ihren Bienen? Wie romantisch.« Ich wusste, dass ich das nicht hätte sagen sollen, aber mein Hirn kümmerte sich nicht mehr darum, mein Handeln angemessen zu steuern. »Ein Jammer, dass sie Sie so häufig stechen.«

Er hob die Augenbrauen und tiefe Falten gruben sich in seine Stirn. »Es ist meine persönliche Entscheidung, keinen

Netzschleier zu tragen, wenn ich zu meinen Bienen gehe. Ich habe das Gefühl, dass uns das nur unnötig voneinander trennt. Ich ziehe es vor, ihnen nah zu sein und sie auf meiner Haut zu spüren.« Sein Blick huschte zu der Biene hinüber, die am nächsten an seinem Kopf vorbeischwirrte, und er lächelte wie ein stolzer Vater. »Es ist eine Ehre, von solch edlen Kreaturen gestochen zu werden. Dass sie ihr Leben für einen einzigen Moment meiner flüchtigen Aufmerksamkeit opfern würden, ist außergewöhnlich. Kein Lebewesen ist majestätischer als die Honigbiene.«

»Wenn Sie es sagen«, erwiderte ich, ohne zu verstehen, was er meinte. Mein Verstand war noch immer benebelt und das Summen machte es nur noch schlimmer.

»Ich sage es. Die Honigbiene ist vom Aussterben bedroht, und ich bin der Ansicht, dass wir unser Bestes tun müssen, um diese noblen Kinder von Mutter Natur zu beschützen.«

Die noblen Kinder von Mutter Natur? Ich hätte mich am liebsten selbst wieder ausgeknockt, um mich nicht mit diesem Irren vor mir abgeben zu müssen. »Was haben Sie mit mir vor?«

Felice schürzte die Lippen und sein Kinn wirkte dadurch unnatürlich spitz. Er antwortete nicht. Er starrte mich nur an, und ich bekam den Eindruck, ich hätte ihn beleidigt, indem ich unser Gespräch von den Bienen weg in eine neue Richtung gelenkt hatte.

»Könnten Sie wenigstens diese Fesseln lockern? Sie tun wirklich weh.« Meine Hand- und Fußgelenke waren ganz rot und wund und brannten schrecklich.

Er schüttelte den Kopf, aber diesmal war es kaum zu erkennen. »Noch nicht, Persephone.«

»Mein Name ist Sophie. Ich nennen Sie ja auch nicht Fabio.«

Felice warf den Kopf in den Nacken und lachte, bis seine Augen zu tränen begannen. »Von all den Dingen, über die du wütend sein könntest«, sagte er und wischte sich die Augen mit dem Handrücken ab. »Du bist wirklich komisch.«

Ich fühlte mich aber nicht zu Scherzen aufgelegt, sondern eher, als stünde ich unter Drogen. »Ich hab Ihren Honig übrigens gekriegt. Vielen herzlichen Dank auch.«

»Ich denke, wir wissen beide, dass er nicht für dich bestimmt war. Aber um der Klarheit willen und weil ich nicht mit Sicherheit sagen kann, ob du wirklich so dumm bist oder dich nur dumm *stellst*, werde ich es noch einmal ganz deutlich machen. Der Honig war für deinen Onkel bestimmt.«

»Ich glaube, er hat sich nicht besonders darüber gefreut.«

»Ach nein?« Felice verzog sein Gesicht zu dem breitesten Lächeln, das ich je gesehen hatte. Es war ebenso erschreckend wie unaufrichtig.

»Er hat es zerschmettert«, fuhr ich fort und ließ meine Stimme ernst klingen. Das wahnsinnige Bedürfnis, den Klugscheißer zu spielen, ebbte allmählich ab. Ich kam wieder zur Vernunft.

»Das kommt vor.« Felice winkte abfällig. »Ich weiß, dass man seine Opfer nicht vorwarnen soll, aber ich kann meine Vorliebe fürs Theatralische einfach nicht im Zaum halten. Ich kann dir allerdings mitteilen, dass ich den Honig selbst herstelle und dass er einfach köstlich schmeckt. Nicht dass sich je irgendjemand die Mühe machen würde, ihn zu probieren.«

»Ich hab ihn probiert. Er schmeckte verdorben«, log ich.

»Das ist eine wirklich unhöfliche Bemerkung.« Felice verzog dramatisch das Gesicht, bevor er fortfuhr. »Trotzdem, er erfüllt seinen Zweck. Ich finde, jeder hat eine faire Warnung verdient, damit er seine Angelegenheiten in Ordnung bringen kann.«

»Bevor Sie ihn umbringen?«, fragte ich. Obwohl ich es bereits wusste, wollte ich, dass er es aussprach, um mein benebeltes Hirn durch den Schock wieder in Gang zu bringen.

»Natürlich.« Felice lächelte und zeigte zwei unfassbar lange Reihen scharfer Zähne. »Vorsprung oder kein Vorsprung, am Ende erwischen wir sie immer. Und manchmal, wenn ich das so sagen darf, ist die Jagd das Beste daran.«

Ein eiskalter Schauder jagte meine Wirbelsäule hinauf. Schließlich war der Ernst der Lage doch noch zu mir durchgedrungen und ich bekam ein ungutes Gefühl im Magen. Ich musste auch noch an andere Menschen denken als nur an mich selbst. »Warum haben Sie meinem Onkel das Geschenk des Todes geschickt?« Meine Stimme brach und eine Woge der Angst schwappte über mich hinweg. »Falls es damit zu tun hat, dass sie Rache für das wollen, was mein Vater getan hat – er hat das nicht gewollt.«

Felice hob einen Finger, um mich zum Schweigen zu bringen. »Der Tod meines geliebten Bruders Angelo durch die Hand deines Vaters war, natürlich, bedauerlich, aber ich glaube nicht, dass dein Vater es aus böser Absicht getan hat.«

Ich ließ meine Schultern absacken. »Das ist gut.«

»Das soll aber nicht heißen, dass es hier nicht um Rache ginge. Denn«, fügte er hinzu und richtete sich zu seiner vollen Größe auf, »das tut es natürlich.«

Mit einem Mal wirkte Felices Körpergröße noch viel imposanter. Er begann, auf und ab zu gehen, und ich hatte das Gefühl, dass er das ständig tat – Leute durch Theatralik einzuschüchtern. Wahrscheinlich hatte er für jede Gelegenheit einen speziellen Anzug. Sein Halstuch wehte hinter ihm her, während er hin und her schwebte.

»Ich glaube inzwischen, mit Sicherheit behaupten zu können, dass du ganz offensichtlich keine Ahnung davon hast, dass dein Onkel, Jack Gracewell, ein wichtiges Mitglied des größten Drogenkartells im Mittleren Westen ist. Er gehört zum Goldenen Dreieck, wie sich diese Gang selbst so wortgewandt nennt. Liege ich mit dieser Annahme richtig?«

Ich starrte ihn mit offenem Mund an. Das konnte nicht wahr sein. Das musste alles Teil seines »Theaters« sein.

»Unter anderem handeln sie seit Kurzem mit einem neu entwickelten Betäubungsmittel, das nach der Einnahme ähnliche Symptome verursacht wie eine schwere Vergiftung und zu einer Reihe unglücklicher Nebenwirkungen führen kann, darunter Verfolgungswahn, Gedächtnisverlust, Lähmungserscheinungen und – mein persönlicher Favorit – der Tod.« Kopfschüttelnd blickte er auf die Welt draußen vor dem Fenster, so als hätten ihn sämtliche Vögel und Blumen auf einmal enttäuscht.

»Nein«, war alles, was ich zustande brachte. Die Worte ließen mich im Stich. Ich war wie vor den Kopf gestoßen und Felice konnte das sehen. Schlimmer noch: Er schien sich regelrecht daran zu weiden, wie ein gut gekleideter Parasit.

Er begann, wieder auf und ab zu gehen. »Natürlich beobachten wir deinen Onkel und seine nicht ganz so geschätzten Geschäftspartner nun bereits seit vier Jahren – seit der Zeit, als er angefangen hat, das Diner, euer heimeliges Familienunternehmen, dafür zu nutzen, seine Drogenlieferungen zwischenzulagern.«

»Was?« Ich erwachte wieder zum Leben. »Jack hat das Diner meines Vaters für seinen Drogenhandel missbraucht?«

»Nun, ich dachte eigentlich, dass sich diese beiden Puzzleteile leicht miteinander verbinden lassen, aber vielleicht bin ich einfach dichter an der ganzen Geschichte dran, deshalb ist es einfacher für mich.« Felice ging in die Hocke, um mir näher zu sein. »Anfangs gab es nur drei zentrale Mitglieder des Goldenen Dreiecks, die sich auf dieser Seite des Atlantiks um die Geschäfte gekümmert haben. Jeder von ihnen war an einer anderen Schlüsselstelle im Mittleren Westen positioniert: an Orten, die, wenn man sie auf einer Landkarte miteinander verbindet, ein perfektes Dreieck bilden.« Er malte mit seinen Fingern ein Dreieck in die Luft. »Ein Dreieck des betrügerischen Profits.«

Ich spürte, wie eine Biene gefährlich nahe an meinem Ohr vorbeisauste, und riss reflexartig den Kopf nach oben.

»Vorsichtig«, warnte mich Felice. Er richtete sich wieder auf. »Als Boss der Falcones war mein Bruder Angelo im Prinzip dafür verantwortlich, diesen ungesetzlichen Aktivitäten ein Ende zu bereiten. Das war zwar keine leichte Aufgabe, aber wie wir schon seit jeher sagen: ›Ein Falke jagt keine Fliegen.‹ Gemeinsam wollten wir das Gesicht der Drogenwelt des Mittleren Westens für immer verändern.«

Felices Bewegungen wurden flüssiger, und er legte wehmütig eine Hand auf den Rücken, so als mache er einen abendlichen Spaziergang und schlendere eine ruhige Straße entlang.

»Mein Bruder initiierte in relativ kurzer Folge erfolgreich den Untergang der ersten beiden Gründungsväter des Goldenen Dreiecks, ganz zu schweigen von wichtigen Mitgliedern ihrer jeweiligen Gangs.« Seine farblosen Augen weiteten sich, und er blickte zur Decke hinauf, so als würde er mit jemandem sprechen, der sich darüber befand. »Und, wenn ich das sagen darf, dann hat sich meine Familie auf *ziemlich* kunstvolle Weise um sie gekümmert. Aber ich möchte dein Zartgefühl nicht verletzen, Persephone, deshalb werde ich auch nicht weiter ins Detail gehen.«

Mit einem Schlag erinnerte ich mich wieder an den Zeitungsartikel. Darin wurde auch das Goldene Dreieck erwähnt. Man hatte Angelo Falcone verdächtigt, zwei der Mitglieder ermordet zu haben – *brutal* ermordet zu haben –, aber er war deswegen nie angeklagt worden. Ich wusste selbst nicht, ob ich es jemals glauben würde, aber bevor ich mich zurückhalten konnte, sagte ich: »Und Jack war der Dritte.«

»Und Jack Gracewell war der schwer zu fassende dritte Teil dieses Dreiecks«, bestätigte Felice, und seine Miene wirkte plötzlich ernst. Er ließ seine Fingergelenke knacken, eines nach dem anderen, und ich sah, dass sie ebenso übel zerstochen waren wie sein Gesicht. »Miss Gracewell, ich habe noch nie ein so glattes und skrupelloses Individuum wie Ihren Onkel getroffen.«

Ich auch nicht, wurde mir bewusst, und mir drehte sich vor Übelkeit der Magen um. Wenn alles, was Felice gesagt hatte, der Wahrheit entsprach, dann kannte ich meinen Onkel überhaupt nicht. Sicher, ich wusste, dass Jack durchaus Grenzen überschritt: Er trank zu viel, er war jähzornig und hatte die Tendenz, hin und wieder zu verschwinden. Aber diese Anschuldigungen waren etwas vollkommen anderes.

»Wir hätten es beinahe geschafft, weißt du? Sie alle auszulöschen. Das hätte das Ende sein können, aber natürlich war es das nicht. Denn an jenem schicksalhaften Valentinstag ist Angelo dem falschen Bruder begegnet und dann hat sich innerhalb eines Augenblicks alles verändert.«

Ich konnte schmecken, wie die Galle in meiner Kehle hochstieg. Ich dachte an meinen Vater, ganz allein in der Dunkelheit vor dem Diner, und daran, wie viel Angst er gehabt haben musste, als Angelo Falcone brüllend auf ihn zukam. Er hatte keine Ahnung gehabt, wer sich da auf ihn stürzte. Das konnte er nicht. Er hätte niemals bei so etwas mitgemacht. Richtig? Ich ballte die Fäuste, damit meine Hände nicht mehr zittern. Wie viele Personen in meinem Leben waren sonst noch nicht *der* Mensch, für den sie sich ausgegeben hatten?

»Ich wusste nicht, dass Jack einen Bruder hat, der ihm so ähnlich sieht. Nicht vor jener Nacht, in der ich gesehen habe, wie er *meinen* Bruder erschossen hat. Da hat jemand seine Hausaufgaben wirklich nicht sehr gewissenhaft erledigt, nicht wahr? Ich kann dir sagen, dass nach dieser unglücklichen Verwechslung eine Menge Köpfe gerollt sind.« Felice erlaubte sich ein flüchtiges Grinsen, bevor er hinzufügte: »Im wahrsten Sinne des Wortes.«

»Sie waren da?«

Er seufzte und sein prahlerischer Unterton verschwand. »Es war dunkel und Angelo hat sich dem falschen Gracewell genähert. Es war geplant, dass mein Bruder Jack überwältigen und in die Gasse hinter dem Diner schleppen würde, damit ich ihn unter vier Augen erschießen konnte – das war mein ganz persönlicher Wunsch, weißt du? So weit ist es jedoch nie gekommen, aber das ist endlich etwas, das auch du bereits weißt.«

Ich zuckte bei der Vorstellung zusammen, wie er Jack erschoss.

Felice wackelte vor mir hin und her wie ein Metronom, bis ich ihm seinen Finger am liebsten abgebissen und ins Gesicht gespuckt hätte.

»Du darfst nicht glauben, dass ich ein Monster bin. Es war und ist noch immer Jack, der es der dunklen Seite unserer Gesellschaft auf die schlimmstmögliche Weise erlaubt, weiterzuwachsen. Und es war *Jack*, der deinen Vater in diese unglückliche Lage gebracht hat. Wenn ich mit Drogen handeln würde, was ich *natürlich* niemals tun würde, dann würde ich ganz sicher nicht das Familienunternehmen meines Bruders als Lager benutzen.«

»Jack hat mit so etwas nichts zu tun.« Zweifel ließen meine Worte straucheln. Sie purzelten aus meinem Mund, unsicher und gezwungen. »Mein Vater würde das niemals zulassen. Ich glaube Ihnen nicht.« Ich hätte trotzig die Arme verschränkt und wäre dann davongestürmt, wenn ich es gekonnt hätte. Nicht weil ich wütend war, sondern weil ich Angst vor der Wahrheit hatte – und davor, was sie für mein Verständnis von meiner Familie bedeutete, von Richtig und Falsch.

»Nun, so leid mir das auch tut, aber es spielt keine Rolle, ob du mir glaubst oder nicht. Das verändert die Wahrheit der Sache in keiner Weise.«

Je mehr ich jedoch darüber nachdachte, desto mehr tendierte ich zu seiner Version der Ereignisse. Schließlich war die Vorstellung, dass Angelo Falcone mitten in der Nacht unbewaffnet in der Nähe eines kleinen Vorstadt-Diners herumlungerte, ziemlich seltsam. Und noch seltsamer waren all die geheimen Geschäfte, die Jack immer in der Stadt zu erledigen hatte. Und die Tatsache, dass er immer reichlich Geld zu haben schien, von den schicken Autos und teuren Anzügen ganz zu schweigen. Irgendetwas an ihm wirkte immer ein wenig beunruhigend. Etwas, das meine Mutter dazu veranlasste, ihn auf Abstand zu halten. Etwas, das ihn davon abhielt, sesshaft zu werden und eine eigene Familie zu gründen. Und dann war da noch sein unerschütterlicher Hass auf die Falcones. Je mehr ich die einzelnen Teile zusammenfügte, desto weniger lächerlich klangen sie. »Dann ist es also wahr …«, begann ich.

»Ist es«, bestätigte Felice.

»Gut, aber warum bin ich dann hier, wenn es nicht um meinen Vater geht? Ich habe doch nichts falsch gemacht.«

»Nach dem unglücklichen Tod meines geliebten Bruders liefen Jacks Geschäfte immer schlechter, so schlecht, dass er zu der Ansicht kam, das Goldene Dreieck sei am Ende. Natürlich wollten wir auch bei ihm trotzdem zu Ende bringen, was wir angefangen hatte – nach einer angemessenen Zeit der Trauer, versteht sich. Ich muss zugeben, dass Angelos Tod uns allen schwer zu schaffen gemacht hat, besonders den Jungs. Aber als wir erfahren haben, dass unsere Informationen falsch waren und Jack die gesamte Organisation nun von der Stadt aus *leitete*, wurde uns bewusst, dass wir ihn besser früher aus dem Weg räumen sollten als später. Wir haben uns ein Haus in Cedar Hill gekauft und uns von dort aus die wichtigsten Geschäftspartner deines Onkels vorgenommen, einen nach dem anderen.«

Erklärte das den ertrunkenen Lieferanten – hatte Luis auch dazugehört? Und all die anderen rätselhaften Vermisstenfälle, auf die Mrs. Bailey so eifrig hingewiesen hatte – und die ich liebend gern ignoriert hatte? Die ganze Zeit über hatten sie direkt vor meinen Augen Menschen getötet.

»Das ist schrecklich«, sagte ich und fühlte mich wie betäubt.

»Tatsächlich ist das kompetent«, korrigierte Felice mich. »Und jetzt, da Jack bewiesen hat, dass er das letzte Teil des Puzzles ist – und ohne seine getreuesten Handlanger völlig geschwächt –, müssen wir ihn möglichst bald zur Strecke bringen, bevor er sich neu aufstellen kann. Das Ganze muss endlich ein Ende haben, genau, wie mein Bruder es geplant hatte.«

Bei dem Gedanken, was sie Jack antun würden, geriet ich in Panik und fragte mich, wie viele seiner »Geschäftspartner« in den vergangenen Monaten tatsächlich ermordet worden waren, während ich gleichzeitig versuchte, nicht darüber nachzudenken, wie viele von ihnen bei ihrem Tod in den Lauf von Nics Pistole geblickt hatten. »Dann werden Sie ihn also umbringen.«

»Ja.« Felice ließ sich ganz vorsichtig auf den Stuhl sinken, so als könnten seine Knochen brechen, wenn er nicht aufpasste. »Und hier, meine liebreizende Persephone, kommst du ins Spiel.«

»Das ist *nicht* mein Name«, fauchte ich ihn wütend an.

»Ich verstehe wirklich nicht, warum du dich entschieden hast, ihn abzulegen.« Er machte eine Pause, so als erwartete er, dass ich mich für etwas rechtfertigte, das mir nun so unerträglich trivial vorkam. Als ich nichts erwiderte, fuhr er mit offensichtlicher Verwunderung fort: »Warum sträubst du dich dagegen, mit der majestätischen, wunderschönen Göttin der Unterwelt in Verbindung gebracht zu werden? Der wundersamen, teuflischen Göttin des Todes? Sophie ist im Vergleich dazu so *banal.*«

»Erwarten Sie wirklich, dass ich darauf antworte?«

»Die Bedeutung dieses Namens amüsiert mich. Du hast sogar deinen Hades gefunden.« Er grinste, und ich hatte das Gefühl, er würde er erwarten, dass ich von seinem Wissen über griechische Mythologie beeindruckt war. War ich nicht.

Als ich nicht antwortete, fuhr er fort: »Es war Dominico, der herausgefunden hat, wer du bist, als er mit dieser gewöhnlichen britischen Kellnerin zusammen war und versucht hat, an Informationen über Jack zu gelangen. Als Nicoli schließlich erfahren hat, dass du tatsächlich *Persephone* Gracewell bist, hat er versucht, sich von dir zurückzuziehen, aber es war bereits zu spät. Plötzlich hattest du dich in unsere beste Möglichkeit verwandelt, unser auserkorenes Ziel endlich zu erreichen – und das zu einem Zeitpunkt, an dem uns allmählich die Geduld ausging.«

Ich dachte an Nic und legte die Stirn in Falten. Die ganze Zeit über hatte er um meiner Sicherheit willen gegen sein Verlangen angekämpft – und er hatte verloren. Und gelogen.

»Aber du hast die Gefahr nicht erkannt, nicht wahr? Weil du nur die Dinge siehst, die du sehen willst, und für alles andere blind bist.«

Ich funkelte ihn wütend an. »Ich bin nicht für alles andere blind.« *Außer für das geheime Leben meines Onkels als Drogenbaron. Und für das geheime Killerleben des Typen, in den ich verknallt bin.*

»Sicher, sicher«, erwiderte Felice abfällig. »Wie könnte ein alter Narr wie ich auch irgendetwas darüber wissen? Ich habe keinen Zweifel daran, dass du aufrichtig in ihn verliebt bist und all die Kerben in seiner Schusshand *liebevoll* gezählt hast.«

Er grinste mich anzüglich an und ich hasste ihn dafür. Aber am meisten hasste ich ihn, weil er recht hatte. Ich war mit diesem Teil von Nic noch immer nicht versöhnt. Ich hatte versucht, ihn zu ignorieren. Ich hatte sogar versucht, ihn zu rechtfertigen.

»Siehst du«, säuselte Felice weiter, »als Jack geflohen ist, hat er dich törichterweise zurückgelassen, genau den Menschen, der seinen Untergang bedeuten wird. Wir hatten erwartet, dass du uns zu ihm führen würdest. Da dein Onkel allerdings schlauer ist als ein durchschnittlicher Liegestuhl und es ihm auf unerklärliche Weise bisher gelungen ist, vor uns davonzulaufen, müssen wir nun auf einen etwas improvisierten Plan zurückgreifen, bei dem du den *Köder* spielst.« Er klatschte in die Hände. »Wenn Jack sich uns heute nicht vor Mitternacht in dem verlassenen Lagerhaus für Autoteile in Hegewisch stellt, dann wird sich diese ganze Sache sehr unglücklich entwickeln.«

»Dann werden Sie mich also umbringen?«, fragte ich und fühlte mich innerlich völlig hohl. Würde es wirklich so enden? Ich war in einen Tunnel voller Lügen gestürzt und jetzt hielt man mir eine Pistole an den Kopf?

Felice sah mich teilnahmslos an. »Die Vorstellung, ein junges Mädchen zu töten, sagt mir nicht wirklich zu, aber ich denke, diese Frage musst du jemandem stellen, der besser dafür geeignet ist, sie zu beantworten, Persephone.«

»Und wem zum Beispiel?«

Felice erhob sich wieder. »Unserem Boss.«

Mir blieb der Mund offen stehen. »Sie sind gar nicht der Boss?«

»Ich? Ich bin nur ein einfacher Imker.« Während er das sagte, schwirrte eine seiner Bienen in mein Blickfeld, nur dreißig Zentimeter von meinem Gesicht entfernt, so als hätte er sie darauf programmiert.

»Und ein Mörder«, erinnerte ich ihn.

»Ich war schon immer der Ansicht, dass man uns alle durch mehr als nur eine Sache definieren kann.«

»Es sei denn, man ist ein Killer. Dann ist das so ziemlich alles, worauf es hinausläuft.«

»Vielleicht solltest du das auch deinem Vater sagen. Oder deinem schönen Hades, zwischen zwei Küssen.«

Wenn ich in diesem Moment hätte aufspringen und ihm das Gesicht abreißen können, dann hätte ich es getan.

»Wie dem auch sei«, fuhr er in demselben herablassenden Ton fort, »ich bin nur der *consigliere* der Falcones. Ich biete meinen Rat an, der für gewöhnlich ignoriert wird. Ich werde jemanden holen, der besser dafür geeignet ist, deine Frage zu beantworten. Um ehrlich zu sein, bin ich deinen jugendlichen Sarkasmus ohnehin bereits leid.«

26
Der Boss

Ich hörte ihn, bevor ich ihn sah – der harte Holzboden polterte, als er in mein Blickfeld glitt, wobei seine Hände kaum die Räder berührten, um sie zu bewegen. Er drehte sich mit einer schnellen Folge geübter Handgriffe, bis er mir in die Augen sehen konnte. Sein Körper war schmal, aber nicht so gebeugt, wie ich ihn in Erinnerung hatte. Er trug eine schwarze Hose und ein enges schwarzes Hemd, das über seinen Schultern spannte. Der Anlass? Mein Schicksal.

Er streckte sein linkes Bein in meine Richtung aus und es kratzte über den Boden. Sein rechtes Bein war knochig und zeigte von der Hüfte an leicht nach innen. Dabei lehnte es schlaff an seinem anderen Bein, wodurch es aussah, als sei er von der Taille abwärts völlig verdreht. Er löste seine Hände von den Rädern und faltete sie im Schoß. Als wir uns zum ersten Mal begegnet waren, hatte er hinter einem Tisch gesessen, über die tiefsten Gefühle seiner abwesenden Untergebenen sinniert und mir mit seinen Bleistiften eine andere Welt gezeigt. Nun blickte er mich mit diesen zarten azurblauen Augen an und seine Lippen waren zu einer festen Linie verzerrt.

»Du wolltest mich sehen?« Diese melodische Stimme. Es fiel mir schwer zu glauben, dass sie wirklich eine ganze Armee von Killern befehligte.

»Valentino«, sagte ich mit überraschend fester Stimme. Sie klang, als würden wir uns schon seit Jahren kennen, aber seine Miene veränderte sich nicht. Sie war undurchschaubar. »Bitte sag mir, dass das nicht wahr ist.«

Er rutschte in seinem Rollstuhl hin und her, richtete sich auf und war mit einem Mal größer, und seine Schultern wirkten breiter als zuvor. Mir wurde bewusst, wie töricht ich gewesen war, weil ich ihn für schwach gehalten hatte. »Dass was nicht wahr ist?«, fragte er.

»Du bist der Boss von diesem ganzen Laden?«, fragte ich zurück.

Er hob seine rabenschwarzen Augenbrauen. »Meinst du mit ›Laden‹ meine Familie?«

»Ja.«

»Ist das denn so schwer zu glauben?«, gab er zurück.

Ich lehnte mich nach vorne, so als würde ich versuchen, die unsichtbare Mauer zwischen uns zu durchdringen. »Ja. Das *ist* schwer zu glauben.«

Er tippte mit dem Finger auf das rechte Rad seines Rollstuhls. »Wegen dem hier?« In seiner Reaktion lag ein Anflug von Bitterkeit.

»Nein. Weil du immer so … mitfühlend gewirkt hast.«

»Ich bin mitfühlend«, erwiderte er. »Das ist eine meiner hervorstechenden Eigenschaften.«

»Aber du tötest Menschen.« Meine Stimme zitterte.

Er tippte zur Erklärung noch einmal auf den Rollstuhl. »Ich gebe Morde *in Auftrag*.«

»Das ist auch nicht viel besser.«

»Es ist ein notwendiges Übel für das Allgemeinwohl«, entgegnete er ruhig. »Es ist, was es ist.«

»Wirst du mich wirklich töten?« Meine Stimme brach, und

eine Tränenkette glitt meine Wange hinunter auf meinen Hals, der sich unangenehm feucht anfühlte. Trotzdem hielt ich das Kinn weiter oben. Ich würde zumindest tapfer sein.

Valentinos Antwort kam langsam. Er ließ den Blick zum Fenster hinauswandern. »Ja.«

»Selbst wenn Jack auftaucht?« Ich konnte nicht glauben, was ich da fragte. Ich hätte noch nicht einmal über die Möglichkeit nachdenken sollen, dass jemand anders sein Leben aufgab, um meines zu retten, aber mein Überlebensinstinkt war grausamer als ich.

Valentino drehte sich wieder zu mir um. Er lächelte, aber nur ein klein wenig. »Selbst dann.«

Ich machte den Mund auf, um etwas zu erwidern, aber stattdessen entwich mir ein erstickter Schrei. Zitternd vergrub ich das Gesicht in meinen gefesselten Händen, weinte heftig und versuchte, alles auf einmal rauszulassen. Ich musste mich zusammenreißen und versuchen, einen Ausweg aus dieser Situation zu finden, aber meine Schultern verkrampften sich, und meine Atmung glich einem panischen Keuchen.

»Wenn du mir erlauben würdest, es dir zu erklären«, begann er wieder. Ich wollte ihn nicht anschauen. Sein Tonfall schien von meinem Gefühlsausbruch vollkommen unbeeinträchtigt. »Ich möchte die Rolle, die mir übertragen wurde, immer fair erfüllen. wenn ich Entscheidungen über Leben und Tod treffe, versuche ich, so logisch wie möglich vorzugehen.«

»Aber du bist *nicht* fair«, schluchzte ich. »Nichts von alldem ist fair. Ich bin kein Drogendealer! Ich bin nur ein Mädchen!«

»Ein Gracewell-Mädchen. Und ein loses Ende, fürchte ich.«

Er ließ mich im Stillen weiterweinen und sprach erst wieder, als ich schließlich doch den Kopf hob.

»Jacks Schuld liegt in seinen ausufernden Drogengeschäften und ihren zerstörerischen, weitreichenden Auswirkungen. Das ist offensichtlich. Aber die Schuld deines Vaters liegt darin, was er meinem Vater angetan hat.«

»Dein Vater hat versucht, ihn zu töten!«, brüllte ich. Ich zitterte so heftig, dass ich das Gefühl hatte, zu verbrennen. »Natürlich musste er sich selbst verteidigen! Das Ganze war ein Unfall. Selbst Felice gibt zu, dass mein Vater es nicht mit Absicht getan hat!«

»Woher willst du das wissen?« Valentinos teilnahmslose Erwiderung erwischte mich auf dem falschen Fuß. Einen lächerlichen Augenblick lang kam ich mir albern vor, weil ich so energisch reagiert hatte, während er diese Unterhaltung weiterhin so führen konnte, als würde er sich zum Abendessen nur eine Pizza bestellen.

»Was meinst du damit?« Die Worte bebten in meiner Kehle.

»Woher willst du wissen, dass dein Vater unschuldig war?«, fragte er und beobachtete, wie ich darauf reagierte. »Woher willst du wissen, dass sich dein Onkel ihm nicht anvertraut hat? Dass er nicht darauf vorbereitet war, das Undenkbare zu tun, um seine Familie zu beschützen?«

»Weil …« Ich verstummte.

Valentino kniff die Augen zusammen und plötzlich war mir eiskalt.

»Weil mein Vater niemals jemandem absichtlich wehtun würde«, sagte ich mit neuem Selbstbewusstsein. Ich war mir zwar nicht bei vielen Dingen sicher, aber dabei schon. »Zu so etwas ist er gar nicht fähig.«

»Hättest du vor dem heutigen Tag geglaubt, dass dein Onkel dazu fähig ist, ein ganzes Drogenkartell zu leiten?«

Ich zögerte.

»Hättest du vor diesem Augenblick, in dem wir uns nun

wiederfinden, geglaubt, ich sei dazu fähig, eine Dynastie von Killern anzuführen?«

Ich wandte den Blick ab, aber er ließ nicht locker.

»Hättest du, als er dich zum ersten Mal geküsst hat, geglaubt, dass Nic dazu fähig ist, einen Mann in seiner eigenen Badewanne zu ertränken?«

»Hör auf!«, flehte ich und verspürte das überwältigende Bedürfnis, mich zu übergeben. »Hör einfach auf.«

»Masken«, sagte Valentino. »Sieh dir nur an, was passiert, wenn wir sie abnehmen.«

»Es ist schrecklich.« Ich vergrub mein Gesicht in den Händen, um ihm nicht die Befriedigung zu geben, mit anzusehen, wie sich seine Worte direkt in mein Innerstes brannten.

»Totales Chaos«, erinnerte er mich gelassen, so als hätte er nicht eben den Ruf meiner Familie zerstört. »Letzten Endes ist es meine Entscheidung, und ich bin der Ansicht, dass es richtig ist – sobald wir uns deinen Onkel im Lagerhaus geschnappt haben –, die Blutschuld deines Vaters ein für alle Mal zu begleichen.«

Ich hob den Kopf wieder, aber ich fühlte mich ganz schwindelig, und mir war übel. »Dann willst du mich also benutzen, um ihn anzulocken, und mich dann trotzdem umbringen?«

Valentino zuckte mit den Schultern. »Das ist der beste Plan.«

Ich dachte an meine Mutter und Millie und musste ein weiteres Schluchzen hinunterschlucken. Meine Mutter würde das nicht überleben – sie hielt ja auch so schon kaum noch durch. Und Millie – sie hatte Freundschaften aufgegeben, um mir beizustehen, nachdem mein Vater ins Gefängnis gegangen war. Sie hatte sonst niemanden, nicht mehr. Wir hatten nur einander.

Als Valentino weitersprach, klang seine Stimme klinisch,

obwohl der melodische, singende Unterton noch immer zu hören war. »Nic wird nicht kommen, um dich zu retten, Sophie. Er weiß von alledem nichts.«

Eines nach dem anderen stachen mir seine Worte mitten ins Herz.

Ich erwiderte nichts. Ich saß nur da und spürte, wie sich die Leere in mir immer weiter ausbreitete.

»Möchtest du ein Taschentuch?« Er zog ein rotes, quadratisches Seidentuch aus der Hemdtasche. Ein Monogramm seiner Initialen war mit schwarzem Faden in eine Ecke gestickt.

Ich ignorierte die Geste. »Ich dachte, du magst mich. Ich dachte, wir würden einander verstehen.«

»Ich mag dich ja auch.« Er steckte das Taschentuch wieder an seinen Platz, unberührt von meiner Ablehnung. »Unter anderen Umständen hätten wir Freunde sein können, glaube ich.«

»Aber jetzt bist du wild entschlossen, mich umzubringen?«

Er klang sachlich. »Der Grund, warum mein Vater mir diese Position übertragen hat, ist, dass ich schon immer in der Lage war, meine persönlichen Gefühle von der Mission der Falcones zu trennen. Ich besitze die Fähigkeit, Dinge nüchtern einzuordnen.«

»Gratuliere«, spuckte ich aus.

»Ich bin mir nicht sicher, was Nic dir über mich erzählt hat.« Sein linkes Bein wurde von einem plötzlichen Krampf erfasst und zuckte auf seinem rechten. »Aber Luca und ich wurden gemeinsam ernannt, wusstest du das? Zwei Bosse. Eine solche Entscheidung hatte es in Unterweltkreisen noch nie zuvor gegeben, aber für unsere Familie ergab sie Sinn. Wir haben schon vor unserer Geburt alles zusammen gemacht und jeder von uns ist die Hälfte eines Ganzen. Ich bleibe cool und gefasst und treffe die Entscheidungen aus der Ferne, und er sorgt dafür, dass sie effektiv umgesetzt werden. Das war der Gedanke dahinter. Gemeinsam bilden wir den perfekten Boss: fair und effizient. Entfernt, und dennoch ganz nah am Geschehen.«

»Aber er ist nicht der Boss. Er ist der Vize-Boss«, widersprach ich sinnlos.

Falls Valentino von meinem Wissen über ihre Infrastruktur überrascht war, ließ er es sich nicht anmerken. »Das ist richtig.« Er lächelte und seine Zähne blitzten flüchtig auf. »Kurz nach dem Tod unseres Vaters hat er sich mir völlig gefügt. Er ist von seinem Teil dieser Rolle zurückgetreten.«

»Warum?«, fragte ich verblüfft. Wenn einer der fünf Brüder perfekt auf die Beschreibung eines Mafiabosses passte, dann war es Luca. Oder zumindest hatte ich das immer geglaubt.

Valentino hob die Hände und machte eine ausschweifende Geste, die alles im Raum umfasste: mich, ihn, das schwarze Ledersofa, meinen bevorstehenden Tod. »Vielleicht deswegen. Unterfangen wie dieses sind besonders schwer zu verkraften.« Er hielt einen Moment inne und sinnierte über etwas. »Oder«, vermutete er dann, »vielleicht hatte er auch das Gefühl, mir etwas schuldig zu sein.« Er zeigte mit seinen aufgefächerten Fingern beiläufig auf sein zerquetschtes Bein, aber in seinem Gesicht blitzte etwas anderes auf. »Wie dem auch sei, Luca und ich haben immer in völliger Harmonie zusammengearbeitet, bis wir in dieser Situation steckten. Mit Nic streite ich mich sowieso andauernd, deshalb ist es auch keine Überraschung, dass wir ihn aus dieser Sache heraushalten mussten. Aber das hier ist das erste Mal in meinem ganzen Leben, dass ich mit meinem Zwillingsbruder bei etwas nicht einer Meinung bin. Und dass es dabei um ein Gracewell-Mädchen geht, das er noch nicht einmal richtig kennt, übersteigt wirklich mein Verständnis.«

Ich spürte ein unerwartetes Aufatmen in meiner Brust.

»Aber ich bin der Boss«, fuhr Valentino fort, und der lyrische Singsang seiner Stimme verhüllte die Schonungslosigkeit seiner Aussage. Ich hatte das Gefühl, er wollte verhindern, dass der Funken Hoffnung in meiner Brust noch weiter aufflammte.

»Und deshalb liegt die endgültige Entscheidung bei dir«, wurde mir klar.

»So ist es«, bestätigte er ernst. »Und Luca wird das respektieren.«

Damit erlosch der Funke.

»Hast du schon was von meinem Onkel gehört?« Ich wünschte, ich hätte Jack anrufen und ihm sagen können, dass er sich nicht die Mühe machen musste, meinetwegen aufzutauchen. Wenn sie mich sowieso töten würden, war das Ganze nur eine Falle.

»Es ist nicht so leicht, einen Drogenbaron, der von Natur aus selbstsüchtig ist, davon zu überzeugen, sein Leben gegen das eines anderen einzutauschen, selbst wenn ihm dieser andere sehr am Herzen liegt. Aber ich bin mir sicher, dass er den wahren Ernst der Lage erfassen wird, wenn er erst mal unser Video von dir sieht.«

»Welches Video?«

Valentino senkte den Kopf und wandte sich von mir ab. »Du musst bei Calvino tapfer sein, sonst macht er es dir nur noch schwerer.«

Er verschwand und ich war wieder allein.

27

Das Video

Einige Zeit später öffnete und schloss sich eine Tür hinter mir, und das Geräusch von schweren Schritten durchbrach die Stille. Ein kahlköpfiger, ernst aussehender Mann mit einem dicken schwarzen Schnurrbart stampfte durch den Raum. Ich erinnerte mich von jenem Tag im Restaurant an ihn – Calvino.

Er setzte sich auf Felices leeren Sessel, verzerrte das eckige Gesicht, bis es aussah wie eine Prothese, und starrte direkt durch mich hindurch.

»Ich hab Sie vor ein paar Wochen im Eatery gesehen«, sagte ich in der Hoffnung, dass eine Unterhaltung mir einen Weg aus dieser ganzen Sache bieten würde, was auch immer er mit mir vorhatte. »Sie haben eine Biene getötet.«

Sein Grinsen verzog sich zu einer Grimasse. »Und ich bezahle immer noch dafür.« Seine Stimme klang rau und tief, und mir kam der – sehr absurde – Gedanke, dass er einen guten Radiomoderator abgeben würde. Natürlich nur, falls das mit dem Leute umbringen doch nichts wurde.

»Was werden Sie mit mir machen?«

»So ziemlich dasselbe.« Seine Miene verfinsterte sich, und er richtete den Blick im selben Moment wieder auf die Tür hinter mir, in dem sie aufschwang.

Ein etwa zwölf Jahre alter Junge stellte sich hinter Calvino und legte eine Hand auf dessen Schulter, als würde er sich für ein unheimliches Familienporträt aufstellen. Der Junge war ganz offensichtlich sein Sohn. Sie hatten beide dasselbe spitze Kinn, das unter dünnen, blassen Lippen hervorragte, und dieselbe krumme Nase, die ihr Gesicht dominierte. Ihre Augen waren dunkel, mit schweren Lidern, und wie alle Falcones hatten sie denselben olivfarbenen Teint.

Calvino wedelte mit der Hand in Richtung des Jungen, und als Antwort holte er ein Telefon – mein Telefon – aus seiner Hosentasche.

»Hey!«, schrie ich und erschreckte mich selbst. Sie drehten sich beide zu mir um und der identische Ausdruck der Überraschung ließ ihre Gesichter unnatürlich lang erscheinen. »Das ist *mein* Telefon, du kleiner Scheißer. Gib es mir zurück.«

»Nein«, zischte der Junge.

»C. J.«, warnte sein Vater ihn. »Ich hab dir doch gesagt, dass du nicht mit ihr reden sollst.«

C. J. runzelte die Stirn. »Sag mir, wenn ich anfangen soll, es aufzuzeichnen«, wandte er sich an seinen Vater, aktivierte mit einem Klick die Kamera an meinem Telefon und schaltete den Blitz auf der Rückseite ein.

Natürlich. Sie würden Jack das Video von meinem eigenen Telefon aus schicken. Calvino erhob sich und krempelte seine schwarzen Hemdärmel hoch, bis das Ende einer Tätowierung auf seinem rechten Bizeps darunter hervorlugte. Instinktiv drückte ich mich in die Lehne der Couch und schob meine Beine vor meinem zusammengekauerten Körper ein wenig höher.

»Soll ich jetzt anfangen?« C. J. hüpfte von einem Fuß auf den anderen.

»Ja.« Calvino zog ein Messer aus seiner Hosentasche und klappte die Klinge heraus. Ich erkannte es als Falcone-Klappmesser – es sah genauso aus wie Nics.

»Sollte er das wirklich mit ansehen?« Ich nickte in Richtung von Calvinos Sohn, während er sich auf mich zubewegte. »Er ist doch noch ein Kind.«

Calvino hob seine dicken Augenbrauen – sie passten perfekt zu seinem raupenartigen Schnurrbart. »Er ist ein Falcone.«

Er hielt seinen entsetzten Ausdruck volle fünf Sekunden lang aufrecht, so als wollte er andeuten, dass er meine Frage als schlimme Beleidigung empfunden hatte. Ich nutzte die Zeit, um mich auf der Couch zu wappnen. Ich zog meine Beine hoch, bis sie auch den Rest meines Oberkörpers verdeckten, und versuchte, mich ab- und über die Lehne zu stoßen, während der messerschwingende Irre und sein Sohn auf mich zukamen.

»Willst du was zur Einleitung sagen?«, fragte sein Sohn.

Calvino wirkte über C. J.s offensichtliche Genialität überrascht. »Gute Idee.«

Ein fettes Grinsen breitete sich auf dem mit Akne übersäten Gesicht des Jungen aus.

Ich drückte mich mit meinen gefesselten Füßen gegen die Couch, während Calvino weiter unbeirrt auf mich zusteuerte, als wüsste er genau, dass er mich am Ende überwältigen würde, ganz gleich, wie sehr ich mich auch wehrte. Er erhob die Klinge und packte mich am Arm. Ich segelte mit einem harten Ruck zur Mitte der Couch zurück. Dann schob er sich neben mich, sodass wir uns beide vor der Kameralinse des Telefons befanden. Er lehnte sich nach hinten und zog mich am Kragen meines T-Shirts hoch, damit C. J. näher heranzoomen konnte.

Der beißende Geruch seines Aftershaves umhüllte mich.

Voller Entsetzen und mit einem unbezwingbaren Anflug von Faszination merkte ich, dass sich dort, wo möglicherweise einmal sein Haaransatz gewesen war, eine dicke weiße Narbe über Calvinos Stirn schlängelte. Als er sich näher zu mir beugte, glänzte sie im Licht der Lampen, und der obere Teil seines Kopfs sah aus wie ein Deckel.

»Jack Gracewell.« Wie stählerne Klauen, die eine Basstrommel zerfetzten, kratzte jede Silbe in seiner Kehle. »Ich hoffe, dieses Video erreicht dich in einem absolut erbärmlichen Zustand.«

C. J. zeigte hinter dem Telefon mit dem Daumen nach oben. Ich versuchte, mich von dem glänzenden Schädel seines Vaters wegzuschieben, aber er drückte meinen Nacken so fest, dass er mir mit seinen Fingernägeln die Haut aufriss und ich einen Schmerzensschrei ausstieß.

»Wie du siehst, haben wir hier deine geliebte Nichte, Miss Sophie Gracewell.« Er strich mir langsam übers Haar. Ich versuchte noch einmal, meinen Kopf zu befreien, aber er zog mich mit einem festen Griff um meinen Kiefer zurück und renkte ihn mir mit einem leisen Knacken aus. Ich schloss die Augen und versuchte, nicht laut loszubrüllen, als ich ihn mit einem qualvollen Klicken wieder zurückschob.

»Wie du ja weißt«, fuhr er an die Kamera gewandt fort und schlug meine zappelnden Hände mit einem schmerzhaften Schlag zur Seite, »waren wir über unsere letzte Unterhaltung ganz und gar nicht glücklich, und wir sind der Ansicht, dein Zögern sollte verschärfte Maßnahmen unsererseits zur Folge haben.«

Verschärfte Maßnahmen? Die Worte schrillten in meinem Kopf wie die Alarmanlage eines Autos.

Calvino packte mich an den Haaren, krallte sich mit seinen

Fingern darin fest und zog mit Gewalt. Ich warf meine Hände auf seine Brust und hämmerte so fest dagegen, wie ich konnte, aber er schob sich von mir weg, und ich boxte nur noch in die leere Luft.

»Bitte!«, schrie ich.

Er krallte sich mit seinen Fingern noch fester in mein Haar und zog mit solcher Wucht daran, dass ich das Gefühl hatte, er wollte mir meinen Skalp abreißen.

»Du hast bis heute Mitternacht Zeit, um allein und unbewaffnet in das verlassene Lagerhaus am Rand von Old Hegewisch zu kommen. Dort werden wir über die Bedingungen deiner geschäftlichen Tätigkeiten und die Freilassung des Mädchens verhandeln.«

Dann legten sie ihn also doppelt herein: erstens, was sein eigenes Schicksal betraf, und zweitens, was meines anging. »Du verlogenes Arschloch«, spuckte ich aus.

Calvino schlug mir mit der Hand ins Gesicht. Die Ohrfeige brannte die Tränen aus meinen Augen. Ich bäumte mich wie wild auf und traf ihn an der Schulter. Er wich zurück und fluchte leise, und ich nutzte den kurzen Augenblick, in dem er abgelenkt war, rollte von der Couch, rappelte mich auf und hoppelte zur Tür.

Calvino stürzte sich nach vorne, packte mich an den Schultern und zerrte mich zurück auf die gottverdammte Couch. Ich bedeckte mein Gesicht mit meinen gefesselten Händen, während er sich wutschnaubend vor mir auftürmte. Er beugte sich nach unten, bis ich seinen Atem auf meinem Haar spüren konnte, und wischte es mir unsanft aus der Stirn, als er meine Hände mit Gewalt von meinem Gesicht riss.

Er rammte mir seinen Handballen gegen die Nase und meine obere Zahnreihe drückte sich gegen die Innenseite meiner Lippe. Der Geschmack von Salz und Rost quoll aus meinem Zahnfleisch und vermischte sich mit dem Blut, das aus meiner Nase floss. Ich keuchte, während es über meine Lippen und an meinem Kinn hinunterlief.

»Aufhören«, flehte ich und krabbelte über die Couch, aber Calvino riss mich wieder zurück. Mit einem dumpfen Schlag landete mein Kopf auf seiner Brust und er hielt ihn dort fest.

»Wenn du nicht auftauchst, Jack«, setzte er seinen psychopathischen Videokommentar fort, »werden wir sie töten. Und dann werden wir mit jedem Mann, der uns zur Verfügung steht, Jagd auf dich machen, bis du von der Decke in deinem Restaurant baumelst.« Er stieß mich weg, und ich fiel zitternd und voller Schmerzen zurück auf die Couch.

C. J. kam immer näher, bis zwischen mir und der Linse nur noch dreißig Zentimeter Abstand waren und ich jeden eitrigen Pickel auf seinem fettigen Gesicht sehen konnte.

»Siehst du jetzt, wozu du mich getrieben hast, Gracewell?« Calvino machte eine Pause, so als erwarte er, dass Jack ihm antwortete.

Mein Weinen durchbrach die Stille. Mir war gar nicht bewusst gewesen, dass ich schluchzte, bis ich es selbst gehört hatte. Er bedeutete C. J., die Kamera auszuschalten.

»Ich hab alles drauf! Es ist gut«, triumphierte sein Sohn, als hätte er gerade eine Eins in einem Test bekommen und kein Video gedreht, das den Missbrauch eines wehrlosen siebzehnjährigen Mädchens dokumentierte.

Ich spuckte einen Blutfleck auf Calvinos Seidenhemd. »Du bist ein Ungeheuer!«

Er hob eine Hand in meine Richtung und ich wich vor ihr zurück. »Halt deine Zunge im Zaum«, warnte er mich. »Sonst reiß ich sie dir aus dem Mund.« Dann stand er auf und legte seine schwere Hand auf die Schulter seines Sohns. »Bring das Video zu Felice und schick es ab. Er wird bald aufbrechen, um alles für Gracewells Ankunft vorzubereiten. Ich komme später mit dem Mädchen nach.«

»Kann ich auch mitkommen?«, bat C. J. aufgeregt.

»Nächstes Mal.«

Wie schön zu wissen, dass diese Freizeitbeschäftigung in der Familie Falcone anscheinend regelmäßig stattfand.

Der Junge verschwand und ließ mich mit meinem Folterknecht allein zurück. Ich setzte mich wieder hin und zog Arme und Beine an meinen Körper.

»Nichts gebrochen«, teilte Calvino mir in einem Tonfall mit, der andeutete, dass ich überdramatisierte. Er schlenderte zum Sessel zurück und ließ sich mit einem tiefen Seufzer entspannt daraufsinken.

Ich hätte ihm am liebsten alle erdenklichen Schimpfwörter an den Kopf geschleudert, aber meine Energie schwand mit jedem Atemzug. Ich wusste, dass ich fliehen musste – wenn schon nicht für mich, dann wenigstens für meine Mutter, für meine beste Freundin und für meinen Vater. Und sogar für Jack. Tief in meinem Inneren hoffte ich noch immer auf etwas, das all das hier erklären würde. Etwas, das es weniger grauenvoll machte, als es im Augenblick schien.

Calvino beobachtete mich mit starrem Blick. Ich sah mich im Zimmer um. Ich konnte aus dem Fenster springen, würde mir bei der Landung aber vermutlich ein Bein brechen. Und dann waren da noch all die Bienen, an die ich denken musste. Selbst wenn ich es irgendwie schaffen sollte, meine Fesseln loszuwerden, musste ich über die Felder hinter dem Haus rennen oder mein Glück versuchen, indem ich das Haus auf der Vorderseite verließ. Ich hatte keine Ahnung, wie viele Personen sich darin befanden oder wie groß das Haus war. Die Tür war hinter mir. Wenn ich Glück hatte, wurde Calvino vielleicht langweilig, und er schlief irgendwann ein. Draußen war es inzwischen dunkel.

Meine Gedanken wirbelten noch immer in meinem Kopf herum, als er wieder aufstand und erneut die Ärmel hochkrempelte.

»Was machen Sie da?« Ich versuchte, von der Couch aufzuspringen, stolperte jedoch über die Fesseln an meinen Beinen.

»Ich war noch nicht fertig«, antwortete Calvino, als ich auf dem Boden landete und versuchte, von ihm wegzukriechen, indem ich meinen Hintern und meine Beine wie eine Raupe einsetzte. »Ich hab nur eine kleine Pause gebraucht.«

Er folgte mir. Wutentbrannt kroch ich weiter, bis ich mit dem Kopf gegen eine der Wände knallte. Er holte mit seinem Fuß aus, so als wollte er gegen einen Ball treten, aber ich rollte mich in letzter Sekunde zur Seite.

Ich zog mich mit den Händen über den Boden. Er trat erneut nach mir und diesmal traf er meine rechte Seite. Ich hörte ein leises Knacken und die Luft entwich aus meiner Lunge. Glitzernde Sterne trübten meinen Blick, während ich weiter über den rauen Holzboden krabbelte. Irgendwo über mir ertönte ein angestrengtes Grunzen, und ich krümmte mich zusammen, als mich ein weiterer Tritt mit voller Wucht traf.

Mehrere Wellen der Übelkeit schwappten durch mich hindurch. Ich zog die Knie an meine Brust und wiegte mich in Embryostellung hin und her, während unkontrollierbare Schmerzen in meinem Körper kreischten. Calvino umkreiste mich. Diesmal kippte er mich mit seinem Schuh auf den Bauch, statt mir einen Tritt zu versetzen, und ich knallte mit meinem ganzen Gewicht auf den Boden. Er fing an, mir seinen Absatz in den Rücken zu bohren.

»Aufhören«, keuchte ich. Ich versuchte, über das Holz zu kriechen, aber er trat nur noch fester zu. Dann hörte ich, wie irgendwo über mir die Klinge seines Messers ausklappte.

»Bitte«, stöhnte ich, auch wenn ich nicht wusste, wen ich eigentlich damit meinte. Ich war allein, und ich musste irgendetwas tun, bevor es zu spät war.

Er rollte mich wieder herum, bis ich unter den grellen Deckenlichtern flach auf dem Rücken lag und die Augen zusammenkniff, während sein eckiges Gesicht wieder klarer vor mir zur erkennen war.

Er hob die Klinge hoch und ließ den Daumen über die Schneide gleiten. Langsam drehte ich mich auf die Seite, winkelte meine Beine ein wenig an und schob sie hinter meinen Körper. Das hier war meine letzte Hoffnung. Ich betete, dass er sich nicht bewegen würde, bevor ich sie wieder nach vorne schwingen konnte, und das tat er auch nicht. Er war zu sehr damit beschäftigt, völlig verliebt auf die Klinge zu starren, die über mir glänzte.

Es war meine einzige Chance: Ich stieß mich mit meinen gefesselten Händen vom Boden ab, schwang die untere Hälfte meines Körpers mit den letzten Kräften, die ich aufbringen konnte, nach vorne und setzte meinen Ellbogen und die Hüften ein, um noch mehr Schwung zu bekommen. Meine Beine beschrieben einen Halbkreis, und als Calvino endlich bemerkte, was ich vorhatte, hatte ich ihm bereits die Beine weggetreten.

Als er nach hinten kippte und sein langer Körper schwankend zu Boden fiel, kam es mir vor wie in Zeitlupe. Das Messer landete mit einem Klirren neben meiner Schulter. Sein Kopf knallte mit einem ohrenbetäubenden Schlag gegen die

Wand. Er klappte zusammen und rutschte nur wenige Meter von mir entfernt auf den Boden. Dann blieb er, abgesehen von einem kurzen Zucken in seinem Bein, vollkommen reglos liegen.

Ich setzte mich mühevoll auf und biss mir mit aller Kraft auf die Unterlippe, um die Schmerzensschreie zu unterdrücken, die sich in meiner Kehle bildeten. Ich schnappte mir das Messer und machte mich zuerst an meinen Fußfesseln zu schaffen, sägte sie so schnell wie möglich durch und blickte alle paar Sekunden zu Calvino hinüber, um sicherzugehen, dass er sich nicht auf mich stürzen und mich erwürgen würde. Seine Augen waren geschlossen, aber seine Brust hob und senkte sich immer noch, deshalb wusste ich, dass mir nur wenig Zeit blieb. Die Fesseln um meine Knöchel lösten sich.

Ich schlang eine Hand um das Messer und versuchte, rückwärts die Fesseln an meinen Händen zu zerschneiden, fand aber nicht den richtigen Winkel. Alle meine Versuche blieben erfolglos. Aber ich war schon zu weit gekommen, um jetzt aufzugeben, gefesselte Handgelenke hin oder her. Ich hielt das Messer mit beiden Händen fest und schaukelte vor und zurück, bis ich mich abstoßen konnte und auf die Beine kam.

Als ich aufstand, flammte der Schmerz wie Feuer in meiner Brust auf. Ich krümmte mich zusammen und umklammerte das Messer in der Faust. Ich stützte mich an der Wand ab, schob mich langsam nach vorne, einen kleinen Schritt nach dem anderen, und unterdrückte meine Schreie zu atemlosen Schluchzern. Die Tür war jetzt so nahe, dass ich sie berühren konnte. Hinter mir wurde Calvinos Atmung wieder regelmäßiger.

Langsam ließ ich mich gegen die Wand sinken. Ich drückte meine gefesselten Hände ganz fest an meine Rippen, aber die

Kraft wich allmählich aus meinem Körper. Ich zitterte vor Schmerzen und plötzlich kam mir eine Flucht unmöglich vor. Er würde mich schnappen.

Ich konnte meinen Kopf nicht anheben und auch die Tür nicht mehr sehen. Aber ich war nahe genug, um den Luftzug zu spüren, der ins Zimmer strömte, als sie vor mir aufschwang. Mit dem letzten bisschen Kraft zwang ich mich, das Kinn von meiner Brust zu heben und starr geradeaus zu blicken.

»Sophie?«

Ich machte den Mund auf, um zu schreien, aber die Worte kamen nur als atemloses Schnaufen über meine Lippen. »Du. Schwein.«

28

Die Flucht

Luca und ich starrten uns für einen langen, qualvollen Augenblick an.

Ich sah zu, wie sich seine Miene verfinsterte. Wieder versuchte ich, etwas zu sagen, aber es gelang mir nicht. Ich wusste, dass ich am Rande einer Ohnmacht schwankte. Die Schmerzen pulsierten in meinen Rippen und jeder Atemzug war noch schwerer als der zuvor. Aber ich wusste auch, dass ich vielleicht nie wieder aufwachen würde, wenn ich mich in die Dunkelheit fallen ließ, die meinen Verstand umhüllte – weil Luca Valentinos Vize-Boss war, und er hatte den Auftrag, mit mir eine Blutschuld zu begleichen.

Ich öffnete eine Faust, schob mich weiter nach vorne, hielt das Messer so weit wie ich konnte von meinem Körper weg und benutzte meine Schulter als Anker, um mich aufrecht zu halten.

»Geh mir aus dem Weg.« Ich schwang die Klinge und versuchte, Luca mit meiner anderen Schulter wegzuschieben.

Er legte eine Hand auf meinen Rücken und nahm mir mit der anderen mit Leichtigkeit das Messer ab. Er klappte es zu und warf es auf die Couch, weit außerhalb meiner Reichweite. »Du kommst an mir nicht vorbei.«

Mit einem zornigen Funkeln sah ich zu ihm hinauf. Ich

hatte diese durchdringenden Augen schon so oft gesehen, dass es mir für mein ganzes Leben reichte. »Lass mich gehen.«

Er tat es nicht. Stattdessen ließ er den Blick durch den Raum schweifen, bis er auf Calvinos reglosem Körper verweilte. »Hast du das mit ihm gemacht?«, fragte er ruhig.

Ich nickte.

Er betrachtete mich ausführlich, zuerst das getrocknete Blut an meinem Kinn und dann die Stelle, an der ich mir noch immer die Rippen zu halten versuchte. »*Cazzo*«, murmelte er und schüttelte den Kopf.

Meine Beine knickten ein, aber Luca fing mich auf. Er ließ mich nach unten sinken, bis ich auf dem Boden saß. Ich wollte ihm sagen, dass er seine Hände von mir nehmen sollte, aber ich tat es nicht, weil ich – eine Nanosekunde lang – keine Schmerzen mehr spürte. In dieser Position waren sie beinahe auszuhalten, aber ich wusste, dass ich nicht so sitzen bleiben konnte. Ich musste fliehen.

Ohne den Blick von mir abzuwenden, holte Luca sein Telefon heraus, wählte eine Nummer und hob es an sein Ohr. »Sie ist noch hier.« Eine kurze Stille folgte, dann: »Eine Stunde.« Er legte auf und steckte das Telefon wieder weg.

»Was ist in einer Stunde?« Meine Stimme klang atemlos vor Schmerzen.

Luca antwortete nicht, und ich zuckte zusammen, als der nächste Schmerz durch meine Brust schoss. Er richtete sich auf und ging zu Calvino hinüber, der sich auf dem Boden zu regen begann.

»*Svegliati*«, sagte er und tippte mit seinem Schuh gegen Calvinos Schulter.

Calvino stöhnte, machte jedoch nicht die Augen auf. »Ich bring sie zum Lagerhaus«, fuhr Luca fort, so als wäre es völlig normal, sich mit einem halb bewusstlosen, stöhnenden Mann zu unterhalten. »Ich versuche, für mich zu behalten, dass es ein siebzehnjähriges gefesseltes Mädchen ohne nennenswertes Training geschafft hat, dich auszuknocken. In der Zwischenzeit schläfst du dich am besten mal richtig aus.«

Calvinos Bein zuckte, als sich Luca wieder von ihm entfernte. »*Pezzo di merda*«, grummelte er, bevor er seine Aufmerksamkeit wieder mir zuwandte.

»Ich gehe nirgendwo mit dir hin«, sagte ich.

»Das hast du nicht zu entscheiden.«

»Nic wird dir das niemals verzeihen.« Meine Stimme brach, und ich verfluchte die Schwäche, die sie offenbarte, aber Luca schien es gar nicht zu bemerken. Oder es kümmerte ihn nicht. Er blickte wieder zu Calvino hinüber. »Nic interessiert mich im Augenblick nicht.«

Er lugte durch die offene Tür ins Nachbarzimmer. Als er sich wieder zu mir umdrehte, stand ich wieder auf den Beinen, wenn auch schwankend. Ich taumelte vorwärts.

Luca neigte den Kopf zur Seite. »Du kommst mit mir, Sophie.«

»Nein«, stieß ich hervor und schob mich vorwärts, bis wir wieder gemeinsam an der Tür standen. »Ich hab dir doch gesagt, dass ich deine Autorität nicht anerkenne.« Ich wankte weiter und stolperte beinahe über die Türschwelle.

Luca fing mich wieder auf. Ich versuchte, ihm einen Schlag auf die Schulter zu verpassen, verfehlte ihn jedoch. Er fasste mich um die Taille und lehnte mich gegen seinen Körper, sodass ich halb schwebte und halb stand. »Das ändert daran gar nichts.«

Ich versuchte, mich freizustrampeln, aber er ließ mich nicht los. »Ich hasse dich«, presste ich hervor.

»Dann wird das hier wahrscheinlich auch nicht helfen«, erwiderte er. Bevor ich etwas entgegnen konnte, schwang er meine Beine nach oben, klemmte sie unter einen Arm und zog meinen Oberkörper an seinen heran. Ich trat um mich, so fest ich konnte, aber er hielt mich nur noch fester und drückte mich gegen seine Brust.

Er trug mich durch ein zweites, größeres Zimmer. Es war ein spärlich beleuchteter Sitzbereich, der mit leeren Pizzakartons und Cola-Dosen übersät war. Auf einem riesigen, stumm geschalteten Flachbildfernseher, der von breiten Ledersesseln umgeben war, lief ein Pokerturnier.

Ich wehrte mich weiter, auch wenn immer neue Schmerzwellen durch meinen Körper schwappten und ein grauenvolles Stöhnen meine Stimmbänder quälte.

»Halt die Klappe«, warnte er mich, als er eine weitere Tür öffnete und wir in die Dunkelheit des Flurs im ersten Stock eintauchten. Ich hielt aber nicht die Klappe. Ich schrie, bis sich meine Stimme überschlug und meine Kehle regelrecht brannte.

Wir steuerten auf das Kopfende einer gewundenen Treppe zu, die sich in zwei identische Hälften teilte. Luca eilte die Stufen hinunter, und seine Schritte klapperten auf dem Marmor, bis wir das untere Ende erreichten und in ein großes rundes Foyer mit weißem Steinboden gelangten. In der Mitte erleuchtete ein gläserner Kronleuchter ein Mosaik des Falcone-Wappens, das unter unseren Füßen in den steinernen Boden eingraviert war. Meine Tritte wurden immer schwächer.

»Bitte«, sagte ich und sah zu ihm hinauf. Mein Kopf kippte auf seine Schulter, als die Erschöpfung mich übermannte. »Bitte, tu das nicht.«

Lucas Mund war zu einer schmalen Linie verzerrt und dehnte die Narbe über seiner Lippe in die Länge. Er sah mich nicht an.

Wir erreichten die Haustür und traten in die Nacht hinaus. Luca ging schneller. Das Haus wuchs hinter uns in den Nachthimmel. Es war eine gigantische zweistöckige Villa aus weißem Stein. In der Mitte ragte das abgerundete Dach empor, gestützt von einer im Halbkreis angeordneten Säulenreihe.

Die Einfahrt war quälend lang und finster. Als wir endlich stehen blieben, setzte Luca mich ab und öffnete die Tür seines Geländewagens. Er setzte mich auf den Beifahrersitz und schloss die Tür, bevor ich versuchen konnte, wieder hinauszuklettern. Er sprang hinters Lenkrad und ließ den Motor an, der mit einem Donnern unter uns zum Leben erwachte. Die Uhr auf dem Armaturenbrett zeigte 22:04 Uhr.

»Wo fahren wir hin?« Aber ich wusste es bereits. Ich wollte nur, dass er mit mir redete, dass er anerkannte, was er tat. Selbst wenn er mich anbrüllte, war das immer noch besser als die steinerne Stille, die sich zwischen uns ausbreitete. Diese Stille bedeutete, dass er zu sehr auf das konzentriert war, was er tun musste, und dass mein Flehen ihn nicht ins Wanken brachte.

Lange Zeit fuhren wir schweigend weiter, rauschten über verlassene Straßen, die ich nicht wiedererkannte, bis endlich wieder die Ausläufer der Zivilisation zu sehen waren. Ich versuchte, wachsam zu bleiben, spürte jedoch, wie ich immer wieder das Bewusstsein verlor, während die Schmerzen weiter in meinem Körper pulsierten.

Ich versuchte alles, um zu Luca durchzudringen: Ich weinte, ich flehte, ich schrie, aber er reagierte kein einziges Mal. Er schaute mich noch nicht einmal an. Er blickte nur nach vorne, die Augen starr geradeaus, knirschte mit den Zähnen und umklammerte so angespannt das Lenkrad, dass seine Finger ganz weiß wurden.

Und dann, fast eine Stunde nachdem wir Lake Forest verlassen hatten und die Uhr 22:57 Uhr zeigte, hielten wir an. Luca fuhr vom Highway ab und steuerte hinter eine kleine Tankstelle. Er parkte den Wagen, und zum ersten Mal, seit wir losgefahren waren, drehte er sich zu mir um. Ich starrte in seine unergründlichen blauen Augen und wartete, während er auf seinem Sitz hin und her rutschte. Er zog etwas aus seiner Gesäßtasche, und mir krampfte sich vor Entsetzen der Magen zusammen, als er sich zu mir lehnte. Er ließ es in meinen Schoß fallen, und einen Moment lang empfand ich keine Schmerzen, nur Überraschung. Es war ein Fünfzig-Dollar-Schein.

Dann sagte er schnell und leise: »Ich hab dich gegen deinen Willen aus Felices Haus verschleppt. Als wir in der Stadt waren, hab ich an einer roten Ampel angehalten, und du bist entwischt. Du bist zu einer Tankstelle gerannt. Ich konnte dir nicht folgen, weil zu viele Leute darin waren. Ich konnte es nicht riskieren, geschnappt zu werden. Du hast dir ein Taxi gerufen, das dich abgeholt hat. Du bist zu deiner Mutter nach Hause gefahren und ihr seid beide sofort aus Cedar Hill geflohen.«

Ich begann zu zittern, zuerst nur meine Hände und dann auch der Rest von mir. Er ließ mich frei. Er würde mich nicht töten. »Was ist mit meinem Onkel …?«, fragte ich, während sich Tränen in meinen Augen bildeten.

Lucas Miene war unerbittlich, seine Stimme hart. »Du wirst vor der Beerdigung deines Onkels nicht mehr nach

Hause zurückkehren. Valentino wird nicht nur deinetwegen mit uns in Cedar Hill bleiben. Es wird ihm nicht gefallen, dass du entkommen bist, aber er wird darüber hinwegkommen, wenn Jack Gracewells Schuld erst einmal beglichen ist.«

»Aber wenn …«

»Sophie«, unterbrach mich Luca. »Du wirst deinen Onkel nie wiedersehen.«

»Bitte«, flüsterte ich. »Bitte, du musst ihm helfen.«

»Es gibt gewisse Fehler, bei denen ich es mir leisten kann, sie zu begehen«, erwiderte er ruhig. »Und andere, bei denen ich das nicht kann.«

»Willst du damit sagen, dass sie dich umbringen, wenn du versuchst, ihm zu helfen? Aber sie sind deine Familie.«

»Ich will damit sagen, dass ich es nicht versuchen würde«, antwortete er schlicht.

Ich schluckte meine Worte hinunter. Luca konnte Jack nicht nur nicht helfen, ich wusste auch, dass er es sowieso nicht getan hätte. Tief in seinem Inneren glaubte er, dass Jack sterben musste, und es gab nichts, was ich tun konnte, um daran etwas zu ändern. Wie könnte ein Junge, der in dem Glauben erzogen worden war, dass böse Menschen durch und durch böse waren, auch jemals begreifen, dass in etwas Bösem auch etwas Gutes schlummern konnte? Oder, noch viel wichtiger, das Potenzial für etwas Gutes? Luca und seine Familie betrachteten die Welt nur in Schwarz und Weiß.

Mit einem hastigen Blick über die Schulter zog Luca sein Klappmesser aus der Hosentasche und durchschnitt die Fesseln an meinen Handgelenken. Ich sah zu, wie sie schlaff von mir abfielen. Er drückte mir den Messergriff in die Hand und schloss meine Finger darum. »Du hast mein Messer gestohlen und es mitgenommen, für den Fall, dass du dich schützen musst.«

Ich sah auf die Inschrift: *Gianluca, 20. März*. Er gab mir wirklich sein Messer, sein ganz persönliches Messer. Und noch mehr: Er vertraute darauf, dass ich es nicht gegen ihn verwenden würde. Kalt und unnatürlich lag es in meinen Händen, aber ich behielt es und steckte es zusammen mit den fünfzig Dollar in eine Tasche meiner Shorts.

»Danke«, sagte ich, weil ich nichts anderes herausbrachte. Ich wusste nicht, ob ich dankbar oder zu Tode erschrocken sein sollte. Ich war völlig erschöpft, fühlte mich wie betäubt und zitterte am ganzen Körper. Aber er ließ mich frei, und was immer auch sonst noch um uns herum passierte, das bedeutete etwas. Er stellte sich gegen seine Familie. Er gab mir mein Leben zurück.

»Du wirst uns niemals wiedersehen, Sophie.« In seinen Worten lag eine niederschmetternde Endgültigkeit, aber seine Miene war noch immer ausdruckslos. Sie war, wie immer, vollkommen kontrolliert.

Bevor ich etwas erwidern konnte, klickte die Klinke der Beifahrertür, und als ich mich umdrehte, stand Nic vor mir auf dem kleinen Parkplatz hinter der Tankstelle und hielt mir die Tür auf. Ich stieg aus dem Wagen. Wir schauten einander an, und ich konnte jeden noch so winzigen Herzschmerz erkennen, der in seinen dunklen Augen gefangen war.

Er betrachtete mich ausführlich – die blauen Flecken und Prellungen in meinem Gesicht, meine schiefe Haltung und meine Hände, die meine Rippen umklammerten.

Er schloss die Augen und holte angespannt Luft, und ich hätte schwören können, dass unsere beiden Herzen in diesem Moment ein kleines Stück brachen.

»Es tut mir leid«, sagte er und öffnete seine Augen wieder.

Ich konnte ihm nicht sagen, dass zwischen uns alles okay

war. Wir waren eine Million Meilen von okay entfernt. Aber ich gab ihm etwas Kleines: ein sanftes, verwässertes Lächeln für den Jungen, der mich so geküsst hatte, wie ich noch nie zuvor geküsst worden war. Er trug Gutes in sich, auch wenn es tief unter dem Ehrenkodex verborgen lag, nach dem er sein Leben ausrichtete.

Ich entfernte mich ein Stück von Nic, und er streifte mich, als er an mir vorbeiging und sich neben Luca in den Wagen setzte. Er streckte eine Hand nach meiner aus und ich gab sie ihm. Vorsichtig hielt er sie fest, so als sei sie aus Porzellan, und fuhr mit seinem Daumen über die roten Striemen an meinem Handgelenk. Dann führte er sie zu seinen Lippen und küsste sie. »*Essere al sicuro*«, hauchte er auf meine Haut.

Und dann fuhren die Falcone-Brüder davon, und ich blieb allein zurück, krümmte mich auf dem Boden zusammen und weinte so hemmungslos, dass ich kaum noch atmen konnte.

29

Das Lagerhaus

Je mehr ich weinte, desto mehr dachte ich über all das nach, was passiert war, und ganz langsam wurde meine Entschlossenheit stärker als all die Schmerzen, die in mir pochten. Wenn Leute zu verscharren alles war, was die Falcones taten, wie konnten sie dann je erfahren, wie viel Gutes aus einer zweiten Chance erwachsen und was sie für einen Menschen bedeuten konnte? Wie viel Gutes taten sie schon, indem sie einem Menschen all sein Potenzial entrissen, bevor er überhaupt das Gute in sich finden konnte?

Luca und Nic mochten vielleicht keine andere Wahl haben, als Jack zu töten, ich aber schon. Ich kannte seine Nummer nicht und konnte ihn nicht anrufen – ganz zu schweigen davon, dass sich mein Telefon momentan in der Hand des Gangster-Azubis C. J. befand –, aber ich wusste, wohin sie unterwegs waren, und ich hatte eine Waffe und genügend Geld, um dorthin zu kommen. Wenn ich meinen Onkel jetzt seinem Schicksal überließ, würde ich mir das selbst niemals verzeihen, und ich würde nie an Nic denken können, ohne dabei Verachtung zu empfinden. Ich hatte meinem Vater versprochen, auf Jack aufzupassen, und wenn sein Bruder auf diese Weise starb, dann wusste ich, dass er sich nie wieder davon erholen würde. Er hielt sich ohnehin kaum noch über Wasser.

Aber ich hatte immer noch genügend Zeit und konnte immer noch etwas unternehmen. Ich konnte mich zwischen Nic und meinen Onkel stellen, ich konnte ihn daran hindern, Jack umzubringen. Ich hatte es vielleicht nicht geschafft, Luca zu überzeugen, aber ich wusste, dass Nic mir zuhören würde. Er würde meine Familie nicht so vollkommen zerstören, nicht nach allem, was wir miteinander geteilt hatten.

Ich rappelte mich auf und tat mein Bestes, um mein Gesicht zu säubern, wischte das Blut von meinem Kinn und strich mein Haar über meine Augen, um die blauen Flecken zu verbergen. Ich zwang mich, meinen Körper ganz gerade aufzurichten, ging in die Tankstelle und ließ die fünfzig Dollar wechseln, damit ich ein mickriges Fünfundzwanzig-Cent-Stück hatte, um mir ein Taxi zu rufen. Ich wartete auf der Toilette der Tankstelle, bis es kam, und betrachtete währenddessen mein Spiegelbild. Ich strich mir das verfilzte Haar aus dem Gesicht und unterdrückte ein entsetztes Keuchen. Unter meinen geschwollenen Augen bildeten sich tiefblaue Flecken. Mein Nasenrücken war ganz schief, und meine Wangen und mein Kinn waren dort, wo ich das Blut weggerubbelt hatte, ganz wund und rot. Als die Schmerzen in meinen Rippen wieder aufflammten, hielt ich mich mit beiden Händen an den Seiten des Waschbeckens fest. Noch vor ein paar Wochen war die erdrückende Julihitze mein größtes Problem gewesen. Wie hatte es nur so weit kommen können?

Irgendwann unterwegs war es zu einem riesigen Missverständnis gekommen. Alles war völlig außer Kontrolle geraten. Ich konnte nicht an die Drogen oder das Geld oder die dunklen Seite der Seele meines Onkels denken, ohne auch an seine guten Seiten zu denken, die Seiten, von denen ich wusste, dass sie existierten. Mein Onkel war nicht der eindimensionale

Bösewicht, für den die Falcones ihn hielten – wie konnten sie bei sich selbst Nachsicht walten lassen, bei ihm aber nicht? Das war nicht richtig. Auch wenn ich sie wahrscheinlich nicht davon überzeugen konnte, bevor es zu spät war, musste ich es wenigstens versuchen.

Zwanzig Minuten später stieg ich zur Verblüffung des Taxifahrers auf einem verlassenen Gelände am Rand von Old Hegewisch aus. Rundum schwebten Plastiktüten wie Geister über umgekippte Einkaufswagen. Das alte Auto-Lagerhaus befand sich ungefähr in der Mitte des Geländes. Es war ein riesiges, charakterloses Gebäude mit rissigen Betonwänden, die mit Rost und Taubendreck übersät waren. Auf beiden Seiten waren Frachtcontainer gefährlich aufeinandergestapelt wie gigantische Lego-Steine, orange, beige und blau. Unter dem Dach hing ein verblasstes Schild mit der Aufschrift GREENE'S AUTOZUBEHÖR, das bedrohlich an seiner letzten Schraube baumelte. Mit entschlossenen Schritten ging ich darauf zu, weniger ängstlich, als ich hätte sein sollen. Ich funktionierte nur noch dank des Adrenalins und konnte meinen Puls in meinen Fingerspitzen spüren.

Ich ging an einer Reihe verrosteter Stahlcontainer entlang, bis ich eine Gasse fand, die kaum breiter war als ein Auto. Sie war stockfinster und von der Einfahrt zum Parkplatz nicht zu erkennen. Am Ende der Gasse bog ich rechts ab und fand zwei geparkte Geländewagen der Falcones. Sie waren leer. Luca und Nic waren also bereits hier, aber wer war mit dem anderen Auto gekommen? Es war offensichtlich, warum sie diesen Ort ausgewählt hatten. Hier gab es einen verborgenen Eingang, und sie gewannen sofort die Oberhand, sobald Jack eintraf.

Hinter dem Lagerhaus versteckte sich eine kleine Tür hinter mehreren Stapeln mit Holzkisten. Sie stand einen Spalt offen. Das Schloss war aufgebrochen, aber ich bezweifelte, dass es überhaupt noch nötig gewesen wäre: Die Tür war an den Rändern völlig kaputt und wahrscheinlich hätte sie selbst ein Kind eintreten können.

Ich ging auf Zehenspitzen zwischen den Kisten hindurch und schlüpfte durch die Tür. Der Raum im Inneren war fast vollkommen leer. Er war kalt, dreckig und feucht. Ein modriger Geruch hing in der Luft, und er war von noch mehr von Termiten zerfressenen Holzkisten umrandet, die wackelig aufeinandergestapelt waren. Aus einigen quollen die Reste von Plastikverpackungen. Eine einsame Drahtgitterlampe warf einen Lichtkreis auf eine Stelle im vorderen Bereich, in dem die Falcones standen, teilweise von einem Kistenturm verdeckt, der ihnen bis zur Brust reichte. Luca stritt mit Felice, während Gino und Dom hinter ihm standen und an ihren Pistolen herumspielten. Nic war mehrere Meter entfernt und wartete direkt neben dem Vordereingang. Wenn ich nur seine Aufmerksamkeit erregen könnte – vielleicht würde er mir dann zuhören, ohne sich von seinen Brüdern beeinflussen zu lassen.

Ich bewegte mich an der Wand des Lagerhauses entlang und hielt mir die Seiten, während ich mich hinter den Kisten tief nach unten beugte. Ratten flitzten in und aus den Kisten, und ich musste mir ganz fest auf die Zunge beißen, um nicht jedes Mal aufzujaulen, wenn eine von ihnen über meine Turnschuhe huschte.

Ich blieb stehen und lauschte, während das entfernte Dröhnen eines Autos immer lauter wurde.

Im Lagerhaus wurde es totenstill.

Der Motor erstarb irgendwo vor dem Vordereingang. Ich hörte, wie eine Autotür zufiel. *Jack.* Mein Herz schlug schnell und hart in meiner Brust. Plötzlich war alles, woran ich denken konnte, das Gesicht meines Onkels, wie er direkt auf die Waffen zuging, die sich jeden Moment auf seinen Kopf richten würden.

Dann passierte etwas Unerwartetes: Ich hörte, wie eine weitere Tür zufiel, dann noch eine, und schließlich eine vierte. Jack war nicht allein.

Nic lugte um die Tür des Lagerhauses und zog dann blitzschnell den Kopf wieder zurück. »Er hat Gesellschaft«, verkündete er den anderen, verließ seinen Posten und stellte sich neben Luca. Sie wirkten beide angespannt, aber keiner von ihnen schien sonderlich überrascht. Ich weiß nicht, warum ich so entsetzt war: Dieses dunkle Lagerhaus allein zu betreten, wäre einem Selbstmord gleichgekommen. Jack war zu schlau, um so etwas zu tun. Und zu meiner Bestürzung war er ganz offensichtlich an diese Welt gewöhnt, und daran, wie die Dinge hier liefen.

»Sie sind sicher bewaffnet«, sagte Dom beiläufig.

»Typisch Gracewell«, fügte Felice mit einem freudlosen Grinsen hinzu. »Er hält sich niemals ehrenvoll an eine Abmachung. Wir wussten alle, dass er mit Verstärkung kommen würde. Wie viele sind es?«

»Es ist zu dunkel, ich konnte es nicht erkennen.« Nics Stimme klang frustriert. Er zog seine Waffe und vergewisserte sich, dass sie geladen war. Wie sollte ich jetzt an ihn herankommen, wo er so dicht bei seinen Brüdern stand? Vielleicht konnte ich Jack erreichen, bevor er hereinkam, und ihn davon abhalten, das Lagerhaus überhaupt zu betreten. Die ganze Zeit über hatte ich mir solche Sorgen um meinen Onkel gemacht, dass ich gar nicht über die Möglichkeit nachgedacht hatte, dass auch er nicht unvorbereitet erschien.

Und das bedeutete, dass Nic und Luca genauso wenig sicher waren wie er.

Diese bescheuerte Vendetta.

Meine Schritte wurden entschlossener, während die Kisten allmählich ausdünnten. Es wurde schwieriger, sich hinter ihnen zu verstrecken, und da sich jeder meiner flachen Atemzüge wie ein Messer in meine gebrochenen Rippen bohrte, fiel es mir immer schwerer, mich zu überwinden, weiterzugehen. Wenn ich es nur durch diese Vordertür schaffte, bevor jemand hereinkam, konnte ich vielleicht ein Massaker verhindern.

»Ich wusste, dass das nicht nach Plan verlaufen würde«, tobte Felice. »Und wenn er sieht, dass wir das Mädchen nicht mehr haben, wird er nicht zögern, als Erster zu schießen. Wir müssen auf der Hut sein – wir haben nicht mehr die Oberhand.«

Die Schatten von Dom und Gino murmelten zustimmend. Lucas Stimme war zu leise, um sie zu verstehen, aber angesichts der Art, wie er mit den Händen gestikulierte, nahm ich an, dass er seine Unschuld beteuerte. Von meinem Blickwinkel aus wirkte es überzeugend. Ich hoffte, dass es das auch war.

»Und ihr seid noch nicht mal richtig geschützt.« Felice deutete auf Lucas und Nics Brustkörbe. »Verschwindet hinten raus, bevor ihr verletzt werdet. Valentino ist schon wütend genug. Wir können es uns nicht leisten, dass noch irgendwas schiefgeht.«

Keiner von ihnen rührte sich. »Wir bringen die Sache zu Ende«, sagte Luca.

Nic rollte den Kopf hin und her, bis seine Halswirbel knackten. Er straffte seine Schultern und spannte den Kiefer an. Wenn so sein Soldatenmodus aussah, dann war er verdammt effektiv. Allerdings hätte ich mir vor Verzweiflung am liebsten die Haare ausgerissen, weil er sich bereit machte, meinen Onkel zu töten.

Die Unterhaltung der Falcones verstummte. Niemand wollte sich mehr streiten. Sie wurden still, starrten Löcher in die Tür und warteten darauf, dass Jack den ersten Schritt machte. Sie wussten, dass er dort draußen war, und er wusste, dass sie hier drinnen waren. Beide Seiten hatten Verstärkung, und beide Seiten waren – höchstwahrscheinlich – bewaffnet. Ich hingegen steckte fest, kauerte in einem Lagerhaus mitten im Nirgendwo in Rattenpisse hinter einem Stapel verschimmelter Kisten und fragte mich, wer von den Menschen, die mir etwas bedeuteten, wohl zuerst sterben und ob ich lange genug überleben würde, um zu versuchen, denjenigen zu vergeben, die nicht starben. Wenn das hier nicht der Tiefpunkt war, dann erschauderte ich bei dem Gedanken daran, wie er aussehen könnte.

Ich versuchte gerade, durch eine Lücke zwischen zwei umgekippten Kisten zu schleichen, als sich die Tür des Lagerhauses knarrend öffnete, erst nur einen Spalt, dann noch ein bisschen weiter. Ich erstarrte. Die Falcones richteten ihre Waffen auf den Eingang. Es war zu spät. Ich hatte versagt.

»Hallo?«, fragte eine leise, nervöse Stimme.

Mein ganzer Körper wurde eiskalt.

Niemand antwortete ihr.

»Hallo?« fragte sie erneut, und das Wort war nichts weiter als ein zitterndes Flackern in diesem riesigen, kargen Raum.

Mit einem hallenden Klicken entsicherten sie ihre Waffen und zielten damit schussbereit auf meine Mutter, die vorsichtig das Lagerhaus betrat.

30
Die Wahl

Ihr Haar fiel in zerzausten Strähnen über ihr aschfahles Gesicht und sie trug nichts als ihre alte Strickjacke über ihrem Schlafanzug. Und noch immer ihre Pantoffeln.

Plötzlich hatte ich das Gefühl, all meine Albträume würden aufeinanderprallen und in einem riesigen, grauenhaften Spektakel explodieren. Und jetzt war ich am Tiefpunkt angekommen.

Wenn ich vorher geglaubt hatte, zu wissen, was Wut bedeutete, dann war das hier etwas ganz anderes. Hitze schoss durch meinen Körper und ich konnte meinen Schrei kaum noch zurückhalten. Was hatte sich Jack nur dabei *gedacht?* Wie konnte er das meiner eigenen *Mutter* antun? Der *Frau* seines Bruders? Mir wurde übel, und plötzlich wusste ich nicht mehr, auf wessen Seite ich stand. Luca hatte recht: Ich hätte nach Hause gehen sollen. Ich hätte Cedar Hill mit meiner Mutter verlassen sollen. Ich hätte dafür sorgen sollen, dass sie in Sicherheit war. Sie war der einzige Mensch in meiner Familie, auf den ich mich verlassen konnte, und ich war eine Idiotin gewesen, weil ich etwas anderes geglaubt hatte.

Als sie die Waffen sah, die auf sie gerichtet waren, stieß meine Mutter ein ersticktes Keuchen aus. Ihre Hände klatschten auf ihren Mund und sie taumelte rückwärts.

Die Falcones zögerten und schauten einander an, aber sie senkten ihre Waffen nicht. Ich konnte nicht verstehen, wie sie meine Mutter auch nur als annähernd bedrohlich betrachten konnten. Sie war nur gut einen Meter fünfzig groß, wog nicht mal fünfzig Kilo und zitterte wie Espenlaub.

Ich biss mir in den Handrücken und versuchte, mich zu sammeln, aber innerlich schrie ich fürchterlich. Ich schlich mich näher heran – so weit, wie ich mich ihr nähern konnte, bevor ich mich nicht mehr hinter den spärlicheren Kisten hätte verstecken können. Aber es war trotzdem nicht nahe genug. Vor Verzweiflung wäre ich am liebsten aus den Schatten gesprungen und hätte sie von dort fortgerissen, aber ich wusste, dass sie mich wahrscheinlich erschießen würden, bevor ich sie erreichte.

Meine Mutter schob sich weiter nach vorn und schlang die Arme um ihren Oberkörper. »Ich bin wegen meiner Tochter hier.« Durch die Angst war ihre Stimme nicht wiederzuerkennen. »Ich bin wegen Sophie hier.«

Luca senkte seine Pistole. »Was zur Hölle glaubt Gracewell, was er da tut?«

Die anderen rührten sich nicht.

»Haltet eure Waffen oben«, warnte Felice. »Das ist ganz eindeutig eine Falle.«

»Es ist ihre Mutter«, sagte Nic, wandte sich ab und spuckte auf den Boden. »Er benutzt ihre gottverdammte Mutter.«

»Draußen sind noch mehr von ihnen«, erinnerte Felice sie. Er kniff die Augen zusammen und begann, meine Mutter von oben bis unten zu betrachten, als wollte er sichergehen, dass sie keine Fata Morgana war. »Ich hab keine Ahnung, was das hier soll, aber wenn Jack Gracewell denkt, dass wir dich nicht erschießen werden, dann irrt er sich gewaltig.«

»W-Wo ist meine Tochter?« Meine Mutter konnte nicht klar denken. Sie beachtete die Pistolen gar nicht mehr und drehte wie wild den Kopf hin und her, um sich panisch im Lagerhaus umzuschauen. Nach mir. »Wo ist sie?«, fragte sie, und das Entsetzen überdeckte die Angst in ihrer atemlosen Stimme. »Er hat gesagt, dass sie hier ist. Was haben Sie mit ihr gemacht?«

»Wo ist Jack Gracewell gerade?« Felice ging auf sie zu und richtete seine Waffe auf ihre Stirn. »Sag mir, was er vorhat, oder ich töte dich gleich hier und jetzt.«

»Hör auf!«, brüllte Nic. Er schwang einen Arm vor die Brust seines Onkels und Felice hielt überrumpelt inne.

»Nicoli«, zischte er. »Du musst lernen, deine Schlachten besser zu wählen.«

»Sie hat hiermit nichts zu tun«, platzte Nic heraus.

»Natürlich hat sie etwas damit zu tun. Sie steht direkt hier!«

»Wir haben gesagt, keine Unschuldigen mehr. Du bist genauso schlimm wie Valentino!«

»Unsinn«, erwiderte Felice beleidigt. »Natürlich sollten wir sie töten.«

Luca stellte sich zwischen Nic und Felice. »Willst du diese Familie wirklich noch weiter zerstören, Felice?«, fragte er mit kontrollierter Stimme. »Das ist nicht das, was mein Vater gewollt hätte, und das wissen wir alle.«

»Dann hättest du ihm seinen letzten Wunsch vielleicht nicht abschlagen sollen. Dann wärst du jetzt jedenfalls in einer besseren Position, um dich zu beschweren.«

In Lucas Miene mischte sich ein Anflug von Feindseligkeit, aber seine Stimme blieb unverändert. »Ich bin mir sicher, Felice, dass ich dich nicht daran erinnern muss, dass ich unabhängig von meiner Entscheidung noch immer über dir stehe.«

Felice verzog das Gesicht und senkte seine Waffe. Ich konnte meine puddingweichen Beine wieder spüren.

»S-Sophie?« Meine Mutter ging langsam vorwärts und reckte den Hals, um hinter die Kisten vor ihr zu spähen. Aber sie würde mich dort nicht finden, und je mehr sie es versuchte, desto schwerer fiel es mir, ihr bei ihrer erfolglosen Suche zuzuschauen. Stille Tränen rannen über ihre Wangen und glänzten im schummerigen Licht. »Sophie?«

»Wo ist Jack Gracewell?«, wiederholte Felice. Er war so darin vertieft, sie zu beobachten, dass er den dumpfen Knall gar nicht hörte, der aus dem hinteren Teil des Lagerhauses kam. Keiner von ihnen hatte ihn gehört.

Ich schreckte auf, und die Schmerzen in meinen Rippen schrien förmlich, so als hätte eine unsichtbare Hand beschlossen, mein Innerstes zu verdrehen. Ich ging in die Hocke und lauschte auf das Geräusch. Vier Gestalten schlüpften durch die versteckte Hintertür herein. Sie schlichen zwischen den Kisten hindurch, tief über den Boden geduckt. Ein dunkelrot aufblitzender Haarschopf verriet mir, wo Eric Cain sich befand. Natürlich war Jacks bester Freund in diese Sache verwickelt, genau wie alle anderen auch. Neben ihm erkannte ich meinen Onkel an seinem Gang. Er kroch über den Boden auf die Falcones zu.

Ich geriet in Panik. Ich war gefangen zwischen der Wahl, laut zu schreien und damit die Aufmerksamkeit auf Jack zu lenken und gleichzeitig Nic und Luca zu warnen, oder mich still zu verhalten, damit Jack meine Mutter vor Felices Waffe und seiner Treffsicherheit retten konnte. Vielleicht hatte *er* das hier ja verdient, aber *sie* nicht. Ich tätschelte mit einer Hand Lucas Messer in meiner Tasche, und der wütendste Teil von mir stellte sich vor, wie ich damit auf Jack losging. Was hatte es für einen Sinn, hier aufzutauchen, um mich zu retten, wenn er bereit war, meine eigene Mutter zu benutzen, obwohl er wusste, dass sie dabei ebenfalls verletzt werden konnte?

»Das reicht jetzt!« Es war Gino. Gino, der Labile. Er stürmte nach vorn und preschte mit erhobener Waffe an Felice und Nic vorbei.

Meine Mutter jaulte auf, taumelte rückwärts und wäre beinahe über ihre eigenen Beine gestolpert.

»Gino!« Nics Schrei übertönte meinen eigenen, und niemand schien zu bemerken, dass sich unsere Stimmen miteinander vermischt hatten. Luca stürzte sich im selben Moment nach vorn, und im nächsten Augenblick stand er vor meiner Mutter, die Handflächen vor seinem Bruder erhoben.

»Gino, nein«, wiederholte er, diesmal ruhiger.

»Sie ist ein Ablenkungsmanöver«, lispelte Gino und fuchtelte wie wild mit seiner Pistole in der Luft herum. »Und sie ist Michael Gracewells Frau! Zumindest können wir so die Blutschuld einlösen, die du und Calvino verbockt haben.«

»Pass auf, was du sagst, Gino«, erwiderte Luca, ohne zurückzuweichen.

Die Schatten hinter mir krochen immer näher. Ich erhaschte einen Blick auf Jacks Bürstenhaarschnitt, nur wenige Kisten von mir entfernt. Ich beschloss, zu ihm zu gehen. Wenn er wusste, dass ich in Ordnung war, konnte er sich vielleicht wieder wegschleichen, und Luca konnte die anderen davon überzeugen, meine Mutter gehen zu lassen.

Ich schleppte mich über den Zementfußboden und blickte immer wieder über die Schulter, während ich so schnell ich konnte weiterkroch. Meine Mutter hatte das Gesicht in den Händen vergraben und ihr Schluchzen hallte im ganzen Lagerhaus wider. Ich beobachtete, wie Luca sich zu ihr drehte und ihr etwas ins Ohr flüsterte. Sie richtete sich auf und wischte sich mit zitternden Händen das Gesicht ab. Sie erwiderte etwas. Er nickte, und sie brachte ein verwässertes Lächeln zustande, während Erleichterung über ihr Gesicht zuckte. Sie wusste, dass ich noch am Leben war.

Als ich mich wieder umdrehte, konnte ich meinen Onkel nicht mehr sehen, und die lauernden Schatten waren keine Schatten mehr. Sie waren Männer. Und sie standen aufrecht, die Arme ausgestreckt und die Waffen in ihren Händen. Ich schrie aus vollem Hals, aber es war bereits zu spät.

Im Kino sieht es immer so dramatisch aus, wenn auf jemanden geschossen wird. Die Zeit läuft langsamer, die Musik wird leiser und untermalt den Moment. Wenn die Kugel einschlägt, zuckt der Körper, alle Gliedmaßen reagieren in perfektem Einklang, wenn er rückwärts durch die Luft segelt, und obwohl sie eigentlich schrecklich sein müsste, liegt auch immer etwas Stilles, Künstlerisches über der Szene.

Bei Luca war das nicht so. Er sackte einfach zusammen. In der einen Sekunde stand er auf den Beinen, direkt vor meiner Mutter, und in der nächsten lag er in einer Pfütze aus seinem eigenen Blut auf dem Boden.

Der Knall hallte noch immer in meinen Trommelfellen wider, als sie zu schreien begann. Dann folgte entsetzliches Gebrüll und die Hölle brach über uns herein.

Eric Cain, der Mann, der auf Luca geschossen hatte, ließ sich auf den Boden fallen und rollte sich hinter eine Reihe zerbrochener Kisten. Dom begann, auf ihn zu schießen, und feuerte Löcher in die Kisten, während er wie eine Gazelle in die Luft sprang und zwischen ihnen landete, bevor er sich in den hinteren Teil des Lagerhauses schlängelte. Ein weiterer Mann, der nur aus einem Vorhang aus weißblonden Haaren zu bestehen schien, versuchte, Gino den Weg abzuschneiden, während Felice den vierten in eine Ecke drängte und alle zwischen den Kisten aufeinander schossen.

Nic stürzte sich direkt auf Jack, die Pistole schussbereit, aber Jack drückte zuerst ab. Die Kugel schlug in einer Kiste neben Nics Kopf ein. Er schoss zurück, aber Jack duckte sich, sprang hinter einen Turm aus Kisten und verschwand aus meinem Blickfeld. Dann konnte ich keinen von ihnen mehr sehen und hörte nur noch ihre Schreie, mit denen sie sich offenbar zu übertönen versuchten.

Ich glitt über den kalten Zement, folgte Lucas Blut, als markiere es meinen Weg, und ignorierte den pulsierenden Schmerz in meinen Rippen. Meine Mutter war bereits in die Hocke gegangen und tat ihr Bestes, um ihn mit einer Hand aus dem Chaos wegzuziehen, während sie ihren Kopf mit der anderen gegen verirrte Kugeln zu schützen versuchte. Irgendjemand brüllte meinen Namen, und ich wappnete mich gegen den Einschlag einer Kugel, der niemals kam.

Hinter uns knallte eine Tür zu und der Großteil des Gebrülls verlagerte sich nach draußen. Ich erreichte Luca und drückte meine Hände auf seine Taille, um das Blut zu stoppen, das dick und schnell aus einer Einschusswunde in seiner Seite quoll. Es blubberte wütend unter meinen Händen, floss über meine Finger und bedeckte sie mit klebriger Wärme.

»Sophie!«, rief meine Mutter und packte mich an den Schultern. »Du musst gehen, Sophie!«

»Nein.« Ich presste noch fester auf die Wunde und spürte, wie meine eigenen Rippen vor Protest kreischten. Lucas Augenlider flatterten und sämtliche Farbe wich aus seinem Gesicht. Es war seltsam, ihn so blass zu sehen. »Ruf einen Krankenwagen.«

Meine Mutter ließ mich los und tastete panisch ihre Strickjacke ab. »Ich hab kein Telefon. Ich hab nicht dran gedacht«, sagte sie mit zittriger Stimme. »Alles ging so schnell, und Jack hat gesagt, dass wir sofort losmüssen, wenn wir noch eine Chance haben wollen, dich … Oh, ich hatte solche Angst, dass ich überhaupt nicht klar denken konnte …« Sie murmelte nur noch unzusammenhängendes Zeug.

Wir befanden uns nun näher an der Vorderseite des Lagerhauses. Meine Mutter begann, die Kisten rundum zu uns heranzuziehen und eine provisorische Mauer zu bauen.

Nic und Jack waren nirgends zu sehen. Vorhin hatte ich noch gehört, wie sie sich draußen lautstark angeknurrt hatten, aber jetzt hörte ich nichts mehr. Im Inneren waren auch die letzten Schüsse verhallt. Irgendjemand war so vernünftig gewesen, das Chaos von uns wegzulenken. Ich konnte mir zwar nicht sicher sein, welche Seite auf diese Idee gekommen war und ob sie es zu meinem oder zu Lucas Schutz getan hatten, aber in diesem Moment war ich unglaublich dankbar dafür.

Draußen dröhnten drei weitere Schüsse und dann erwachte ein Motor donnernd zum Leben. Vor dem Lagerhaus fuhr jemand mit einem Auto davon, und ich wusste nicht, ob ich darüber erleichtert oder erschrocken sein sollte.

»Wir müssen Hilfe holen.« Ich begann, Luca mit meiner freien Hand in Richtung Vordertür zu schleppen. Er gluckste, und Blut blubberte über seine farblosen Lippen und färbte seine kreideweiße Haut.

»Das ist zu gefährlich, Sophie«, flüsterte meine Mutter. »Wir haben doch keine Ahnung, was hier los ist.«

Das Geräusch eines zweiten Motors schreckte mich auf. Es war weiter entfernt und kam von der Rückseite des Lagerhauses. Reifen quietschten, und ich wusste, dass das bedeutete, dass mindestens ein Falcone abhaute.

»Diese Mistkerle«, spuckte ich aus. »Sie lassen ihn einfach zum Sterben hier liegen.«

»Sie denken wahrscheinlich, er sei schon tot.« Die Art, wie meine Mutter das sagte, ließ ihre eigenen düsteren Erwartungen erkennen. »Und das ist er auch schon fast.«

Tränen brannten in meinen Augen, aber ich blinzelte sie weg, damit sie nicht herausströmen und meinen Blick verschleiern konnten. »Wenn du auf die Wunde drückst, könnte ich versuchen …«

Die Vordertür wurde aufgetreten. Jack stapfte ins Lagerhaus, sein Hemd klatschnass vor Schweiß und das Gesicht fleckig und rot. Er hatte die Waffe vor seinem Körper erhoben und sein Blick huschte auf der Suche nach einer möglichen Bedrohung durch den Raum.

»Ihr seid in Sicherheit«, sagte er, ohne meine Mutter und mich anzuschauen. Er suchte noch immer das Lagerhaus ab. »Wir müssen gehen.«

»Wo sind die anderen?«, fragte ich.

»Carter ist tot. Sie haben ihm zweimal in den Kopf geschossen. Grant ist immer noch mit einem von ihnen da draußen. Cain hat's am Arm erwischt, aber er hat sich wieder aufgerappelt und …«

»Die Falcones«, unterbrach ich ihn. »Wo sind die Falcones?«

Jack erkannte die Dringlichkeit in meiner Stimme nicht. Wahrscheinlich hielt er sie für Angst. »Cain hat sie auf eine blinde Jagd durch die Stadt gelockt. Diese dämlichen Itaker glauben, sie würden mich verfolgen. Sie haben geglaubt, es würde so einfach, aber sie haben mich wieder einmal unterschätzt. Sie haben keine Ahnung, was sie da losgetreten haben. Ich werde diese kleinen Scheißer einen nach dem anderen erledigen. Niemand schnappt sich meine Nichte und kommt ungeschoren davon.«

Der Stolz in seiner Stimme war schrecklich unangebracht. Ich nahm an, dass das in dieser seltsamen Unterwelt sehr häufig vorkam, wo die Moralvorstellungen über jegliche Vernunft hinaus verzerrt waren.

»Wir müssen euch beide in Sicherheit bringen, bevor dieser andere Falcone zurückkommt. Ich hab Hamish angerufen, er ist unterwegs. Wir treffen ihn draußen auf dem Gelände. Wir müssen Carter wohl unter Kollateralschäden verbuchen. Er war noch neu und sowie …«

Jack verstummte mitten im Satz. Zum allerersten Mal richtete sich seine Aufmerksamkeit auf unsere kleine Gruppe hinter den Kisten. Er starrte auf Luca hinunter und seine Augen weiteten sich. »Scheiße«, sagte er und verzog das Gesicht. »Geh zur Seite.« Er richtete seine Waffe auf Lucas Kopf.

»Nicht!«, kreischte ich und schob mich in seine Schusslinie.

Er kam näher und stapfte durch Lucas Blut, als sei es eine Regenpfütze. Er ließ seine Stimme weicher klingen, als wollte er versuchen, mich zu trösten. »Du musst nicht hinschauen.«

»Jack!«, schrie meine Mutter hysterisch. »Erschieß den Jungen nicht!«

Jack verstand nicht. Luca war nichts weiter als eine gefallene Schachfigur und lenkte mich von unserer Flucht ab. »Celine, wenn sie jetzt nicht mitkommt, dann können wir sie nicht in Sicherheit bringen.«

Luca war zwar bewusstlos, aber ich konnte noch immer das angestrengte Pfeifen seines Atems hören. Ich beugte mich über ihn und legte meine Stirn auf seine, und mein Haar breitete sich um seinen Kopf aus und verdeckte ihn. Ich streckte meine freie Hand über ihm aus und legte sie auf sein Herz, während ich die andere weiter fest auf die Wunde presste. »Nein.«

»Er muss weg, Sophie. Er ist der Vize-Boss.« Die Sanftheit in der Stimme meines Onkels verwandelte sich in Frustration, seine Geduld in Dringlichkeit. »Zwing mich nicht dazu, dich mit Gewalt von ihm wegzuholen.«

»Jack«, versuchte es meine Mutter erneut, »wir müssen ihm helfen.«

Ich konnte seine Knie knacken hören, als er sich neben mich hockte. »Mach dich nicht lächerlich, Celine.«

Ich drückte noch fester.

»Komm schon, Soph.« Er packte mich an der Schulter und zog mich mit einem unsanften Ruck von Luca weg. »Dreh dich weg.«

Ich kroch wieder auf ihn zu, aber Jack stieß mich zurück und schob mich über den Boden, bis Lucas Blut an meinen nackten Beinen klebte und ich zu weit weg war, um ihn aufzuhalten. Ich schrie, als er die Waffe entsicherte und auf Lucas Kopf richtete.

Ein mächtiger Knall ertönte. Diesmal war er noch lauter, schien die Partikel in der Luft um mich herum zu verwandeln und sie mit kleinen Vibrationen gegeneinanderzustoßen. Meine Mutter und ich schrien auf, aber Luca, der kaum noch Luca war, blieb heil.

Stattdessen flog die Waffe aus Jacks Hand und rutschte an mir vorbei über den Boden.

»Verdammte Scheiße!«, fluchte er. Sein Kopf kippte zur Seite und er wirkte benebelt. Die Kugel war direkt durch seine Hand geschlagen und nun pumpte die Wunde Blut über seinen Arm. Jack fiel zu Boden, keuchte heftig und umklammerte seine blutroten Finger. Ich kickte die Pistole weg. Sie schlidderte über den Boden und blieb zwischen zwei von Kugeln durchlöcherten Kisten liegen, weit außerhalb seiner Reichweite.

Nic rannte aus dem hinteren Teil des Lagerhauses auf uns zu, das Gesicht dreckverschmiert, die Kleidung blutgetränkt, auch wenn es offensichtlich nicht sein Blut war. Die Pistole in seiner Hand war noch immer halb erhoben und auf meinen Onkel gerichtet, so als hätte er vor, noch einmal auf ihn zu schießen. Ich nahm an, dass auch seine Treffsicherheit perfekt war.

»Deine Freunde sind beide tot!«, brüllte er.

Jack kroch in Richtung Vordereingang und zog sich mit seiner unverletzten Hand über den Boden. »Sophie!«, schrie er, aber er konnte offensichtlich nicht klar sehen und mich nicht erkennen. Aber ich sah ihn: Aus seinem blassen Gesicht sprach Todesangst, und sein Blut vermischte sich mit Lucas, während er sich durch die Pfütze schleppte.

Nic blieb stehen und zielte mit seiner Waffe auf ihn. »Nicht! Bleib liegen!«, befahl er.

»Nic, tu das nicht!«, brüllte ich. »Er ist nicht mehr bewaffnet. Lass ihn einfach gehen!«

Nics Kopf zuckte hin und her, als würde irgendetwas um ihn herumschwirren. Er zögerte. Jack hatte die Tür inzwischen erreicht und versuchte, sich hochzuziehen. Er hatte es fast geschafft.

Und dann schoss Nic auf ihn.

Meine Mutter und ich schrien. Jack sackte an der Tür zusammen und ein blutroter Stern schwoll auf der linken Seite seines Hemds an.

Nic schlidderte neben Luca. Er sah Jack noch nicht einmal an. Er steckte seine Waffe weg, ging neben seinem Bruder in die Hocke und tastete nach dem Puls an seinem Hals. »Wir müssen ihn ins Krankenhaus bringen«, sagte er zu meiner Mutter. Sie zitterte sichtbar, drückte aber noch immer ihre Hand auf die Wunde.

Ich war zu betäubt, um mich zu bewegen. Ich starrte noch immer auf meinen Onkel und den neuen, entsetzten Ausdruck in seinen Augen. Er lebte noch und sah mich an, während sein Körper völlig schlaff halb im und halb außerhalb des Lagerhauses lag. Ich betrachtete die Einschusswunde – sie befand sich unter seiner linken Schulter. Nicht direkt in seinem Herzen, obwohl nicht viel gefehlt hatte. Von dort, wo sich meine Mutter und Nic befanden, musste mein Onkel mausetot aussehen. Aber ich konnte die Wachsamkeit in seiner Miene erkennen, die Angst in seinen Augen. Hatte Nic auf Jack geschossen, um ihn zu töten, oder nur, um ihn zu verwunden? Und wenn er gewusst hätte, was ich wusste – dass die Kugel das Herz meines Onkels verfehlt hatte –, würde er die Sache dann zu Ende bringen?

»Sophie«, sagte meine Mutter mit bebender Stimme. Sie und Nic versuchten, Luca zwischen sich auf die Beine zu hieven. »Kannst du uns helfen? Du musst auf die Wunde drücken, während wir ihn tragen.«

Hatte Jack meine Vergebung verdient? Nein. Hatte er es verdient zu sterben? Das hatte ich nicht zu entscheiden. Das hatte niemand zu entscheiden. Aber ich hatte auch keine Zeit, darüber nachzudenken. Ich rappelte mich auf, ohne etwas zu sagen, streckte meine Hand aus, um ihnen zu helfen, und versperrte ihnen die Sicht auf meinen Onkel, als ich auf sie zuging. Wir bewegten uns so schnell wir konnten in den hinteren Teil des Lagerhauses, alle drei gemeinsam, weg von all dem Blut. Ich drehte mich nicht um, um nachzusehen, ob Jack noch da war.

Meine Mutter und Nic trugen Luca zu dem verbliebenen Geländewagen, während ich neben ihnen herstolperte, mir mit einer Hand die Rippen hielt und die andere auf die Wunde presste. Und dann fuhren wir los. Luca und ich lagen Seite an Seite auf der Rückbank, meine Hand ganz fest auf seinen Oberkörper gedrückt, und unser schwerer Atem mischte sich mit der Luft zwischen uns.

Während Nic durch die finstere Nacht raste, völlig vertieft in die gehetzte Unterhaltung mit meiner Mutter, glitt ich weit weg von all dem Schmerz und endlich in die Dunkelheit hinüber, die mich schon den ganzen Abend schleichend verfolgt hatte.

31

Das Krankenhaus

Zum zweiten Mal in diesem Sommer wachte ich in einem Krankenhauszimmer auf. Alles um mich herum wirkte seltsam farblos. Comicartige Bilder tanzten vor meinem geistigen Auge hin und her, während ich still dalag und das Gefühl hatte, eine Million Meilen über der Erde zu schweben. Ich legte eine Hand auf meine Brust und spürte ein leises Stechen, während meine Augen nach hinten rollten.

»Sophie?« Das Klingeln einer Glocke drang in meine Fantasieblase ein.

Ich drehte den Kopf zur Seite und landete auf meiner rechten Wange, die sich mit einem dumpfen Pochen beschwerte, so als sei der Schmerz direkt außerhalb meines Körpers und schaue herein. Ich versuchte ein Stöhnen, aber es blieb mir im Hals stecken und verpuffte mit einem nichtssagenden Keuchen.

»Schätzchen?« Mein Blick wurde allmählich klarer, bis das Gesicht meiner Mutter nur wenige Zentimeter über meinem auftauchte. Ihre Augen waren glasig, ihre Miene verzerrt. »Wie fühlst du dich?«

Ich versuchte zu sprechen, konnte die Worte jedoch nicht finden und wusste, dass ich sie, selbst wenn ich sie fand, ohnehin nicht herauspressen konnte. Ich verzog das Gesicht und blinzelte immer wieder, bis die Bewegungen meiner Mutter ganz abgehackt wirkten.

»Der Arzt hat dir Morphin gegeben, Schätzchen. Du hast zwei gebrochene Rippen und eine gebrochene Nase. Mach dir keine Sorgen, wenn du dich ein bisschen merkwürdig fühlst.« Sie griff nach meiner unverdeckten Hand und drückte sie fest. Ich spürte nicht mehr als ein stärkeres Kitzeln.

Einen Moment lang lag ich nur da und fühlte mich gleichzeitig himmelhoch jauchzend und zu Tode betrübt, während die Erinnerungen in meinem verwirrten Verstand aufblitzten. Ich erinnerte mich an den Schmerz jedes einzelnen Schlags, den Calvino mir versetzt hatte. An den Streit mit Luca in Felices Villa. An eine lange, kurvenreiche Fahrt ins Nichts. Ich steckte meine Hände unter die Bettdecke, und mir wurde, noch immer ziemlich benommen, bewusst, dass ich ein Krankenhausnachthemd trug. Neben mir auf dem Nachttischschränkchen lagen ordentlich zusammengefaltet mein Tanktop und meine abgeschnittene Jeans. Die Spitze des Klappmessers lugte aus der vorderen Hosentasche hervor. Wieder flackerten verwirrende Bilder auf und dann eine echte, unzusammenhängende Erinnerung. Das war Lucas Messer. Warum hatte ich es noch gleich? Ich kniff die Augen zusammen und versuchte, in die dunkelsten Ecken meines Verstands vorzudringen.

Als ich sie wieder öffnete, war Nic im Zimmer aufgetaucht. Er sah aus, als hätte er sehr lange nicht geschlafen. Sein Haar hing ihm zerzaust in die Stirn und unter seinen Augen hatten sich dunkle Ringe gebildet. Er reichte meiner Mutter einen Pappbecher mit Kaffee und setzte sich neben sie, bis ihre Gesichter Seite an Seite waren. Eine Sekunde lang hätte ich schwören können, dass sie nichts weiter waren als schwebende

Köpfe, aber dann verblasste der Morphin-Schleier wenigstens so weit, dass ich einen Teil der Realität erkennen konnte.

»Du bist wach.« Er lächelte schwach.

Ich antwortete mit einem atemlosen Stöhnen.

Nic lehnte sich zu mir, bis seine dunklen Augen mein eingeschränktes Blickfeld komplett ausfüllten. »Du bist wirklich ein Sturkopf, Sophie Gracewell«, tadelte er mich zärtlich. »Ich weiß nicht, was ich getan hätte, wenn dir irgendwas passiert wäre.«

Ich versuchte, mir noch mehr ins Gedächtnis zurückzurufen. Die vage Erinnerung an Gebrüll erfüllte meinen Kopf, löste sich aber wieder auf. Ich blickte Nic so fest an, dass ich spürte, wie Tränen aus meinen Augen quollen und nach hinten in mein Haar rannen.

Er strich mit dem Zeigefinger sanft unter meinem geschwollenen Auge entlang. Ich wünschte mir verzweifelt, seine Berührung zu spüren, aber das konnte ich nicht. »Ich bringe das wieder in Ordnung«, sagte er. »Ich verspreche es.«

Ich schloss die Augen, und plötzlich fiel mir mit einem Schlag der alte, modrige Geruch des Lagerhauses wieder ein. Ich sah eine Reihe verstreuter Kisten, die sich vor mir in der Dunkelheit erstreckte. Nic und seine Brüder standen in einem einsamen Lichtkegel und stritten sich.

Als ich die Augen wieder öffnete, nahm Nic seine Hand von meinem Gesicht, aber sein Blick war noch immer auf mich gerichtet. »Verzeih mir«, flüsterte er.

Aus dem Augenwinkel konnte ich verschwommen meine Mutter erkennen. In ihren Augen bildeten sich Tränen. »Schätzchen, es tut mir so leid. Ich wusste von alldem nichts. Ich dachte, du wärst bei Millie, bis Jack kam und an die Tür gehämmert hat. Ich hatte keine Ahnung, dass er das alles getan hat. Ich hatte von nichts eine Ahnung.«

Und plötzlich sah ich sie in einer anderen Zeit, an einem anderen Ort. Sie weinte genau wie jetzt, trug denselben Schlafanzug und die Pantoffeln, die ich ihr zu Weihnachten geschenkt hatte.

Ich streckte eine Hand aus und tätschelte ihren Arm, in der Hoffnung, sie damit zu trösten, aber wegen des Morphins konnte ich die Geste selbst kaum spüren. Als ich mit meinem schwächlichen Versuch einigermaßen zufrieden war, versuchte ich, mich aufzusetzen.

»Nicht«, flüsterte Nic und legte seine Hand auf meine. »Versuch noch nicht, dich zu bewegen, okay?«

Nicht. Das hatte Nic auch im Lagerhaus gebrüllt. Kurz bevor er Jack erschossen hatte. *Jack*. »Jack«, keuchte ich. Es war kaum zu hören, aber meine Mutter verstand mich.

»Wie es scheint, hat es dein Onkel lebend da rausgeschafft, Schatz.«

In ihrer Stimme schwang kein Gefühl mit. Ich war mir nicht sicher, ob sie erleichtert oder enttäuscht war. Vorsichtig ließ ich den Blick wieder zu Nic hinüberwandern. Sein Ausdruck war undurchschaubar. Ich konnte nicht erkennen, ob ihn diese Information überraschte oder nicht, aber er sah mich nicht mehr an. Auch ich wandte den Blick von ihm ab, und als mein Kopf wieder das Kissen berührte, schien sich der Rest des Nebels in meinem Gehirn zu lichten. Erinnerungsfetzen blitzten auf: Die Kugeln regneten auf mich herab, während ich mich mit meiner Mutter auf dem Boden zusammenkauerte. Ich sah Jack, zuerst, wie er mit seiner Waffe zielte, und dann, wie er seine Hand umklammerte, während Blut an seinem Arm hinunterlief. Unter uns flackerten Lucas Augenlider und seine Brust hob und senkte sich unregelmäßig. Er lag in einer Pfütze aus seinem eigenen Blut und meine Finger waren *in* seinem Körper und hielten ihn zusammen.

Plötzlich platzte die Erinnerung an Luca, der auf dem Boden zusammensackte, in meinen Kopf, und jedes quälende Bild unserer Flucht strömte in meine Gedanken. Ich keuchte so heftig, dass mein Brustkorb brannte. Ich warf die Hände in die Luft und fuchtelte hilflos damit herum, bis Nic seine Aufmerksamkeit wieder mir zuwandte. Er schnappte meine Hände, legte sie wieder neben meinen Körper und streichelte mit seinen Fingern darüber. »Es ist alles okay«, beruhigte er mich.

»Luca?«, keuchte ich. »Wo ist Luca?« Meine Atmung beschleunigte sich und glich sich meinem Herzschlag an, und plötzlich begann der ganze Raum, sich zu drehen. Nic holte etwas aus seiner Hosentasche. Der Schmerz in meinen Rippen meldete sich wieder und trommelte gegen meine Haut. Ein erstickter Schrei brach aus meiner Kehle.

Meine Mutter stand auf, um mich zu besänftigen. »Er hat überlebt«, sagte sie. »Er lebt, und es geht ihm gut, Schätzchen. Er lebt.«

Nic faltete das Stück Papier auf, das er in der Hand hielt. »Er ist am anderen Ende des Korridors. Er hat viel Blut verloren, aber er wird sich wieder erholen. Wir haben ihn gerade noch rechtzeitig hergebracht.«

»Du hast ihn gerettet«, sagte ich und spürte, wie ich lächelte. Es fühlte sich himmlisch an, sich keine Sorgen mehr machen zu müssen. »Du hast Jack die Waffe aus der Hand geschossen.«

»Das war wirklich unglaublich«, fügte meine Mutter hinzu. An ihrem Ton konnte ich erkennen, dass sie sich nicht entscheiden konnte, ob sie beeindruckt sein oder es missbilligen sollte.

»*Du* hast ihn gerettet«, widersprach Nic mir. Er wirkte verlegen, seine Augen düster. »Du hast die Blutung gestoppt.«

»Du warst so tapfer, mein Schatz.« Meine Mutter streichelte meine Stirn. »Ich bin so stolz auf dich.«

»Hier«, sagte Nic und reichte mir den Zettel, den er auseinandergefaltet hatte. »Er kann noch nicht wieder rumspazieren, aber er wollte, dass ich dir das gebe, wenn du wach bist.«

Ich schnappte energischer nach dem Zettel, als ich beabsichtigt hatte, und zerriss ihn beinahe. Es dauerte eine Weile, bis ich ihn gelesen hatte:

Ich hab dir doch gesagt, du sollst nach Hause gehen.

Ich spürte, wie ich grinsen musste. Nic beobachtete mich aufmerksam. Zwei Grübchen bohrten sich über seinen Augenbrauen in seine Stirn und er schürzte die Lippen. Ich fing seinen Blick ein und sein ernster Ausdruck verschwand. Er lächelte mir aufmunternd zu.

»Stift?«, fragte ich ihn.

Meine Mutter wühlte in ihrer Handtasche herum und reichte mir einen. Ich drehte den Zettel um und schrieb auf die Rückseite. Ich brauchte dafür viel länger, als mir lieb war, und als ich endlich fertig war, sah meine von Morphin beeinflusste Handschrift ziemlich krakelig und abgehackt aus und schlängelte sich auf dem Papier hin und her, als hätte eine Sechsjährige die Worte geschrieben:

Freust du dich denn nicht,
dass ich deine Autorität nicht anerkenne?

Ich faltete das Papier wieder zusammen und reichte es Nic. »Gibst du ihm das bitte?«

Sein Stirnrunzeln kehrte zurück und diesmal versteckte er es nicht. »Sicher«, sagte er und schaute auf das Papier, während er das Zimmer verließ. »Ich bin gleich wieder da.«

Meine Mutter lehnte sich zu mir und sagte mit leiser Stimme: »Die Polizei war vorhin hier, um dir ein paar Fragen zu stellen. Ich nehme an, dass sie noch mal wiederkommen.«

»Keine Aussage«, erwiderte ich und ließ mich auf mein Kissen zurückfallen. Ich wollte noch mehr sagen, aber meine Energie schwand wieder.

Meine Mutter schien von meiner Reaktion nicht überrascht zu sein. Sie schüttelte den Kopf. »Nein, das denke ich auch.«

»Willkommen in der *omertà*«, murmelte ich. Meine Zunge fühlte sich dick und schwer in meinem Mund an.

»*Omertà*«, wiederholte sie leise, und an ihrem Tonfall erkannte ich, dass sie bereits wusste, was es bedeutete.

Danksagungen

Tausend Dank an Samantha Eves – Du warst eine entscheidende Partnerin auf dieser Reise. Ich kann Dir gar nicht sagen, wie sehr ich Deinen unermüdlichen Enthusiasmus, Dein ehrliches Feedback und Deine Bereitschaft zu schätzen weiß, dieses Buch in all seinen verschiedenen Phasen immer wieder und wieder und *wieder* zu lesen. Vielen Dank für die mitternächtlichen Skype-Sessions und Abendessen, bei denen viele der Figuren entstanden sind und ihre Reise Gestalt annahm.

Tausend Dank an Jessica Hanley, Katie Harte und Susan Ryan, dass ihr die Möglichkeit rundheraus abgelehnt habt, mein Buch könne euch nicht gefallen, und dass Ihr darauf bestanden habt, meine ersten Leserinnen zu sein. Ihr wart von Anfang an die besten Freundinnen und die beste Unterstützung, die ich mir hätte wünschen können.

Tausend Dank an meinen Dad, der sich so überzeugend in die Denkweise eines Mafiabosses hineinversetzt hat und bei jedem neuen Schritt dieses Wegs genauso aufgeregt war wie ich. Es tut mir wirklich leid, dass ich keine zwinkernde Cartoon-Biene aufs Cover drucken lassen konnte, obwohl Du sie Dir so sehr gewünscht hast.

Tausend Dank an meine Mom, dass sie mich als Kind gezwungen hat, an unzähligen Lesemarathons in unserer Bücherei teilzunehmen und dafür gesorgt hat, dass ich die Bücher auch tatsächlich lese, statt sie nur abzuhaken wie meine Brüder. Ich bin Dir besonders dankbar dafür, dass du mich vor zwei Jahren so hinterlistig dazu überredet hast, mit Dir zu einem Kurs für Kreatives Schreiben zu gehen. Ich begreife jetzt klar und deutlich, dass Du nicht Deinetwegen da hingegangen bist – Du hast ja noch nicht mal Deine Hausaufgaben gemacht! Du hast mich endlich in eine Welt eingeführt, zu der ich immer gehören wollte, aber ich hatte zu viel Angst, sie allein zu betreten. Du bist eine unglaubliche Mutter und hast wirklich ein Talent, Dich konstruktiv in die Angelegenheiten anderer Leute einzumischen.

Tausend Dank an meine Brüder. Conor, Du warst so ein *grandioser* Chef. Danke, dass Du Dich selbst zum »Boss meines Lebens« ernannt hast. Du warst der Erste, dem ich von meinem Vertrag mit dem Verlag erzählt habe, und obwohl Du darauf bestanden hast, Dir noch schnell ein Sandwich zu machen, bevor Du mit mir feierst, fällt mir niemand ein, dem ich es lieber zuerst erzählt hätte. Colm, danke für Deinen unerschütterlichen Glauben an mich und dafür, dass Du mich immer wieder angespornt hast, wenn ich aufgeben wollte.

An Claire Wilson: Danke, dass Du meinen Traum wahr gemacht hast und eine so unglaubliche Agentin bist. An Lexie und alle anderen bei Rogers, Coleridge & White: Danke, dass ihr euch so gut um meine Vendetta gekümmert habt. Und an meine Ko-Mitglieder bei »Claire's Coven«, Alice Oseman, Lauren James und Melinda Salisbury: Danke, dass ihr eure Reisen mit mir geteilt habt und ein Teil von meiner wart.

Danke an alle bei Chicken House – an Barry Cunningham und Rachel Hickman, die mich so wunderbar willkommen geheißen und meinem Buch ein unglaubliches Zuhause geschenkt haben. Danke an Rachel Leyshon, dass du *Vendetta* mit Deinen magischen Lektorinnenkräften verzaubert und es noch viel besser gemacht hast, als ich es mir je erträumt hätte.

Danke an Siobhan McGowan für Deine humorvollen und einfühlsamen Korrekturen, und an Emellia Zamani und das Scholastic-Team, die *Vendetta* auf der anderen Seite des Atlantiks betreut haben.

Und zu guter Letzt geht mein Dank an alle bei Salmon Poetry, an all meine unglaublichen Freunde und an meine wundervolle Familiensippe dafür, dass sie ein Teil dieser Reise waren und meine Begeisterung bei jeder Etappe geteilt haben. Ich schätze mich wirklich sehr glücklich, euch alle in meinem Leben zu haben!

Simone Elkeles

Leaving Paradise
336 Seiten
ISBN 978-3-570-30793-9

Back to Paradise
320 Seiten
ISBN 978-3-570-30794-6

Das Letzte, was Caleb Becker vorhat, als er in seinen Heimatort Paradise zurückkehrt, ist, sich in Maggie Armstrong zu verlieben. Denn wegen Maggie, die er in jener fatalen Nacht mit dem Auto angefahren haben soll, war er verurteilt worden. Maggie wiederum will alles, nur nicht Caleb wiederbegegnen – dem Jungen, den sie für ihr Unglück verantwortlich macht. Und doch verbindet diese eine Nacht sie für immer, und so fühlen sich Caleb und Maggie, gegen ihren Willen zueinander hingezogen. Aber gerade, als die beiden sich näherkommen, kommen Dinge ans Tageslicht, die alles zu zerstören drohen ...

30065

www.cbt-buecher.de